KATHERINE CENTER | Das Mütterkomplott

Das Buch

Was tun, wenn man sein Dasein als Mutter dreier Jungen und treusorgende Hausfrau fristet und vollkommen aus den Augen verloren hat, was man eigentlich selbst will? Lanies Ehemann Peter, Komponist und Pianist, bekommt endlich die Chance, seinen Lebensunterhalt mit Musik zu verdienen. Die Familie lässt Verwandte und Freunde in Texas zurück und baut sich in Massachusetts ein neues Leben auf. Doch während Peter sich selbst verwirklicht, wird Lanie schmerzhaft bewusst, dass auch sie einmal Träume hatte, die aber irgendwo zwischen Wäschebergen und dreckigem Geschirr verloren gegangen sind. Für ihre Kinder hat sie ihren Wunsch, Malerin zu werden, ebenso aufgegeben wie ihre Arbeit als Kunstlehrerin. Peter war einst ihre große Liebe, doch der Alltag entfremdet die beiden zunehmend voneinander. Zeit für einen Neuanfang, beschließt Lanie, meldet sich im Fitnessstudio an, beginnt einen Fotografiekurs und findet eine neue Freundin. Doch nicht alle Veränderungen im Leben kann man planen. Bald schon wird Lanie von den jüngsten Ereignissen überrollt – und nicht nur sie …

Die Autorin

Katherine Center wuchs in Houston, Texas, als mittlere von drei Schwestern auf. Sie begann bereits als Schülerin zu schreiben, studierte dann Englisch am Vassar College und *Creative Writing* an der Universität von Houston. Später arbeitete sie als Lehrerin und Buchhändlerin, bevor sie sich ganz dem Schreiben zuwandte. »Das Mütterkomplott« ist ihr erster Roman im Diana Taschenbuch. Katherine Center lebt mit ihrem Ehemann und zwei Kindern in Houston.

KATHERINE CENTER

Das Mütterkomplott

Roman

Aus dem Englischen von Ute Brammertz

Diana Verlag

Die Originalausgabe erschien 2009 unter dem Titel
Everyone is beautiful bei Ballantine Books,
einem Imprint der Random House Publishing Group,
Random House, Inc.

MIX
Papier aus verantwortungsvollen Quellen
FSC® C014496
FSC
www.fsc.org

Verlagsgruppe Random House FSC-DEU-0100
Das für dieses Buch verwendete
FSC®-zertifizierte Papier *Holmen Book Cream*
liefert Holmen Paper, Hallstavik, Schweden.

Deutsche Erstausgabe 01/2012

Umschlagmotiv | © shutterstock
Umschlaggestaltung | © t. mutzenbach design, münchen
Satz | Leingärtner, Nabburg
Druck und Bindung | GGP Media GmbH, Pößneck
Printed in Germany 2012
978-3-453-35450-0

www.diana-verlag.de

Für meinen Ehemann,
Gordon Center,
seinetwegen
glaube ich so sehr
an die Liebe

1

An dem Tag, an dem ich beschloss, mein Leben zu verändern, trug ich eine Trainingshose und ein altes Hemd von Peter mit einem Kaffeefleck vorne drauf. Ich hatte nicht geduscht, weil die ganze Familie die Nacht zuvor in einem einzigen Motelzimmer geschlafen hatte, und wir es nur auf diese Weise schafften weiterzufahren, ohne dass vorher eines der Kinder die Fernbedienung im Klo versenkte oder Aa auf den Boden machte.

Wir hatten das gesamte Land durchquert, damit Peter seine neue Stelle antreten konnte. Von Houston, Texas, nach Cambridge, Massachusetts. Ich hatte die ganze Fahrt über die Kinder bei mir in unserem zehn Jahre alten Subaru, verteilt auf zwei Kindersitze und eine Sitzerhöhung auf der Rückbank. Alexander nahm Toby immer wieder die Käseknabbereien weg, und Baby Sam machte ununterbrochen Theater, sobald er aufwachte. Peter fuhr den Möbelwagen, weil er glaubte, ihn im Falle einer Panne reparieren zu können.

Im Laufe der Fahrt gelangte ich zu der Überzeugung, definitiv den Kürzeren gezogen zu haben, besonders während der schwülen Abendstunden in Tennessee. Doch jetzt schleppte Peter all unsere Habe drei schmale Treppen hoch, und ich saß im Park, spätnachmittags, im

Schatten auf einer Decke, und stillte Baby Sam. Peter tat bestimmt alles weh. Obwohl unser neuer Vermieter ihm half, dauerte die Arbeit den ganzen Tag. Ich hingegen wartete bloß darauf, dass er mich auf dem Handy anrief, sobald er fertig war, und wir wieder nach Hause konnten. Jedenfalls soweit sich eine vorhanglose Wohnung voll hoher Kartonstapel als Zuhause bezeichnen ließ.

Wir waren seit dem späten Vormittag im Park, und allmählich gingen uns die Snacks aus. Alexander und Toby galoppierten mit Höchstgeschwindigkeit durch die Gegend, wie sie es immer taten. Ich bin mir nicht einmal sicher, ob ihnen klar war, dass sie sich in einem neuen Park befanden. Sie benahmen sich, als seien wir in Houston, dem einzigen Ort, an dem sie je gelebt hatten. Sie benahmen sich, als hätten sie die fünftägige Fahrt überhaupt nicht zur Kenntnis genommen. Ich hingegen litt sehr unter dem Verlust unseres Zuhauses.

Ich mochte den Park nicht. Zu sauber, zu funkelnagelneu, zu perfekt. Die Parks zu Hause hatten Charakter besessen – Klettergerüste in Gestalt von Cowboys, knorrige Kreppmyrtenstämme zum Klettern, ausrangierte Dreiräder. Und wir hatten das alles in- und auswendig gekannt – jeden Baumknoten, jedes Schlammloch, jedes Kind.

Der Park heute fühlte sich gekünstelt an. Übertrieben fröhlich. Zu bemüht.

Ich ließ den Blick über die Mütter schweifen. Keine einzige, entschied ich, wollte ich näher kennenlernen. Und während in mir eine Abneigung gegen sie alle emporstieg und ich sogar anfing, sie zu bemitleiden, weil sie nicht die geringste Ahnung hatten, was sie in

Sachen Park verpassten, beobachtete Toby – mein Mittlerer, mein rotblonder, blauäugiger, zweijähriger kleiner Schelm –, wie ein kleineres Kind nach dem Truck griff, den er gerade in der Hand hielt. Im nächsten Moment packte er den Unterarm des Kindes und biss hinein. Es war unglaublich.

Der kleine Junge schrie, während sich Toby den Truck an die Brust drückte. »Mein Truck!«, rief Toby. (Er sprach »Truck« immer wie »fuck« aus, aber das war vielleicht ein anderes Thema).

Und dann war natürlich die Hölle los.

Ich sprang auf und riss Baby Sam aus seinem Nickerchen und mir von der Brust. Anschließend rannte ich quer durch den Park, das schreiende Baby über der Schulter, mit aufgeknöpftem Hemd, und rief: »Toby! Nein!« Beim Anblick meines entsetzten Gesichtsausdrucks fing Toby auf der Stelle auch zu weinen an – selbst wenn er sich nicht mit dem kleinen Kind messen konnte, das er gebissen hatte, und das mittlerweile wie am Spieß brüllte. Die Mutter war ebenfalls von ihrem Sitzplatz herbeigelaufen, hatte auf dem Weg ihre Handtasche fallen lassen, und hielt nun das Kind umklammert, als sei es angeschossen worden. »Blutet es?«, fragte sie den kleinen Jungen wieder und wieder. »Blutet es?«

Es blutete natürlich nicht. Ist das nicht Regel Nummer eins in der Kindererziehung: Mach die Sache auf keinen Fall schlimmer, als sie ist?

Inzwischen hatten sich sämtliche anderen Eltern um uns versammelt, weil sie wissen wollten, was zum Teufel los war. Mein Hemd klaffte immer noch offen, Baby Sam schrie weiterhin gellend, da entsann ich mich einer

Stelle aus einem dieser Erziehungsratgeber, in denen ich früher gelesen hatte, die besagte, dass wenn ein Kind beißt, der Elternteil des beißenden Kindes dem gebissenen Kind Aufmerksamkeit schenken sollte. Ich wandte mich dem kleinen Jungen zu und streckte die Hand aus, um ihn zu trösten, aber genau in dem Augenblick packte seine Mutter ihn noch fester, sodass ich komplett ins Leere griff. Als hätte ich ihn gebissen und machte nun Anstalten, ihn erneut anzugreifen.

Ich versuchte es auf eine andere Tour. »Es tut mir so leid, mein Schatz!«, sagte ich zu dem Jungen, der jedoch nicht gerade zum Zuhören aufgelegt zu sein schien. Also versuchte ich es bei seiner Mutter. »Es tut mir so leid! So etwas hat er noch nie gemacht!« Sie starrte mich an, allerdings nicht meine Augen. Ihr Blick war, wie mir erst eine Sekunde später klar wurde, auf meinen entblößten magentafarbenen Still-BH gerichtet. Ich knöpfte mir das Hemd zu und wollte einen neuen Versuch starten, als Alexander die Gelegenheit nutzte, Toby umwarf und ihm genau den Truck wegnahm, der Grund für den ganzen Aufruhr war.

Toby heulte wie ein Hund auf, und Alexander warf den Truck mit aller Kraft ins Gebüsch. »Nicht beißen!«, sagte er und deutete auf Toby. »Beißen ist böse!« Toby stand auf, um dem Truck nachzulaufen. Kurz darauf hatten die beiden sich im Gebüsch verheddert und balgten sich um das Spielzeug.

Hier war so ein Augenblick, in dem ich zahlenmäßig absolut in der Minderheit war. Bei zwei Kindern hat man in solchen Situationen wenigstens einen Arm pro Kind frei. Bei drei Kindern hat man einfach keine Chance.

»Aufhören! Alle beide!«, rief ich und klang ganz genauso wie meine eigene Mutter vor Jahren, als sie ebenfalls zahlenmäßig unterlegen gewesen war.

Schließlich tat ich das Einzige, was mir in dem Moment einfiel. Ich setzte Baby Sam auf dem Gehweg ab – trotz seiner zehn Monate krabbelte er nicht, ja zog es noch nicht einmal theoretisch in Erwägung –, trat in das Gebüsch, griff mir den Truck und klemmte ihn hoch oben auf einen Baumast. Anschließend packte ich die beiden Jungen am Kragen, schleifte sie zu unserer Decke, spurtete zurück zu meinem mittlerweile vor Hysterie beinahe purpurn angelaufenen Baby Sam, hob ihn auf, legte ihn mir an die Brust und marschierte zurück zu den Jungen.

»Wer sich von der Decke rührt, kriegt eine Tracht Prügel«, sagte ich mit meiner bösesten Mutterstimme, was mich in jeglicher Hinsicht wie einen Gangster aus den 1930er-Jahren klingen ließ. Es war eine leere Drohung. Peter und ich waren keine Verfechter der Prügelstrafe. Und ich würde gewiss keinem meiner Kinder vor den drei Meter entfernt versammelten, mit offenen Mündern gaffenden Cambridge-Eltern den Hintern versohlen. Aber mal ganz ehrlich, was blieb mir denn anderes übrig? Die Jungs auf ihr Zimmer schicken? Ich war mir nicht einmal sicher, wo genau sich unsere Wohnung befand.

Das gebissene Kind und seine Mutter packten ihre Sachen und humpelten aus dem Park, wobei sie uns die ganze Zeit über die kalte Schulter zeigten. Mir kam in den Sinn, dass laut Parketikette wahrscheinlich wir das Feld räumen sollten. Doch da wir noch auf Peter warteten, blieben wir. Ich riss eine Packung Käsegrissini auf. Alexander und Toby hatten die Angelegenheit bald vergessen. Vorher allerdings hatte ich ihnen die beste Standpauke gehalten, zu der ich in der Lage war, und ihnen zu verstehen gegeben, dass wir alle in diesen Zeiten des Wandels zusammenarbeiten müssten. Im Handumdrehen waren sie wieder auf den Schaukeln. Alexander sprang reizenderweise immer wieder herunter, um Toby anzuschubsen.

Der Schwung Nachmittagseltern verschwand nach und nach und wurde von den Eltern ersetzt, die nach der Arbeit im Park vorbeischauten. Diese Gruppe war im College-Look gekleidet und wohlhabender – man schob Bugaboos vor sich her und trug 200-Dollar-Wickeltaschen. Mir fiel eine Frau ins Auge, mit der ich möglicherweise befreundet sein wollte. Sie hatte eine modisch verschlissene Khakihose und klobige Ledersandalen an. Ich beobachtete sie und hoffte inständig, sie möge zu mir herüberkommen und mich ansprechen. Abgesehen von der Mutter mit dem gebissenen Kind hatte ich seit zehn Uhr vormittags, als wir uns von Peter verabschiedet hatten, mit keinem Erwachsenen mehr gesprochen.

Und dann kam sie tatsächlich zu mir herüber. Ihre Tochter stakste auf unsicheren Beinen auf unsere Decke zu und wollte sich Baby Sam ansehen, der sich gerade an Cheerios gütlich tat, die vor ihm ausgeschüttet herumlagen. Die Mutter stand neben uns, und ich blinzelte in der späten Nachmittagssonne zu ihr empor. Es war ihr anzusehen, dass sie mir eine Frage stellen wollte. Und die Art, wie sie ihre Gedanken sammelte, verriet mir, dass es sich um eine gute Frage handelte. Ich hoffte auf: »Sie sind neu hier, nicht wahr?« oder etwas in der Richtung. Etwas, das vielleicht zu einem echten Gedankenaustausch zwischen uns führen würde, oder wenigstens zu einem Austausch von Telefonnummern und der Aufforderung, sie anzurufen. Ich war erst seit sechs Tagen von zu Hause fort, sehnte mich aber bereits nach Freunden.

Wie sich herausstellte, hatte sie tatsächlich eine Frage an mich. Die nichts damit zu tun hatte, wie lange ich schon in der Stadt weilte. Sie steckte sich die Haare hinter die Ohren und ging neben ihrem Kleinkind in die Hocke – das jetzt ebenfalls unsere Cheerios, eines nach dem anderen, aufklaubte –, warf einen Blick auf mich, wie ich neben meinem zehn Monate alten Baby saß, und fragte: »Im wievielten Monat sind Sie?«

Mein Grundsatz bezüglich dieser Frage lautet: Stell sie niemals. Selbst wenn man sich mit einer Frau unterhält, die ganz offensichtlich kurz vor der Entbindung von Fünflingen steht. Stell diese Frage einfach nicht. Denn wenn man sich täuscht, hat man eines der grässlichsten Dinge gesagt, die man einer Frau sagen kann. Wenn man sich täuscht, hat man ihr die Woche verdorben – möglicherweise den Monat oder gar das ganze Jahr. Täuscht man sich, wird sie nach Hause gehen und weinen, und sie wird noch nicht einmal ihrem Ehemann anvertrauen können, weswegen sie weint. Er wird wieder und wieder nachfragen, während sie mit dem Gesicht nach unten auf dem Bett liegt, und ihr wird nichts anderes übrig bleiben, als zu sagen: »Es ist nichts«, gefolgt von: »Lass mich bitte einfach in Ruhe.«

Die Frau in der Khakihose täuschte sich. Und ich ging nach Hause und weinte mich aus, aber erst viel später, denn genau in dem Moment, in dem sie die Frage stellte, und noch bevor ich mir eine Antwort überlegt hatte, kam eine andere Frau auf uns zu und beugte sich herab, um mich genauer in Augenschein zu nehmen.

»Lanie?«, fragte sie.

Ich erwiderte ihren Blick. Ich war mir ziemlich sicher, dass ich keine einzige Menschenseele in Massachusetts kannte, und angesichts dessen war es erstaunlich, sogar für mich, dass ich sie erkannte. Es war Amanda Hayes aus Houston, die beliebteste Cheerleaderin an meiner Highschool, und selbst nach all den Jahren hatte sie sich nicht im Geringsten verändert. Wenn überhaupt, sah sie besser aus. Aber immer noch ganz genauso blond, schlank und elegant wie damals. Sie hätte genauso gut Pompoms tragen können.

»Hi!«, rief ich eine Spur zu laut. »Hallo!«

Vielleicht trieb mich eine Kampf-oder-Flucht-Reaktion gegenüber der Frau in der Khakihose an, denn ich stand auf und umarmte Amanda Hayes, die ich als Mädchen auf der Highschool kaum gekannt hatte. Ich stürzte mich in eine Unterhaltung mit ihr, als hätte ich gerade eine Ladung Aufputschmittel eingeworfen, und zeigte mich viel begeisterter über das Wiedersehen, als ich es ansonsten wohl getan hätte. Natürlich hätte ich mich in jeglicher Situation freundlich verhalten, genau wie wir immer freundlich miteinander umgegangen waren, wenn man uns im Chor nebeneinander gesetzt hatte, aber sicherlich wäre ich nicht derart hin und weg gewesen.

Ich hoffte, dass sich die Im-wievielten-Monat-Frau angesichts des Wiedersehens zweier Frauen, die eine echte Verbindung miteinander hatten, fehl am Platz vorkäme und sich trollen würde. Sie tat es nicht. Ihr Kind aß weiter meine Cheerios, und sie stand weiter lächelnd da, als sei sie Teil des Gesprächs, als seien wir drei Mamas Freundinnen, die zusammen Mojitos tranken und sich mal wieder einen Nachmittag mit den Kids vertrieben.

Ich stellte Amanda jede Frage, die mir in den Sinn kam, und versuchte sämtliche Gesprächspausen zu füllen, bevor die Khakihose wieder das Thema Schwangerschaft zur Sprache bringen konnte. Was tat Amanda hier in der Stadt? Wie lange lebte sie schon hier? Wie standen ihrer Meinung nach die Chancen zu einem Frieden im Nahen Osten? Woher hatte sie die tolle Sonnenbrille?

Und Amanda, die Gute, erwiderte meine Begeisterung für unsere Unterhaltung eins zu eins. Sie beantwortete all meine Fragen und gab ihrerseits einen Schwall Fragen von sich. Doch just in dem Augenblick, als ich zu glauben anfing, dass wir eine Gesprächsmauer errichtet hatten, die die taktlose Frau in der Khakihose nicht würde erklimmen können, kam Amandas Tochter Gracin – die beinahe vier war und, wie sich herausstellte, genau einen Tag älter als Alexander – zu uns gelaufen und bat um ein Heftpflaster.

»Hast du dir Aua gemacht?«, fragte Amanda.

Gracin deutete auf ihren Arm. Da war kein Aua.

»Oh.« Amanda zog ein Pflaster aus ihrer Tasche und klebte es ihrer Tochter auf den Arm. Gracin lief wieder weg, und als ich ihr hinterherblickte, fiel mir auf, dass ihre Beine mit Heftpflastern übersät waren.

»Sie liebt Pflaster«, erklärte Amanda mit einem Was-soll-man-machen-Achselzucken. Sie hielt inne und betrachtete ihre Tochter, die gerade die schräge Fläche der Rutsche hochkletterte; sie nahm sich einen jener kleinen Momente, die Eltern sich manchmal gönnen, wenn ihre Kinder ein Stück von ihnen entfernt sind. Sie bewunderte die Kleine und fragte sich, welch wahnsinniger Glücksfall genau dieses Kind in ihr Leben gebracht hatte, und empfand Dankbarkeit angesichts sämtlicher ihr widerfahrenen Wohltaten. Amanda beobachtete gebannt ihre Tochter, und ich beobachtete gebannt Amanda, sodass ich die Unterhaltung den Bruchteil einer Sekunde zu spät wieder ankurbelte – und in dieser kleinen Pause berührte mich die Khakihose am Ärmel und fragte: »Im wievielten Monat *sind* Sie nun also?«

Amanda fuhr herum und sah mich an. »Du bist schwanger?«, fragte sie, bereit, hocherfreut zu sein.

Ich konnte mich nicht entscheiden, was ich sagen sollte. Die Zeit verstrich mit einem Mal sehr langsam. Baby Sam nagte an einem Stein. Alexander hatte einen Käfer gefangen und errichtete ihm gerade ein kleines Erdhaus. Toby hatte einen heruntergefallenen Ast gefunden und schleifte ihn prahlerisch durch den Park. Die Sonne war untergegangen, und der Himmel wurde allmählich dunkler. Peter hatte noch immer nicht angerufen. Schließlich, in Anbetracht der Aussicht, sagen zu müssen: »Nein, ich bin bloß immer noch dick von meiner letzten Schwangerschaft. Und es ist gut möglich, dass ich jetzt sogar noch mehr wiege als zu der Zeit, als ich tatsächlich schwanger war, weil das letzte Jahr hart gewesen ist und mir mein Mann ständig Unmengen von tiefgekühltem Keksteig nach Hause mitbringt«, erklärte ich stattdessen mit einer Stimme, die sich ohne meine Einwilligung zu erheben schien: »Ja.«

Amanda fing begeistert zu klatschen an. »Vier Kinder?«, meinte sie. »Vier Kinder!«

Die Khakihose, die es schon die ganze Zeit über gewusst hatte, sagte: »Es ist ja so schrecklich, im Sommer schwanger zu sein. Ist Ihnen nicht heiß?«

Da mir aufgrund meiner plötzlichen imaginären Schwangerschaft ein bisschen flau im Magen war, nickte ich nur und sagte: »Unbedingt.«

Ich erlebte einen eigenartigen Moment der Erleichterung in jenen Sekunden, als die Wucht meiner soeben geäußerten Worte über uns hinwegrollte. Ich ließ zu, dass ich es selbst ein ganz kleines bisschen glaubte, und es erklärte in meinen Augen recht gut, weshalb ich es einfach nicht zu schaffen schien, mich zusammenzureißen. Ich war wieder schwanger! Morgendliche Übelkeit, Rückenschmerzen. Ein Baby, das immer noch gestillt wurde. Drei Jungen, ein Ehemann, der von seiner Arbeit besessen war, keine Hilfe. Und überhaupt kein Geld. Natürlich hatte ich keinerlei Lippenstift getragen, seitdem Toby meinen letzten in der Schlange an der Supermarktkasse aufgegessen hatte! Ich hatte zu viel zu tun, um gut auszusehen! Schwanger zu sein war Schwerstarbeit!

Amanda musterte Baby Sam abschätzend. Dann fragte sie: »Wie alt ist denn der hier?«

»Oh«, sagte ich. »Er ist viel älter, als es den Anschein

hat.« Zwar hatte ich nicht allzu viel Erfahrung im Lügen, aber es schien mir ratsam zu sein, mich möglichst vage auszudrücken. Ich machte mich daran, meine Wickeltasche zu packen. Es war Zeit – höchste Zeit –, das Weite zu suchen. Ich rief den Jungen zu: »Gehen wir zu Daddy!«

Während ich unsere Decke zusammenfaltete, meinte die Khakihose: »Ich habe eine Freundin, die am Abend ihres Nachsorgetermins, sechs Wochen nach der Geburt, wieder schwanger geworden ist.«

»Ich habe eine Freundin mit Drillingen«, stimmte Amanda mit ein.

Es trat eine Pause ein, in der wir alle drei innehielten und schweigend der Frauen gedachten, die wir kannten, und die noch viel schlimmer dran waren als wir. Dann schien uns allen gleichzeitig klar zu werden, dass ich, zuzüglich dieses vierten Kindes, ebenfalls bald in diese Kategorie gehören würde. Die Kategorie von Leuten, über die man im Park plaudert: »Sie hat vier Kinder und keine Hilfe.« Das war mir gleichgültig. Es war auf jeden Fall besser als: »Ihr Baby ist zehn Monate alt, und sie sieht noch immer schwanger aus.«

Amanda berührte mich an der Schulter. »Ich veranstalte auf *jeden Fall* eine Babyparty für dich! Du wirst in den Geschenken nur so baden!« Das schien etwas unbesonnen von ihr. Allerdings hatten wir ein ganz schön intensives Gespräch hinter uns. Und es kann ein wahnsinnig prickelndes Gefühl sein, in der Ferne jemandem aus der eigenen Heimatstadt zu begegnen. Abgesehen davon wusste sie seit unserem Turbogeplauder alles über mich. Amanda zog eine Visitenkarte aus ihrem Geldbeutel, auf der »Familie Boatman« geschrieben stand und darunter ihre Telefonnummer. Sie sagte: »Ruf mich an, und wir überlegen uns einen Termin.«

»Mache ich.« Ich ließ die Karte in meine große Handtasche fallen, in der alles verstaut war, was ich jemals benötigen könnte: Geldbeutel, Schlüssel, Wattestäbchen, Windeln, Feuchttücher, Saftkartons, Bio-Müsliriegel, Schnuller sowie – unten am Boden – zerdrückte Kekse, verirrte Rosinen und, diese Woche, ein altes Erdnussbutter-Marmeladen-Sandwich, das in seinem Frischhaltebeutel vor sich hin manschte.

Baby Sam liebte es, diese Tasche zu durchstöbern und jedes einzelne Teil herauszuholen, wobei er sogar die Kreditkarten im Geldbeutel eine nach der anderen aus ihren jeweiligen Fächern zog, während er wie ein Schatzgräber strahlte. Binnen weniger als zehn Minuten konnte er den gesamten Inhalt auseinandernehmen und zerstören. Und obwohl ich es selbstverständlich vorgezogen hätte, eine ordentliche Handtasche zu besitzen, und obwohl ich das Problem einfach hätte lösen können, indem ich ihm die Tasche nicht überließ, gab ich sie ihm wieder und wieder. Es war so leicht nachzugeben, wenn er anfing, Theater zu machen. Heutzutage war ich derart harmoniebedürftig, dass ich den Inhalt meiner Tasche – und jegliche Hoffnung auf die geringste Ordnung – gerne gegen fünf Minuten allgemeiner Zufriedenheit eintauschte.

Als ich Amandas Karte entgegennahm, wusste ich bereits, dass Baby Sam sie innerhalb der nächsten vierundzwanzig Stunden in meiner Handtasche finden, sich in den Mund stecken und darauf herumkauen würde, bis sie wie ein Stück Kaugummi aussähe, und er sie auf den Boden fallen ließe, wo ich viele Stunden später, mitten in der Nacht, auf dem Weg zur Toilette barfuß drauftrāte. Doch das war nicht so tragisch. Ich hätte sie ohnehin nicht angerufen.

2

Bei unserer Rückkehr saß Peter mit unserem neuen Vermieter Josh – der keinen Tag älter als achtzehn aussah, aber Mitte zwanzig war – auf der Treppe vor dem Haus. Schwer atmend hockten sie mit weit geöffneten Knien da und kippten Dreieinhalbliter-Wasserflaschen hinunter.

Später erfuhren wir, dass Josh dieses und andere Häuser für seine betagten Großeltern verwaltete, dass er im Laufe seines Abschlussjahres sein Studium in Harvard abgebrochen hatte, um sich um gewisse »Suchtprobleme« zu kümmern, und dass seine Wohnung hier im Erdgeschoss dieses Gebäudes vor Büchern – die er tatsächlich alle gelesen hatte – nur so überquoll. Aber an dem Abend wirkte er wie ein Highschoolschüler: struppiges Haar, ausgebeulte Cordhose, magere Muskeln und so weiter. Neben ihm sah Peter wie ein Mann mittleren Alters aus, und ich versuchte mir zu vergegenwärtigen, dass er, als ich ihn an der Uni kennengelernt hatte, jünger gewesen war als Josh jetzt.

Peter fuhr los, um den Möbelwagen zurückzubringen und ein Lebensmittelgeschäft zu suchen. Also blieb das Abendessen und Baden, unser allabendliches Kälber-Einfangen mit einer Horde kleiner Nackedeis, an mir allein hängen.

Mit den Jungen in den zweiten Stock hochzutrapsen war eine ziemliche Herausforderung. Ich trug das Baby auf dem einen Arm, zog Toby mit der anderen Hand und richtete aufmunternde Worte an Alexander, der immer wieder stehen blieb und Dinge aufhob – einen Mottenflügel, ein Stück Styropor. »Rauf! Rauf! Na los!«

Irgendwo in einem der zweiundvierzig Kartons, die ich in der Nacht vor unserer Abreise bis drei Uhr früh beschriftet hatte, befand sich ein geheimer Vorrat an Raviolikonserven und ein paar Power-Rangers-Teller. Baby Sam, der es nicht so mit dem späten Nachmittag hatte – oder aber mit dem Vormittag oder auch dem Mittag, machte die ganze Zeit über Theater, während ich mit meinen Schlüsseln Packband aufschlitzte und Kartons öffnete. Die älteren Jungs beschäftigten sich, indem sie auf Luftpolsterfolie herumhüpften, und ich dachte, wie toll es sein müsse, an so einfachen Dingen Spaß zu haben.

»Spaß« war überhaupt ein Wort, das mein Leben seit der Geburt meiner Kinder im Sturm erobert hatte. Recht früh hatte ich entdeckt, dass einem ein Kind Glauben schenkt, wenn man ihm erzählt, etwas mache Spaß. Soweit ich es beurteilen konnte, ließ sich dieses Prinzip nicht überstrapazieren, und keiner meiner Jungen schien mir je auf die Schliche zu kommen. Folglich sagte ich öfter am Tag, als ich es zu zählen vermochte, Dinge wie: »Vergesst nicht, euren spaßigen Brokkoli zu essen«, »Wer will sich einen Spaß machen, und die Wäsche in die Waschmaschine räumen?« und »Toby, geh deine Schuhe suchen, das wird ein Spaß!«

Nachdem ich elf Kartons geöffnet hatte, und das Wohnzimmer wie ein Schlachtfeld aussah, schaffte ich es in die

Küche, um die Ravioli aufzuwärmen. Das Essen brodelte heftig und war wahrscheinlich längst fertig, als es sehr laut an der Tür klopfte. Es war nicht Peters Klopfen, das einer typischen Musicalmelodie folgte. Das hier klang eher wie das Hämmern eines Polizisten. Ob die Mutter des gebissenen Kindes aus dem Park die Polizei gerufen hatte? Ich öffnete die Tür in dem verrückten Gefühl, dass ich gleich angeschrien werden würde.

Aber es war kein Polizist. Es war eine Frau in einem karierten Männerbademantel und Lederpantoffeln. Ende vierzig. Die blonden Haare zu einem exakten Bob geschnitten.

Forsche grüne Augen mit großartigen Lachfalten. Doch im Moment lächelte sie nicht. Ihr Mund war eine feste, gerade Linie, und ich war sicher, dass ich tatsächlich gleich angeschrien werden würde. Oder dass mir etwas ähnlich Schlimmes widerführe.

»Ich wohne unter Ihnen«, sagte die Frau.

Ich entschied mich, munter draufloszuquatschen. »Hi! Mein Name ist Lanie!«

»Ihre Kinder springen auf meiner Decke herum.«

Bei der Vorstellung musste ich lächeln. »Das tut mir leid.«

»Bitte sorgen Sie dafür, dass sie damit aufhören«, sagte sie und wandte sich wieder der Treppe zu. Dann rief sie über die Schulter: »Und wenn Sie schon mal dabei sind, könnten Sie gleich noch die Lautstärke von dem plärrenden Baby runterdrehen.«

Ich suchte nach einer Entgegnung, die gleichzeitig freundlich, witzig und entschuldigend klänge, doch bevor ich auch nur »Schön, Ihre Bekanntschaft gemacht zu haben« hervorbrachte, trat Alexander neben mich in den Korridor und sagte: »Mom? Die Raffalolies brennen.«

Dem war gar nicht so, sie waren nur dabei anzubrennen. Doch in der Sekunde ging der Rauchmelder los – was dazu führte, dass Baby Sam lautstark in Panik verfiel, mir ein »Ach, verdammt! Die Nudeln sind im Arsch!« entfuhr, und Josh-der-blutjunge-Vermieter im Nu in unsere Wohnung geeilt kam und die Batterien mit den Worten herausnahm: »Ja, diese Melder sind wirklich rauchempfindlich.«

»Das ist aber doch gut, oder etwa nicht?«, fragte ich.

Er grinste. »Sicher. Außer man lässt das Abendessen anbrennen.«

Josh ging wieder, und wir aßen die verbrannten Ravioli. Ich erzählte den Jungen, genau diese Art Essen hätten früher Seeräuber gegessen, gab dem Ganzen den passenden Namen Pirateneintopf, und sie stürzten sich darauf. Das Baby, das den ganzen Tag kein richtiges Nickerchen gemacht hatte, nahm während des Essens die Brust und schlief dann auf meinem Schoß ein – was fast schon an ein Wunder grenzte, wenn man bedachte, dass Alexander und Toby die ganze Mahlzeit hindurch das Geräusch des Rauchmelders nachahmten. »Es reicht«, ermahnte ich sie immer wieder matt, da ich allmählich unter der Last des Ganzen klein beizugeben drohte. »Zimmerlautstärke, bitte.« Dann schließlich: »Wir wollen die böse Hexe unten nicht stören.« Im nächsten Moment erstarrte ich. So-gut-wie-Vierjährige und die So-gut-wie-Zweijährigen, von denen sie angehimmelt werden, vergessen niemals eine Beleidigung oder ein Schimpfwort. Und ich würde gewiss nicht das Glück haben, ungestraft mit solch einem Satz davonzukommen. Ich würde mich deswegen noch in den Hintern beißen. Ganz bestimmt.

»Mama?«, fragte Alexander schließlich und stopfte sich mit den Fingern eine knusprig-braune Nudelteigtasche in den Mund.

»Was ist denn, mein Schatz?«

»Im Arsch von wem sind die Nudeln eigentlich gewesen?«

Peter kehrte lange nachdem die Jungen schon schliefen, zurück. Ich hatte weder die Kartons aufgeräumt, noch den Abwasch gemacht, ja, seitdem es bei den Jungen still geworden war, hatte ich nur eine einzige Sache erledigt: den Fernseher aufgebaut. Wie sich herausstellte, hatten wir kostenloses Kabelfernsehen.

Als Mutter war ich absolut gegen das Fernsehen. Ich ließ meine Kinder niemals fernsehen. Und ja: Ich war mir bewusst, dass ich mir die Kinderbetreuung um einiges schwerer machte, indem ich sie nicht fernsehen ließ. Meine Mutter hatte mich unzählige Male darauf hingewiesen, genau wie jede einzelne meiner befreundeten Mütter, die ausnahmslos auf die Hilfe des Fernsehers zurückgriffen, um wenigstens eine wichtige Sache am Tag erledigen zu können – den Abwasch beispielsweise oder eine Dusche oder das Abendessen. Meine Mutter war der Meinung, ich sei in der Hinsicht eine frömmlerische Nervensäge. »Eine Stunde am Tag wird sie nicht umbringen«, sagte sie. »Du machst dich ja verrückt.«

»Das ist eine echte Büchse der Pandora«, erklärte ich ihr.

Und dem war auch so. Auf mich allein gestellt würde ich den ganzen Tag fernsehen, wenn ich könnte. Ich würde das wirkliche Leben ohne nachzudenken gegen das Fernsehen eintauschen. Ich liebte das Fernsehen. Wie eine Süchtige ihre Sucht liebte. Ich würde alles schauen. Ich würde mir uralte Sitcoms ansehen. *Der Preis ist heiß*. Ich würde mir stundenlang Kochsendungen ansehen. Aus diesem Grund hatten wir in Houston kein Kabelfernsehen gehabt. Wir waren an überhaupt keine Sender angeschlossen gewesen. Ich hätte das Gerät ganz weggegeben, aber Peter, der nicht begriff, welche Macht das Fernsehen auf mich ausübte, und der sogar gleichzeitig fernsehen und ein Buch lesen konnte, wollte das Gerät behalten.

»Es geht nicht, dass wir keinen Fernseher haben«, sagte er. »Alle haben einen Fernseher.«

»Wenn ich Alkoholikerin wäre«, fragte ich, »würdest du dann auf einer Hausbar voll alkoholischer Getränke bestehen?«

»Das ist nicht wirklich dasselbe.«

»Es ist ganz ähnlich.« Ich verschränkte abwehrend die Arme.

Also schlossen wir einen Kompromiss. Wir hatten den Fernseher und einen DVD-Player, aber keine Sender. Wir sahen uns manchmal am Wochenende ausgeliehene Filme an, nachdem die Kinder eingeschlafen waren; seit Baby Sams Geburt allerdings deutlich seltener.

Doch als ich hier den Fernseher aus dem Karton gezogen hatte, fiel mein Blick auf ein Kabel am Boden. Peter musste beim Packen in der Abstellkammer darauf gestoßen sein und es zusammen mit dem Fernseher eingepackt haben. Als ich den Fernseher einsteckte, entdeckte ich genau neben der Steckdose einen Kabelanschluss. Ich starrte ihn gute zwei oder drei Minuten an, bevor ich, so entschieden wie jemand, der wieder mit dem Trinken anfängt, nach dem Kabel griff und es einstöpselte.

Das war gegen halb acht. Mittlerweile saß ich seit beinahe drei Stunden auf dem Sofa und zappte mit großen glänzenden Augen genüsslich durch die Kanäle. Dass wir quer durch das Land gezogen waren und ein völlig neues Leben angefangen hatten, schien auf einmal uninteressant und unwichtig. Mich hatte ein verrücktes Hochgefühl gepackt. Ich hatte vergessen, wie sehr das Fernsehen einen aus seiner eigenen Welt ziehen konnte. Ich hatte vergessen, wie großartig es war. Bücher waren eine tolle Ablenkungsmöglichkeit, aber Fernsehen war, als existiere man selbst überhaupt nicht.

Und dann stolperte ich über eine Dokumentarsendung mit dem Titel *Das Dicke Ende*; eine Woche im Leben einer Frau, die über dreihundertsiebzig Kilo wog. Als Peter gegen elf mit den Einkäufen nach Hause kam, saß ich vornübergebeugt auf dem Sofa, das Gesicht tränennass. Er hatte die Tüten in der Küche abgestellt und einen schnellen Blick auf die knusprig-braunen Ravioli geworfen, die im Topf zusammengebacken waren.

»Was hat es denn bei euch zum Abendessen gegeben? Kakerlaken?«

Ich gab ihm keine Antwort. Ich bin mir noch nicht einmal sicher, ob ich ihn wirklich hörte.

Peter blickte zum Fernseher und wieder zurück zu mir. Dann ließ er sich auf der Sofakante nieder, wobei er offensichtlich nicht vorhatte, länger sitzen zu bleiben. Nach einer Minute zog er zwei Hershey-Schokoriegel aus der Tasche und reichte mir einen. »Willkommen in Massachusetts«, sagte er.

»Das kann ich nicht essen«, sagte ich.

»Warum nicht?«, fragte er.

»Weil«, sagte ich auf der Suche nach einer Antwort. »Weil Schokolade etwas für einmal die Woche ist, nicht einmal am Tag.«

Achselzuckend riss er die Verpackung auf. »Okay.«

Peter war dünn. Er war eins dreiundachtzig groß und hatte den Stoffwechsel eines Windhundes. Ja, was das Aussehen betraf, waren wir vollkommen gegensätzlich. Er war eine Art britisch-skandinavische Promenadenmischung, und ich hatte jedes einzelne kolumbianische Gen meiner Mutter geerbt. Er hatte blaue Augen, war rotblond und hatte Sommersprossen, ich hatte schwarze Haare, schwarze Augen und war viel dunkler als Peter. Das war auch nicht sonderlich schwierig.

Ich war in die Fußstapfen meiner Mutter getreten und hatte einen Mann geheiratet, der äußerlich mein genaues Gegenteil war, und als wir Kinder bekamen, hatten sich meine rezessiven Gene mit Peters zusammengetan, um drei Jungen hervorzubringen, die so blond und blauäugig und sommersprossig waren, dass die Leute in Texas mich laufend für ihr Kindermädchen gehalten hatten.

Peter und ich waren also verschieden: Er war knochig und kantig, und ich war weich und rund. Er war, sagen wir einmal, ein Stangensellerie, und ich war eher ein Granatapfel. Ich sollte hinzufügen, dass er meine Figur, meinen Teint, meine Weichheit mochte.

Peters Beziehung zu Nahrung sah folgendermaßen aus: Zuzüglich der drei Grundmahlzeiten aß er jeden Morgen ein zusätzliches Frühstück, naschte den ganzen Tag über alles, wonach ihm der Sinn stand, und genehmigte sich jeden Abend vor dem Schlafengehen einen Zimttoast mit Butter und ein großes Glas Vollmilchkakao. Manchmal leerte er obendrein noch eine Packung Kekse. Er konnte sich nicht vorstellen, wie es wäre, Essen als irgendetwas anderes denn einen Quell hemmungsloser Freude zu betrachten. Und er liebte es, mir Schokolade mitzubringen.

Während wir uns also an dem Abend *Das Dicke Ende* ansahen, verdrückte er glücklich sowohl seinen Schokoriegel als auch meinen.

Der Star der Sendung war eine Dame namens Mitzi, die dreihundertfünfundsiebzig Kilo wog. Wenn sie sich auf ihr Bett setzte, konnte sie nicht wieder aufstehen. Sie war wortwörtlich eine Gefangene ihres Körpers. In dem Dokumentarfilm ging es um ihren Kampf, dem Gefängnis ihres eigenen Ichs zu entkommen – ihre Magenoperationen, ihre Teilnahme an einer streng überwachten Diät, die Operation, in deren Verlauf Ärzte ihr große Fettstücke wegschnitten, die ihnen wie Fische in den Händen zappelten, als sie sie zum Eimer für medizinische Abfälle trugen.

»Du willst mich wohl auf den Arm nehmen«, sagte Peter.

Ich wischte mir die Nase an meinem Ärmel ab. »Was?«

»Tausend Sender, und du guckst dir das hier an?«

Ich erwiderte nichts. Mitzi versuchte, in ein Taxi zu steigen, was ihr einige Probleme bereitete.

Peter fing zu lachen an.

»Das ist nicht lustig«, sagte ich.

»Ist es wohl.«

»Peter –«, sagte ich, ohne jedoch recht zu wissen, wie ich fortfahren sollte. Ich hatte bereits anderthalb Stunden mit Mitzi verbracht. Ich hatte Kindheitsfotos von ihr am Strand gesehen, auf denen sie einen Kinderbikini und ein dazu passendes Kopftuch trug. Ich hatte gesehen, wie sie die Kerzen an ihrem vierten Geburtstag ausblies. Ich hatte ihre Klassenfotos gesehen, ihr Kleid für den Abschlussball an der Highschool, den Tag, an dem sie ihre Zwillinge zur Welt gebracht hatte. Ich war schon immer in der Lage gewesen, das Schöne an Frauen zu entdecken – außer natürlich an mir –, und an ihr gelang es mir ebenfalls: Sie hatte dickes, welliges, kastanienbraunes Haar. Ihre Augenbrauen waren sarkastisch geschwungen. Sie hatte die längsten schwarzen Wimpern, die ich je gesehen hatte, und ihre Augen waren so blau, dass sie beinahe purpurn wirkten. Peter konnte sie nicht wirklich sehen, und die Dokumentarfilmer auch nicht, ja noch nicht einmal Mitzi selbst konnte es. Ich schon.

In dem Jahr, nachdem ihr Mann an Leukämie verstorben war, wollte Mitzi einfach nicht mehr das Haus verlassen. Und dann wurde ihr Spitz LeRoy ebenfalls krank und starb. Ihre Zwillinge waren schon vor Jahren weggezogen. Sie war ganz allein. Und im Handumdrehen hatte sie fünfzig Kilo zugenommen.

»Man nimmt nicht einfach so fünfzig Kilo zu«, sagte Peter. »Man muss sich ganz schön ranhalten, um so dick zu werden.«

Im Grunde waren wir an einem toten Punkt angekommen. Denn ich hatte Verständnis für sie. Vollstes Verständnis. Ich wusste nur zu gut, wie der eigene Körper einem wie ein Kleinkind im Supermarkt davonlaufen konnte, sodass man ihm durch die Gänge hinterherrannte und rief: »Wo bist du? Das ist kein bisschen lustig!«

»Sie hat es sich nicht ausgesucht, so zu sein«, erklärte ich ihm.

Peter sah mir ins Gesicht und sagte: »Keiner hat sie gezwungen, all die Schokokuchen zu essen.«

Er ging zum Fernseher und schaltete ihn aus. Dann kam er zurück, zog mich vom Sofa empor und fing an, mich in Richtung Schlafzimmer zu führen.

»Peter.« Ich blieb stehen, um das Fernsehkabel auszustecken. »Das ist das Gemeinste, was ich je aus deinem Munde gehört habe.«

Als ich unser Schlafzimmer betrat, ließ ich das Fernsehkabel in den Papierkorb fallen. Peter sah mich an, als habe ich den Verstand verloren, doch ich ließ es dort. Ich wusste, dass ich manchen Versuchungen einfach nicht widerstehen konnte.

Zu unseren kinderlosen Zeiten hätten wir uns vielleicht in eine heiße Diskussion über Frauen und Gewichtsprobleme und unsere Fast-Food-Kultur und die Bedeutung von Schönheit gestürzt. In der Anfangsphase unserer Beziehung hatte ich ihm sogar *Der Mythos Schönheit* zu lesen gegeben. Und er hatte es gelesen. »Oh Gott«, hatte er gesagt, als ich es später einmal erwähnte. »Ich bin ja so verliebt gewesen.«

»Gewesen!«, sagte ich und versetzte ihm einen Schlag auf die Schulter.

»Ja«, sagte er. »Gewesen.« Dann packte er mich und warf mich gespielt brutal aufs Bett, woraufhin ich lachen musste und ihn erneut haute.

Heutzutage, als Eltern, neckten wir einander nicht mehr oft, oder lasen dieselben Bücher oder warfen einander aufs Bett. Als Eltern versuchten wir nur rasch, alle wichtigen Informationen auszutauschen, damit alles wie gewohnt weiterlief. Als Eltern krochen wir in unseren spaghettiverschmierten T-Shirts ins Bett, drehten einander den Rücken zu und schliefen ein.

Oder zumindest schlief Peter ein. In der Nacht lag ich lange wach und beobachtete die Schatten an der Wand, lauschte den neuen Geräuschen und dachte: »Das ist jetzt also unser Zuhause.« Wenn ich die Augen schloss, tat ich so, als seien wir in unserem kleinen gemieteten Haus in Houston, einem Häuschen mit einer Wäscheleine hinten im Garten und einer Steinterrasse, wo die Kinder auf ihren Dreirädern herumsausten. Wir hatten die Dreiräder und Big Wheels vor unserer Abreise der Heilsarmee gegeben, da im Möbelwagen kein Platz gewesen war. Jetzt konnte ich einfach nicht glauben, dass wir das alles zurückgelassen hatten. Dass wir niemals wieder in unsere kleine Kieseinfahrt einbiegen oder bei Sonnenuntergang an dem kleinen Picknicktisch zu Abend essen oder uns unter den Akazienbaum legen würden.

Peter stammte ursprünglich nicht aus Houston, aber die Stadt gefiel ihm. Er war meinetwegen dorthin gezogen. Wir waren in Ohio auf die Uni gegangen und hatten dort noch ein paar Jahre nach dem Abschluss gelebt. Dann hatte ich eines Tages, aus heiterem Himmel, gesagt: »Ich würde gern nach Hause nach Houston ziehen.«

Der süße, liebenswürdige Peter hatte erwidert: »Okay.«

Und das war's auch schon gewesen.

Ich ermahnte mich nun zu versuchen, mehr wie Peter zu denken. Jeder Ort konnte zu einem Zuhause werden, wenn man sich nur Mühe gab.

Trotz aller Mühe schweiften meine Gedanken natürlich immer wieder zu der Frau in der Khakihose im Park. Der Teil meiner selbst, der gütig zu mir war, beteuerte beharrlich, dass die Khakihose einfach nur mein viel zu großes Herrenhemd gesehen und angenommen hatte, darunter befände sich ein Schwangerenbauch. Doch der lautere Teil, der gemeine Teil, fühlte sich lediglich darin bestätigt, was er schon die ganze Zeit über gewusst hatte. Ich sah schlimm aus. So musste es bei Mitzi angefangen haben. Sie begann sich schlecht zu fühlen, und sie begann sich zu schämen, und im Nu war das dicke Ende gekommen. Im wahrsten Sinne des Wortes.

Im Dunkeln ließ ich die Hände über meinen postschwangeren Bauch gleiten, ein warmes, weiches, gallertartiges Ding, das, seitdem ich Kinder zur Welt gebracht hatte, zu einem ebenso bleibenden Bestandteil meines Lebens geworden war wie die Kinder selbst. Ich drückte meinen Bauch und kniff ihn. Ich hatte nicht vorhergesehen, wie sehr das Schwangersein und das darauffolgende Elterndasein mich altern lassen würden. Die Schwangerschaftsstreifen auf meinem Bauch, die Falten in meinem Gesicht, die Besenreiser an meinen Oberschenkeln. Wie hatte ich mich in so kurzer Zeit so stark verändern können?

Vor Jahren hatte ich auf der Uni eine Statistik über Frauen gelesen. Auf die Frage, ob sie lieber fünfzehn Kilo zunehmen oder von einem Bus überfahren werden wollten, hatten sich fünfundsiebzig Prozent der Frauen für den Bus entschieden. Ich war zweifellos eine von ihnen. Nach einer Gewichtszunahme von fünfzehn Kilo bestünde kein Grund mehr weiterzuleben.

Jetzt, mehr als fünfzehn Kilo später, lag ich neben dem mittlerweile schnarchenden Peter und sehnte mich auf einmal so heftig nach meinem alten Selbst zurück, dass mein Brustkorb schmerzte. Mein Kopfkissen wurde von Tränen durchtränkt. Und das war der Augenblick, in dem ich erkannte, so klar und deutlich, wie man überhaupt etwas erkennen kann, dass es an der Zeit war, mein Leben zu ändern.

Es ist ein Augenblick, an den ich mich noch ganz deutlich erinnern kann: vor allem an die jähe Vorfreude, mein verloren gegangenes Ich wiederzufinden. In jener Nacht hatte ich nicht die leiseste Ahnung, dass mich wiederzufinden auch bedeuten könnte, meinen Ehemann zu verlieren.

3

Noch bevor ich am nächsten Morgen »Leben ändern« auf meine To-Do-Liste schreiben konnte, rief mich meine Mutter auf dem Handy an, um herauszufinden, wie der Umzug verlaufen war. Ich schloss die Augen, als ich ihre Stimme vernahm, und versuchte mir eine Sekunde lang vorzustellen, ich sei immer noch zu Hause in Houston, und sie riefe an, um zu sagen, dass sie mit einem Topf Geranien vorbeikäme, den sie zu einem Schnäppchenpreis ergattert hatte.

Meine Mom hatte eine tolle Stimme, ganz tief und mit einem beinahe unmerklichen kolumbianischen Akzent, an dem sie hart gearbeitet hatte, um ihn loszuwerden. Sie klang fast völlig amerikanisch mit einem Hauch von etwas Exotischerem, und sie konnte einfach nicht fassen, dass ich kein Talent für Sprachen hatte. Sie konnte von Australisch bis Indisch so gut wie jeden Akzent nachahmen. – In unserer Kindheit hatten meine Brüder und ich sie immer angebettelt, uns die Akzente vorzumachen. Doch sie tat es fast nie. Ihr lag einzig und allein daran, Amerikanisch zu sprechen.

An diesem Morgen hatte sie mir eine Menge zu erzählen. Mit der wichtigsten Neuigkeit hielt sie hinter dem Berg, bis sie mir erzählt hatte, dass der Hibiskus auf der Terrasse einzugehen schien, die Toilette im Gästebadezimmer verstopft sei, und mein jüngster Bruder Tommy seine Stelle bei der Bank gekündigt habe. Sie lautete, dass mein Vater und sie sich vergangene Nacht entschieden hätten, ebenfalls umzuziehen.

»Was soll das heißen, ›umziehen‹?«, fragte ich.

»Umziehen«, sagte sie.

Das wollte nicht in meinen Kopf. Meine Eltern lebten schon seit der Zeit vor meiner Geburt im gleichen Haus. Meine Mutter setzte zu einer Erklärung an, doch meine Gedanken schlugen Purzelbäume. Meinem Vater war eine neue Arbeitsstelle angeboten worden, und zwar sollte er in Übersee eine Raffinerie erbauen. Das hatte er schon immer tun wollen, und jetzt, auf einmal, taten meine Eltern es, ohne auch nur meine Meinung einzuholen.

»Wo?«, fragte ich. »Wohin würdet ihr ziehen?«

Meine Mutter trank einen Schluck von ihrem Kaffee und sagte dann: »Dubai.«

»Ich weiß noch nicht einmal, wo das liegt«, sagte ich.

»Mach dich nicht lächerlich, Elena«, sagte meine Mutter. »Natürlich weißt du das.« Sie war der einzige Mensch, der mich »Elena« anstatt »Lanie« nannte. Abgesehen von Peter manchmal, wenn er etwas Wichtiges zu verkünden hatte.

Ich dachte über Dubai nach. »Naher Osten«, sagte ich schließlich.

»Vereinigte Arabische Emirate.«

»Aha«, sagte ich. »Natürlich.«

»Es ist das Las Vegas der arabischen Welt«, fügte sie hinzu, als wisse das jeder.

Mit gereiztem Unterton sagte ich: »Warum könnt ihr nicht einfach ins echte Las Vegas ziehen?«

Meine Mutter hegte nicht die Absicht, mich schmollen zu lassen. »Das ist doch egal.« Ihr Akzent klang ein ganz klein wenig durch. »Entweder wohnen wir in derselben Stadt oder nicht.«

Ich stillte gerade Baby Sam, die Jungen waren dabei, Kartons für mich »auszupacken«, und Peter war im Gästezimmer, das sowohl eine Tür zu unserer Wohnung als auch zum Treppenhaus hinaus hatte, und richtete es als Übungszimmer ein, damit er so bald wie möglich Klavierstunden geben und Geld dazuverdienen konnte.

Wir waren alle seit 4 Uhr 45 auf, als Baby Sam aufgewacht war. Normalerweise wachte er fröhlich auf und ließ sich eine Zeit lang bei mir im Bett stillen, bevor wir aufstanden, aber an diesem Morgen war er desorientiert und schlecht gelaunt. Er hörte nicht auf, Theater zu machen. Ich schob es auf die Luftveränderung. Echte Luft war etwas ganz anderes als die klimatisierte Luft, in der meine Jungen unten in Texas aufgewachsen waren. Sie war viel feuchter. Wir alle hatten das Gefühl, unter Wasser gewesen zu sein. An dem Morgen musste Baby Sam nicht allzu lange Lärm schlagen, bis der Rest der Familie wach war.

»Wo ist der Morgen hin?«, hatte Alexander wissen wollen, als er ins Wohnzimmer geschlurft kam. »Es ist dunkel draußen!«

»Ja, wo ist der Morgen eigentlich hin?«, fragte Peter mich.

Peter duschte, während ich auf die Kinder aufpasste, dann duschte ich, während er ihnen Marmeladenbrote zum Frühstück machte. Als ich mich angezogen hatte, waren sie alle mit Zucker zugedröhnt und gefechtsbereit. Und Baby Sam war zu dem Zeitpunkt unerklärlich gut drauf. Allerdings ist ganz vieles an Babys unerklärlich.

Peter war der Brotverdiener. In Houston hatte er als Musikbibliothekar und am Abend als Klavierlehrer gearbeitet. Vor den Kindern war ich Kunstlehrerin an einer Grundschule gewesen und hatte nebenher selbst ein wenig gemalt. Doch als ich mit Alexander schwanger war, hatte Peter sich mit einem Taschenrechner hingesetzt und ausgerechnet, dass es uns teurer käme, für Alexanders Kinderbetreuung zu zahlen, als wenn ich zu arbeiten aufhörte. Damit war die Sache entschieden. Ich würde zu Hause bleiben, bis die Kinder in den Kindergarten kämen, und dann wieder halbtags arbeiten. Theoretisch ergab es absolut Sinn.

Noch am gleichen Abend hatten wir einen Haushaltsplan erstellt, um sicherzugehen, dass wir von Peters Gehalt leben konnten. Er war der Visionär des Haushaltsplans, doch ich wurde zu dessen Vollstreckerin. Ich war diejenige, die Rechnungen bezahlte, auf Schnäppchenjagd ging und Nein zu den Kindern sagte. »Nein, der Plastikpinguin wird nicht gekauft.« »Nein, den Schokoladenroboter kannst du nicht essen.« »Nein, der Zwanzigdollarschein wird nicht als Piratenschatz vergraben.«

Es hatte drei Jahre gedauert, bis ich mit Alexander schwanger war. Im ersten Jahr versuchten wir es gelegentlich. Im zweiten Jahr versuchten wir es offiziell. Und im dritten Jahr versuchten wir es verzweifelt. Wir stellten uns gerade auf den ganzen Fruchtbarkeitskram ein, als uns Alexander zustieß. Der Kampf hatte uns das

Gefühl vermittelt, keine sehr fruchtbaren Menschen zu sein, und so waren wir angenehm überrascht, als ich nur einen Monat, nachdem ich Alexander abgestillt hatte, auf einmal mit Toby schwanger war. Er wurde kurz vor Alexanders zweitem Geburtstag geboren, und wir betrachteten ihn als glückliche Überraschung.

Doch die größte Überraschung wartete noch auf uns, denn drei Monate, nachdem ich Toby zur Welt gebracht hatte – als ich immer noch rund um die Uhr stillte; als Sex etwas war, mit dem Peter und ich aus einer Art Pflichtgefühl wieder angefangen hatten, weil es »gut für die Ehe« war; und als wir genau ein Wochenende zuvor fest entschieden hatten, dass Peter sich einer Vasektomie unterzöge, weil wir beide nicht das geringste Interesse an einem weiteren Kind hatten –, wurde ich mit Baby Sam schwanger.

Anfangs wusste ich noch nicht einmal, dass ich schwanger war. Woher auch? Ich hatte meine Tage noch nicht. Im Grunde hätte ich überhaupt keinen Eisprung haben sollen. Mutter Natur sollte mir eigentlich eine Verschnaufpause gönnen. Mal ganz abgesehen davon, dass Peter und ich trotz unserer beiden Kinder in Sachen Fortpflanzung minderbemittelt waren. Das hatten wir über uns gelernt, so wie andere Leute lernten, dass sie schnelle Leser waren oder leidenschaftliche Camper oder dass sie Glück beim Bingospielen hatten. Wir waren einfach nicht sonderlich fruchtbar.

Doch als die morgendliche Übelkeit einsetzte, wusste ich Bescheid. Mir war zu schlecht, um etwas zu essen, aber nicht schlecht genug, um mich tatsächlich zu übergeben. Das ist nicht die Art Gefühl, die man vergisst.

Im Behandlungszimmer meines Frauenarztes, während Alexander auf dem Boden eine Zeitschrift über Inneneinrichtung und Dekoration zerfetzte, und ein winziger Toby, der wie ein Neugeborenes aussah, in meinem Schoß lag und die Brust nahm, flehte ich den Arzt an: »Bitte sagen Sie mir, dass ich eine Magen-Darm-Grippe habe.«

»Sie sind schwanger!«, entgegnete er vergnügt und hob die Hand, um mit mir abzuklatschen.

Ich sah seine Hand, die sich nur ein paar Zentimeter von meinem Gesicht entfernt befand, regungslos an. »Das ist unmöglich«, sagte ich.

Er schüttelte ein wenig die Hand, um mich dazu zu bewegen, seine Begeisterung zu erwidern. »Ist es nicht!« Sein Lächeln wurde noch strahlender. »Sie sind es!«

Ich stieß einen tiefen Seufzer aus.

Der Arzt ließ die Hand wieder sinken, als ihm klar wurde, dass das von ihm erwartete Entzücken nicht vorhanden war. »Vielleicht klappt es nicht«, äußerte er dann und schrieb etwas in seine Akte, »Patientin nicht offen für das Wunder des Lebens«, oder so etwas in der Art.

Es würde nicht klappen! Es konnte nicht klappen! Den Rest des ersten Trimesters verbrachte ich in der Erwartung, mein Körper käme wieder zur Vernunft. Und dann, sechs Monate später, war Baby Sam da.

Und ich will ganz offen sein: Anfangs war ich ziemlich verstört. Bei meinen anderen beiden Babys war es Liebe auf den ersten Blick gewesen. Doch bei Baby Sam wurde ich die ersten paar Wochen nach seiner Geburt das Gefühl nicht los, mich um das Baby anderer Leute zu kümmern. Bis zu dem Morgen, als ich aus irgendeinem Grund vor ihm erwachte und ihm zusah, wie er schlief, ein paar Zentimeter von mir entfernt im Bett. Dann schlug er die Augen auf und betrachtete mich mit dem hingebungsvollsten, verliebtesten Blick, den ich je gesehen hatte. Von dem Tag an war ich sein. Ich gehörte ihm.

Ich war also froh, all diese Jungen zu haben. Und ich liebte jeden Einzelnen wie verrückt auf eine Art und Weise, die ich vor ihrer Geburt nie für möglich gehalten hätte. Doch gleichzeitig verlor ich auch ein wenig den Verstand. Ein Baby ohne Hilfe ist hart. Zwei ist noch härter. Doch drei ist einfach ein sicherer Weg in den Wahnsinn. Das Einzige, was mich aufrecht hielt, war meine Mutter, die zehn Minuten entfernt wohnte und mindestens einmal am Tag vorbeikam, um mir beim Abendessen zur Hand zu gehen oder einen Topf Geranien vorbeizubringen.

Deshalb war ich auch in Tränen ausgebrochen, als Peter in einem Graduiertenkolleg in Musikkomposition in Brandeis aufgenommen wurde, und als der Ausschuss, der seine Bewerbung begutachtete, ihm ein persönliches Würdigungsschreiben schickte, und als ihm mitgeteilt wurde, man würde auf die Studiengebühren verzichten und ihm Wohngeld zukommen lassen.

»Ich komme nicht mit dir mit«, sagte ich. »Wir werden uns eben SMS schreiben müssen.«

»Es ist nur für drei Jahre«, sagte er.

»In drei Jahren werde ich tot sein.«

»Nein, wirst du nicht.«

»Doch, wirklich.«

Aber ich ging mit. Das hier war seine große Chance.

Er hatte sich schon früher beworben, an dieser und an anderen Hochschulen, und war abgelehnt worden, oder man hatte ihm nicht genug Geld geboten. Diesmal war er entweder besser geworden, was durchaus möglich war, denn er übte ständig, oder die großen Bewerbermassen waren ausgeblieben. Jetzt überschütteten sie ihn mit Geld und Lob und beteuerten, sein Kompositionsportfolio sei »packend« und »unwiderstehlich«. Wir zogen um. Wir mussten einfach.

Meine Mutter ließ angesichts unseres Umzugs den Kopf nicht hängen. Obwohl wir sie jeden Tag sahen, und es ihre einzigen Enkelkinder waren, und sie solch ein wichtiger Bestandteil unseres Lebens war, dass sie wusste, welche Unterwäsche jeder Junge an welchem Tag trug, zuckte sie nicht einmal zusammen, als ich es ihr erzählte. Sie sagte auf die ihr ureigene Art, indem sie etwas so fest behauptete, dass sie es beinahe wahr werden lassen konnte: »Drei Jahre sind gar nichts.« Doch in drei Jahren wäre Alexander sieben, und Baby Sam hätte nicht mehr die geringste Ähnlichkeit mit einem Baby. In drei Jahren wäre sie sechsundsechzig. In drei Jahren hätten wir einen neuen Präsidenten, neue Freunde und – toi, toi, toi! – ein neues Auto. Drei Jahre waren nicht wirklich gar nichts. Doch ich erwiderte nichts.

Meine Mutter war in der Zeit, in der sie ihre Kinder großzog, niemals umgezogen. Sie hatte an einem Ort bleiben wollen – das gleiche Haus, die gleichen Schulen, die gleichen Freunde der Familie. Als mein Vater, ein Ingenieur, Aufträge an Orten wie Japan und Malaysia und Bahrain angeboten bekam, sagte sie einfach Nein.

»Wie hast du das hinbekommen?«, fragte ich sie einmal.

»Das war einfach«, sagte sie. »Ohne uns wäre er nirgendwohin gegangen, und wir gingen nirgendwohin.«

Sie blieben, wo sie waren, wie meine Mutter es gewollt hatte. An dem Morgen, an dem sie mich anrief, lebten meine Eltern immer noch in dem Haus, das sie 1969 gekauft hatten. Sie hatten 29 000 Dollar gezahlt und fünfundzwanzig Jahre lang eine monatliche Hypothekenrate von zweihundertsiebzehn Dollar gehabt.

Nun, da alles abbezahlt war, zogen sie um. Am Telefon wies ich meine Mutter darauf hin.

»Wir verkaufen doch das Haus nicht!«, sagte meine Mutter, als habe ich sie gefragt, ob sie all unsere Fotoalben verbrennen würden. »Wir werden es einfach vermieten.«

»Ihr werdet jeden einzelnen Gegenstand in dem Haus einpacken und einlagern lassen?«, fragte ich.

»Ja«, sagte sie, als sei es die einfachste Sache der Welt.

Wir alle wussten, dass mein Dad immer hatte reisen wollen. Von Anfang an. Und meine Mutter hatte nie vorgehabt, Kinder zu bekommen. Sie hatten sich an der Fakultät für Ingenieurswissenschaften kennengelernt, und zwar zu einer Zeit, als es so etwas wie eine Ingenieurin noch so gut wie gar nicht gab. Und obendrein war sie dieses begehrenswerte schwarzhaarige Mädchen aus Kolumbien, das so gescheit war, dass es zum Studieren bis in die Staaten gekommen war. Wenn mein Dad die Geschichte erzählte, war meine Mutter Catwoman, die um den Campus schnurrte und die ganzen männlichen Studenten zu Mäusen werden ließ.

»Du bist ja so verrückt«, sagte sie zu meinem Dad und berührte seine Hand. »Du bist die Katze gewesen, nicht ich.« Dann kämpfte sie ein Lächeln nieder. »Aber ich war keine Maus.«

Einen Monat nach ihrem ersten Kuss waren sie durchgebrannt. Und hier kommt das Verblüffendste: Neununddreißig Jahre später waren sie immer noch die besten Freunde. Ihre Ehe hätte auf keinen Fall funktionieren sollen. Man konnte nicht vier Wochen miteinander ausgehen, dann heiraten, und die Ehe war von Dauer. Doch verrückterweise war es bei ihnen so. Etwas zwischen ihnen stimmte einfach, und drei erwachsene Kinder später zogen sie nach Dubai wie ein jung verheiratetes Paar auf Hochzeitsreise.

»Es ist das Richtige«, sagte meine Mutter jetzt.

Ob sie in Wirklichkeit lieber zu Hause bliebe oder nicht, ob sie ihre Freunde oder ihren Garten oder das Land, in dem ihre Enkelkinder lebten, zurücklassen wollte oder nicht, würde sie niemals sagen. Meine Mutter war kein Mensch, der zuließ, dass die Dinge irgendwie anders lagen, als sie sein sollten. Sie hatte zu arbeiten aufgehört, als ich auf die Welt kam, und war nie wieder in die Arbeitswelt zurückgekehrt. Doch falls ihr das zu schaffen machte, war es ihr nicht anzumerken. Und nun, angesichts der Tatsache, dass mein Dad unbedingt fort wollte, und dass meine beiden jüngeren Brüder längst von zu Hause ausgezogen waren, und dass mein Vater nicht mehr weit vom Rentenalter entfernt war und wahrscheinlich nie wieder eine derartige Chance erhielte, würde sie nicht zurückblicken.

Meine Mutter sagte, die Nachbarn, von denen viele

Kinder etwa in unserem Alter gehabt hatten, würden in zwei Wochen ein Luau, ein hawaiianisches Abschiedsfest, für meine Eltern veranstalten. Mein Vater hatte vor, einen Bastrock über seiner Badehose zu tragen. Am Morgen nach der Party würden meine Eltern in ein Flugzeug steigen, um in einem Land zu leben, in dem keiner von beiden je gewesen war.

»Ihr müsst das schon eine ganze Zeit lang gewusst haben«, sagte ich.

»Ich wollte warten, bis wir uns sicher sind«, sagte sie.

Nachdem wir aufgelegt hatten, suchte ich nach Alexander und Toby. Baby Sam hatte sich während des Telefonats auf meinem Schoß gewunden – hatte sich stillen lassen, dann das Interesse verloren, hatte sich dann noch ein wenig stillen lassen –, doch die älteren Jungen waren verschwunden, da sie wussten, dass sie allen möglichen Unfug aushecken konnten, während ich telefonierte. Ich fand sie im Badezimmer, wo sie mit einer Dose Rasierschaum und einer Schachtel Getreideflocken, die Peter am vergangenen Abend gekauft hatte, eine »Soße« in der Badewanne zubereiteten. Beide waren klitschnass und sie sahen so glücklich aus, und da ohnehin schon solch ein Chaos herrschte, machte ich einfach nur die Badezimmtertür zu und ließ sie auch noch den Rest der Dose leeren.

Meine Eltern. Zogen weg. Allein in Cambridge zu sein, war schlimm genug, aber allein in Cambridge zu sein, während meine Eltern auf der anderen Seite der Welt waren, wirkte noch hundertmal schlimmer. »Mach dich nicht lächerlich«, hatte meine Mutter gesagt. »In Texas sind wir dir keine größere Hilfe als irgendwo sonst.« Doch die Vorstellung von ihnen in Texas war mir eine Hilfe. Die Vorstellung, dass die Dinge in meinem Elternhaus in Houston in dem gleichen tröstlichen Tempo voranschritten, in dem sie es immer getan hatten – dass mein Dad jeden Morgen um sechs mit den Nachbarn Jocelyn und Bill seinen Dreimeilenspaziergang absolvierte, dass meine Mom in Handschuhen, deren Blumenmuster seit meiner Kindheit das gleiche war, hinter dem Haus die Gartenarbeit verrichtete –, war tröstlicher für mich, als mir bewusst gewesen war.

»Dann tu einfach so, als seien wir immer noch hier«, hatte sie gesagt.

»Aber das werdet ihr nicht sein.«

»Wir werden nicht allzu lange fort sein.«

»Wie lange denn?«

»Drei Jahre.«

»Na schön.« Ich hatte wieder einen Schmollmund gezogen. »Drei Jahre sind gar nichts.«

4

Peter erzählte ich nicht gleich vom Anruf meiner Mutter, obwohl er sich direkt nebenan befand. Ich selbst hatte die Regel aufgestellt, nie sein Übungszimmer zu betreten, wenn er arbeitete. Ansonsten wäre ich ständig dort gewesen. Peter sagte: »Du musst nicht draußen bleiben. Komm rein, wann immer du mich brauchst.« Doch seitdem die Kinder da waren, war ich viel zu erpicht auf Gesellschaft, um etwas wie einen Besuch bei Peter meinem eigenen Gutdünken zu überlassen. Außerdem war da ein Teil von mir, der das Konzept des »Übens« ohnehin nicht wirklich respektierte. Die Stücke, die er wieder und wieder spielte, klangen in meinen Ohren prima. Ich wusste nicht recht, woran er so hart arbeitete.

In Houston hatten uns meine Eltern ihr altes Klavier gegeben, sodass ich Peter, oder einen seiner Schüler, so gut wie andauernd im Haus spielen hörte. In Cambridge hatte Peter bloß ein Keyboard und Kopfhörer, sodass ich den ganzen Vormittag keinen Ton von ihm zu hören bekam. Eigentlich hätte er auspacken und aufbauen sollen, doch die Stille verriet mir, dass er übte.

Ich fütterte Baby Sam etwas Joghurt und aß selbst davon – im Stehen an der Arbeitsplatte in der Küche, so wie ich heutzutage immer zu essen schien – und machte mich anschließend daran, das Badezimmer und die anderen beiden Jungen abzuspritzen. Die Jungen verhielten sich nur dann kooperativ, wenn sie etwas Ungezogenes angestellt hatten. Als ich sie schließlich gesäubert, abgetrocknet und angezogen hatte, überkam mich dieses fieberhafte Gefühl, dass ich auf der Stelle aus dem Haus müsse. Diese Wohnung war jetzt schon zu klein. Sie hatte genauso viele Quadratmeter wie unser letztes Haus, doch die Stapel nicht ausgepackter Kartons, der schlauchartige Grundriss und die Tatsache, dass wir keinen Garten hatten, ließ sie viel winziger wirken. Außerdem war sie feucht und heiß ohne Klimaanlage, und bei uns oben im zweiten Stock sammelte sich die Hitze von allen unter uns.

Zuerst musste ich unbedingt duschen. Ich hatte schon seit zwei Tagen duschen wollen, aber wie so vieles in meinem Leben in letzter Zeit, hatte ich es nicht geschafft. Ich setzte die Jungen mit ein paar Stiften und Papier an den Kindertisch in der Küche. Die wichtige Aufgabe, sicherzustellen, dass Baby Sam nicht auf den Wachsmalkreiden herumkaute, übertrug ich Alexander, der, als ich ins Badezimmer schlüpfte, die Arme wie ein Kaiser ausstreckte und sagte: »Verfolgt meine Befehle!«

Ich hatte mir eben die Haare einschamponiert, da erklang auf der anderen Seite des Duschvorhangs Alexanders Stimme: »Mom? Wir brauchen das Handtuch.« Als ich um den Vorhang spähte, war mein Handtuch, das auf dem Deckel der Toilette gelegen hatte, längst verschwunden.

»Bring es bitte zurück!«, rief ich.

Nichts.

»Mama braucht das Handtuch!«, schrie ich.

Als ich wieder nichts erreichte, fing ich an gut zuzureden, dann zu erklären, dann zu drohen, alles in dem Versuch, das Handtuch wiederzuerlangen. Letzten Endes packte mich die Wut. Mich packte diese instinktive, wild die Faust schüttelnde Wut, die nur kleine Kinder und deren besondere Art von Sturheit und kompletter Missachtung der gesellschaftlichen Regeln hervorrufen können. Tropfnass stieg ich aus der Wanne und marschierte splitterfasernackt durch unsere vorhanglose Wohnung. Mir kam zwar in den Sinn, dass unsere Nachbarn gegenüber zufälligerweise einen Blick aus dem Fenster werfen und mich sehen könnten, doch ich beschloss, dass dies unwahrscheinlich war. Und bis zu einem gewissen Grad war es mir egal. In dem Augenblick wollte ich bloß diese Jungen finden, sie anbrüllen und ihnen mein Handtuch entreißen.

Baby Sam fand ich allein vor, an den Wachsmalkreiden kauend, und die anderen beiden unter dem Küchentisch, wo sie das Handtuch zum Bau eines Forts hernahmen. Doch bevor ich sie anbrüllen konnte, fiel mir – ganz plötzlich – wieder ein, dass unser Vermieter Josh mir gesagt hatte, er werde am Vormittag die Außenfassade unseres Hauses streichen. Die Sache mit Josh fiel mir genau in dem Moment wieder ein, als ich die Kinder fand, weil ich, just als ich mich nackt vor ihnen aufgebaut hatte, aufblickte und Josh mit einer Farbenrolle in der Hand vor dem Fenster entdeckte.

Er sah mich nicht. Er hatte den Blick auf die Fensterleiste gerichtet. Doch ich erstarrte. Dann bewegte ich den Arm im Zeitlupentempo, bis meine Finger das Handtuch berührten. Ich riss es von dem Fort und wickelte es um mich, wobei ich mir sehnlichst wünschte, es wäre ein riesiges Badehandtuch – etwa von der Größe eines Bettlakens. Oder eines Zirkuszelts. Ich glaube nicht, dass die Jungen auch nur ahnten, dass ich da war. Mit Ausnahme von Baby Sam, der meine nackten Brüste erspäht hatte, seine liebsten Gegenstände auf der ganzen Welt, und sogleich grunzend zu verstehen gab, dass er hochgehoben werden wollte. Also setzte ich ihn mir auf die Hüfte und huschte zurück in mein Zimmer.

Die Sache war verdammt knapp gewesen. Während ich das Baby stillte und mich dann anzog, wurde mir klar, dass nicht das Nacktsein an sich peinlich war. Nachdem ich drei Kinder zur Welt gebracht und überall von der Sportabteilung bei Target bis hin zum Karussell im Zoo gestillt hatte, war meine Einstellung zur Nacktheit um einiges lockerer geworden. Nicht der Umstand, dass ich versehentlich nackt vor Josh gestanden hatte, trieb mir zwanzig Minuten später immer noch die Schamesröte ins Gesicht. Es war der Umstand, dass ich versehentlich nackt vor Josh gestanden und schlecht ausgesehen hatte. Es war die Vorstellung, was Josh gesehen hätte, wenn er etwas gesehen hätte – was er, wie ich mir wieder und wieder einredete, nicht getan hatte.

Vor nicht allzu langer Zeit war ich ein völlig manierlich aussehender nackter Mensch gewesen. Aber seit den Kindern war es schnell mit mir bergab gegangen. Ich war ausgeleiert, hatte völlig die Form verloren. Alles hing an mir herunter, und ich hatte überall Ausbuchtungen. Nach Alexander hatte ich eine Kleidergröße zugelegt – und dann, nach Toby, mindestens noch eine. Nach Baby Sam hatte ich es gar nicht mehr wissen wollen. Seit seiner Geburt war ich nicht mehr einkaufen gewesen und lebte in Peters alten Button-down-Hemden und Jogginghosen. Wozu sollte ich mich überhaupt schön anziehen? Etwas Nettes anzuziehen wirkte wie eine Einladung, etwas über die Kleidung geschüttet zu bekommen, angeniest oder angespien zu werden.

Nach Baby Sams Geburt hatte ich mich von dem Spiegel getrennt, in dem ich mich ganz sehen konnte. Es sollte eine gnädige Geste mir selbst gegenüber sein, und ich war der Meinung, ich wollte erst dann einen neuen anschaffen, wenn ich wieder besser aussähe. Allerdings hatte ich nie angefangen, wieder besser auszusehen. Im Grunde hatte ich keine Ahnung mehr von meinem Körper. Ich war in einer Art Körperwildnis unterwegs, orientierte mich wie eine Fledermaus mithilfe von Echolot, um meinen Weg mit geschlossen Augen zu erahnen. Ehrlich gesagt wusste ich nicht genau, wie ich mittlerweile aussah. Aber ich hatte so meine Vermutungen, weshalb ich zu einem Licht-aus-Mädchen geworden war. Und außerdem war ich deshalb Peters Vorfahren mit ihren Glasbausteinen vor den Augen so überaus dankbar, weil er ohne seine Brille wirklich überhaupt nichts erkennen konnte.

Josh hingegen trug keine Brille. Doch ich war zu fünfundneunzig Prozent sicher, dass er mich nicht gesehen hatte. Oder vielleicht fünfundachtzig Prozent. Eines war klar: Es war höchste Zeit, dass ich aus dem Haus kam.

Vollständig angezogen packte ich ein paar Snacks zusammen, schnallte Baby Sam in unsere Baby-Rückentrage und trieb die anderen beiden zur Tür hinaus. Als wir die Treppe hinuntergingen, begegneten wir der Bösen Hexe. Sie hatte den gleichen Männerbademantel an und sah ganz genauso schlecht gelaunt aus wie am Abend zuvor, doch heute trug sie, wie ich zugeben musste, eine ultraschicke Brille von Chanel. Sie war auf dem Weg nach oben und sagte, als sie sich an uns vorbeizwängte, anstelle einer Begrüßung: »Bitte sagen Sie mir, dass das Baby nicht jeden Morgen um vier aufwacht und schreit.«

Ich hätte sagen sollen: »Nur wenn wir es mit Stecknadeln traktieren« oder etwas anderes, das wenigstens ein bisschen Chuzpe bewiesen hätte. Doch mir fiel nichts ein als zum zweiten Mal »Hi! Ich heiße Lanie« zu rufen. Sie blieb eine Minute stehen, wahrscheinlich um zu sehen, ob ich noch etwas anderes sagen konnte; dann setzte sie ihren Weg die Treppe hinauf fort.

In dem Augenblick, einem Augenblick, der so vorhersehbar gewesen war, dass ich im Vorhinein Geld darauf hätte setzen sollen, wandte sich Alexander in seinem lautesten, ahnungslosesten Tonfall mit den Worten an mich: »Warum trägt die Böse Hexe so große Schuhe? Tritt sie andere Menschen?«

Erst blieb sie auf den Stufen stehen, ging dann jedoch weiter.

Ich überspielte das Ganze. Genauso laut wie Alexander sagte ich: »Die Böse Hexe aus unserer Gutenachtgeschichte? Sie hat Zauberfüße!«

Es war eine ziemlich gute Parade, doch die Art, wie

die Böse Hexe ihre Wohnungstür schloss, verriet mir, dass sie sich nicht hatte täuschen lassen.

Ich entschied, nach einem neuen Park Ausschau zu halten. Tags zuvor hatte ich jemanden etwas über einen Park an der Madison sagen hören. Ich hatte einen Wegweiser zur Madison gesehen, und wir würden diesen Park finden. Ich schnallte Alexander und Toby im Buggy fest, versah sie mit Rosinen und Käsecrackern und entschied, dass wir einen besseren Sportwagen bräuchten. In Houston waren wir überallhin mit dem Auto gefahren: zum Park, zum Einkaufen, manchmal sogar zum Briefkasten am Ende unserer Straße. Alles war so weit voneinander entfernt, dass man wirklich nirgends zu Fuß hinkam. Außerdem hatte es hinter dem Haus einen Garten mit einem Schaukelgerüst gegeben. Das Haus zu verlassen wirkte häufig, als wolle man sich unbedingt Ärger einhandeln.

Doch hier lag die Sache anders. Es war eine Stadt, in der man zu Fuß unterwegs war. Am Ende unseres Blocks befanden sich eine Bäckerei, eine Pizzeria, ein Lebensmittelgeschäft, eine Buchhandlung, ein Antiquitätenladen, eine Eisdiele, eine Bank und ein Tätowiersalon. Und Parkplätze gab es sowieso keine. Außerdem waren die Straßen in dieser Stadt so wirr und verrückt, von diesen Kamikaze-Kreisverkehren überall mal ganz zu schweigen. Ich verzichtete liebend gerne aufs Auto. Zu Fuß zu gehen war viel sinnvoller.

Ich nahm mir vor, auf eBay nach einem billigen Jogger zu schauen. Denn wir hatten kein Geld. Wir hatten sehr wenig Geld gehabt, als Peter noch in der Musikbibliothek gearbeitet hatte, und nun, da er studierte, besaßen wir noch weniger. Wir hatten das Gegenteil von Geld. In Zukunft käme unser einziges Bares von seiner Assistenzstelle an der Uni und den Klavierstunden, die er einrichten konnte. Plus unserem kleinen Sparkonto, dem längst ein langsamer Tod beschieden war. Meine Eltern um Geld zu bitten, wäre mir niemals in den Sinn gekommen. Meine Brüder, David und Tommy, liehen sich schon genug für uns alle zusammen.

Vor Jahren, als ich zu arbeiten aufgehört hatte, hatte ich beschlossen, à la Mary Poppins pleite zu sein und ein Spiel daraus zu machen. Ich stellte mir vor, die sparsame Hauptfigur in einem Film zu sein und meinen Grips einzusetzen, um das Armsein hip zu machen. All unsere Besitztümer stammten aus Secondhandläden und von Flohmärkten. Und obgleich ich in Secondhandläden immer tolle Kinderkleidung für so gut wie nichts fand, gestaltete sich die Sache mit tollen Möbeln schwieriger. Wir hatten ein paar ausgesprochen coole, retro aussehende Gegenstände bei uns zu Hause, wie den Sofatisch im Dick-Van-Dyke-Stil (sieben Dollar) und die Korbchaiselongue mit dem abgebrochenen Hinterbein (zwanzig Dollar). Abgesehen davon besaßen wir auch viel schlimmes, langweiliges, nach Büromöbeln aussehendes Zeug. Der kleine Resopaltisch neben dem Sofa. Der Vinylsessel. Der Polyesterläufer, den ich für fünfunddreißig Dollar ausgerechnet im Supermarkt gefunden hatte.

Letzten Endes kam ich zu dem Schluss, dass es in Wirklichkeit unmöglich war. Man konnte einfach keine Wohnung für so gut wie nichts schrecklich hip einrichten. Besonders dann nicht, wenn man in der Wohnung auch noch knöcheltief in Trucks, LEGO, Puzzles, Bällen, Knete und einer Million anderer unansehnlicher Kindersachen versank. Ich hatte einfach entschieden, den Teil meines Gehirns abzuschalten, dem daran lag, stilvoll zu sein und andere mit meiner Innenausstattung zu beeindrucken. Angesichts unserer derzeitigen Verhältnisse blieb uns nichts anderes übrig, als unelegant zu sein.

Ich sagte mir, dass es unwichtig war. Ich ließ mich nicht durch mein Mobiliar definieren, verdammt noch mal! Doch Peter und ich neigten dazu, Freundschaften mit Leuten zu schließen, die viel mehr Geld als wir verdienten. Und die viel bessere Häuser hatten. Und bessere Möbel. Es fiel einem schwer, kein bisschen neidisch zu sein.

»Sie sind nicht glücklicher«, hatte Peter einmal gesagt.

»Sie sind ein bisschen glücklicher«, sagte ich.

»Nein«, erklärte er mir. »Ich habe einen Artikel darüber gelesen. Je mehr die Leute besitzen, desto mehr wollen sie haben. Leute, die im Lotto gewinnen, sind letzten Endes deprimiert und selbstmordgefährdet.«

Ich schüttelte den Kopf. »Mich würde es glücklich machen.«

»Nein«, sagte er. »Du wärst unglücklich wie alle anderen auch.«

Irgendwie erschien mir diese Vorhersage nicht sonderlich hilfreich zu sein. »Willst du damit sagen, dass ich nie glücklicher als jetzt sein werde?«

»Genau«, sagte er, froh, über Insiderwissen zu verfügen. »Genieße es.«

Ich hatte die Kinder auf dem Gehsteig einen langen, allmählich ansteigenden Hügel hinaufgeschoben. Unser

Zwillingswagen hatte diese wackeligen Vorderräder, die sich bei jeder Ritze im Trottoir querstellten. Und mit Baby Sam huckepack war ich völlig außer Atem, als ich oben ankam. Ich blieb eine Minute lang vor dem Schaufenster eines Haushaltswarenladens stehen, um mich auszuruhen.

Es war eine sehr kurze Verschnaufpause. Ich konnte unmöglich länger als sechzig Sekunden an der Stelle gestanden haben. Doch in der kurzen Zeit schaffte ich es erstaunlicherweise, zwei Strohhalme in zwei Saftkartons zu stecken, Baby Sam in seiner Rückentrage eine Grissinistange zu reichen und beim Aufblicken niemand anderen als Josh zu entdecken, der auf uns zugelaufen kam. Er hielt mitten im Schritt inne, als er mich erblickte. Ich hob meine Hand und winkte, wobei ich mich selbst mit den Worten aufmunterte: *Er hat dich nicht gerade eben nackt gesehen. Die Fensterscheibe hat geblendet. Und er hat sich auf seine Arbeit konzentriert. Du hast immer Pech, aber so viel nun auch wieder nicht.*

»Hey, Lanie«, sagte er und bewegte seinen zerzausten Kopf ein wenig ruckartig hin und her.

»Hey«, sagte ich.

»Machen Sie einen Spaziergang?«, fragte er.

Das machte ich offensichtlich. »Genau.«

»Toller Tag dafür«, sagte er.

»Das stimmt«, sagte ich.

»Ich habe ein paar Sachen gebraucht.« Er hielt seine Tasche hoch, als müsse er sich vor mir rechtfertigen.

Dann fiel uns nichts mehr zu sagen ein. Er nickte zweimal langsam. Ich tat es ihm gleich. Und gerade, als ich »Tja, dann, bis demnächst« sagen wollte, beugte er sich ein wenig zu mir und sagte: »Übrigens habe ich nichts gesehen.«

»Sie haben wann nichts gesehen?« Ich hätte es noch nicht einmal fragen sollen. Dadurch, dass ich eine halbe Sekunde zu langsam geschaltet hatte, hatte ich mir gesprächstechnisch mein eigenes Grab geschaufelt.

»Vorhin«, sagte er und deutete mit dem Kopf in Richtung unseres Hauses. »Als Sie nackt in Ihrer Küche standen.«

5

Die Jungen und ich fanden den Park nicht. Doch zwischen unserem Haus und dem Ort, an dem ich einen Park gewähnt hatte, fanden wir etwas anderes. Ein Fitnessstudio.

Wir befanden uns auf dem Heimweg; die großen Jungen wurden allmählich unruhig in dem Sportwagen, und Baby Sam trommelte mir mit Brotstangen auf dem Kopf herum. Da sah ich es. Der Laden nannte sich Fitness Express und hatte ein Zug-Logo mit dem Motto: »Wir glauben an Sie!« Es war ein Wink des Schicksals. Ohne zu zögern schob ich unseren Zwillingssportwagen direkt auf den Eingang zu und bugsierte ihn mühsam durch die Tür.

»Wie viel kostet es, Mitglied zu werden?«, fragte ich den muskulösen Mann am Empfang.

Also meiner Meinung nach braucht man einigen Schneid, um einen solchen Laden zu betreten, wenn man sich so unelegant und gehemmt fühlt wie ich an dem Tag. Überall auf meinem Kopf waren Krümel von Baby Sams Brotstangen verteilt. Ich wusste nicht, wie die Leute auf der anderen Seite der Eingangshallentür aussahen, aber ich wusste, dass sie keine Joghurtflecken auf dem Hemd oder zermanschte Rosinen in den Hosentaschen hatten. Ich war noch nie zuvor in einem Fitnessstudio gewesen, aber ich war mir ziemlich sicher, dass ich dort nicht hingehörte.

Doch in dem Augenblick war ich fest entschlossen, die Art Person zu werden, die dort hingehörte. Das Debakel mit der falschen Schwangerschaft hatte in mir den fieberhaften Drang geweckt, an mir zu arbeiten. Das würde ich verdammt noch mal nutzen. Ich wollte eine Sporttasche. Ich wollte einen knackigen neuen Sport-BH und keinen Still-Clips. Ich wollte mir die Haare zu einem praktischen Pferdeschwanz zurückbinden und durch die Eingangshalle stolzieren, als sei ich schon tausendmal dort gewesen.

Der Typ an der Theke sagte mir, der Mitgliedsbeitrag belaufe sich auf 149 Dollar, was genau die Hälfte unseres Sparguthabens darstellte. An jedem anderen Tag wäre ich schnurstracks wieder nach draußen gegangen. Ich leistete mir noch nicht einmal Nagellack. Folglich versetzte es sogar mir selbst einen Schock, als ich unseren Haushaltsplan völlig in den Wind schlug. Obwohl ich mir angewöhnt hatte, mich vor jedem Kauf zu fragen, ob ich etwas brauchte oder aber nur wollte, zögerte ich nicht einmal angesichts des Mitgliedsbeitrags keine Sekunde. Ich sagte: »Klingt gut«, und händigte ihm meine einzige Kreditkarte aus.

Ich hatte keine ganz klare Vorstellung, was es bedeutete, Mitglied in einem Fitnessstudio zu werden. Würde dort ein allgemeines Kameradschaftsgefühl herrschen? Würden wir die gleichen Trainingsanzüge tragen? Würden die Leute hier mit der Zeit so etwas wie eine aktive Großfamilie für mich werden? Die Fragen flirrten an mir vorbei, doch ich machte mir keine allzu großen

Sorgen, was die Antworten betraf. Ich war mir so selten bei etwas sicher, aber hierbei war ich mir sicher. Es war richtig, es zu tun.

Am Abend vor dem Essen reichte Peter mir einen Schokoladenriegel.

»Verdammt, Peter«, sagte ich.

»Was denn?«

»Wir haben doch darüber gesprochen, dass du mir keine Schokolade mehr mitbringen sollst.«

»Haben wir das?«

»Ja!« Ich raufte mir die Haare.

»Und wenn ich dir etwas Gutes tun will?«

»Dann bring mir etwas mit, das keine Schokolade ist.«

»Blumen?«, fragte er.

»Ja!«, sagte ich. »Bloß dass die teuer sind. Und sie sterben einfach nur in der Vase vor sich hin. Vielleicht also etwas anderes.«

Ihm war seine Ratlosigkeit anzusehen. Also fuhr ich fort und erzählte ihm, dass ich Mitglied im Fitnessstudio geworden war.

»Das hast du getan?«, fragte er. »Warum?«

»Es kostet nur dreißig Dollar im Monat.«

Und Peter sagte: »Können wir uns das denn leisten?«

Ich nickte mit einer derart bestimmten Miene, dass es Peter gar nicht auffiel, als ich »Mehr oder weniger« hinzufügte.

»Wir können uns keine Blumen leisten«, sagte Peter. »Aber wir können uns eine Mitgliedschaft im Fitnessstudio leisten.«

»Stimmt«, sagte ich. »Stimmt genau.«

Es galt immer noch, die Zeitfrage zu verhandeln. Seitdem wir Kinder hatten, litten wir an solch einem Defizit an Freizeit, dass wir gereizt und überaus präzise um unsere freien Stunden feilschten.

Folgendes wollte ich: Peter sollte nach dem Zubettgehen für die Kinder verantwortlich sein, sodass ich für eine Stunde ins Fitnessstudio gehen konnte, um zu joggen (oder mich in der Umkleide zu verstecken).

Das war der Stolperstein: Wenn Peter verantwortlich war, musste er darauf horchen, ob jemand aufwachte – ob vielleicht das Baby im Kinderbettchen weinte oder Alexander ins Bett gemacht hatte. Er konnte also seine Kopfhörer nicht aufhaben. Er konnte nicht üben.

Peter schlug vor, er könne nur eine Ohrmuschel tragen – also wortwörtlich beinahe ganz Ohr sein, was die Kinder betraf. Ich fand es komisch, dass er sich selbst nicht besser kannte. Wenn Peter übte oder komponierte oder sich manchmal auch nur Gedanken über Musik machte, existierte die Außenwelt nicht mehr für ihn. Alle anderen Geräusche verschwanden. Sein Gehör richtete sich nach innen. Und obwohl es süß war, dass er glaubte, das Geräusch seiner weinenden Kinder könne an seine Ohren dringen, irrte er sich. Wenn Peter sich in seinem Reich befand, waren seine Ohren unempfänglich.

Üben beförderte Peter in sein Reich. Und da er jeden Abend wie ein Besessener stundenlang übte, schien ihn die Vorstellung, anderthalb Stunden dieser Zeit einzubüßen, wirklich vom Hocker zu hauen.

»Ich begreife es nicht«, sagte er nach dem Abendessen. »Du willst wirklich ins Fitnessstudio gehen?«

»Ja«, antwortete ich.

»Aber was willst du dort machen?«

»Ich werde mich sportlich betätigen, Peter. Wie alle anderen auch.«

»Du bist aber doch noch nie ins Fitnessstudio gegangen.«

Und an dieser Stelle wollte ich eigentlich sagen: »Ich bin ja auch noch nie eine altbackene Hausfrau gewesen«, doch ich hielt mich zurück. Es bestand zumindest entfernt die Möglichkeit, dass ihm die schlimmen körperlichen Auswirkungen von Schwangerschaft, Schlafentzug und Hausfrauen- und Mutterdasein nicht aufgefallen waren, und ich würde ihn ganz gewiss nicht auf diese Dinge aufmerksam machen. Peter musste mich wohl mit nachsichtigerem Blick betrachten, als ich selbst es tat. Wenn er mich genauso sähe, wie ich mich sah, hätte er mich schon vor langer Zeit verlassen.

Doch auch nachdem er die Sache mit dem Sporttreiben geschluckt hatte, bereitete ihm das Babysitten immer noch Probleme.

»Was soll ich denn die ganze Zeit über anstellen?«, fragte er.

»Du könntest die Küche für mich putzen«, schlug ich vor. Das beantwortete nicht wirklich seine Frage, brachte ihn aber auf der Stelle zum Schweigen.

Und kurz darauf, noch am gleichen Abend, nachdem die Jungen alle eingeschlafen waren, ging ich unsere Straße entlang zum Fitnessstudio. Keine Sporttasche. Keine schicken Turnschuhe. Und traurigerweise bloß ein alter Still-BH. Doch ich hatte Peters iPod (ein Geschenk seiner Familie), ich hatte mir Fitness-Musik von einer Website mit dem Titel PumpYourselfUp.com heruntergeladen, und ich war bereit, so richtig auf den Putz zu hauen.

An der Schwingtür, die von der Eingangshalle in das Fitnessstudio selbst führte, verspürte ich ein nervöses Kitzeln in der Brust, aber ich stieß sie dennoch auf.

Es war weniger Olivia-Newton-John-mäßig, als ich erwartet hatte. Ich hatte mit Stachelfrisuren, neonfarbenen Stirnbändern, glänzenden Elasthan-Gymnastikanzügen und vielleicht dem einen oder anderen Legwarmer gerechnet. Stattdessen fand ich ein graues Bürogebäude mit unverputzten Backsteinwänden und Leuchtstoffröhren vor. Es war absichtlich schlicht gehalten. Ein paar Gummibäume und Trennwände, und das Ganze hätte ein Büro in New Jersey sein können. Die Leute wirkten ruhig und freundlich. Wenn es nicht den Schweiß und die Musik von Beyoncé gegeben hätte, hätten diese Leute dabei sein können, während der Arbeit im Internet zu surfen.

Nach dieser kurzen Bestandsaufnahme hastete ich zu einem Laufband, weil ich so schnell wie möglich mit dem Hintergrund verschmelzen wollte. Ich bestieg das Gerät. Ich schaltete den iPod ein. Ich fing zu joggen an. Einfach nur einen Fuß vor den anderen. Ich kurbelte die Geschwindigkeit an, bis ich im Takt mit der Musik lief. Und das war's! Ich trieb Sport!

Ich sollte erwähnen, dass ich keine völlig Unkundige in Sachen körperlicher Betätigung war. Bevor die Kinder kamen, war ich ganz zwanglos drei- oder viermal die Woche joggen gegangen. Doch auf Fitnessstudios hatte ich immer ein wenig hochnäsig herabgeblickt. Wie konnte jemand all das Geld bezahlen, bloß um beispielsweise joggen zu gehen. Joggen sollte man meiner Meinung nach im Freien und – vor allem – umsonst. Weshalb jemand Geld bezahlen würde, um irgendwo in einem heißen Raum mit vielen anderen verschwitzten Menschen zu laufen, konnte ich mir beim besten Willen nicht erklären.

Damals joggte ich in den frühen Morgenstunden. Die Sonne schien, Menschen pendelten zur Arbeit, und ich war der Ansicht, die Furcht einflößenden Männer, die vielleicht Jagd auf Joggerinnen machten, schliefen noch fest. Jetzt joggte ich abends. Wenn die Kinder eingeschlafen waren, war es bereits dunkel. Die Nacht war etwas völlig anderes. Daher das Fitnessstudio. Heiß, verschwitzt, viel zu nahe dran an anderen Sport treibenden Menschen, aber sicher. Jedenfalls relativ sicher. Jetzt musste ich nur noch den Dreh bei dem Laufband rauskriegen; es war nicht ganz einfach, das Gleichgewicht zu halten.

Ich musste die Augen auf einen Punkt gerichtet halten, um nicht ins Schwanken zu kommen. Später fiel mir auf, dass so gut wie jeder im Fitnessstudio die Sache mit der Balance raushatte. Die Leute lasen beim Joggen oder unterhielten sich mit einem Freund auf dem Gerät nebenan oder sahen sich etwas im Fernsehen an. Eine Frau hielt kleine Hanteln in den Händen. Eine andere schüttelte den Finger wie ein Bandleader zu der Musik aus ihren Kopfhörern. Ein Mann in einem T-Shirt mit der Aufschrift »You Asked for It, You Got It« drehte sich alle paar Minuten um und ging rückwärts. Kaum jemand musste sich so sehr darauf konzentrieren wie ich. Aber an diesem ersten Abend ging das in Ordnung. Ich war schon froh, dass ich es schaffte, mich auf dem Gerät zu halten.

Und dann fiel ich herunter.

Mein allerersterer Besuch in meinem allerersten Fitnessstudio, und binnen zwanzig Minuten auf dem Laufband, schoss ich wie eine Tontaube durch die Luft. Ich hatte etwas unter meinem Fuß gespürt, und wie es vielleicht jemand auf einer richtigen Straße getan hätte, blieb ich stehen und sah nach unten. Aber natürlich befand ich mich auf keiner richtigen Straße. Im nächsten Augenblick befand ich mich auf dem Boden, die Ellbogen aufgeschrammt.

Die Frau auf dem Gerät neben mir drehte sich ohne stehen zu bleiben zu mir um und rief entsetzt, als schreie sie in eine Schlucht hinab: »Alles in Ordnung bei Ihnen?«

»Mir geht's prima.« Ich winkte sie zu ihrem Training zurück. Noch ein paar Leute warfen mir Blicke zu, doch die meisten hatten meinen Sturz entweder nicht gehört oder wollten keine Notiz davon nehmen.

Ich blieb am Boden. Der Sturz hatte mich ernüchtert. Ich gehörte nicht hierher. Wie blöd musste man sein, um von einem Laufband zu fallen? Ich beschloss nach Hause zu gehen. Während ich nach einem Hinterausgang Ausschau hielt und mich fragte, ob ich wohl mein Geld zurückbekommen könnte, trat jemand hinter mich und hob mich auf die Beine. Ich nahm an, es handele sich um einen der schnittigen Trainer mit Stachelhaarfrisur, der sich als eine Art Bademeister betätigte. Und ich war so dankbar, dass ich auf diese Weise gerettet wurde, dass mir jemand, der hierhergehörte, wortwörtlich wieder auf die Beine half.

Doch als ich mich umdrehte, stand da kein ochsenstarker Trainer in Fitnesskleidung. Da stand das genaue Gegenteil: der am trotteligsten aussehende Mensch im ganzen Studio.

Es lag nicht an seinem Gesicht oder seinem Körper, die nicht schlecht aussahen. Es lag an seiner Kleidung und seinem Haar. Er war Mitte vierzig und trug ein kariertes Hemd mit Button-down-Kragen, das ihm aus den Joggingshorts hing, und Flipflops. Er hatte feuchte blaue Augen, die aussahen, als habe er geweint. Er sah unrasiert aus, was, wie ich später erfuhr, nicht an der vorgerückten Stunde lag, sondern zu jeder Tageszeit so war. Und er hatte eine verwilderte Siebzigerjahre-Frisur, die an den Fernsehjournalisten Ted Koppel erinnerte und aussah, als habe er sich in der Highschool für einen Haarschnitt entschieden und es sich nie mehr anders überlegt. Ein Raum voll normaler Leute in Nike und Adidas, und ich musste mich ausgerechnet von dem einzigen irren Kauz retten lassen.

Mir fehlten die Worte.

Im nächsten Moment deutete er auf mich und sagte: »Aufpassen!«

Ich nickte und sagte »Ja«, als merkte ich mir vor, mich nicht mehr vom Laufband katapultieren zu lassen.

Dann fragte er: »Das erste Mal?«

Ich starrte ihn an.

Er sagte: »Ich habe Sie hier noch nie zuvor gesehen.«

»Das erste Mal.« Ich nickte.

Er verschränkte die Arme vor der Brust. »Ich kann mir nichts Demütigenderes vorstellen, als hinten vom Laufband runterzufliegen.«

Ich nickte abermals.

»Die ganzen Leute hier«, fuhr er mit einem Blick in die Runde fort, »sehen einen an, als sei man ein Vollidiot.«

Ich atmete ein, um etwas erwidern zu können, wusste dann jedoch nicht so recht, was ich sagen sollte. Einen Augenblick erstarrte ich, die Lunge voll Luft, und in diese kleine Pause trat ein Trainer des Fitnessstudios. Genauer gesagt: der Kokette ste mit dem meisten Sex-Appeal. Die Art Mann, mit der zu reden einem beinahe Angst einjagt, weil man seiner Vollkommenheit die Stirn bieten muss. Doch in diesem Augenblick bescherte mir sein Auftauchen nichts als Erleichterung. Er rettete mich vor Ted Koppel, und ich war ihm inbrünstig dankbar.

»Habe Sie durch die Luft fliegen sehen«, sagte der Sexy Trainer. Dann legte er mir eine Hand auf die Schulter. »Bei Ihnen ist die Gerichtsklage schon vorprogrammiert.«

Also sagte ich: »Das höre ich des Öfteren.«

Er legte den Kopf in den Nacken und lachte viel lauter, als ich erwartet hatte. Dann erbot er sich, mir die Handhabung des Laufbands zu zeigen, als sei mein kleiner Sturz lediglich auf zu wenig Übung zurückzuführen. Ich nahm sein Angebot an. Der Gedanke gefiel mir. Natürlich war ich heruntergefallen! Mir hatte ja noch gar niemand gezeigt, wie man das Ding überhaupt bediente!

Der Sexy Trainer griff nach meiner Hand und führte mich behutsam zurück zu dem Laufband. Ich nickte ernsthaft, während er mir zeigte, wie man das Gerät startete, anhielt, das Tempo steigerte, drosselte; im Grunde, wie man einen Fuß vor den anderen setzte.

Dann stellte er die Maschine auf Spurtgeschwindigkeit, machte mit dem Kopf eine ruckartige Bewegung in Richtung des Bandes und sagte: »Na los!«

Was konnte ich schon tun? Ich stellte mich breitbeinig auf das Gerät und sah einen Augenblick zu, wie das Band einem Fluss gleich unter mir dahinschnellte. Dann bestieg ich es wieder und rannte wie eine Wilde los.

»Braves Mädchen!«, sagte der Sexy Trainer. Und dann, das schwöre ich, während er zu seinem nächsten Termin quer durch den Raum sah und mich vollständig zu vergessen schien, tat er etwas, das mich bis zum heutigen Tage beschäftigt. Er versetzte mir einen Klaps auf den Hintern.

Danach er lief er mit federnden Schritten durch das Fitnessstudio auf eine Frau in Velourtrainingshose zu. Im nächsten Augenblick war ich allein und bemerkte auf einmal, dass Ted Koppel sein Revier abgesteckt hatte, indem er auf das Laufband neben mir gestiegen war, auf dem er vor sich hin schlenderte, als befände er sich bei einem Einkaufsbummel. Ich spurtete weiter, bis der Sexy Trainer außer Sichtweite war. Dann verlangsamte ich das Laufband auf einen leichten Trott. Das war die Regel, die ich mir selbst auferlegt hatte. Ich musste immer eine ganze Stunde lang bleiben, selbst an diesem Abend. Auch wenn meine Ellbogen brannten und ich den Handabdruck eines völlig Fremden auf dem Hintern hatte.

Wie lange war es her, dass ich irgendjemandes Hand auf dem Hintern gespürt hatte? Oder auch nur Peters? Ich war mir nicht sicher. Was Peter betraf, hätte es letzte Woche sein können, oder letzten Monat oder letztes

Jahr. So viele Leute bei mir zu Hause zerrten den ganzen Tag über an meinem Körper, dass es nicht so einfach war, die einzelnen Berührungen voneinander zu unterscheiden. Aber außerhalb meiner nächsten Angehörigen war mein Hintern – mein Körper im Allgemeinen – ziemlich auf sich gestellt. Ich war seit dem Studium mit Peter zusammen. Als wir uns in einem Kunstkurs begegneten, war ich zwanzig, und ich verliebte mich so leidenschaftlich in ihn, als würde ich lichterloh in Flammen stehen. Jetzt war ich fünfunddreißig. Seit ganzen fünfzehn Jahren gehörte mein Hintern Peter.

Für wen hielt dieser Trainer sich eigentlich? War ich eben belästigt worden? Vielleicht war bei mir die Gerichtsklage wirklich schon vorprogrammiert. Vielleicht konnte ich dieses Fitnessstudio verklagen und mithilfe eines einzigen selbstgerechten Aufbegehrens all unsere finanziellen Probleme lösen. Oder hatte dieser Typ mir einen Klaps auf den Hintern versetzt, wie Sportler es tun? Footballspieler zum Beispiel, wenn sie das Spielfeld verlassen. Vielleicht versuchte er mich in einer Gemeinschaft aus auf Laufbändern joggenden, sich auf Steppern abmühenden, auf Ellipsentrainern herumhopsenden Sportlern willkommen zu heißen, die einander Klapse auf den Hintern versetzten. Vielleicht war es nur eine Begrüßung. Etwas, das er ganz selbstverständlich tat. Und ich reagierte völlig übertrieben. Dabei hätte ich mich geschmeichelt fühlen sollen.

Da beugte Ted Koppel sich näher zu mir und sagte: »Das macht er oft.« Ich war mir nicht sicher, ob er wollte, dass ich mich besser oder schlechter fühlte. Er fuhr fort: »Er lässt sich niemals einen hübschen Hintern entgehen.«

Und so merkwürdig es sich auch anfühlte, fiel mir nur eine einzige Erwiderung ein: »Danke.«

In der Nacht gab ich mich lange Fantasien hin, was ich mit der Million Dollar täte, die wir mithilfe einer Klage gewinnen könnten, doch letzten Endes entschied ich mich, die Sache auf sich beruhen zu lassen. Hauptsächlich weil ich mir bei meinen Selbstverbesserungsvorsätzen auf keinen Fall von meinem Hintern dazwischenfunken lassen wollte. Teilweise aber auch, wie ich zugeben muss, weil ich eine Art Erweckungserlebnis gehabt hatte und zu einer wunderbaren Erkenntnis gelangt war: Ich besaß einen Hintern, und er war jemandem aufgefallen, und er war hübsch genug gewesen, um einen Klaps versetzt zu bekommen.

6

Es war ein toller Spaziergang von dem Fitnessstudio nach Hause an jenem ersten Abend. Mein Körper vibrierte. Meine Muskeln zuckten im wahrsten Sinne des Wortes. Ich war verschwitzt, und ich tat tiefe, sanfte Atemzüge. Ich kannte mich zu gut, um zu glauben, dass irgendetwas im Leben je einfach sein würde. Doch trotz meiner aufgeschrammten Ellbogen, der feuchten Haare und der Muskeln, die mir am Morgen bestimmt wehtäten, fühlte sich jede Faser meines Körpers einfach richtig gut an.

Und dann erreichte ich unsere Tür. Und wie in einem Horrorfilm wusste ich aufgrund der gespenstischen Stille im Flur, noch bevor ich auch nur den Knauf berührt hatte, dass im Laufe meiner kurzen Abwesenheit etwas ganz, ganz Schlimmes geschehen war.

Ich trat ein. In der Wohnung herrschte Stille. Niemand schrie, was ich als gutes Zeichen deutete. Ich zog mir die Schuhe aus und machte mich auf Zehenspitzen auf den Weg, um mir von Peter Bericht erstatten zu lassen. Er war nicht in der Küche, wo ich kurz haltmachte und mir ein Glas Wasser einschenkte. Er war nicht im Wohnzimmer oder unserem Schlafzimmer oder dem Übungsraum. War er weggegangen und hatte die Jungen allein zurückgelassen? Das hätte er nicht getan. Ich sah auf der kleinen Veranda hinter der Küche nach. Ich sah auf dem Balkon nach, der vor dem Erkerfenster unseres Schlafzimmers verlief. Und dann sah ich im Badezimmer nach. Und da wusste ich, noch bevor ich das Licht eingeschaltet hatte, dass sich jemand übergeben hatte.

Als ich den Lichtschalter umlegte, wurde meine Vermutung bestätigt. Auf dem Boden türmten sich schmutzige Handtücher. Der Höhe des Turms nach zu schließen, hatte sich jemand sehr gründlich übergeben. Ich schaltete das Licht wieder aus und machte die Tür zu, und als ich mich umdrehte, erblickte ich Peter im Flur, der aus dem Zimmer der Jungen kam.

Er war – und ich sage das ohne zu übertreiben – von Erbrochenem bedeckt. Es war in seinen Haaren. Es war auf seinem T-Shirt und auf seiner Jeans. Sein Hals war mit einer Kruste überzogen. Seine Hände. Seine Schuhe. Seine Gürtelschnalle.

»Wer ist es gewesen?«, flüsterte ich, wobei ich meinen Ekel hinter einer völlig übertriebenen Mitleidsmiene verbarg.

Er sah mich lange an, die Hand immer noch am Knauf der Schlafzimmertür. Dann sagte er endlich – in einem Tonfall, in dem nicht nur seine Erschöpfung und seine Verzweiflung mitschwangen, sondern auch sein Stolz, eine Katastrophe dieses Ausmaßes ganz allein gemeistert zu haben, sowie seine Ansicht, dass nichts hiervon passiert wäre, wenn ich abends nicht aus dem Haus gegangen wäre – »Alle zusammen.«

»Was?«, fragte ich mit lauter Stimme.

Er machte »Pst!« und schob mich ins Wohnzimmer.

»Alle zusammen«, bestätigte er, sobald wir außer Hörweite waren. Ohne eine Reaktion abzuwarten, zog er sich das Hemd aus und steuerte aufs Schlafzimmer zu. Etwas an seiner Haltung verriet mir, was er dachte: Dass keines unserer Kinder sich je übergab, wenn ich da war und auf sie aufpasste.

»Es tut mir leid«, sagte ich und folgte ihm.

Er antwortete nicht. Schälte sich nur aus der übrigen Kleidung und ließ alles auf den Teppich fallen. Genau neben den Wäschekorb.

Ich konnte nicht anders. »Wäschekorb?«

Er drehte sich um und sah mich an.

Ich deutete auf die Kleidung. »Oder möchten wir Erbrochenes auf dem Boden haben?«

Er stieß ein tiefes, langsames Seufzen aus, als trampelte ich noch auf ihm herum, während er schon längst auf dem Boden lag. Rückblickend war es vielleicht nicht derart wichtig, den Boden kotzefrei zu halten.

»Was soll's«, meinte ich und wünschte, ich hätte nichts gesagt. Doch er bückte sich schon, hob den Haufen hoch und ließ ihn wie etwas Lebloses in den Wäschekorb fallen.

»Jetzt haben wir im Wäschekorb auch Erbrochenes«, sagte er.

»Doppelt hält besser«, fügte ich hinzu, doch er lächelte nicht.

Ich kauerte mich auf dem Boden nieder und sammelte Brocken Erbrochenes mit den Fingern auf – beiläufig registrierend, dass ich endlich die Stufe des Elterndaseins erreicht hatte, wo mir dabei nicht mehr übel wurde –, während er mir erzählte, was vorgefallen war.

Es fing mit Baby Sam an, den Peter über das Babyphone weinen gehört hatte. Er ging ins Zimmer, überprüfte die Windel, und wollte ihn schon zurück in sein Bettchen legen, als er ein dröhnendes Geräusch vernahm, und das Baby ihm direkt ins Ohr spie. Peter putzte das meiste auf, deckte den Rest mit Handtüchern ab und zog dem Baby etwas anderes an – alles, ohne die beiden älteren Jungen aufzuwecken. Baby Sam schrie während der ganzen Prozedur lauthals, doch dann schlief er binnen Minuten ein.

Peter war noch keine zehn Minuten aus dem Zimmer, als Alexander ins Badezimmer kam, in dem Peter sich wusch. Der Junge sah sehr verschlafen und ruhig aus und sagte: »Dad? Ich habe in den Flur gekotzt.«

»Okay«, sagte Peter in dem unbekümmerten Tonfall, den Eltern benutzen, wenn die Kacke so richtig am Dampfen ist. »Ich wisch es gleich auf. Warum kriechst du nicht zurück ins Bett?«

»Na ja«, sagte Alexander mit seiner besten Bettzeit-Verzögerungs-Stimme. »Ins Bett habe ich auch gekotzt.«

Also ging Peter wieder zurück in das Zimmer. Er bezog das Bett frisch, holte Alexander einen neuen Schlafanzug, steckte ihn ins Bett und streichelte ihm die Stirn, bis der Junge wieder einschlummerte. Peter erhob sich gerade, um aus dem Zimmer zu schleichen, als sich Toby auf dem oberen Etagenbett aufsetzte und sagte: »Dada?«

»Hey, Tobes«, sagte Peter. »Alles in Ordnung?«

Als Antwort kotzte Toby ihm auf den Kopf. Peter sagte, es sei gewesen, als stünde man unter dem Ablaufrohr einer Regenrinne. »Es war«, erklärte er mir, während er versuchte, sich das Ohr mit einem Wattestäbchen auszukratzen, »ein Tsunami aus Kotze.«

Peter war gerade dabei, Toby erneut zu Bett zu bringen, auf frischen Laken und in einem frischen Schlafanzug, als er hörte, wie ich die Tür öffnete.

»Ich habe mir schon gedacht, dass es in der Wohnung ein bisschen stinkig riecht«, sagte ich.

Er sagte: »Warte, bis du das Speizimmer riechst.«

»Die Aufwischhandtücher sind auf dem Badezimmerboden –«, setzte ich an.

»Und das ganze Bettzeug ist in der Badewanne«, beendete er meinen Satz.

Ich packte jedes Stück mit Erbrochenem durchtränkter Wäsche, das ich mit beiden Armen halten konnte, um die Sachen zum Waschen in den Keller zu bringen, während Peter – splitterfasernackt im Flur – wartete, bis ich den Weg freimachte, damit er duschen konnte.

»Peter?«, sagte ich und spähte über die stinkende Wäsche in meinen Armen, als wir aneinander vorübergingen.

»Was?« Seine Augen waren müde. Nichts schaffte einen so wie eine Kinderkrise nach der Schlafenszeit.

Ich sah ihm eine Minute lang in die Augen und suchte nach etwas, das ich ihm in diesem Moment sagen konnte, um ihm für seine Hilfe zu danken, um anzuerkennen, dass das Behüten kleiner Kinder absolut erschöpfend war, und um ihm ins Gedächtnis zu rufen, dass es das alles letzten Endes wert wäre. Schließlich entschied ich mich für: »Du hast einen tollen Hintern.«

Folgendes habe ich über Peter und mich zu beichten: Wir waren nicht mehr so richtig hin und weg voneinander. Nach fünfzehn Jahren und drei gemeinsamen Kindern waren wir häufig etwas ganz anderes. Manchmal waren wir ziemlich hin. Oder auch weg. Aber nicht mehr hin und weg. Jedenfalls nicht in letzter Zeit. Nicht seit Baby Sams Geburt. Baby Sam, könnte man sagen, war der Tropfen gewesen, der das Liebesfass zum Überlaufen gebracht hatte. Und dem Fass auch gleich noch den Boden ausgeschlagen hatte. Und jetzt lag das Fass dreckverschmiert mitten im Matsch. Ganz leer und ohne Boden.

Ich sage es nur äußerst ungern, tue es aber trotzdem: Obwohl Kinder unendlich reizend sind, greifen sie eine Ehe radikal an. Es liegt nicht in ihrer Absicht, aber es ist so. Wir hatten der Belagerung ziemlich gut standgehalten, und es war auf jeden Fall immer noch viel Liebe vorhanden, aber es war ganz anders als die wahnsinnige, prickelnde Ich-kann-ohne-dich-nicht-atmen-Liebe vom Anfang unserer Beziehung. Jene frühen Jahre, jene Studienjahre, jene Jahre vor den Kindern – das war eine wirklich, wirklich gute Zeit.

Lange bevor ich irgendetwas über Peter wusste, hatte ich auf diese völlig irrationale, Teenie-Idol-mäßige Art für ihn geschwärmt. Während meines vorletzten Studienjahres lebte er im Wohnheim nebenan, und ich sah ihn des Öfteren – auf dem Weg zur Bibliothek, bei den Fahrradständern, in der Schlange, um sich in der Cafeteria Bagels zu kaufen. Ich schwöre, jedes Mal, wenn ich ihn sah, begannen meine Hände zu zittern. Um nicht das Gleichgewicht zu verlieren, musste ich auf den Boden starren.

Derartige Schwärmereien ergeben noch nicht einmal Sinn. Von Peter wusste ich nichts, außer wie er aussah und wie sich seine langen Finger in unserem Aktzeichenkurs um den Kohlestift schlossen, und wie seine Zottelhaare fielen, und dass er manchmal ein rotkehlcheneiblaues T-Shirt mit der Aufschrift »I'm Not Listening« trug. Ich hatte noch kein einziges Wort mit ihm gewechselt, abgesehen von dem einen Mal, in der Bibliothek, als er genau in dem Augenblick mit seiner Freundin durch die Tür kam, als ich hineinging, und wir mit den Schultern aneinanderstießen. Wir sagten beide gleichzeitig »Entschuldigung« und wechselten einen Blick.

Da war es um mich geschehen. Die eine kurze Berührung seines Wollpullis, und ich schaffte es den ganzen Tag nicht, auch nur eine Seite von meinen *Marx-und-Engels-Texten* zu lesen. Ein Blick von Peter, und ich hatte vergessen, wie man las.

Meine Freundin Connor glaubte, solche Schwärmereien zeugten in Wahrheit davon, dass sich zwei Seelen erkannt hatten. Doch ich glaubte nicht an Seelen. Jedenfalls nicht, wenn es ums Verknalltsein ging.

»Das ist lächerlich«, sagte ich. Ich war mir sicher, dass ich einfach oberflächlich war. Dass ich ihn bloß mochte, weil er niedlich war.

»So niedlich ist er auch wieder nicht«, sagte sie. Und dann: »Er ist in etwa in der gleichen Liga wie Rob Garrison und Steven McFarland. Warum bist du nicht für die vor Liebe entbrannt?«

»Ich weiß es nicht«, sagte ich. Dann zuckte ich mit den Schultern. Ich wusste, wie schwach sich meine Antwort anhörte: »Seine Augen?«

Doch genau das hatte sie hören wollen. »Seine Augen!« Sie zeigte mit dem Finger auf mich. »Und was siehst du in diesen Augen?«

Sie wollte, dass ich »Seele« sagte. Sie glaubte, mich in die Enge getrieben zu haben. »Och, ich weiß nicht«, sagte ich. »Das Übliche. Pupillen. Iris. Ein bisschen Schlaf in den Winkeln.«

Peter war etwas mit Connor befreundet, weil sie im gleichen Stockwerk wohnten. Als Peter sich von seiner Freundin trennte, rief Connor mich an, um mir die Neuigkeit zu erzählen. Zur Feier des Tages tranken wir beide auf ihrem Zimmer Champagner und spazierten anschließend draußen zu dem zugefrorenen Teich bei der Turnhalle. Mein Atem bildete Dampfwölkchen in der blauen Nachtluft, und ich beichtete ihr alles: Wie ich an den Tagen, an denen der Aktzeichenkurs stattfand, eine Stunde früher aufstand, um mir unter der Dusche die Beine zu rasieren. Wie er vor mir in der Schlange in der Post gestanden hatte, und es mir so sehr den Atem verschlagen hatte, dass ich gehen musste. Wie er auf der Treppe des Biologiegebäudes an mir vorbeigestriffen war, und ich mich daraufhin so liebeskrank gefühlt hatte, dass ich den Kopf gegen die kühle Fensterscheibe lehnte, um mich nicht übergeben zu müssen. Es konnte sich nicht um Liebe handeln, erklärte ich Connor. Es war zu schrecklich.

»Genau so ist die Liebe!«, sagte sie. »Die Liebe ist ganz genau so schrecklich!«

Sie wollte uns verkuppeln, nun, da er nicht mehr vergeben war. Doch die Vorstellung schnürte mir vor Angst die Kehle zu, und auf einmal konnte ich nicht mehr glauben, dass ich meine ganze Besessenheit vor ihr ausgebreitet hatte. Was hatte ich mir nur dabei gedacht? Wie gut kannte ich Connor überhaupt? Ich verpflichtete sie zur absoluten Verschwiegenheit bezüglich allem, was ich ihr je anvertraut hatte.

»Selbst bei anderen Themen?«, fragte sie. »Geburtsort? Lieblingsspeisen?«

»Bei allem«, sagte ich. »Was dich betrifft, existiere ich noch nicht einmal.«

Auf dem Rückweg bestand ich darauf, dass wir das Thema wechselten. Doch dann sagte Connor: »Darf ich dir nur noch eine andere Sache erzählen?«

»Aber schnell.«

Sie erklärte mir, sie habe gehört, dass Peter mit seiner Freundin Schluss gemacht habe, weil er in eine andere verliebt sei.

»Warum hast du mir das nicht gleich gesagt?«, fragte ich.

»Ich habe es mir für den Schluss aufgehoben«, sagte sie. Dann fing sie an, mir durch den Mantel hindurch Rippenstöße zu versetzen. »Vielleicht bist du es!«, sagte sie. »Ich glaube, du könntest es sein.«

»Ich kann es nicht sein«, sagte ich. »Das gibt es nicht. Wenn man für jemanden schwärmt, werden diese Gefühle nie erwidert. Das ist die Definition von Schwärmen.«

»Ich werde ihn fragen, wer es ist«, sagte sie.

»Bitte nicht.«

»Warum denn nicht?«

»Weil sobald ich einmal weiß, dass ich es nicht bin, immer wissen werde, dass ich es nicht bin.«

»Aber du hast doch gerade eben selbst gesagt, dass du es auf keinen Fall sein kannst.«

»Dem ist auch so«, sagte ich. »Aber es ist eine Sache, das zu glauben, und eine ganz andere, es mit Sicherheit zu wissen.«

»Du bist ein verrücktes Mädchen«, sagte sie.

»Versprich mir, dass du ihn nicht fragen wirst.«

»Ich verspreche es«, sagte sie.

Doch dann fragte sie ihn doch. Sie kam beim Frühstück am folgenden Morgen auf mich zu. Connor war auf dem Weg nach draußen, und ich war auf dem Weg nach drinnen. Wir standen in der Nähe der Kaffeemaschine, Tablett an Tablett, und sie flüsterte weithin hörbar: »Ich weiß, wer es ist.«

Ich bin mir ziemlich sicher, dass ich tatsächlich nach Luft schnappte. »Wer ist es?«

»Ich dachte, du willst es nicht wissen.«

Ich bedachte sie mit einem Blick.

Sie seufzte rasch und sagte dann: »Tja, ich kann es dir nicht sagen.«

»Du machst wohl Witze!«

Sie zuckte mit den Schultern. »Ich habe versprochen, dass ich es niemandem erzähle.«

»Du hast mir versprochen, ihn nicht zu fragen!«

»Aber das hier ist so eine Art Dealbreaker, etwas im Sinne von Er-wird-nicht-mehr-mit-mir-befreundet-sein-wenn-ich-mein-Wort-nicht-halte.«

»Ich werde nicht mehr mit dir befreundet sein, wenn du es mir nicht erzählst.«

Sie sah mich eine Minute lang abschätzend an. Dann sagte sie: »Doch, das wirst du.«

Ich stellte mein Tablett ein wenig zu schwungvoll auf der Metallablage ab. Mein Kaffee lief über und floss quer über das Tablett. »Ich glaube das einfach nicht!«

»Ich kann es dir nicht verraten«, beteuerte sie erneut beharrlich. »Aber ich kann etwas anderes tun.«

Ich musterte sie.

»Komm um vier Uhr auf mein Zimmer.«

Ich schüttelte den Kopf. »Um vier Uhr habe ich einen Kurs.«

»Schwänz ihn. Komm trotzdem.«

Ich beobachtete ihr Gesicht.

»Tu es«, drängte sie, und küsste mich dann zum Abschied auf die Wange.

Ich schwänzte meinen Kurs letzten Endes tatsächlich. Kunst und Architektur im Alten Ägypten und Mesopotamien konnte einfach nicht mit Informationen über Peter mithalten. Ich hatte ohnehin ein C in dem Kurs. Und obgleich ich nach dem Frühstück entschieden hatte, dass Connor sadistisch veranlagt und eine miese Freundin war, saß ich um vier Uhr nachmittags auf ihrer Laura-Ashley-Steppdecke und trank eine Tasse Lemon Ginger Tee, den sie in ihrem Feuertopf gekocht hatte.

Als es an der Tür klopfte, sagte Connor »Herein« und zwinkerte mir zu. Die Tür ging auf, und es war Peter. Obwohl ich den Verdacht gehegt hatte, dass sie etwas im Schilde führte, hatte ich nicht erwartet, dass Peter höchstpersönlich daran beteiligt wäre. Meine Hände fingen zu zittern an, sobald ich sein Gesicht erblickte. Beinahe hätte ich meine Tasse fallen lassen.

Und was folgte, war tatsächlich einer der großartigsten Augenblicke meines ganzen Liebeslebens. Was folgte, war ein Augenblick, den ich so oft in meinem Kopf abgespielt habe, dass die Erinnerung mittlerweile wie ein zerkratzter und flimmernder Filmausschnitt wirkt. Peter betrat das Zimmer, wobei er offensichtlich nur mit Connor rechnete, und sagte etwas wie: »Was hast du also –«

Und dann, erst dann, blickte er auf und sah mich dort, die Tasse in der zitternden Hand, und als sich unsere Blicke trafen, vergaß er vollständig, wovon er gerade gesprochen hatte. Er blieb mit offenem Mund stehen. Er war sprachlos. Zehn Sekunden lang stand er einfach nur da, die Hand am Türknauf. Zehn fürchterliche, zutiefst befriedigende Sekunden.

Und dann wurde es mir zu viel. Ich musste etwas tun. Ich hob die Hand und winkte. Das brach den Bann. Er sammelte sich. Er hob ebenfalls die Hand und wandte sich dann an Connor. »Ich muss –« Er wies auf die Tür und trat einen Schritt zurück. »Ich muss jetzt wohin. Aber ich werde mich bestimmt –« Er bewegte den Fuß über die Schwelle auf den Korridor. »Später bei dir melden.« Die Tür fiel krachend zu. Ohne dass er sich verabschiedet hätte.

Wir warteten gute zwei Minuten, völlig reglos, und formten immer wieder »Oh mein Gott!« mit den Lippen, ohne ein Geräusch von uns zu geben. Dann schlich Connor auf Zehenspitzen zur Tür und spähte auf den Korridor hinaus um sicherzugehen, dass Peter tatsächlich fort war. Sie drehte sich um, machte das Victory-Zeichen, und wir beide begannen kreischend herumzuspringen. Wir waren so laut, dass das Mädchen nebenan, eine Studentin im Abschlussjahr mit einem Einzelzimmer, an die Wand hämmerte.

Connor war lauter als ich. »Du bist es!«, sagte sie immer wieder. »In dich ist er verliebt!«

»Ja, klar, aber das hast du doch längst gewusst«, sagte ich, als wir uns wieder auf ihrem Bett niederließen.

»In Wirklichkeit«, sagte sie mit einem koketten Lächeln, »habe ich ihn nie danach gefragt.«

Ich war zu glücklich, um darauf zu reagieren. Wen interessierte das schon?

Sie fuhr fort: »Ich wusste einfach, dass du niemals den Kurs schwänzen würdest, wenn ich nichts Gutes vorzuweisen hätte.«

»Tja«, sagte ich mit einem Blick auf die Stelle, an der gerade eben noch Peter gestanden hatte. »Das ist etwas Gutes gewesen.«

»Auf jeden Fall«, sagte sie.

Ich blieb noch lange in Connors Zimmer. Ich wollte den Augenblick wieder und wieder durchleben. Immer wieder sagte ich: »Er hat total vergessen, was er sagen wollte!« Und dann: »Was glaubst du, hat das zu bedeuten?« Ich wusste ganz genau, was es ihrer Meinung nach zu bedeuten hatte, denn ihrer Meinung nach bedeutete es genau das, was es meiner Meinung nach bedeutete, doch ich hörte sie so wahnsinnig gerne wieder und wieder sagen: »Ich glaube, es bedeutet, dass er in dich verliebt ist!«

7

Im Laufe jenes Abends, an dem ich zum ersten Mal ins Fitnessstudio gegangen war, wurde nicht mehr weiter gekotzt. Ich schreckte bei jedem Geräusch des Babyphones auf, aber nichts. Am nächsten Morgen ging es allen Kindern prima. Kein Fieber, keine erkennbare Übelkeit. Wir verabreichten allen Elektrolyt-Lösung in Trinkbechern zum Frühstück und warteten auf die zweite Runde, doch es kam nichts. Peter war zu dem Schluss gekommen, dass das Ganze ein Massenprotest gegen mein abendliches Ausgehen gewesen war.

»Alles klar«, sagte ich.

Später am Morgen, ich wärmte gerade Hühnerbrühe als zweites Frühstück für die Jungen auf, steckte Peter noch einmal den Kopf in die Küche, obwohl er bereits »zur Arbeit gegangen« war und einen Klavierschüler von der Universität in seinem Übungsraum erwartete.

»Ich habe einen Papierstapel verlegt«, sagte er, und ich deutete auf einen Stoß auf der Arbeitsplatte, der halb von einem Plastiktruck und einer Getreideflockenpackung verdeckt war.

»Alles klar.« Er griff rasch nach dem Stapel und versuchte, wieder aus der Küche zu kommen, bevor den Jungen bewusst wurde, dass er überhaupt da war. Er wirbelte herum und wollte aus der Tür stürmen, da fiel ein Briefumschlag zu Boden. Ich hatte diesen Umschlag schon gesehen, in vergangenen Jahren. Es war die Bewerbung für das Hamilton Fellowship. Peter hatte seit dem College versucht, ein Stipendium zu ergattern.

»Du bewirbst dich dieses Jahr doch wohl nicht für dieses Zeugs, oder?«, fragte ich, als er sich nach dem Umschlag bückte. Es handelte sich um einen dreiwöchigen Aufenthalt, der über Weihnachten stattfand. Wer das Stipendium gewann, durfte die Ferien über in aller Abgeschiedenheit an der University of California, Los Angeles (UCLA) komponieren und seine Werke in der Woche nach Neujahr einem Haufen bewundernder Musiker vorspielen. Es war das renommierteste Stipendium, das es gab.

Er begriff den Sinn meiner Frage nicht. »Sicher. Sicher bewerbe ich mich.«

Manchmal nahm Peter mich auf den Arm, ohne eine Miene zu verziehen. Er sagte, die Filmvorstellung sei ausverkauft, wenn dem nicht so war, oder dass er den letzten Keks gegessen hatte, obwohl es nicht stimmte. Er war gut, doch ich war besser, und nach all den Jahren hatte ich gelernt, mein Augenmerk auf die Stelle neben seinem Nasenloch zu richten, an der er ein Grübchen bekam, wenn er log. Ich sah seine Nase an. Kein Grübchen.

»Das ist nicht dein Ernst«, sagte ich und wechselte in Buchstabiermodus über, um Widerspruch zu erheben. Ich wollte nicht, dass die Jungen dachten, ich hätte etwas dagegen, Zeit mit ihnen zu verbringen. »Du wirst mich nicht a-l-l-e-i-n lassen mit drei K-i-n-d-e-r-n in der W-e-i-h-n-a-c-h-t-s-z-e-i-t.« Ich wollte, dass es eine reine Feststellung war, doch teilweise klang es auch nach einer Frage.

»Nein«, sagte er.

»Denn das würdest du nicht tun.«

»Nein.« Er schüttelte langsam den Kopf. Dann fügte er hinzu: »Außer ich bekomme das Stipendium.«

Ich stemmte die Hände in die Hüften. Baby Sam, der mit seinen in alle Richtungen abstehenden Haaren sehr nach The Flock of Seagulls aussah, schüttelte seinen Trinkbecher so heftig, das oben Brühe herausspritzte. Die anderen beiden hatten die Strohhalme aus ihren Saftbechern genommen und ließen die Brühe in ihren Schüsseln Blasen werfen.

»Ich werde niemals Erfolg haben«, sagte Peter.

»Gut«, sagte ich, »denn du lässt mich Weihnachten nicht a-l-l-e-i-n z-u-r-ü-c-k. Nicht ohne Familie und ohne Hilfe in einer fremden Stadt.«

»Alles klar«, sagte er, jetzt nervös, weil er weg wollte.

»Warum bewirbst du dich also überhaupt?«, hakte ich nach.

»Ich muss mich bewerben«, erwiderte er.

»Warum?«

»Für den Fall, dass ich Erfolg habe.«

»Aber du hast eben gesagt, dass du keinen Erfolg haben wirst.«

»Werde ich auch nicht. Habe ich jemals Erfolg gehabt?«

»Warum bewirbst du dich also?«

»Weil es wahnsinnig gut für meine Karriere wäre, sollte ich Erfolg haben.«

»Haben wir in letzter Zeit nicht genug für deine Karriere getan?«

Ich wollte nicht so wütend sein. Ich wollte gut genug in der Kindererziehung sein, unabhängig genug, um einfach »Geh nur« sagen zu können und es auch zu meinen. Ich wollte, dass Peter und ich unseren Träumen nachjagen konnten, ohne uns Sorgen um Einzelheiten wie Familie oder Weihnachten machen zu müssen. Aber so war es eben nicht mehr.

Er hielt inne. »Es sind drei Wochen. Das ist keine so große Sache.«

»Es sind drei Wochen. Und das ist eine v-e-r-d-a-m-m-t große Sache.«

Jetzt wurde er wütend. »Willst du damit sagen, dass du mich vom Wichtigsten abhalten würdest, das mir vielleicht je in meiner Karriere passieren könnte?«

»Ich will damit sagen, dass du versprochen hast, mich Weihnachten nicht a-l-l-e-i-n z-u-r-ü-c-k-z-u-l-a-s-s-e-n.«

»Aber das war vorher.«

»Vor was?«

»Bevor ich das Stipendium erhalten habe.«

Es klopfte an seiner Bürotür. Sein Schüler. Es war Zeit für Peter, die Flucht zu ergreifen.

»Du hast das Stipendium noch nicht erhalten«, stellte ich fest.

»Glaub mir«, sagte Peter, »das weiß ich.« Dann gab er jedem Jungen einen Kuss auf den Kopf und machte sich auf den Weg, um seinen Schüler zu begrüßen und über andere Dinge nachzudenken. Wohingegen ich mich natürlich nicht vom Fleck rührte, und das Gespräch in meinem Kopf widerhallte. Ich griff nach dem Suppentopf und ließ ihn laut krachend in die Spüle fallen.

Dann sagte Alexander: »Mama?«

»Was ist denn, mein Süßer?« Ich versuchte, meine schrille Hausfrauenstimme in eine besänftigende mütterliche Tonlage zu modulieren.

»Kann ich noch Suppe haben?«

»Warten wir mal ab, wie es deinem Bauch damit ergeht«, sagte ich. »Wir werden ein bisschen später mehr davon essen.«

Alexander ließ seine leere Schüssel los, und als ich die Hand danach aussteckte, sagte er erneut: »Mama?«

»Ja, Schnuckelchen?«

»Du wirst Weihnachten nicht allein sein. Ich werde dir Gesellschaft leisten.«

Das war unsere erste Woche in Cambridge. Danach lebten wir uns ein. Wir packten aus und packten aus und packten aus – ohne dass der Kartonturm im Wohnzimmer merklich schrumpfte. Wir fanden den Lebensmitteldiscounter und die Heilsarmee. Wir verräumten Geschirr und Handtücher und Bücher. Wir malten viele Bilder, die wir an die Wände hängten. Wir fanden einen anderen Park – ein Stückchen weiter zu Fuß, aber dafür mit einer apfelroten Rutsche und zwei Schafen, auf denen man reiten konnte. Wir hatten großes Glück und fanden einen Zwillingsjogger auf einem Flohmarkt, und verkauften anschließend unseren alten Sportwagen, um die Kosten ein wenig auszugleichen.

Ich hatte die fantastische Idee, Zeitungsseiten an unsere Fenster zu kleben und Jalousien nach Maß zu basteln, wobei wir oben ein Stück frei ließen, damit wir den Himmel sehen konnten, und sie dann mit Fingerfarben anzumalen. Doch letzten Endes erschöpfte mich schon die bloße Vorstellung von der ganzen Farbe überall auf dem Boden und den Jungen und den Möbeln, und wir übermalten die Seiten doch nicht. Die Zeitungen blieben jedoch an den Fenstern, und im Laufe der nächsten Monate glitt mein Blick wieder und wieder über die Schlagzeilen: »Mann stiehlt Geburtstagstorte«, »Kinderkrippe geht bankrott« und »Laborratten fressen sich zu Tode«.

Die Jungen und ich wanderten in der Stadt umher, die großen Jungen in dem neuen Jogger und Baby Sam oben in der Rückentrage. Wir gingen so lange auf Erkundung, wie sie es schafften stillzuhalten. Der neue Sportwagen ließ sich zwar ohne Weiteres schieben, allerdings nur schwer lenken, was mich auf Trab hielt. Ich hatte einen Vorrat von Flugblättern für Peters Musikunterricht in der Tasche, und wann immer sich mir die Möglichkeit bot, blieb ich an Telefonmasten stehen und klebte die Zettel mit Packband fest.

Ich hatte Peter davon überzeugt, ein Foto von sich auf die Zettel zu drucken, indem ich beharrlich beteuerte, dass er über viel mehr Sex-Appeal verfügte als der Klaviertasten-Holzschnitt, mit dem er angefangen hatte. Und binnen weniger Tage zierte Peters schönes Gesicht beinahe jeden Mast in der Gegend. Ich hatte das Foto in unserem alten Garten in Houston geschossen, und seine blauen Augen strahlten, selbst noch in Schwarz-Weiß auf einem fotokopierten Flugblatt. Es machte mich glücklich, die Flugblätter in der Nachbarschaft verteilt zu sehen. Ich fühlte mich ein bisschen weniger allein.

Obwohl ich natürlich nicht allein war. Ja, ich war niemals allein. Ich konnte noch nicht einmal auf der Toilette sitzen, ohne auf einem Bein das Baby zu halten, und einen der beiden anderen Jungen und ein Buch auf dem anderen. Ich redete den ganzen Tag mit ihnen, spielte mit ihnen und alberte herum. Wirklich, von dem Augenblick an, in dem der Erste erwachte, bis zu dem Augenblick, in dem der Letzte einschlief, war ich das Zentrum eines Wirbelsturms aus Jungen.

In Houston hatte ich Freundinnen gehabt. Die Jungen und ich hatten Parkfreunde und Büchereifreunde und Kindermuseumsfreunde angesammelt. Doch hier hatte ich niemanden. Ich sah Mütter mit ihren Kindern im Lebensmittelgeschäft und konnte mich kaum beherrschen, sie anzusprechen und zu fragen, wo sie als Nächstes hingingen, um zu sehen, ob wir sie begleiten könnten. Peter war der einzige Erwachsene in meinem Leben, was nie gut für eine Ehe ist.

Peter hingegen lernte überall Leute kennen. Er wurde zum Dozenten ausgebildet, und es standen alle möglichen Partys und Konzerte und Schulungen auf dem Programm. Er lernte Professoren kennen und seine Kommilitonen und schließlich die Studenten, die er unterrichten würde.

Außerdem bekam er immer mehr Musikschüler. Anfänger kamen zu uns nach Hause in sein Übungszimmer, wo sie die Grundlagen auf dem Keyboard erarbeiteten. Fortgeschrittene Schüler gingen in einen der Übungsräume an der Hochschule, um an einem richtigen Klavier zu sitzen. Peter war aktiv. Er war draußen in der Welt unterwegs. Er agierte anstatt zu reagieren.

Jeden Abend beim Essen hatte Peter etwas zu berichten. Zugegebenermaßen gelang es ihm kaum, seine Geschichten an den Mann zu bringen, ohne dass Alexander dazwischenschrie wie: »Daddy! Mach mal den Mund auf! Ich will sehen, ob du Haare auf den Zähnen hast!« Aber wenn Peter doch einmal zu Wort kam, hatte er tolle Geschichten zu erzählen. Über den Professor mit dem Walrossbart, der die Treppe hinuntergefallen war, oder den Musiksaal, der früher ein Stall gewesen war, oder die Frau bei der Zulassung, die seinen Namen auf dem Anmeldeformular erkannt und nach Luft geschnappt – wortwörtlich nach Luft geschnappt! – hatte, bevor sie sagte: »Ich liebe Ihre Stücke.«

Meine Konversationsbeiträge bestanden aus Dingen wie: »Ich habe diese Dosenbohnen für neunundsiebzig Cent bei Market Basket gefunden«, oder »Toby hat sich heute einen Wurm in den Mund gesteckt«. Ich begann mich, noch mehr als sonst, als die schwächste Gesprächsteilnehmerin zu empfinden.

Aber ich ging weiter ins Fitnessstudio. Abend für Abend, egal wie müde ich war, oder wie leidenschaftlich gern ich ins Bett gekrochen wäre, oder wie oft ich in der vergangenen Nacht wegen der Kinder aufgewacht war. Ich ging hin und machte mich weiter mit der Lage der Dinge dort vertraut. Ich sah Ted Koppel alle paar Tage wieder, wenn er in Flipflops auf dem Hometrainer radelte und dabei ein ramponiertes Taschenbuch las und aus etwas trank, das wie ein Flachmann aussah. Als er einmal bemerkte, wie ich ihn beobachtete, hielt er die Flasche wie zum Toast hoch.

Und ich begann, an das Fitnessstudio zu glauben. Ich

sagte mir, dass mir die eine Stunde Joggen-beziehungsweise-Gehen jeden Abend wirklich Halt geben könnte in dieser neuen Stadt – diesem neuen Leben –, wo ich mir so hilflos vorkam, und dass so etwas Simples wie eine feste sportliche Routine mich davor bewahren würde, den Verstand zu verlieren.

Ehrlich gesagt spürte ich schon nach der ersten Woche eine Veränderung. Ich regte mich weniger über die Dinge auf. Etwas nahm ihnen die Härte. Ich litt an Heimweh, aber nicht mehr ganz so schmerzlich. Ich fühlte mich einsam, aber nicht mehr ganz so heftig. Es ärgerte mich, wenn die Jungen Honig über den ganzen Küchenfußboden vergossen, aber nicht mehr ganz so sehr.

Es war schön, etwas nur für mich zu tun. Ich hatte mich schon seit Jahren nach etwas gesehnt, das nur mir gehörte. Einmal hatte ich versucht, es Peter zu erklären, und er hatte sich begriffsstutzig gezeigt. »Die Kinder gehören doch dir«, hatte er gesagt.

»Sie gehören mir, aber sie sind nicht ich.«

»Aber du leistest tolle Arbeit bei der Kindererziehung.«

»Manchmal«, sagte ich. »Und manchmal wickeln sie jede einzelne Rolle Klopapier im Haus auf, während ich, den Kopf in die Hände gestützt, auf dem Sofa sitze.«

»Du kannst mir nicht erzählen, dass es keine großartigen Kinder sind!«

»Nein«, sagte ich. »Und das möchte ich auch gar nicht.«

Peters Augen funkelten, als hätte er gewonnen.

»Aber«, fuhr ich fort, »wenn Toby in der Nase bohrt und den Popel auf die Couch schmiert, strahle ich nicht gerade vor Stolz und sage: ›Ich habe das getan! Das bin alles ich!‹«

Peter schüttelte den Kopf.

Das war der schwierige Teil. Man investierte übermäßig viel Zeit und Aufmerksamkeit und Zuneigung in die eigenen Kinder, doch das Ergebnis war indirekt. Man zeigte seinem einjährigen Kind keine Katze und beobachtete dann, wie es Minuten später »Katze« sagte. Stattdessen zeigte man seinem einjährigen Kind hundert Katzen, und dann, eines Tages, beobachtete man, wie es auf eine Katze wies und »Mama« sagte.

Das wollte ich Peter begreiflich machen, dass alles, was man für seine Kinder tat, durch ihre Persönlichkeiten gefiltert und gebrochen wurde. Für nichts konnte man das Verdienst in Anspruch nehmen. Man versuchte einfach nur, sich zusammenzureißen, sie oft zu umarmen, sie mindestens einmal am Tag zu baden, und ansonsten hoffte man das Beste.

Was ich so verzweifelt brauchte und in meinem Leben nicht hatte, war etwas, worauf ich deuten und dabei sagen konnte: »Das habe ich gemacht.«

Als ich anfing, ins Fitnessstudio zu gehen, dachte ich, das Fitnessstudio könnte dieses Etwas für mich sein, etwas, worauf ich stolz war. Wenigstens konnte ich angesichts der Tatsache Stolz empfinden, dass ich die ganze Woche kein Training verpasst hatte, oder dass ich durchgehend eine Stunde auf jenem Laufband zubringen konnte, ohne – toi, toi, toi! – nach hinten katapultiert zu werden. Wenigstens konnte ich auf meine Disziplin und Gewissenhaftigkeit verweisen, was eine gesündere Lebensweise betraf. Das schien etwas wert zu sein.

Später fand ich heraus, dass ich in Wirklichkeit etwas tun wollte, was nur ich tun konnte. Und das obsessive Befolgen meines strengen Sportprogramms erfüllte diese Sehnsucht nicht ganz. Doch es war zweifellos ein guter Anfang.

Nach zwei Wochen fühlte ich mich gut. Ich fühlte mich munter. Ich erlebte verrückte Momente totaler Begeisterung und fragte mich, ob das Läuferhighs waren. Ich räumte Trucks in die Spielzeugkiste und war auf einmal total euphorisch. In diesen Momenten hatte sich nichts wirklich geändert, doch es war wie Sonnenstrahlen an einem bewölkten Tag: Alles schien heller zu sein. Es musste sich um eine chemische Reaktion handeln.

Außerdem kam ich mir mehr und mehr wie ein Fitnessstudio-Mensch vor, auch wenn ich wusste, dass es dazu eigentlich noch zu früh war. Da waren diese großartigen Augenblicke, in denen ich mich stark und wild und selbstverantwortlich fühlte. Ich war jemand, der ins Fitnessstudio ging! Ich hatte mir einen Sport-BH und Sportsocken gekauft! Ich hatte eine Nylonsporthose! Ich war eine verbesserte Version meiner selbst. Zehn Tage Sport waren genug, um die Kugel ins Rollen zu bringen und ein völlig neues Selbstverständnis zu entwickeln.

Eines Morgens hatte ich gerade dieses gute Gefühl, als Alexander, der auf meinem Schoß saß, zu mir sagte: »Mama, bist du ›mollig‹?«

Ich wusste nicht recht, wie ich diese Frage kontern sollte, doch in Tränen auszubrechen und aus dem Zimmer zu laufen, schien der falsche Ansatz zu sein. Stattdessen beschloss ich, cool zu reagieren. »Zurzeit bin ich ein bisschen mollig.«

Nickend nahm Alexander diese Information in sich auf.

»Aber weißt du was?«, fragte ich.

Er blickte zu mir empor.

»Mollige Muttis sind was Tolles, weil sie beim Knuddeln total weich sind.«

Daraufhin drückte er seinen kleinen Körper an mich, und ich hatte das Gefühl, die beste Antwort auf eine solche Frage gegeben zu haben, die eine ein bisschen mollige Mutter überhaupt geben konnte.

Natürlich hatte Alexander binnen einer Woche zwei Frauen im Park auf völlig ernste und schmeichelhafte Weise erzählt, sie seien ebenfalls »mollige Muttis«. Kurz nachdem er es einer Frau hinter uns in der Schlange an der Supermarktkasse zugerufen hatte, erklärte ich ihm, dass nur die eigenen Kinder einer molligen Mama ihr sagen durften, wie mollig sie war.

»Warum?«, hatte Alexander wissen wollen.

»Ich weiß es nicht«, sagte ich. »So ist es nun einmal.«

8

In jenen ersten Wochen in Cambridge war ich sehr einsam. Daher war ich überrascht, gleichzeitig aber dem Universum dankbar, als Peter am Morgen unseres zweiwöchigen Jubiläums in Cambridge aus seinem Übungszimmer trat und mir sein Handy mit den Worten »Für dich« entgegenstreckte.

Es war Amanda Hayes.

»Ich gehe mal davon aus, dass du meine Nummer verloren hast«, sagte sie. »Aber das macht nichts, denn die Flugzettel deines Mannes hängen überall in der Stadt rum. Er ist niedlich!«

»Danke«, sagte ich.

»Wie läuft's mit der Schwangerschaft?«

»Gut.« Ich warf einen Blick in Peters Richtung um sicherzugehen, dass er nichts hörte.

»Wie weit bist du gleich wieder?«

Es war der ideale Augenblick für ein Geständnis, das wusste ich. Doch dann drang ein Kreischen aus der Küche, das mich völlig ablenkte. »Warte mal eben«, sagte ich zu Amanda und folgte dem Geräusch. Alexander zog Toby an den Füßen auf einem Geschirrtuch herum.

»Wir fahren Schlitten«, erläuterte Alexander bei meinem Eintreten.

»Alexander, er mag das nicht.« Ich hob Toby auf und

tätschelte ihm den Rücken. »Kein Schlittenfahren mehr. Vorbei.«

Ich hielt mir wieder das Telefon ans Ohr. »Tut mir leid.«

Sie wollte zur Sache kommen. »Wir sind auf dem Weg in den Park, falls ihr dazustoßen wollt.«

Ich zögerte nicht. Mir blieb gar keine Zeit, die Peinlichkeit, meine falsche Schwangerschaft aufrechtzuerhalten, gegen das Vergnügen abzuwägen, mich mit einem anderen Erwachsenen unterhalten zu können. Ich hatte längst »Ja« gesagt.

Im Park hatte Amanda eine Mappe mit Babyparty-Ideen auf einem Picknicktisch ausgebreitet und arbeitete sich Punkt für Punkt durch, während die Kinder im Sandkasten Löwen spielten. Sie plante eine wirklich große Feier. Sie hatte Fotos von Blumengestecken ausgeschnitten. Sie hatte Spiele für Babypartys aus dem Internet ausgedruckt. Sie hatte Mustermenüs. Sie schwankte zwischen einem Cowgirlmotiv und einer Vergnügungsraststätte mit einem Margarita-Automaten und einer Mariachi-Band.

Als ich ein Rezept für Mini-Empanadas betrachtete, das Amanda gelb markiert hatte, wurden mir drei sehr wichtige Dinge klar: Erstens hatte sie so viel Geld, dass sie nicht wusste, was sie damit machen sollte. Zweitens war ihr langweilig. Und drittens würde ich ihr reinen Wein bezüglich der Schwangerschaftssituation einschenken müssen.

»Was macht dein Mann gleich wieder?«, fragte ich.

»Oh«, sie winkte ab. »Geschäfte.«

»Finanzkram?«

»Ja, genau.« Sie war damit beschäftigt, nach dem Foto des *Tres-leches*-Kuchens zu suchen. »Wertpapiere.«

Ich wartete auf mehr.

Sie hielt inne und blickte zu mir auf. »Es ist zu langweilig, um darüber zu reden.«

Ich war mir nicht wirklich sicher, was ich darauf erwidern sollte, also sagte ich einfach: »Er scheint nett zu sein«, obwohl sie ihn kein bisschen beschrieben hatte.

Damit erregte ich ihre Aufmerksamkeit. Sie blickte auf. »Er ist nicht immer nett. Aber er sieht gut aus.«

Es dauerte eine Minute, bis sie sich wieder ihrer Planerei zuwandte. Dann kam sie zum Punkt.

»Ich werde jeden, den ich kenne, zu dieser Feier einladen«, sagte sie. »Es wird riesengroß werden. Eigentlich wollte ich es bei uns zu Hause machen, aber mittlerweile glaube ich, dass wir nicht genug Platz haben. Wir werden einen Veranstaltungsort brauchen.«

Es war zu viel. Wirklich. Und bevor sie daranging, Räumlichkeiten anzumieten und Anzahlungen zu leisten, musste ich ihr Einhalt gebieten. Ich holte tief Luft, um zu meiner Beichte anzusetzen, doch genau in dem Augenblick kam Alexander auf mich zu und sagte: »Mama? Ich muss mal.«

Ich hatte ihn zehnmal gefragt, bevor wir aufgebrochen waren. »Du willst mich wohl auf den Arm nehmen«, sagte ich.

Er deutete auf seinen Po und wandte ihn mir der Anschaulichkeit halber zu. »Ich muss Kacka.«

»Alexander, warum bist du denn nicht vor fünf Minuten zu Hause gegangen?«

Er zuckte mit den Schultern.

Ich ließ den Blick durch den Park schweifen um sicherzugehen, dass es tatsächlich keine Toilette gab. Es sah ganz so aus, als würden wir unsere Sachen packen und nach Hause gehen müssen.

Da sagte Amanda, ohne von ihrer Mappe aufzublicken: »Nimm doch einen Frischhaltebeutel her.«

Wir drehten uns beide zu ihr um und starrten sie an.

»Lass ihn einfach über dem Beutel in die Hocke gehen«, erläuterte sie.

Ich hatte einen Frischhaltebeutel in meiner großen Handtasche. Darin befand sich ein altes Putensandwich, aber das konnte ich wegwerfen. Trotzdem war die Vorstellung einfach zu eklig. Anderseits war so vieles eklig, wenn man mit Kindern zusammenlebte. Wie sie ihre Finger in meine Getreideflocken steckten, wie ihre Spucke in meine Wasserflaschen lief, wie sie ohne zu zögern ihre überschüssige Sonnenmilch oder ihre schmutzigen Hände oder laufenden Nasen an meiner Kleidung abwischten. Natürlich fiel es mir kaum noch auf. Kinder zu haben hatte dazu geführt, dass ich in vielerlei Hinsicht meine Maßstäbe gesenkt hatte.

»Es ist auch nicht ekliger als Hundekacke«, sagte Amanda und malte ein großes X auf eine der Seiten in ihrer Mappe.

Letzten Endes taten wir es. Baby Sam saß neben uns im Gras, während Alexander und ich hinter einem Baum kauerten. Im Grunde war es gar nicht so schlimm. In gewisser Hinsicht weniger eklig als der Besuch einer öffentlichen Toilette. Wenigstens waren wir draußen an der frischen Luft. Es war schnell vorbei, und in der Hocke hinter jener Föhre wurde mir etwas klar: Ich mochte Amanda wirklich. Wenige Minuten später, nachdem ich uns beide mit jedem Feuchttuch aus meiner Tasche gründlich abgeputzt hatte, war Alexander auf der Schaukel, die Plastiktüte im Müll, und ich widmete meine Aufmerksamkeit wieder der Babyparty.

Am Picknicktisch legte ich Baby Sam an die Brust an. Dann holte ich tief Luft und sagte: »Amanda?« Mir war ein wenig schwindelig.

»Was?«, fragte sie, immer noch, ohne aufzublicken.

»Ich habe etwas mit dir zu bereden.« Ich wartete, bis sie mich ansah, das Käsekuchenrezept beiseitelegte und mir ihre ungeteilte Aufmerksamkeit schenkte.

»Amanda«, sagte ich erneut und versuchte, in Fahrt zu kommen. Ich konnte ihr nicht ins Gesicht sehen. »Amanda, ich bin nicht schwanger.«

Ich erwartete, sie werde vielleicht mit ihrer Mappe nach mir werfen. Oder sie werde sie wieder in die Handtasche stecken und für eine Freundin aufheben, die es wert war. Auf jeden Fall erwartete ich, dass sich Ärger in ihrem Gesicht und ihrer Stimme widerspiegeln werde. Ich dachte, sie werde vielleicht Gracin packen und eingeschnappt den Park verlassen.

Doch nichts dergleichen geschah. Ich hatte das Riesenglück, dass sie mich missverstanden hatte, obwohl ich ganz schlicht die Wahrheit gesagt hatte. Sie glaubte, ich hätte eine Fehlgeburt erlitten.

Amanda atmete ein. Sie schlug sich die Hände vor den Mund. »Oh«, sagte sie nach einer Minute. Es sah sogar so aus, als träten ihr Tränen in die Augen, während meine Worte auf sie einwirkten. »Oh, es tut mir ja so leid!« Sie beugte sich über Baby Sam, um mich zu umarmen.

Ich würde wirklich gern berichten können, erwachsen und aufrecht gewesen zu sein, und das Missverständnis aus der Welt geschafft zu haben. Vor meinem geistigen Auge sah ich, wie ich meine Hand auf die ihre legte und sagte: »Nein, nein«, bevor ich alles erklärte. Das hätte ich tun können. Ich hätte es tun sollen. Aber was soll ich sagen: Ich habe es nicht getan. Stattdessen bastelte ich mir ein Schlupfloch aus dem Umstand, dass ich vor Jahren, vor Alexander – zweimal – eine Fehlgeburt gehabt hatte. Ich sagte mir, dass Amanda gar nicht so weit von der Wahrheit entfernt lag, und ließ sie in dem Glauben, ich sei *nicht mehr* schwanger.

Amanda zog sich aus der Umarmung zurück, die Gesichtszüge ganz weich vor Anteilnahme. Sie fuhr sich mit dem Zeigefinger unter den Augen entlang um sicherzugehen, dass ihre Mascara nicht verschmiert war. Dann sagte sie Worte, die bis zum heutigen Tag in meinen Ohren nachklingen. Denn ich war mir nie sicher gewesen, was genau die Khakihose an jenem Tag zu der Annahme verleitet hatte, dass ich schwanger sei. Meine große Angst bestand darin, dass ich tatsächlich aussah, als sei ich im neunten Monat schwanger, und es mir nur noch nicht aufgefallen war.

Als Amanda also sagte: »Diese frühen Abgänge sind sowieso am besten. Wie weit bist du gewesen? Sechs Wochen? Sieben?«, umarmte ich sie noch einmal, entschied, dass ich sie mein ganzes Leben lang lieben würde, und erteilte mir selbst die Erlaubnis, das Thema für immer zu vergessen. Es schien absolut unmöglich, dass es je wieder zur Sprache käme. Es geschah natürlich doch.

9

Am nächsten Vormittag flogen meine Eltern nach Dubai. Beim Aufwachen stellte ich mir vor, wie sie in ihr Flugzeug einstiegen: meine Mutter mit ihrem ordentlichen Bordcase höflich und zurückhaltend im Gang, und mein Vater, im Golfhemd, wie er anderen Leuten behilflich war, deren Taschen in die Gepäckablage zu stopfen.

Ich versuchte sie anzurufen, um ihnen eine gute Reise zu wünschen, aber unser Telefonanschluss – die Nummer, die ich mein ganzes Leben lang als die Nummer meines Zuhauses gekannt hatte – war bereits abgestellt worden. Ans Handy ging auch keiner von beiden.

Meine Mutter rief zurück, als die Jungen und ich uns gerade in der Obst- und Gemüseabteilung des Supermarktes befanden. Ich hatte es die ganze Woche über aufgeschoben einkaufen zu gehen, und wir hatten nur noch Pfirsiche in der Dose und Knabbergebäck zu Hause.

»Passt es dir gerade?«, fragte meine Mutter.

Ich verfütterte jedem der Jungen eine Gratisprobe Wassermelone. »Sicher«, sagte ich. »Wir kaufen gerade Lebensmittel ein.«

»Dein Dad und ich haben eine Entscheidung getroffen, die dir nicht behagen wird«, setzte sie an. »Es ist bereits geschehen, und es hat keinen Sinn, darüber zu diskutieren.«

»Das ist eine ganz schöne Eröffnungsnummer.«

»Ich wollte dir nur helfen, die Neuigkeiten zu akzeptieren und dich nicht ewig darüber aufzuregen.«

»Okay. Welche Neuigkeiten zu akzeptieren?«

»Ich möchte nicht, dass du ein Riesentamtam um die Sache machst«, fuhr sie fort.

»Ein Riesentamtam um was?«

Nach einer kleinen Pause sagte sie: »Wir haben das Haus verkauft.«

Ich konnte mir nicht vorstellen, von welchem Haus sie sprach. »Welches Haus denn?«

»Unser Haus.«

Ich blieb stehen. »Unser Haus? Ihr habt unser Haus verkauft?«

»Schatz –«, fing sie an.

»Ihr wolltet es vermieten! Ihr wolltet alles in Kartons packen! Ihr wolltet in drei Jahren zurückkommen!«

»Tja, Schatz«, fing sie erneut an, und ihre Stimme zielte ganz darauf ab, mich zu besänftigen. »Man hat uns ein Angebot unterbreitet, das wir einfach nicht ausschlagen konnten.«

»Was für ein Angebot denn?«

»Ein riesiges, großzügiges Angebot. Sehr, sehr viel Geld.«

Ich hatte das Obst und Gemüse hinter mir gelassen und war nun in der Meeresfrüchteabteilung, wo es auf einem kleinen Tablett Thunfischsalat auf Crackern zu probieren gab. Ich reichte je einen Cracker an die Jungen und versuchte, nicht allzu laut zu werden. Trotzdem war ich wohl am Schreien. »Welcher Geldbetrag konnte euch denn bloß dazu verführen, das einzige Zuhause zu verkaufen, in dem unsere Familie je gelebt hat?«

Sie legte eine Pause ein. Und dann sagte sie: »Man hat uns eine Million Dollar geboten.«

Das saß. »Eine Million Dollar für das Haus?«

»Eine Million Dollar für das Grundstück.«

Ich wusste nicht, was ich sagen sollte.

»Die Gegend ist wirklich im Wert gestiegen«, sagte sie.

»Ach was.«

Und dann dachte ich über das Wort »Grundstück« nach. »Das Grundstück?«, fragte ich. »Wollen sie das Haus denn nicht?«

»Es ist ein Bauträger. Er wird eine große Villa bauen.«

Ich konnte nicht anders. Ich kreischte: »Sie reißen es ab?«

Sie brauchte nicht zu antworten.

»Was denkt Dad?«, fragte ich.

»Er denkt, dass eine Million Dollar eine Menge Geld sind.«

Die Jungen begannen, Theater zu machen. Sie hatten das Interesse an den gesunden Snacks verloren, und es war an der Zeit, schweres Geschütz aufzufahren. Ich steuerte auf den Gang mit den Keksen zu und machte eine Schachtel Vanillekekse auf.

»Was sagen David und Tommy?«

»Wir haben es ihnen noch nicht gesagt«, meinte sie. »Aber du weißt ja, wie Männer sind«, fügte sie hinzu. »Sie hängen ihr Herz nicht so an Dinge wie Frauen.«

Das Taxi meiner Eltern war gerade in die Auffahrt gefahren und hupte. »Ich weiß, dass das alles ein bisschen viel auf einmal ist«, sagte meine Mutter. Ich konnte im Hintergrund hören, wie sie den Reißverschluss ihrer Tasche zumachte. »Ich rufe dich nach unserer Ankunft an und dann beantworte ich alle deine Fragen.«

Ich war im Begriff, mitten im Supermarkt in Tränen auszubrechen. Die Jungen waren mit ihren Keksen beschäftigt, während ich reglos dastand, das Handy in der einen Hand, die andere gegen die Stirn gepresst. Indem ich den Jungen Zucker einflößte, hatte ich mir ein paar Minuten verschafft, in denen ich mich konzentrieren konnte, doch es war klar, dass ein paar Minuten bei Weitem nicht ausreichen würden.

Ich war mit meiner Horde Jungen und meinem wenig harmonischen Elterndasein derart beschäftigt gewesen, dass ich meinen eigenen Eltern erlaubt hatte, sämtliche Verrücktheiten anzustellen, nach denen ihnen der Sinn stand. Ich hatte nicht aufgepasst, und nun machten sie meine Kindheit dem Erdboden gleich und gingen außer Landes. In meiner Brust machte sich Panik breit, ein Gefühl, als müsse ich sie daran hindern, in das Taxi einzusteigen. Sie standen im Korridor in der Nähe der quietschenden Eingangstür mit den facettierten Glasscheiben. Sicher, das Haus war leer. Aber es war immer noch da. Sobald sie abreisten, würde alles verschwinden. Ich begann schnell zu reden.

»Fahrt nicht«, sagte ich. »Schickt das Taxi weg.«

»Wir müssen los, Elena«, sagte meine Mutter mit zerstreuter Stimme, als sehe sie gleichzeitig nach, ob sie ihren Reisepass eingepackt hatte.

»Nein!«, rief ich, dort im Keksgang. Auf einmal wünschte ich mir, ich hätte Zeit für eine Notstands-

Rücksprache mit meinen Brüdern. Ich war mir sicher, dass wir die Sache aufhalten könnten, wenn wir nur eine geschlossene Front bildeten. Doch wir konnten gar nichts bilden. Es blieb keine Zeit mehr. Es blieb nur ein Taxi vor unserem Elternhaus.

»Das ist verrückt!«, fuhr ich fort. »Überleg doch einmal, was ihr da tut! Was ist mit deinem Rosengarten? Was ist mit dem Tor, das du und Beverly zwischen unseren Gärten eingebaut habt? Was ist mit der Delle in Tommys Tür, die von dem Schuh stammt, den ich nach ihm geworfen habe? Was ist mit den Strichen am Türrahmen zur Küche, die unser Wachsen markiert haben? Was ist mit der Kreppmyrte, die du an der Stelle gepflanzt hast, an der wir Bailey begraben haben?« Meine Stimme hatte eine höhere Stimmlage angenommen. Die Tränen begannen zu fließen. »Mom!« Jetzt flehte ich. »Das könnt ihr nicht tun! Das werdet ihr für immer bereuen.«

Im Hintergrund konnte ich wieder das Taxi hupen hören. Dann vernahm ich, wie meine Mutter meinem Vater sagte, sie käme gleich. Sie würde die Sache nicht vor meinem Dad diskutieren. Es war an der Zeit, sich zu verabschieden. Die Dinge waren bereits in Gang. Und als sie zögerte, kam mir in den Sinn, dass sie vielleicht gar nicht das Sagen hatte. Ich weiß nicht, ob sie die Dinge hätte aufhalten können, wenn sie gewollt hätte. Doch soweit sie durchblicken ließ, wollte sie nicht. Sie war nicht wirklich die Art Mensch, die Augenblicke der Verletzlichkeit mit anderen teilte. Wenn jemand in Gegenwart meiner Mutter die Fassung verlor, wurde sie immer ganz geschäftsmäßig. »Erledige deinen Einkauf,

Elena«, sagte sie mit ihrer entschlossensten Stimme. »Ich werde mich mit dir über all das unterhalten, wenn es zeitlich besser passt.«

Als wir zu Hause ankamen, trug ich die Jungen nach oben und holte dann die Einkaufstüten und die Post von unten. Baby Sam hatte auf dem Wohnzimmerboden nach mir geschrien, sobald ich wegging. Also nahm ich zwei Stufen auf einmal und hatte ein schlechtes Gewissen, er könnte glauben, ich käme nie mehr wieder.

Ich verräumte die Einkäufe einhändig, Baby Sam auf meiner Hüfte, und öffnete dann die einzig interessante Post in dem Stoß: Ein Päckchen von meiner Mutter.

Darin befanden sich vier DVDs sowie ein paar Zeilen auf dem Gardenienbriefpapier meiner Mom. In dem Brief stand:

Liebe Elena,
dein Vater und ich haben uns gedacht, dass Du die hier vielleicht gern hättest. Ich vermisse Dich und Deine Kleinen heute sehr.
Alles Liebe Mom

Ich machte den Fernsehschrank auf, der immer geschlossen war, solange die Jungen wach waren, und legte die erste DVD ein. Bei den DVDs handelte es sich, ganz wie ich vermutet hatte, um Familienfilme aus der Zeit, als ich noch ein Baby war. Die Filmspulen waren auf DVD übertragen worden. Die ersten Bilder zeigten meine Mom, mit mir schwanger und dick wie ein Elefant, wie sie in die Kamera winkte. Sie trug die langen Haare mithilfe eines Kopftuchs nach hinten gebunden, und sie stand vor genau dem Haus, von dem sie und mein Dad gerade eben weggefahren waren.

Wie gebannt sah ich mir im Wohnzimmer die Filme an. Baby Sam saß immer noch auf meiner Hüfte, und die Jungen befanden sich in der Küche. Ich vermutete, dass sie die Damenbinden und Slipeinlagen gefunden hatten, die ich im Supermarkt gekauft hatte, und sie nun an jede freie Fläche klebten. Aber das war in Ordnung. Verschwenderisch, aber in Ordnung. Manchmal war ich gewillt, für ein paar Minuten Ruhe eine Schachtel Binden springen zu lassen.

Ich sah mir die DVD fast eine Viertelstunde lang an. Ich sah, wie meine Eltern mich aus dem Krankenhaus nach Hause brachten, wie meine Mutter mich in einer gelben Decke wiegte, wie mein Vater mich auf dem Schoß hielt und Zeitung las. Ich sah unserer ersten Katze Liberace zu, die ich nur von Fotos her kannte. Ich hatte mir diese Filme seit Jahren nicht mehr angesehen. Als wir jünger waren, noch bevor der Super-8-Projektor kaputtgegangen war, machten wir häufig Popcorn und sahen uns die Filme auf der Wand des Elternschlafzimmers an. Ich kann mich nicht entsinnen, während dieser Filmabende auch nur ein einziges Mal traurig oder melancholisch oder verloren gewesen zu sein. Damals war es Spaß. Damals neckten wir einander und warfen mit Popcorn.

Jetzt brachten mich die Filme zum Weinen. Das Timing war nicht gerade großartig. Und die Firma, die die Filmspulen auf DVDs übertragen hatte, hatte dem Ganzen eine wehmütige Filmmusik hinzugefügt, die so richtig hervorhob, wie die Zeit verstrich und alles letzten Endes verblasste und starb. Außerdem ließ die flimmernde, ätherische Bildqualität meine Kindheit so veraltet, so *Vintage* wirken. Es war, als habe sie in einer derart entrückten Vergangenheit stattgefunden, dass ich sie nie wieder würde erreichen können. Und genauso war es natürlich auch.

Die Vergangenheit ganz allgemein, sinnierte ich, während Baby Sam an meiner Schulter herumnuckelte, war etwas, das bereits geschehen war. Natürlich. Doch bis zu diesem Augenblick hatten ein paar Dinge vergangener gewirkt als andere. Manche Dinge hatten sich verlorener angefühlt als andere. In diesem Augenblick begriff ich wirklich, dass ich nie wieder bei meinen Eltern wohnen würde.

Wir drei Kinder würden nie wieder an dem großen Küchentisch sitzen und die Pfannkuchen schneller essen, als meine Mutter sie backen konnte, und heimlich Ahornsirup schlecken. Wir würden nie wieder ein Fort auf dem grünen Sofa bauen. Wir würden nie wieder zusammen auf Ostereiersuche gehen, oder uns in den Kombiwagen quetschen, oder an Halloween von Haus zu Haus ziehen und Süßes oder Saures fordern. Ich wäre nie wieder ein Kind. Ich würde nie wieder beim Einschlafen hören, wie meine Mutter in der Küche vor meinem Zimmer den Abwasch machte. Ich würde nie mehr zu ihr ins Bett kriechen, wenn ich schlecht geträumt hatte. Ich würde nie wieder Eis am Stiel auf der Hintertreppe lutschen oder einen Salto auf dem Trapez vollführen oder ein Matchboxauto bis zum obersten Geschoss der Plastikgarage fahren lassen.

Bisher war mir nie in den Sinn gekommen, den Verlust dieser Dinge zu betrauern. Jedes dieser Dinge hatte ich, irgendwann im Laufe der Zeit, zum letzten Mal getan – ohne mir darüber im Klaren zu sein, dass es das letzte Mal war. Und selbst nachdem ich wusste, dass ich kein Kind mehr war, war ich irgendwie davon ausgegangen, dass diese Dinge zu mir zurückkehren könnten. Oder dass ich zu ihnen zurückkehren könnte. Doch beim Ansehen der Filme an diesem Tag wurde ich mir unendlicher Verluste bewusst. Im nächsten Augenblick war ich auf die Knie gesunken.

Da kamen die Jungen ins Zimmer. Sie waren beide völlig nackig, bloß dass überall an ihren Körpern Binden klebten, an den Hintern, den Knien, in den Haaren, an den Bäuchen, und, ja, sogar ihren Penissen. Alexander marschierte, indem er die Knie hochhob und dann auf den Boden stampfte, und Toby machte es ihm nach. Die beiden waren bereit, eine Parade vor mir abzuhalten, als sie die Filme bemerkten.

Sie hatten schon Fernseher gesehen. Fernseher gab es überall. Sie hatten einen Fernseher in der Zahnarztpraxis und im Wartezimmer des Hausarztes gesehen. Sie hatten einen Fernseher in dem Lokal gesehen, in dem wir in Houston gelegentlich frühstücken gegangen waren. Ab und an war sogar der Fernseher im Haus meiner Eltern an gewesen. Doch sie hatten noch nie etwas Derartiges in unserem Wohnzimmer gesehen. Sie blieben wie angewurzelt stehen.

»Was ist das?«, fragte Toby.

»Tja«, sagte ich. »Das ist Mommy als Baby.« Die Damenbindenparade war vollkommen in Vergessenheit geraten. Sie standen mit offenen Mündern vor dem Fernseher, und just als ich zu erwägen begann, das Ding besser auszuschalten, bevor ihre Gehirne gelöscht wurden, klopfte es an der Tür.

Es war die Böse Hexe. Heute war sie angezogen, sie trug eine Leinenhose und ein blau-graues Seiden-T-Shirt. Bisher hatte ich sie nur im Schlafanzug gesehen, und ich war beeindruckt, wie elegant sie war. Böse, aber elegant.

Sie hingegen war von dem Anblick beeindruckt, der sich ihr bot: Ich an der Tür, mit vom Weinen aufgedunsenem Gesicht und roten Augen. Baby Sam auf meiner Hüfte, die Hand in meiner Bluse, ja sogar in meinem BH, wo er die topografische Beschaffenheit meiner Brust abtastete, als entdecke er sie gerade zum ersten Mal. Und die Damenbinden-Brigade splitterfasernackt im Wohnzimmer, unentschlossen, was ihre Aufmerksamkeit mehr verdiente: der flimmernde Bildschirm oder die reale Besucherin im Türrahmen.

Mir kam in den Sinn, dass es sie vielleicht ein wenig erweichen könnte, mich derart verletzlich zu sehen.

Doch sie sagte: »Wie ich sehe, haben die Irren das Sagen in der Anstalt.«

Ich lächelte sie an, aber nur mit dem Mund.

Dann schien ihr wieder einzufallen, weswegen sie gekommen war, und sie setzte erneut an, diesmal ein wenig freundlicher: »Josh wird in meiner Wohnung eine neue Dusche einbauen, und ich habe mich gefragt, ob ich, während er damit beschäftigt ist, Ihre benutzen könnte.«

Sie wollte etwas von mir! »Wann denn?«

»Nächste Woche.«

Ich ließ eine Minute verstreichen, nur um ihr Unbehagen in die Länge zu ziehen. Schließlich sagte ich: »Sicher. Natürlich.« Was blieb mir schon anderes übrig?

Sie hätte gleich wieder gehen können, doch stattdessen verweilte sie ein wenig. »Josh will, dass ich seine benutze. Aber ich würde wirklich Ihre vorziehen. Wenn es Ihnen nichts ausmacht.«

»Solange dann nicht Zwangsjackenwoche angesagt ist.«

Sie wusste nicht, was sie darauf erwidern sollte, doch sie nahm sich eine Minute Zeit, um mir ins Gesicht zu sehen. Vielleicht zum ersten Mal überhaupt.

Und dann sagte ich in dem Wissen, dass ich sie endlich festgenagelt hatte: »Ich heiße übrigens Lanie.«

»Ich heiße Nora.«

Ich streckte die Hand aus und sie schüttelte sie. Genau in dem Augenblick rief Alexander so nachdrücklich nach mir, dass ich mich ins Wohnzimmer lehnte, um ihm zu antworten.

»Was ist los, Alex?«, fragte ich.

»Mama!«, sagte er. »Schau!« Er deutete auf den Fernsehbildschirm, auf Aufnahmen von mir als pummeligem Baby in nichts als einer Windel. »Früher bist du auch schon mollig gewesen!«

Später erklärte Josh mir die ganze Angelegenheit, während er auf unserem Treppenabsatz einen Beleuchtungskörper auswechselte.

Wir hatten den Nackt-in-der-Küche-Vorfall nie mehr erwähnt, auch wenn mein Herz sich immer noch jedes Mal, wenn ich ihn sah, vor Scham verkrampfte. Doch er, ganz Generation Y, behandelte mich unverkrampft und zwanglos. Und obwohl ich kein Aufhebens davon machen wollte, dass er mich nackt gesehen hatte, kränkte mich die Erkenntnis, dass ich keinerlei Eindruck auf Josh gemacht hatte, gegen meinen Willen ein ganz kleines bisschen. Wenigstens bis mich die Vermutung beschlich, dass jemand anders in unserem Haus genug Eindruck für uns beide hinterlassen hatte.

Josh sprach nonstop von Nora, während er mit dem Beleuchtungskörper beschäftigt war. Ich hatte lediglich gefragt: »Was ist mit Noras Dusche los?«, und eine halbe Stunde später schloss Josh seine Bemerkungen über den Zustand ihrer Wohnung mit den Worten ab: »Was soll ich sagen? Sie hat die schlimmste Dusche im ganzen Haus.«

»Das ist eine ganz schöne Auszeichnung«, sagte ich.

»Es ist eine große Aufgabe«, erklärte er mir. »Eine, für die ich nicht gerade qualifiziert bin.«

Ich beobachtete, wie sich sein Unterarm anspannte und wieder lockerte, während er den Schraubenzieher drehte. »Das geht einem mit so vielem im Leben so«, sagte ich.

»Es könnte eine Weile dauern«, fuhr er fort. »Nora wird eben bei mir duschen müssen, bis ich es hingekriegt habe.«

»Sie wird wohl hier oben duschen«, sagte ich.

Josh sah mich an und ließ die Arme sinken. Er wirkte bestürzt. »Ach ja?«

»Sie hat mich heute Vormittag darum gebeten.«

»Sie mag euch nicht einmal.« Er blickte auf seinen Schraubenzieher hinab.

»Was ist eigentlich mit ihr los?«

Als er aufblickte, strahlte er vor Bewunderung. »Sie ist fies, nicht wahr?«

Ich sah ihn an. »Auf jeden Fall.«

Er nickte. »Na ja, zum einen ist sie genial. Sie und ihr Mann haben früher diese überfüllten Psychologiekurse in Harvard unterrichtet. Ich habe einen belegt in dem Semester, bevor ich mein Studium abgebrochen habe.«

»Wie war es?«, fragte ich.

»Absolut grandios, verdammt noch mal«, sagte er.

»Okay«, sagte ich. »Demnach also: genial und mürrisch.«

»Nein«, sagte er. »Nicht mürrisch. Nicht immer.« Dann stieg Josh von seiner Leiter herunter und spähte über das Geländer zum Treppenabsatz unter uns. Die Luft war rein. »Ihr Mann ist letztes Jahr gestorben.«

»Woran gestorben?«

»Lungenkrebs. Dabei hat er noch nicht einmal geraucht.«

Ich nickte.

»Sie hat sich bis ganz zum Schluss um ihn gekümmert.«

»Okay«, sagte ich.

»Meiner Meinung nach ist sie also ein bisschen –« Er zuckte mit den Schultern, und mir dämmerte, dass dies das Ende seiner Aussage war.

Also nickte ich. Das war sie ganz bestimmt.

Nora war fünfzehn Jahre jünger als meine Mutter, und ich versuchte mir meine Mutter als Witwe mit achtundvierzig vorzustellen – wie ihr Leben verlaufen wäre ohne meinen Vater, welche Spuren es bei ihr hinterlassen hätte, all ihre Kräfte einem Projekt zu widmen, das so hoffnungslos war wie die Rettung eines sterbenden Ehemannes.

Nora und ihr Mann waren dabei gewesen, sich ein Landhaus zu bauen, als er erkrankte. Josh landete schließlich in meiner Wohnung und erzählte mir alles, während die Kinder in der Küche mit Knetmasse herumwarfen. Ich ließ sie. Die Informationen über Nora fesselten mich, doch Josh verwendete das Wort »verdammt« so oft, dass ich anfing, ihn unter dem Tisch zu treten. »Buchstabieren Sie es, wenn Sie es wirklich sagen müssen«, ermahnte ich ihn.

Nora und ihr Mann hatten ihr Reihenhaus in Boston verkauft, um sich ein unbebautes Grundstück in der Nähe von Rockport mit Blick auf den Ozean zu kaufen. So war es dazu gekommen, dass sie sich in Joshs billiger Studentenbleibe eingemietet hatten. Die Wohnung war nicht weit vom Campus entfernt, und es sollte nur vorübergehend sein. Sie würden unter der Woche unterrichten und an den Wochenenden auf ihrem Grundstück zelten, um sich einen Überblick darüber zu verschaffen, was die Bauarbeiter in ihrer Abwesenheit angestellt hatten.

Josh hatte sie einmal dort besucht, nachdem das Fundament gegossen worden war, und Noras Mann, Viktor, ein Schwede mit dicker schwarzer Brille und kurzen gelben Haaren, hatte Josh herumgeführt und jede Nische so anschaulich beschrieben, dass Josh das Gefühl hatte, alles tatsächlich gesehen zu haben.

Nora und Viktor hatten jede einzelne Türklinke und

sämtliche Armaturen gemeinsam ausgesucht und in beschrifteten Kartons eingelagert.

Über Jahre hinweg hatten sie gespart und geplant und über ihr Projekt gesprochen. Das Gerüst des Hauses stand bereits, als Viktor eines Nachts zu husten anfing und nicht mehr aufhören konnte. Josh hatte Nora geholfen, ihn ins Krankenhaus zu fahren. Als er sie das nächste Mal sah, war sie eine Frau, die wusste, dass die Liebe ihres Lebens im Sterben lag – auch wenn sie sich auf Behandlungsmethoden einließen, und auch wenn sie zuversichtlich blieben.

Als Josh Nora kennengelernt hatte, war sie freimütig und freundlich gewesen, hatte ein strahlendes Lächeln gehabt, bei dem sie all ihre geraden Zähne zeigte. Doch das Jahr, in dem Viktor krank gewesen war, hatte sie zum Schweigen gebracht.

»Keine Kinder?«, fragte ich.

»Keine Kinder.« Er zuckte mit den Achseln. »Sie sagt, sie mag keine Kinder.«

»Was ist mit dem Ehemann?«, fragte ich Josh. »Haben Sie ihn gemocht?«

»Sicher«, sagte Josh. »Aber sie habe ich mehr gemocht.«

Nora war noch ein paarmal danach zu dem Grundstück hinausgefahren. Die Bauarbeiter hatten den Rohbau und die ganze Steinmetzarbeit fertiggestellt, doch das Innere war völlig kahl: keine Fußböden, keine Wände, keinerlei Rohre oder Kücheneinrichtung. Als die Bauarbeiter fort waren, hatte Nora das Haus einfach abgesperrt und war nie wieder zurückgekehrt.

»Es steht noch?«, wollte ich wissen.

Josh nickte.

»Sie muss dorthin zurück und es zum Abschluss bringen«, sagte ich.

»Ich glaube nicht, dass sie je wieder dorthin zurückkehren wird«, sagte er. »Es überrascht mich, dass sie es nicht niedergebrannt hat.«

10

Eines Morgens rief meine Mutter mich von ihrem neuen internationalen Handy aus an. Seitdem sie weggezogen war, hatte ich kaum von ihr gehört – außer per E-Mail. Für meine Mom war die E-Mail die Postkarte in einer Welt der Telekommunikation. All ihre E-Mails lasen sich in etwa so: »Habe heute Espressomaschine bekommen. Hier ist es heiß und sonnig. Hoffe, den Jungs geht es gut. Hab dich lieb!« Ich bekam mindestens zwei davon am Tag, und oft noch eine Rundmail an mich und meine Brüder. Nicht gerade befriedigend.

Mein ganzes Leben lang war meine Mutter der verlässlichste Mensch gewesen, den ich kannte. Sie war immer pünktlich oder ein bisschen zu früh dran. Sie schickte jedem, der in ihrem Kalender stand, Geburtstagskarten – und sie kaufte sämtliche Karten zu Jahresbeginn, um vorbereitet zu sein, wenn der Zeitpunkt näher rückte. Sie wachte jeden Tag zur selben Zeit auf, aß zwischen 18:00 und 18:15 Uhr zu Abend, und las jeden Freitagabend einen Krimi im Schaumbad.

Ich wusste natürlich – das wusste jeder –, dass sie Handys nicht ausstehen konnte. Und dass sie eine Form von zivilem Ungehorsam damit betrieb. Sie verlor all ihre Telefone. Sie vergaß, die Batterien auszuwechseln.

Sie weigerte sich, sich zu merken, wie man die Mailbox abhörte. Telefonieren bedeutete in den Augen meiner Mutter, das weiße Tastentelefon mit der fünfzehn Meter langen Spiralschnur zu benutzen, das sich seit 1969 in unserer Küche befand. Alles andere kam da einfach nicht heran. Ein Telefon, das sie sich nicht zwischen Ohr und Schulter klemmen konnte, wollte sie gar nicht benutzen. Ich konnte es ihr nicht vorwerfen, dass sie alles so haben wollte, wie es früher gewesen war. Doch es war an der Zeit sich anzupassen.

Wo war meine Mutter die Gärtnerin? Meine das-Regal-mit-den-Kochbüchern-ordnende Mutter? Mein dachte-bloß-ich-rufe-mal-an-und-erzähle-dir-wie-du-damals-deine-ersten-Schritte-gemacht-hast-Mutter? Meine lass-mich-dir-die-Jungs-abnehmen-damit-du-ein-Nickerchen-machen-kannst-Mutter? Sie war durch eine bin-beim-Lunch-im-Club-, nehme-Unterricht-in-Gesellschaftstanz-, tut-mir-leid-dass-ich-deinen-Anruf-verpasst-habe-Mutter ersetzt worden.

Der Verkauf des Hauses war vor Wochen über die Bühne gegangen. Es war vorbei. Ich hatte an dem Tag einen Anruf erwartet, doch stattdessen erhielt ich eine E-Mail: »Hausverkauf heute Morgen abgeschlossen. Reg dich nicht darüber auf. Das Leben geht weiter! Hab dich lieb!«

Doch an dem Morgen, als meine Mutter anrief, nahm sie das Gespräch an, als hätten wir gerade erst vor fünf Minuten miteinander geplauscht. Ich hatte kaum mein »Hallo?« fertig ausgesprochen, da sagte sie schon: »Ich habe gerade eben etwas mit der Post an dich losgeschickt.«

»Was denn?«, fragte ich. Ich wischte mit einem Lappen Apfelsaft vom Boden auf.

»Meine Fotoapparate«, sagte sie.

»Welche Fotoapparate?«

Sie stieß ein leises Seufzen aus, weil ihr wohl dämmerte, dass sie ganz von vorne anfangen musste.

Sie hatte beim Packen all ihre alten Fotoapparate in der Rumpelkammer gefunden. Als sie noch jünger war, hatte sie nebenbei ein bisschen fotografiert, was ich gar nicht gewusst hatte, und sie dachte, ihre Reise nach Dubai könnte ein guter Zeitpunkt sein, sich wieder damit zu beschäftigen.

»Aber gestern Nacht hatte ich einen Traum«, sagte sie. »Und es ging um dich. Du hattest all die Fotoapparate um den Hals hängen.« Meine Mom glaubte an Träume. Und nicht auf die jungianische alle-Figuren-stehen-für-einen-selbst-Art-und-Weise. Sie glaubte wörtlich an sie.

»Also habe ich sie heute Morgen eingepackt und mit der Post an dich verschickt.«

»Mom!«, sagte ich. »Das ist verrückt!«

»Ich habe sowieso das Interesse daran verloren«, sagte sie. »Ich gehe jetzt reiten. Und stelle Schmuck her. Und besticke Weihnachtssocken für die Jungs. Und lerne Tai-Chi.«

»Was soll ich denn mit deinen alten Fotoapparaten, Mom?«

Da versetzte sie mir eine winzige Miniversion ihres typischen Tritts in den Hintern. »Du wirst deine künstlerischen Ambitionen aus dem Klo fischen und anfangen, Fotos zu schießen.«

Darauf gab es keine Antwort. Sie hatte nicht ganz unrecht. Meine künstlerischen Ambitionen waren im Klo gelandet. Ich hatte vorgehabt zu malen. Nicht gerade um berühmt zu werden, aber wenigstens, um von meinesgleichen respektiert zu werden. Während meine Brüder unentschlossen gewesen waren und mal ein bisschen auf die Handelshochschule gegangen oder durch Europa geradelt waren, hatte ich mein Ziel ganz genau vor Augen gehabt. Ich wusste, was ich wollte. Ich wollte Künstlerin werden.

Jetzt hatte ich einen Master of Fine Arts in Malerei, einen völlig nutzlosen Abschluss, und hatte nichts damit angefangen. Meine Karriere war eine Reihe von Enttäuschungen gewesen – Galerien, die meine Werke beinahe ausstellen wollten, Projekte, die ins Wasser gefallen waren. Ein paar Jahre nach meinem Abschluss, nachdem ich etliche Jahre damit verbracht hatte, an Bildern zu arbeiten, die letztendlich auf einem Stapel in der Garage meiner Eltern landeten – und die jetzt, nach deren Umzug, in einem klimatisierten Möbellager waren –, nahm ich eine Stelle an einer Schule an und erteilte kleinen Kindern Unterricht in Kunsterziehung. Und im Nu steckte ich bis zu den Ellbogen in Kleister und Tonpapier und Glitter.

Mit der Malerei hörte ich ganz auf. Im Grunde war es eine Erleichterung, nicht mehr immerzu als Malerin zu versagen. Stattdessen wurde ich Kunsterzieherin. Ich war gut! Die Kinder liebten mich! Die Eltern liebten mich! Wir machten Schlangen aus Ton und Marionetten aus Pappmaché und aus Holz ausgesägte Schatzkästchen!

Viele Jahre und drei Kinder später hatte ich beinahe

vergessen, dass ich überhaupt jemals gemalt hatte. Es schien eine Ewigkeit her zu sein, dass ich einen Pinsel in der Hand gehalten hatte. Doch meine Mutter hatte immer darauf beharrt, dass ich eines Tages wieder dazu zurückkehren würde, dass es mich zurückziehen würde. Sie hatte nicht vergessen, wer ich war, sagte sie mir. Selbst wenn ich es getan hatte. Und deshalb befanden sich die Fotoapparate nun auf dem Weg zu mir.

»Ich habe keine Zeit, mit dem Fotografieren anzufangen, Mom«, sagte ich. »Ich schaffe es kaum, den Abwasch zu machen. Unsere Betten habe ich seit unserer Ankunft nicht frisch bezogen.«

»Du wirst eine Lösung finden müssen«, sagte sie und fügte hinzu: »Es ist an der Zeit«, als sei sie allwissend. Was sie im Grunde auch war. Dann schlug sie spontan vor, als sei es derart leicht, Antworten zu finden: »Fotografier doch im Park, während die Jungs spielen.«

»Ich habe zu tun, wenn ich mit ihnen im Park bin. Ich bin Mutter!«

»Sie brauchen dich viel weniger, als du denkst.«

»Okay.« Auf einmal war ich ziemlich verstimmt angesichts ihrer rechthaberischen Bemerkungen über die Kindererziehung. »Ich werde einfach Baby Sam ins Gras fallen lassen und herumlaufen und jedem im Park ›Cheese!‹ zurufen.«

Meine Mutter ging über den Sarkasmus hinweg. »Oh, ich finde nicht, dass du sie posieren lassen solltest.«

Ich stieß ein vernehmbares Seufzen aus. »Was soll ich denn dann tun?«

»Dokumentiere das Mutterdasein«, sagte sie. »Fang die Welt um dich ein.«

»Weißt du was?«, sagte ich. »Komm du zurück in die Staaten und pass auf die Kinder auf, dann werde ich sämtliche Bilder schießen, die du willst.«

Und dann sagte meine Mutter, die gut darin war, immer das letzte Wort zu haben: »Es geht nicht darum, was ich will, Schatz. Es geht darum, was du willst.«

11

Peters Kurse fingen an einem achtunddreißig Grad glühend heißen Tag Mitte August an, und an dem Abend gewann ich einen Gutschein für eine kostenlose Stunde mit einem Personal Trainer im Fitnessstudio.

Zu dem Zeitpunkt war ich bereits Stammgast im Fitnessstudio und fing allmählich an herauszubekommen, wie der Hase lief. Ich ging immer zu den Laufbändern in der hintersten Reihe, weil ich nicht wollte, dass mir jemand auf den Hintern starrte. Ich wollte selbst starren und nicht angestarrt werden.

Es war so eigenartig, auf diesem Spielplatz für Erwachsene zu sein. Seit Alexanders Geburt war ich nur selten an kinderfreien Orten gewesen. Es gefiel mir dort. Niemand nahm einem anderen die Sachen weg. Niemand bat mich, ihn auf der Schaukel anzustoßen. Niemand streckte die Zunge wie eine Eidechse nach mir heraus, weil er gestillt werden wollte. Ich musste bei niemandem Schiedsrichterin spielen. Und meine Arme fühlten sich – ohne dass ich jemanden tragen musste und ohne Wickeltasche voller Zeug und ohne Sportwagen, den ich schieben musste – so leicht an, dass ich manchmal Angst hatte, sie könnten von ganz allein nach oben davonschweben.

Das Fitnessstudio war gut für meine Konzentration.

Tagsüber war ich völlig durcheinander. Die ganze Zeit über herrschte das totale Chaos. Alexander machte »den Abwasch« in der Küchenspüle, während Toby Teile seiner Modelleisenbahn quer durchs Wohnzimmer schleuderte, und Baby Sam unglücklich weinte, weil er getragen werden wollte, während ich mit Banane verkrustete Wäscheberge mit Fleckentfernerspray vorbehandelte. In gewisser Hinsicht bestand ich nur aus einer Stimme, die Anweisungen rief, und zwei Kinder-in-die-richtige-Stellung-bringenden Armen.

Wenn man Kinder hat, nimmt man eine gewisse Rolle an. Man ist die Mom, die Stimme der Autorität, der Boss. Manchmal wenn ich in Houston beispielsweise zum Zahnarzt gegangen war und meine Mom für ein oder zwei Stunden auf die Kinder aufgepasst hatte, fühlte ich auf der Rückfahrt, wie ich wieder in meine Rolle schlüpfte.

Doch hier, umgeben vom weißen Rauschen der Geräte, war da nur ich. Ich außer Atem auf dem Laufband. Ich äußerst befangen. Ich im Rhythmus der Musik. Aber nichtsdestoweniger ich. Und der Laden hatte sich als ziemlich unterhaltsam herausgestellt, es war bei Weitem nicht so furchterregend, wie ich angenommen hatte. Da waren die Männer mittleren Alters, die so schnell auf dem Laufband rannten, dass es aussah, als würden sie gleich an einem Ende eingezogen und am anderen Ende wieder herauskommen. Da waren die Generation-Y-Mädels in pinkfarbenen kurzen Shorts, auf denen quer über den Hintern Wörter wie »Prinzessin« oder »Göre« in Strasssteinchen prangten. Da war die Frau auf dem Gerät direkt vor mir, deren schwarzer Stringtanga aus ihrer Hipsterjogginghose hervorsah, und die Frau auf dem Stepper, die kein T-Shirt über ihrem Sport-BH im Leopardenmuster trug. Da war der Mann, der wie ein nasser Hund roch, der Glatzkopf mit dem Durag und ein junger Arzt in seinen OP-Klamotten, der immer einen Grund fand, sich mit jeder gut aussehenden Frau im Raum zu unterhalten. Da war das Mädchen, das lauthals zu der Musik in ihren Kopfhörern sang. Der Typ, der die *Odyssee* auf Griechisch las. Der Mann, der jedes Mal, wenn er etwas hob, wie ein Wildschwein grunzte, selbst wenn es sich um seine Sporttasche handelte.

Meine absoluten Lieblinge waren ein Pärchen, das jeden Abend gemeinsam erschien. Sie war groß und birnenförmig und hatte wilde rote Locken, und er war kleiner, ein Asiate mit einem Lächeln voll gerader weißer Zähne. Sie besaßen die gleichen iPods. Sie trugen T-Shirts im Partnerlook. Sie teilten sich ein Schließfach, und sie machten gleichzeitig die gleichen Übungen: zwanzig Minuten auf dem Ellipsentrainer, zwanzig Minuten auf dem Laufband, dann Sit-ups – und zwar synchron – Liegestütze, Armbeugen, die Rudermaschine, Kniebeugen und so weiter. Die Übungsfolge änderte sich, aber was sich nie änderte, war der Umstand, dass sie alles gemeinsam machten. Er war immer galant und höflich und holte ihr eine Matte oder ihre Wasserflasche. Und sie brachte ihn zum Lachen.

Ich mutmaßte, dass sie verheiratet waren, aber keine Kinder hatten. Ich mutmaßte, dass sie eine spärlich eingerichtete, ein wenig hippe moderne Wohnung irgendwo in der Nähe des Harvard Square besaßen. Dass sie jeden Abend vom Fitnessstudio nach Hause zurückkehrten und duschten, vielleicht sogar zusammen, dass sie dann ein gesundes Essen voll Gemüse und magerem Eiweiß bereiteten, in ein großes Doppelbett mit weicher Federdecke kletterten, ein bisschen fernsahen, vielleicht Sex hatten, und dann friedlich einschliefen. Das Leben, das ich mir für sie ausmalte, wirkte so sauber und geordnet, so vernünftig und sicher, so voll Liebe. Ich konnte nicht anders, ich schielte jedes Mal nach ihnen, wenn sie da waren. Und ich fragte mich, ob es ihnen aufgefallen war.

Denn mir war aufgefallen, dass Ted Koppel nach mir schielte. Er kam an ein oder zwei Abenden pro Woche ins Fitnessstudio, normalerweise in weiten Shorts und einer Baseballmütze, einen Roman von Harlan Coben unter dem Arm. Er bewegte sich von Gerät zu Gerät und tat sehr beschäftigt, aber ich konnte seine Blicke auf mir spüren. Aus irgendeinem Grund war es weder unheimlich noch bedrohlich. Eher ein Rätsel. Es gab viele attraktive Frauen im Fitnessstudio. Und obwohl ich mir beim besten Willen nicht vorstellen konnte, weshalb Ted Koppel ausgerechnet darauf verfallen war, nach mir zu schielen, machte es Spaß, es wenigstens zu versuchen.

Der Sexy Trainer erzählte mir von meiner Gratisstunde, während ich auf dem Laufband joggte. Er stieg auf das vordere Ende des Geräts, sodass wir einander gegenüberstanden. Ihn so dicht vor mir zu sehen, ließ mich das Gleichgewicht verlieren, und ich musste mich mit den Füßen eine Minute lang auf die Seitenschienen neben der Lauffläche stellen.

»Sie haben gewonnen!«, sagte er, zweimal, bevor ich ihm folgen konnte.

»Ich wusste gar nicht, dass ich teilgenommen habe.« Ich trat wieder auf das Laufband.

»Jeder hat automatisch teilgenommen«, sagte er und drückte auf die Steigungstaste. Das Gerät fuhr ein wenig nach oben.

»Was muss ich tun?«, fragte ich.

»Machen Sie sich einfach nur bereit, einen Tritt in den Hintern zu bekommen«, sagte er.

Ich war mir nicht unbedingt sicher, ob ich einen Tritt in den Hintern bekommen wollte. Um sechs Uhr aufzustehen und mich den ganzen Tag um die Jungen zu kümmern und mich ins Fitnessstudio zu schleppen, nachdem sie eingeschlafen waren, um meine einzige freie Zeit am Tag damit zu verbringen, in einem dampfigen Raum zu Fitnessremixen von »I'm Too Sexy« zu joggen, schien mir genug Tritt in den Hintern zu sein. Als er mir erklärte, sie hätten in den nächsten zwei Wochen keinen Termin für mich frei, war ich erleichtert.

»Okay«, sagte ich.

Grundsätzlich schien die Sache mit dem Fitnessstudio zu funktionieren. Ich kam mir zwar immer noch schwerfällig und wabbelig und unwohl vor, aber in Wirklichkeit waren seit unserem Umzug meine Jeanshosen lockerer geworden, und meine BH-Träger hatten angefangen, mir von den Schultern zu rutschen. In Cambridge zu leben hatte sich als sehr gesundheitsförderlich für mich erwiesen. Ich ging überallhin zu Fuß. Andauernd war ich auf eine Art und Weise in Bewegung, wie ich es in Houston nicht gewesen war; dort lebte ich in meinem

Auto, aß viel zu oft Fast-Food und verbrachte die meisten Nachmittage auf einer Decke sitzend im Garten. In Cambridge schob ich einen Sportwagen vom Gewicht eines Bulldozers und Baby Sam auf dem Rücken, wohin auch immer ich unterwegs war. Ich schleppte drei Kinder so oft am Tag drei Treppen hoch und runter, dass ich aufgehört hatte mitzuzählen.

Selbst Dinge wie Wäschewaschen bedeuteten in Cambridge Aerobic: Ich schleppte den Korb in den Keller hinunter, das Baby auf meiner Hüfte. Dann fiel mir ein, dass ich Waschmittel brauchte, also rannte ich wieder nach oben – Baby Sam im Schlepptau – und dann wieder hinunter, stellte die Maschine an, dann zurück in die Wohnung, um den Jungen Buchstabensuppe zu kochen, dann wieder zurück nach unten, um alles in den Trockner zu packen, dann noch ein Abstecher nach oben und später wieder hinunter, um die ganze saubere Wäsche abzuholen. Und meistens nahm ich zwei Stufen auf einmal, damit die großen Jungen in meiner Abwesenheit nicht das Haus niederbrannten.

Außerdem war es hier heiß, ohne Klimaanlage. Nicht so heiß wie in Texas, aber erschöpfender, weil es vor der Hitze kein Entkommen gab. Also schwitzte ich den ganzen Tag und trank zum Ausgleich literweise Wasser. Da es zu heiß war, um etwas zu kochen oder den Ofen zu benutzen, mampften wir tagsüber kalte Speisen wie Karotten und Hummus und Weintrauben.

Ich hatte gleich nach unserem Umzug gelobt, mein Leben zu verändern, aber so sehr hatte ich es gar nicht geändert. Ich hatte nicht zu essen aufgehört oder mir eine Waage angeschafft. Vieles hatte sich ganz zufällig geändert, ich hatte mich bloß an meine neue Stadt angepasst, sodass die wenigen Dinge, die ich tat, eine beträchtliche Wirkung erzielten. Auf diese Weise erhielt ich nach einer rekordverdächtig kurzen Zeit eine Kostprobe davon, wie süß sich mein altes Ich anfühlte.

Obwohl mein altes Ich gar keinen Platz in meinem derzeitigen Leben hatte. Hätte ich innegehalten und darüber nachgedacht, wäre ich selbst darauf gekommen. Doch ich hielt nicht inne, um darüber nachzudenken. Dazu war ich viel zu viel auf Achse.

Während ich wieder ein Bewusstsein für meinen eigenen Körper entwickelte, staunte ich über meine Jungen, die ganz Körper waren. Sie liebten nichts inniger, als nackt herumzulaufen und ihre Nudeln in den Händen zu halten. Solche Dinge sind so leicht, wenn man zu klein ist, um Hemmungen zu verspüren. Es macht Spaß, nackt zu sein! Es macht Spaß, die eigene Nudel zu halten! So einfach ist das.

Jungen und ihre Penisse. Alexander verbrachte sein gesamtes zweites Lebensjahr mit seiner Hand vorne in der Hose. Er wusste nicht genau, was das Ding da unten war, aber er war sich ganz sicher, dass er es halten wollte. Ich kann mich noch erinnern, wie er sich einmal dagegen wehrte, dass ich ihm die Windel zumachte, und ich zu ihm sagte: »Kumpel, du wirst dir eines Tages andere Interessen zulegen müssen.«

Ich weiß nicht mehr, wie es kam, dass wir die Penisse unserer Jungen als »Nudeln« bezeichneten. In den Büchern steht, man soll die Geschlechtsteile wie jedes andere Körperteil bei ihrem richtigen Namen nennen.

Man würde schließlich einen Fuß auch nicht mit einem törichten, völlig beziehungslosen Namen wie »Fufu« bezeichnen. Ein Fuß ist ein Fuß, und das ist kein Thema. Aber »Penis« ist ein ganz besonders einschüchterndes Wort, eines, das so fehl am Platz wirkt, wenn man mit einem Baby spricht. Irgendwie fingen wir, entgegen Expertenmeinung, einfach an, »Nudel« zu sagen.

Toby war derjenige, der »Nudel« zu »Nunu« verkürzte. Alexander wollte seine halten, aber er musste nicht darüber sprechen. Doch Toby – immer schon kommunikativ – sprach von fast nichts anderem. Er saß in der Badewanne, das Ding in seiner Hand, und sagte immer wieder: »Nunu!Nunu!« Wenn er nicht aus dem Bad kommen wollte, wies ich ihn darauf hin: »Du kannst deine Nunu mitnehmen«, und im Nu willigte er ein.

Auf diese Weise wurde Tobys Nunu zu so etwas wie einer eigenständigen Persönlichkeit in unserem Leben. Wenn ich das Windelwechseln schnell zu Ende bringen wollte, erzählte ich Toby, dass seine Nunu gerade schlafe, und wir sie zusammen in ihr Windelbett steckten. Wenn Toby Theater machte, konnte ich ihn dadurch ablenken, dass ich mich nach seiner Nunu erkundigte. »Tobes«, sagte ich dann. »Wie geht es eigentlich deiner Nunu?«

Und er hielt gewöhnlich in seinem Wutanfall eine Minute lang inne, um sich Gedanken über die Frage zu machen. Dann antwortete er: »Prima.«

Nach drei Jungen begriff ich auch Freud zum ersten Mal richtig. Nicht nur die Sache mit dem Penisneid – obwohl ich mittlerweile auch daran litt: Wer hätte nicht gerne so ein tolles Ding? –, sondern die ganze Vorstellung von der zivilisierenden Kraft des Über-Ichs. Ein ganzes Semester Psychologie an der Uni hatte so viele Jahre später auf einmal etwas Anschauliches. Freud sagte, die Menschen lernten nur langsam, andere Dinge als ihre Penisse zu schätzen. Nicht gerade die treffendste Theorie für Mädchen, doch da ich nun einen Einblick in das Kleinkinddasein von Jungen gewonnen hatte, musste ich zugeben, dass sie auf diese ziemlich genau zutraf.

Bei Mädchen war das natürlich etwas ganz anderes. Da waren die beiden Geschlechter zwei paar sexuelle Stiefel. Einmal befragte ich Amanda, um herauszufinden, ob Gracin je auf all das tolle Zeug aufmerksam wurde, das sie dort unten hatte. Schließlich wollte ich unbedingt bestätigen, dass die weibliche Sexualität genauso eine große Sache war wie die männliche.

»Sicher«, sagte Amanda. »Ich habe sie ein paarmal daran herumtasten sehen.«

Ich lachte johlend auf. Es war mir unmöglich zu zählen, wie oft die Jungen sich dort unten auf Schatzsuche begeben hatten. Da hätte man auch versuchen können, die Sterne zu zählen.

»Unendlich viele Male?«, fragte Amanda.

»Öfter.«

Jungen, oder wenigstens unsere Jungen, waren demzufolge Nudeltypen. Doch Baby Sam setzte dem Ganzen wirklich noch eins drauf, als er sein erstes Wort sagte: »Nunu.« Selbstverständlich war er nicht der Einzige, der über seinen Penis reden wollte. Peter wies mich darauf hin. Männer sprachen ihr ganzes Leben lang von ihrem Penis. »Ich wette, es gibt tausend Slangausdrücke für Penis.«

»Ich kenne nicht so viele«, sagte ich.

Peter sah mich an und zog ganz leicht eine Augenbraue in die Höhe. Dann ratterte er eine unvollständige Liste herunter: Pimmel, Schniepel, Schwanz, Johannes, Jonny, Dödel, Rüssel, Gurke, Latte, Rohr, Lümmel, Knüppel, der kleine Mann, Zipfel, Ding, Schniedelwutz und Gemächt. »Gib mir zehn Minuten«, fügte er hinzu, »und ich nenne dir fünfzig weitere.«

Ich versuchte mir eine entsprechende Liste für Mädchen einfallen zu lassen, nicht Namen, die Kerle sich für Mädchen ausgedacht hatten, sondern Namen, die Mädchen selbst benutzten. Mir fielen überhaupt keine ein, die Mädchen sich ausgedacht hatten. Es war einfach so, dass Mädchen nicht allzu oft über derlei Dinge sprachen.

»Vielleicht solltet ihr damit anfangen«, schlug Peter vor.

»Offensichtlich sind wir ziemlich im Rückstand«, sagte ich.

Später im Park fragte ich Amanda. »Kennst du irgendwelche Slangausdrücke für Klitoris?«

»Sicher.« Amanda zählte ein paar auf, während sie einen Imbiss für die Kinder auf dem Picknicktisch zurechtstellte. »Muschi, Bonbon, Perle, Türglocke, Liebesknopf –«

»Das sind Wörter von Männern«, unterbrach ich sie. »Fallen dir irgendwelche Wörter ein, die Frauen selbst verwenden?«

Sie dachte nach, doch ihr fiel nichts ein.

Dennoch hatte mich ihre Liste beeindruckt. »Bist du so ordinär gewesen, als du noch Cheerleader warst?«

»Ach, Süße«, sagte sie. »Du hast ja keine Ahnung!«

Wir gingen ein Stück spazieren. Dann fragte ich: »Wie bezeichnet ihr eigentlich Gracins –« Ich wusste noch nicht einmal ein Wort dafür – »Dings?«

»Gar nicht«, sagte sie.

»Genau.«

Dieses ganze Nudelgerede stellte Amanda und mich vor die Frage, was dies alles über Männer aussagte. Amanda teilte mir freudig mit, sie habe gerade erst einen Artikel in *Glamour* darüber gelesen, wie oft Männer an Sex dachten.

»Wie oft?«, fragte ich.

»Rate«, forderte Amanda mich heraus. »Wie viel Prozent des Tages denken Männer deiner Meinung nach an Sex?«

»Wir sprechen hier von den Stunden, in denen man wach ist?«

Sie nickte.

Also überlegte ich. Ich versuchte abzuwägen, wie oft ich an Sex dachte. In den letzten Jahren war das nicht oft vorgekommen. Am besten würde ich es als Anhaltspunkt nehmen und fünfundzwanzig Prozentpunkte dazuzählen. Oder vielleicht dreißig.

Doch ich kam einfach nicht darauf, wie oft ich an Sex dachte. Falls ich daran dachte, dachte ich nicht sehr angestrengt daran. Und wenn ich daran dachte, geschah das gewöhnlich, weil Peter daran dachte. Doch ich hatte keine Ahnung, wie ich auf einen Tagessatz kommen sollte. Es vergingen viel zu viele Tage, an denen ich überhaupt nicht daran dachte.

Andererseits gab es bestimmt Phasen, in denen ich täglich daran dachte. Aber ob es mir nun gefiel oder nicht, musste ich mir für die Tage, an denen ich vergaß daran zu denken, Punkte abziehen. Ehrlich gesagt wollte ich, dass Sex ein Ausdruck von Leidenschaft war. Doch da ich die ganze Zeit bis zu den Knien in Feuerwehrautos und Spielplatzsand verbrachte und mir ewig Alexanders Geschichten über große Dinosaurier anhörte, die Süßigkeiten fraßen und den Leuten die Köpfe abrissen, war ich nicht mehr auf dem Laufenden, was meine leidenschaftliche Seite betraf. Das Mutterdasein entbehrte einer gewissen Würde, die unbedingt dazugehörte, wenn man in Verlangen auflodern wollte.

Was nicht heißen soll, dass ich mich nicht dazu überreden ließ. Das war durchaus möglich. Doch ich kam immer mehr zu der Auffassung, dass weibliches Begehren etwas anderes war als männliches Begehren. Weibliches Begehren schien seinen Ursprung in der Gefühlswelt der Frauen zu haben – ein Schmerz im Herzen, der den ganzen Körper bannte. Und ich muss gestehen, dass es eine ganze Weile her war, seitdem ich etwas in der Richtung verspürt hatte.

Alles in allem hätte ich mir wahrscheinlich null Prozent geben sollen. Doch das war so deprimierend. Stattdessen entschied ich mich für eine frisierte Fünf und rechnete dann fünfundzwanzig hinzu, sodass ich auf ein Männergesamtergebnis von dreißig kam. Das erschien mir zu niedrig. Ich addierte noch mal zehn hinzu. Vierzig Prozent des Tages. Das schien unmöglich hoch zu sein, gleichzeitig aber nicht hoch genug.

»Vierzig«, riet ich schließlich.

»Nö.« Amanda war entzückt, eine Antwort erhalten zu haben.

»Was denn dann?«

Sie zeigte mit dem Finger auf mich. »Fünfzig. Fünfzig Prozent des Tages. Fünfzig Prozent des Tages verbringen Männer damit, an Sex zu denken. Durchschnittlich.«

»Das ist echt verblüffend«, sagte ich.

Amanda nickte, während ich innehielt, um diese Erkenntnis auf mich wirken zu lassen. Genau in dem Augenblick sah ich zu Toby, der in letzter Zeit dazu übergegangen war, seiner Nudel ab und an einen Imbiss anzubieten und mir zu erzählen, sie habe Hunger, und erwischte ihn dabei, wie er den Strohhalm seines Saftkartons abknickte und sich oben in die Windel steckte, um eine kleine Erfrischung hineinzudrücken.

Als Toby aufblickte und sah, dass wir beide ihn anstarrten, erklärte er einfach: »Durst«, und machte seelenruhig weiter.

Amanda nickte erneut. »Lediglich ein weiterer Grund«, sagte sie eine Minute später, »weshalb Frauen das Sagen im Land haben sollten.«

12

Damals an der Uni hatte ich Peter tagelang nicht wiedergesehen, nachdem es ihm in Connors Zimmer die Sprache verschlagen hatte. Ich hatte in der Cafeteria und auf dem Fahrradweg nach ihm Ausschau gehalten. Ich hatte gehofft, ihm bei den Briefkästen über den Weg zu laufen, und ich hatte Connor jeden Tag einen Besuch abgestattet, weil ich hoffte, ihm zu begegnen. Am Tag unseres Kunstkurses schließlich wusste ich, dass ich ihn sehen würde. Ich stand anderthalb Stunden früher auf und rasierte mir nicht nur die Beine, sondern probierte drei verschiedene Outfits an. Ich stand so lange vor dem Spiegel und zog mich so oft um, bis meine Zimmergenossin letzten Endes unter ihrer Steppdecke hervorrief: »Entscheid dich einfach für eins!«

Ich war als Erste im Seminarraum, doch Peter kam zu spät. Immer wenn jemand hereinkam und sich setzte, behielt ich die Tür im Auge. Eine Viertelstunde nach Kursbeginn war er noch immer nicht da, und ich verspürte eine gewisse Nervosität, als würde ich am liebsten hinausstürzen und nach ihm suchen gehen. Mich beschlich die Sorge, dass Connor und ich grundlos gefeiert hatten. Wenn er die gleichen Gefühle für mich hegte wie ich für ihn, wäre er ebenfalls frühzeitig zu dem Kurs erschienen.

Und dann, als ich gerade zu dem Schluss kam, dass er mich noch nie gemocht hatte, tauchte er im Türrahmen auf – auf Krücken, ein Bein eingegipst. Mein Gesicht wurde ganz heiß, als ich ihn erblickte. Ich zog den Kopf ein. Ich versuchte so zu tun, als sei ich völlig damit beschäftigt, das Nacktmodell zu zeichnen, eine Kunststudentin, die in der Mitte des Raums posierte. Eine Studentin aus Peters Wohnheim hatte ihm geholfen, seinen Skizzenblock und seine Zeichenmappe zu tragen. An der Art, wie sie seine Malutensilien trug, war abzulesen, dass sie ebenfalls in ihn verknallt war.

Alle außer mir hörten bei seinem Anblick zu zeichnen auf. Selbst das Nacktmodell trat beiseite, um ihn besser sehen zu können. Er ging durch das Zimmer, wobei er darauf achtete, keine Staffeleien umzuwerfen, und setzte sich auf einen Hocker genau mir gegenüber. Der Kurs drängte sich um ihn und fragte ihn, was passiert sei. Peter zuckte nur mit den Schultern und sagte: »Ich bin vom Dach gefallen.« Das schien alle zufriedenzustellen, und ein Kerl vom Rugbyteam holte eine Schachtel Filzstifte, damit wir alle auf dem Gips unterschreiben konnten. Als ich an die Reihe kam, war kaum mehr Platz. Also malte ich bloß ein kleines Herz in die Nähe seines großen Zehs. Seines glatten, rosafarbenen Zehs mit säuberlich zurechtgeschnittenem Nagel. Ich war versucht, ihn zu berühren, doch mir fiel keine unauffällige Methode ein, dies zu bewerkstelligen.

Danach sah ich während des gesamten Kurses kein einziges Mal zu ihm hinüber. Ich betrachtete das Nacktmodell und arbeitete an meiner Kohlezeichnung, als habe ich sonst nichts im Kopf. Natürlich drehten sich meine Gedanken einzig und allein um Peter, und wie es ihm ging, und wie dumm man sein musste, von einem Dach zu fallen. Und ob mein Lippenstift immer noch glänzte, und ob er mich ansah – denn irgendwie hatte ich das Gefühl, dass er das tat, doch ich wagte nicht, den Blick zu heben und nachzusehen.

Gegen Ende des Kurses besprachen wir, wie immer, unsere Zeichnungen. Zwölf Akte wanderten an die Besprechungswand. Und dann kam Peter. Seine Zeichnung baumelte von den Fingern und flatterte ihm beim Gehen gegen den Schritt. Als er sie hochhob, sah ich – sahen wir alle –, dass es eine Zeichnung von mir an meiner Staffelei war. Wir alle hatten eine Skizze des Aktmodells angefertigt, nur Peter hatte mich skizziert. Beim Anblick des Bildes biss ich mir auf die Lippe. In dem Moment konnte ich mir nicht vorstellen, dass mir jemals etwas Besseres passieren könnte.

Peter stellte sich neben mich. »Was meinst du?«, fragte er, den Blick auf die Zeichnung gerichtet, als befänden wir uns in einem Museum. Unser Lehrer machte sich gerade daran, die Zeichnungen zu begutachten.

»Ich meine, dass du gleich Ärger kriegen wirst«, sagte ich.

Zu Beginn der Besprechung verweilte unser Lehrer Shane, ein wilder Bohemien, dem ein Vorderzahn fehlte und der dafür bekannt war, Zeichnungen zu zerreißen, die ihm nicht gefielen, lange Zeit vor Peters Arbeit. Ich war mir sicher, dass er sie herunterreißen, zerknüllen und an Peter ein Exempel statuieren würde, um zu zeigen, was passierte, wenn man sich nicht an seine Anweisungen hielt. Doch stattdessen drehte er sich mit einem entzückten Raffzahngrinsen um. »Das ist das Beste von allen«, sagte er. Dann sah er uns mit schmalen Augen an. »Weshalb?«

»Weil es nicht wie die anderen ist?«, meldete sich der Rugbyspieler freiwillig.

»In welcher Hinsicht?«

»Es ist kein Bild des Modells.«

»Falsch!«, rief Shane. »Falsch!« Dann sah er uns alle der Reihe nach an. »Was macht diese Zeichnung schön? Was macht sie stark? Was führt dazu, dass sie funktioniert?« Der Rugbyspieler hob abermals die Hand zu einem erneuten Versuch, und Shane deutete auf ihn: »Sagen Sie diesmal das Richtige.«

»Leidenschaft!«, rief der Rugbyspieler, als sei Shane ein Ausbildungsunteroffizier.

Shane streckte die Arme aus, packte das Gesicht des Rugbyspielers mit beiden Händen und küsste ihn laut schmatzend auf die Wange. Dann rief er: »Leidenschaft! Genau richtig, verdammt noch mal.«

Nie im Leben, noch nicht einmal für fünf Minuten, hatte ich je so gut wie auf der Zeichnung ausgesehen. Als ich während der Besprechung in dem Kunstsaal stand, fragte ich mich, ob Peter wirklich glaubte, dass ich so aussah, oder ob er nur nicht talentiert genug war, mein wirkliches Ich zu zeichnen. Oder ob er, doch das war unmöglich, glaubte, die Person, die er auf jenen Bogen Papier gezeichnet hatte, sei tatsächlich mein wirkliches Ich. Oder sogar, ob jenes schöne Mädchen dank irgendeines Wunders mein wirkliches Ich war – und es mir nur nie aufgefallen war.

13

Als die Fotoapparate meiner Mutter in Cambridge eintrafen, öffnete ich das Paket nicht. Sobald das Packband ab war, würden die Jungen alles im Innern des Kartons anfassen, herumtragen, fallen lassen und auseinandernehmen wollen. So sehr ich mir die Fotoapparate auch ansehen wollte, stellte ich den Karton doch bis nach der Zubettgehzeit oben auf den Kühlschrank.

Als ich mich dem Paket endlich widmen konnte – abends nach dem Fitnessstudio, während Peter all unsere Bücher alphabetisch in die Regale sortierte –, fand ich drei Kameras vor. Derartige Fotoapparate hatte ich noch nie zu Gesicht bekommen. Wie ich später erfahren sollte, handelte es sich um zweiäugige Spiegelreflexkameras, die einem vor dem Bauch hingen, während man durch die Oberseite nach unten spähte. Eine war sehr schön und schwer, eine Rollei, die anderen beiden waren aus Plastik, Spielzeugkameras aus den Sechzigern, die sich meine Mutter spaßeshalber zugelegt hatte. Ich hatte nicht die leiseste Ahnung, was ich damit anfangen sollte.

»Beleg einen Fotografiekurs«, sagte Amanda im Park, während sie durch eine Ausgabe von *Vanity Fair* blätterte. »An der Harvard Extension School bieten sie so was an.«

»Das kann ich mir nicht leisten«, sagte ich, obwohl ich ganz genau wusste, dass Amanda das Verständnis für eine derartige Beschränkung abging.

»Sie vergeben Stipendien«, sagte sie. »Hast du auf dem College nicht Kunst belegt gehabt?«

»Ja, schon. Aber das bedeutet nicht, dass sie mir Geld geben werden.«

»Dann erzähl ihnen, dass der Fotograf Ansel Adams dein Großvater gewesen ist«, sagte sie.

Ich lachte.

Amanda lachte nicht. »Angesichts von Ruhm spielen die Leute verrückt. Berühmte Persönlichkeiten bekommen, was immer sie wollen.«

»Aber ich bin nicht berühmt«, sagte ich.

»Aber dein Großvater ist es.«

»Amanda«, sagte ich. »Man kann sich nicht einfach Sachen ausdenken.« Natürlich hätte ihr das auch so klar sein sollen.

»Sicher kann man.«

Ich betrachtete sie mit neuen Augen. »Bekommst du auf diese Weise, was du willst?«

»Schätzchen«, sagte sie und setzte sich die Sonnenbrille auf. »Ich habe alles, was ich will.«

Sie bestand darauf, dass wir die Kinder auf der Stelle einsammelten und zum Büro der Extension School spazierten. Allerdings nahm ich ihr das Versprechen ab, bei unserer Ankunft dort kein Wort über meinen berühmten Großvater von sich zu geben. Sie versprach es, doch von dem Augenblick an redete sie mit mir, als sei mein Großvater tatsächlich Ansel Adams gewesen.

»Ich werde nichts verraten.« Sie zwinkerte mir zu.

»Aber dein Großvater wäre bestimmt sehr enttäuscht, solltest du ihn nicht zu deinem Vorteil einsetzen.«

Als wir uns dem Harvard Square näherten, lagen die Gehsteige im Schatten. Wir befanden uns in jenem Teil von Cambridge, wo die Bäume am Straßenrand einen uralten und weisen Eindruck machten. Im Schatten war es kühl, und meine Sandalen schlugen auf dem Pflaster auf. Diesen Sommer war ich mehr im Freien gewesen, als je zuvor seit meiner Kindheit. Auf einmal war ich froh, genau da zu sein, wo ich war.

Binnen einer Viertelstunde erreichten wir das Büro, wo wir feststellen mussten, dass die Anmeldefrist sowie der Stichtag für einen Antrag auf finanzielle Unterstützung bereits verstrichen waren.

»Sehen Sie sich diese Frau an«, sagte Amanda zu dem Erstsemesterstudenten, dessen Job darin bestand, am Empfang zu arbeiten. Dann kniff sie mich in die Wangen. »Sie wird den Laden hier berühmt machen.« Sie lehnte sich weit über den Tisch, sodass der Student einen Blick in ihren Ausschnitt erhaschen konnte.

Dann ging das Flirten los. »Harvard«, bemerkte der Student, »ist längst berühmt.«

Darauf war Amanda gefasst. Sie streckte die Hand aus und berührte ihn an der Nasenspitze. »Aber nicht die Extension School.« Sie sah mich an. »Noch nicht.«

Letzten Endes nahm er meine Formulare entgegen, änderte den Eingangsstempel, legte den Antrag ganz oben auf den Stapel und lud Amanda zu einer Party in seinem Wohnheim ein.

»Ich bin verheiratet, Babe«, hatte Amanda ihm erklärt

und sich seine Nummer in die Tasche gesteckt. »Aber ich überleg's mir.«

Auf dem Heimweg wollte ich die Sache klarstellen: »Du wirst es dir nicht wirklich überlegen.«

»Den Teufel werd ich tun«, sagte Amanda. Dann, nach einer Sekunde: »Oder vielleicht doch.«

Ich sah sie an, während sie, ohne mich anzuschauen, mit fröhlicher Stimme hinzufügte: »Ich glaube, mein Mann hat eine A-f-f-ä-r-e.«

Ich blieb stehen. »Was?«

Amanda verlangsamte noch nicht einmal das Tempo, und ich musste mich beeilen, um sie wieder einzuholen.

»Ich hab nur so ein komisches Gefühl«, sagte sie.

»Was für ein Gefühl?«

»Ein Parfum-auf-den-Klamotten-Gefühl.«

»Das kann alles bedeuten«, behauptete ich. »Frauen im Aufzug. Ein Mantel in der Garderobe. Eine Probe aus dem Kaufhaus.«

»Vermutlich.« Sie sah noch immer nicht in meine Richtung. »Aber es ist jedes Mal das gleiche Parfum.«

»Vielleicht ist es gar kein Parfum. Vielleicht hat er das Deo gewechselt.«

Sie nickte. »Daran hatte ich nicht gedacht.«

»Oder die Rasiercreme. Oder das Shampoo. Oder das Aftershave.«

Sie nickte immer noch. »Ich werde eine Bestandsliste seiner Pflegeprodukte machen müssen«, sagte sie. »Das ist eine gute Idee.«

»Hast du ihn danach gefragt?«, erkundigte ich mich.

»Zum Teufel, nein!« Sie sah nach, ob die Kinder das Schimpfwort mitbekommen hatten.

»Glaubst du, dass er lügen würde?«

»Das würde ich zumindest tun«, sagte sie. »Wenn ich ihn b-e-t-r-ö-g-e, und er mich danach fragte. Ich würde lügen und sagen, dass ich es nicht täte, und dann würde ich bei meiner Affäre noch mehr auf Geheimhaltung achten.«

Beinahe hätte ich etwas erwidert, doch sie war noch nicht fertig: »Oder ich würde versuchen, die Sache zu beenden, doch dann versehentlich die Leidenschaft noch heftiger entfachen, weil ich denjenigen, den ich wirklich wollte, nicht haben könnte.« Sie hatte sich Gedanken gemacht. Da schüttelte sie den Kopf, als sei sie zu einem Schluss gekommen. »Nein«, sagte sie. »Er kann nicht wissen, dass ich ihm auf die Schliche gekommen bin.«

Ich war mir nicht sicher, wie es Amanda mit all dem ging. Die meisten Frauen würden auf die Aussicht, vielleicht betrogen zu werden, absolut hysterisch reagieren. Doch Amanda war nicht wie die meisten Frauen. Sie hatte ein ganz besonders sicheres Auftreten. Und sie war ganz besonders schön. Obgleich die meisten schönen Frauen, die ich kannte, sich nicht schön vorkamen oder eine Vorstellung davon hatten, wie schön sie waren, oder sich ihrer Schönheit sicher fühlten, besaß Amanda mehr soziales Kapital als ein Durchschnittsmädchen. Noch vor ein paar Minuten hatte sie eine Zeitschrift durchgeblättert. Zugegebenermaßen hatte ich mich niemals in ihrer Situation befunden, doch ich wurde den Gedanken nicht los, dass ich in dem Fall nicht unbedingt über Mode und Lebensart nachläse. Doch wer weiß schon, was ich täte, wenn ich tatsächlich in Amandas Haut stecken würde. Gott sei Dank war dem nicht so!

Ohne Absicht fing ich an Fragen zu stellen, die auf eine emotionale Reaktion ihrerseits abzielten. Denn auf einmal musste ich nicht nur wissen, was sie dachte, sondern wie sie sich fühlte.

»Mit wem, glaubst du, b-e-t-r-ü-g-t er dich?«, fragte ich.

»Oh, keine Ahnung. Jemand aus dem Büro.«

»Was wirst du tun, wenn sich herausstellen sollte, dass er es tatsächlich tut?«

»Darüber habe ich mir Gedanken gemacht. Muss ich ihn verlassen?«

»Wahrscheinlich«, sagte ich.

»Denn im Grunde haben wir nämlich ein tolles Leben miteinander. Zuerst habe ich gedacht, ›Tja, dann verlasse ich ihn einfach.‹ Was man seiner Selbstachtung wohl schuldig ist. Aber ich will es eigentlich gar nicht.«

»Wahrscheinlich willst du aber auch nicht, dass er dich b-e-t-r-ü-g-t.«

Wir gingen ein Stück weiter, bis ich sie schniefen hörte – und da wurde mir klar, dass sie zu weinen begonnen hatte. Sie wischte sich mit den Handflächen über die Wangen und sagte: »Nein.«

»Alles bei dir in Ordnung?«, fragte ich.

Sie nickte und legte dann den Finger an die Lippen, wobei sie auf ihre Tochter unten im Buggy deutete.

Dann schüttelte Amanda den Kopf, als wolle sie das Ganze von sich schütteln, und sagte: »So etwas passiert täglich.«

»Aber nicht dir«, sagte ich.

»Nein«, sagte sie. »Bis vor Kurzem jedenfalls nicht.«

Es herrschte kurzes Schweigen, während wir die Sportwagen weiterschoben. Der Himmel färbte sich allmählich grau, als könnte es regnen.

»Er müsste den Verstand verloren haben, dich zu b-e-t-r-ü-g-e-n«, stellte ich schließlich fest.

»Das müsste er. Das müsste er wirklich. Und ich bin auch noch gut im B-e-t-t. Ich habe diese Höschen, die er liebt, die i-m S-c-h-r-i-t-t o-f-f-en sind.«

»Echt?« Ich war schockiert. Nicht so sehr über die im Schritt offenen Höschen – oder die Tatsache, dass sie »im Schritt offen« so mühelos buchstabieren konnte, als handele es sich um eines dieser Worte aus dem Elternjargon, die man ständig buchstabieren musste, wie »Keks« oder »Schlafenszeit« oder »Spritze« – sondern vielmehr angesichts der Vorstellung, dass ein Mensch mit Kindern ein Sexualleben hatte, das Requisiten vorsah. Mein Sexualleben mit Peter hatte viel mehr von Improvisationstheater.

»Sicher«, sagte sie. »Wir haben alles mögliche Zeug. Die Höschen, ein paar Schuhe mit P-f-e-n-n-i-g-a-b-s-ä-t-z-e-n und eine kleine P-e-i-t-s-c-h-e.«

»Echt?« Ich blieb stehen. Ich war mächtig beeindruckt.

»Ihr habt doch bestimmt auch ein paar S-e-x-Spielsachen«, rief sie mir über die Schulter zu.

»Nein!« Ich holte sie wieder ein.

»Noch nicht einmal Sachen aus der Küche? Bratenwender? Champagnerflöten?«

»Nein.« Auf einmal kam ich mir nachlässig vor, als hätte ich mir keine Mühe gegeben.

»Und wie lange seid ihr schon zusammen?«

»Seit fünfzehn Jahren.«

Sie stieß ein leises ungläubiges Pfeifen aus. »Das«, sagte sie, »grenzt an ein Wunder.«

Am Abend, als ich mich fürs Fitnessstudio umzog, erzählte ich Peter von der Unterhaltung. Ein wenig plagte mich das schlechte Gewissen, einfach so aus dem Nähkästchen zu plaudern, doch ich konnte einfach nicht anders. Außerdem redete ich mir ein, dass alle Eheleute ohnehin jegliche Geheimnisse austauschen, in die sie eingeweiht sind. Es kam so selten vor, dass ich etwas Interessantes zu erzählen hatte. (Obwohl ich am Abend beim Essen hatte beisteuern können: »Toby hat sich heute mit dem Schraubenzieher in den Penis gestochen«, woraufhin Peter mit völlig ausdrucksloser Miene erwidert hatte: »Flachkopf oder Kreuzschlitz?«).

Und mir wurde seine Aufmerksamkeit zuteil. Ich erzählte ihm von den Höschen, die im Schritt offen waren. Ich erzählte ihm von den hochhackigen Schuhen und der Peitsche und den Champagnerflöten. Vielleicht fügte ich sogar noch einen Schneebesen hinzu, aber nur, um den Einsatz zu erhöhen.

Peter sagte: »Was machen sie mit den Champagnerflöten?«

»Ich weiß es nicht«, sagte ich, »aber es muss toll sein.«

Peter nickte und ließ das Ganze auf sich wirken.

»Wünschst du dir, wir hätten Sex mit Champagnerflöten?«, fragte ich.

Peter zuckte mit den Schultern. Ihm konnte man es so leicht rechtmachen. »Ich wünschte mir nur, wir hätten überhaupt Sex.«

Da hatte er nicht ganz unrecht. Das Ergebnis unserer Fruchtbarkeit hatte mir wirklich ein wenig den Spaß daran verdorben. Es fiel mir schwer, mich heutzutage auf Sex einzulassen, weil ich, bis ins kleinste Detail, wusste, wohin das Ganze führen konnte. Ich wollte nicht wieder schwanger werden. Und wir hatten bisher keine richtig gute Verhütungsmethode gefunden: Ich wartete immer noch darauf, dass Peter das einzig Richtige tat und sich einer Vasektomie unterzog, doch er zauderte. Derzeit benutzten wir also nichts in der Hoffnung, dass Glück und die Spärlichkeit uns schützen würden.

Erneut brachte ich Amanda zur Sprache. »Was meinst du zu der Affäre?« Ich war auf die männliche Perspektive erpicht. »Glaubst du, dass er sie betrügt?«

»Wir reden hier von zwei Menschen, denen ich noch nie begegnet bin.«

»Aber was glaubst du?«

»Ich weiß es nicht«, sagte er.

»Würdest du eine Ehefrau betrügen, die wunderschön ist und Küchengeräte als Sexspielzeuge einsetzt?«

»Nein.«

»Wegen der Sache mit der ›Schönheit‹ oder wegen der Sache mit den ›Küchengeräten‹?«

Er sah mir in die Augen. Seiner Meinung nach sollte ich die Antwort längst kennen. Dann sagte er: »Wegen der Sache mit der ›Ehefrau‹.«

Eine Woche später erhielt ich einen Brief, in dem stand, dass ich in den Fotografiekurs aufgenommen sei, und außerdem ein Stipendium erhielte. Doch das Stipendium deckte nur die Hälfte der Studiengebühren ab, und 175 Dollar für einen Kurs hatten wir genauso wenig wie die vollen 350 Dollar.

Ich las den Brief und warf ihn sofort in den Mülleimer. Was half es schon? Zwei Minuten später holte ich ihn wieder heraus. Und bevor ich mich versah, stand ich im Sekretariat der Extension School, vor dem Schreibtisch der Empfangsdame, mit all meinen Jungen und einer Packung Oreo-Kekse in der Hand, um sie bei Laune zu halten.

»Könnte ich vielleicht mit jemandem über finanzielle Unterstützung sprechen?«, fragte ich.

Die Rezeptionistin war jung. Ihr T-Shirt war so eng, dass sich die Nähte ihres BHs abzeichneten. »Da müssen Sie ein Formular ausfüllen.« Sie zog ein Formular hervor, das ich bereits eingereicht hatte. »Worum geht es?«

Da brachte ich keinen Ton heraus. Ich war bereit gewesen, einem Finanzverwalter meine Lage auseinanderzusetzen, doch ich hatte nicht damit gerechnet, die Sache erst diesem Teenager erklären zu müssen.

»Ich möchte bloß sehen, ob die Möglichkeit besteht, mehr Unterstützung zu erhalten, als mir bewilligt worden ist.« Ich klang gierig. Ich kam mir gierig vor.

»Ich glaube nicht, dass sie so was machen.«

»Ich würde nur gern mit jemandem darüber sprechen.«

Und dann erhob sie sich mit einem kaum wahrnehmbaren verärgerten Seufzen und sagte: »Lassen Sie mich einmal nachsehen.«

Ich beobachtete, wie sie den Korridor entlangstolzierte, während ich die Oreo-Vorräte der Jungen nachfüllte. Über dem Bund ihrer tief sitzenden Hüftjeans war ihr Slip zu sehen, und jäh stieg Zorn in mir empor. Das war keine Bürokluft! Was dachte sie sich nur? Und wer war sie überhaupt, dass sie mich dazu brachte, im Sekretariat der Extension School zu Kreuze zu kriechen?

Ein paar Minuten später lief alles besser. Ich versuchte unbeholfen, unseren verrückten Sportwagen in das Büro einer Verwalterin namens Vida King zu schieben. Sie war eine hochgewachsene schöne Afroamerikanerin mit butterbraunen Augen und Wangenknochen, die preisverdächtig waren. Ihre Haare trug sie in Corn Rows geflochten, die sie im Nacken zu einem dicken Pferdeschwanz zusammengebunden hatte. Sie hatte schmale Finger und eine französische Maniküre. Und wenn sie mich ansah, neigte sie nicht den Kopf, sondern blickte nur mit den Augen. Etwas an ihrer Haltung ließ sie wie eine Königin wirken.

Ich versuchte den Sportwagen in ihr Büro zu bugsieren, doch nachdem ich dreimal ihren Türrahmen gerammt hatte, gab ich auf, und wir unterhielten uns einfach auf dem Flur.

»Wir haben Ihnen bereits finanzielle Unterstützung gewährt«, sagte sie, nachdem ich den Grund meines Kommens erläutert hatte.

»Ja«, sagte ich. »Aber es reicht nicht.«

Sie trat an ihren Schrank, um einen Blick in meine Akte zu werfen. In dem Augenblick überfiel mich jäh das Verlangen, Ansel Adams zu erwähnen. Ich entschied mich dagegen, denn: Erstens war es moralisch falsch; zweitens war ich eine schreckliche Lügnerin; und drittens wirkte Vida King auf mich nicht wie der Typ Frau, der angesichts von Ruhm dahinschmilzt.

Ich sprach weiter, wobei ich die Stimme etwas erhob: »Ich habe keine hundertfünfundsiebzig Dollar übrig. Ich habe noch nicht einmal fünfzig Dollar übrig. Wenn ich also kein Vollstipendium erhalte, kann ich den Kurs nicht besuchen. Aber etwas in mir sehnt sich einfach verzweifelt danach, an dem Kurs teilzunehmen. Also habe ich mir gedacht, ich frage wenigstens einmal, ob es vielleicht doch noch irgendeine zusätzliche Finanzhilfe gibt. Davon hängt es wirklich ab, ob ich an dem Kurs teilnehmen kann oder nicht. Und obwohl ich es bis gerade eben gar nicht wusste, fühlt es sich auch so an, als hinge davon ab, ob ich weiteratmen kann oder nicht.« Ich konnte nichts hören, also fügte ich hinzu: »So verrückt das auch klingen mag.«

Sie blätterte in meiner Akte. »Fotografie ist ein teures Hobby«, sagte sie. »Selbst wenn wir Ihnen die gesamte Kursgebühr erließen, müssten Sie immer noch Filme und Papier kaufen und eine Gebühr für die Mitbenutzung der Chemikalien bezahlen.«

»Oh«, sagte ich. Daran hatte ich nicht gedacht. Die Jungen fingen an zappelig zu werden, und mir waren die Kekse ausgegangen. Es hatte ganz den Anschein, als käme mein Besuch hier zu einem Ende.

»Warum sagten Sie doch gleich ist dieser Kurs so wichtig für Sie?«, fragte sie.

Ich wurde begutachtet. Sie bildete sich eine Meinung von mir. Ich benötigte eine gute Antwort, doch ich hatte keine. Ich wusste nicht, warum ich den Kurs besuchen wollte. Ich wusste nur, dass ich seit meiner Anmeldung jede Nacht daran gedacht hatte. Beinahe hätte ich das gesagt. Ich stand kurz davor, ihr vorzuschwallen, dass aus meiner Malerei nichts geworden sei, ich jetzt aber dachte, das mir vielleicht die ganze Zeit über vorherbestimmt gewesen sei, etwas ganz anderes zu machen, als mir ein Gedanke kam, und ich einfach sagte:

»Ich würde gern eine Porträtserie von schönen Frauen machen.« Und dann fügte ich hinzu, ohne mir auch nur den Kopf darüber zu zerbrechen, dass es schleimerisch klingen könnte: »Und ich hätte gern, dass auch ein Porträt von Ihnen dabei ist.«

Wenn ich mich wirklich hinsetzte und meine Beweggründe analysierte, weshalb ich sie um ein Porträt gebeten hatte, würde ich auch auf ein wenig Schmeichelei stoßen. Doch vor allem war ich einfach nur ehrlich. Ich sah ständig Frauen, die ich als schön empfand. In der Schlange an der Supermarktkasse, beim Department of Motor Vehicles, im Aufzug, in der Bank. Frauen, die nicht wirklich wie Models aussahen, die aber trotzdem umwerfend waren. Frauen, die wahrscheinlich in den Spiegel blickten und Krähenfüße oder zu viele Sommersprossen oder schiefe Zähne sahen. Ich hatte mir schon oft überlegt, wie fabelhaft es wäre, einen Bildband zu haben mit Fotos von echten schönen Frauen. Bis zu dem Moment war mir nur nie in den Sinn gekommen, dass ich diejenige sein könnte, die dieses Buch zusammenstellte.

Vida King hatte so gut wie gar nicht auf meine Worte reagiert. Doch nach einer Minute blickte sie von der Akte auf und sagte: »Wir verfügen über gewisse Mittel, die wir in Fällen wie Ihrem nach Gutdünken für Ausrüstung zur Verfügung stellen können.« Und dann zog sie ihre schönen Lippen zurück und bedachte mich mit einem schönen Lächeln, das jeden einzelnen ihrer schönen Zähne sehen ließ.

»Schön«, sagte ich und erwiderte ihr Lächeln.

14

Ins Fitnessstudio zu gehen machte süchtig. Es war aufregend. Ich hatte das Gefühl, zum Atmen aufzutauchen. Es fühlte sich großartig an, in Bewegung zu sein. Und meine locker gewordenen Jeans versetzten mich den ganzen Tag über in Verzückung. Auf eine gewisse Weise fühlte es sich an, als habe ich etwas sehr Wichtiges wiedergefunden, das mir abhandengekommen war. Das Gefühl war so gut, dass ich immer noch mehr davon wollte.

Als Amanda mir also von einer Diät erzählte, die überall im Land Furore machte und »die ganze Zeit aus Eiweiß« bestand – mit Ausnahme der Mittagessen am Wochenende, wenn man sich an weißem Brot und Kartoffeln ergötzen durfte –, beschloss ich, mich ihr anzuschließen.

Ich hatte schon etliche Diäten ausprobiert, wie die meisten Mädchen. Ich hatte genug mitgemacht, um zu wissen, dass ich sie nicht mochte. Und selbst an meinem äußersten Tiefpunkt, auf dem Heimweg vom Park nach dem Schwangerschaftsdebakel, war mir nicht in den Sinn gekommen, eine Diät zu machen. Denn eine Diät anzufangen schien zwangsläufig dazu zu führen, dass man wieder damit aufhörte. Ich wollte keinen Jojo-Effekt erleiden. Ich wollte bloß einige Veränderungen, mit denen ich leben konnte.

Deshalb weiß ich selbst kaum, weshalb ich, nach einem kurzen Gespräch mit Amanda, gewillt, ja erpicht war, all mein Obst, mein Brot, Getreideflocken, Säfte und den gefrorenen Keksteig über Bord zu werfen. Zum einen liebte ich das Gefühl, meinen Körper zurückzubekommen, und ich wollte die Sache beschleunigen. Zum anderen war Amanda einfach eine überzeugende Rednerin.

»Es reinigt den Körper«, erklärte sie an dem Tag im Park. Es hatte geregnet, und die Kinder plantschten in seichten Pfützen herum. »Es spült alles Schlechte hinaus und stellt den ursprünglichen Zustand der Reinheit wieder her.«

Reinheit klang gut.

»Meine Mom hat die Diät gemacht«, sagte Amanda, »und sie hat sich wie neugeboren gefühlt.« Amanda klang wie eine informative Werbesendung. Sie selbst war wie von Sinnen und befand sich in der Vorbereitungsphase. Den Vormittag über hatte sie jedes einzelne Körnchen Zucker oder Krümelchen Brot in ihrem Haus fortgeworfen. Menschen, die diese Diät machten, verloren auf einmal ungewollte Pfunde, schliefen besser, drückten sich besser aus, hatten besseren Sex – und mehr – bekamen dickere Haare, hatten keine Falten mehr, bekamen weißere Zähne, konnten besser sehen, schneller lesen, verdienten mehr Geld, gewannen IQ-Punkte hinzu und waren in der Lage, ihre Träume zu verwirklichen.

»Ihre Träume zu verwirklichen?«, fragte ich.

»Ach, du weißt schon«, sagte sie. »Aufgrund des gesteigerten Selbstvertrauens.«

Ich nickte. »Sicher.«

»Es ist wie mit meiner Nasen-Operation«, sagte sie.

»Ich sehe nicht wirklich anders aus, aber ich fühle mich anders.«

»Du hast dir die Nase operieren lassen?«, fragte ich. Ich stellte keinerlei Unterschied fest.

»Nur ganz leicht.«

»Aber du siehst ganz genauso aus wie vorher.«

»Ganz genauso«, sagte sie und deutete auf mich, »aber besser.«

Die Diät konnte selbstverständlich nicht all die Dinge erfüllen, die behauptet wurden. Das war mir klar. Doch wenn auch nur ein Teil davon stimmte, überlegte ich mir, wäre es ziemlich fantastisch.

»In den ersten sechs Wochen gibt es überhaupt keine Kohlenhydrate«, erläuterte sie, wobei sie eine kleine Broschüre aus ihrer Gesäßtasche zog. »Und dann führt man ein paar wieder ein. Aber keine schlimmen mehr.« Sie hatte mich. Sie hatte mich wirklich. Und selbst als sie hinzufügte: »Man muss jeden Tag Rüben, hartgekochte Eier und Kalamata-Oliven essen«, war ich immer noch mit von der Partie.

Im Handumdrehen war ich zu Hause und schmiss jedes Kohlenhydrat, das ich finden konnte, in Mülltüten. Allerdings konnte ich mich nicht überwinden, die ganzen Nahrungsmittel wegzuwerfen: Ich musste Essen im Wert von mindestens siebzig Dollar eingetütet haben. Stattdessen legte ich die Tüten hinten in Peters Wandschrank, unter einen Haufen Wintermäntel.

Zum Abendessen gab es Wiener Würstchen, Hüttenkäse, Käsehäppchen, Wasser und Rüben. Peter kam ein wenig später aus dem Übungsraum und traf uns beim Essen an. »Was ist das?«, fragte er mit einem Blick auf das Essen.

»Wir essen gesund«, sagte ich.

»Hot dogs sind gesund?«, fragte er.

Und ich sagte: »Fleisch ist der neue Salat.«

Er ging zum Vorratsschrank, doch der war leer.

»Wo sind die ganzen Lebensmittel?«, fragte er.

Zwar wollte ich ihm sagen, was ich tat, doch ich wollte es auf keinen Fall als Diät bezeichnen. Ich wollte einfach nicht, dass ihn je auch nur eine Ahnung all der gemeinen Dinge beschlich, die ich von mir selbst dachte. Oder der verrückten Dinge, die ich zu tun gewillt war, um mein Denken zu ändern.

»Es ist ein Training zum Kraftaufbau«, sagte ich. »Es steigert die Muskelkraft bis zum Höchstmaß.« Peter hatte bereits das Interesse verloren. Er streichelte Baby Sam über den Bauch. »So eine Art Eiweißkur«, sagte ich.

»Du wirst dich von nun an immer so ernähren?«, fragte er.

Ich nickte.

»Die ganze Zeit nur Fleisch?«

Ich nickte.

»Und das ist gut für dich?«, fragte er.

»Ja«, sagte ich. »Man bekommt dickere Haare, weißere Zähne, stärkere Knochen, man lebt bedeutend länger und hat ein besseres S-e-x-leben.«

Er ließ den Blick eine Minute über den Tisch schweifen, um die Situation einzuschätzen. Dann sagte er: »Ich mache mit«, und nahm sich ein Hotdog von dem drehbaren Tablett.

Ich fand diese Geste unglaublich rührend. »Danke, Peter«, sagte ich.

Peter hielt die Diät keine drei Stunden durch. Er war von Anfang an zum Scheitern verurteilt. In seinem ganzen schlanken Leben hatte er noch kein einziges Mal darauf geachtet, was er sich in den Mund schob. Die Vorstellung war so fremd für ihn, als beschränkte man beispielsweise das Duschen oder Kleidung oder Luft. Es ging einfach nicht in seinen Kopf.

Bei meiner Rückkehr aus dem Fitnessstudio war er gerade dabei, einen Schokoriegel zu essen.

»Hey!« Ich deutete darauf. »Das darfst du nicht essen.«

Er konnte mir nicht folgen. »Warum nicht?«

»Es steht nicht auf deinem gesunden Essplan.«

»Aber ich habe Hunger«, sagte er.

»Dann musst du ein Hotdog oder ein Stück Käse essen«, sagte ich, als spräche ich mit Alexander.

»Oder eine Rübe«, fügte Peter hinzu.

»Oder eine Rübe«, bestätigte ich.

Peter hielt den Schokoriegel eine Minute lang in der Hand. Dann legte er ihn auf die Küchenarbeitsplatte. Dann griff er wieder danach. Schließlich sagte er: »Ich werde diesen Schokoriegel essen.«

»Du bist schrecklich«, sagte ich.

An dem Abend war ich ein wenig selbstgefällig, fühlte mich ein wenig überlegen, was meine Fähigkeiten betraf, mir selbst einen Verzicht aufzuerlegen. Ich konnte mich wirklich beherrschen! Ich konnte Nein sagen.

Doch am folgenden Tag wurde ich ebenfalls rückfällig. Ich goss den Jungen ihren Apfelsaft ein. Und ich wollte auch welchen. Ich wollte wirklich welchen. Ich wollte es so sehr, dass mir das Wasser im Mund zusammenlief. Doch ich widerstand. Ich platzierte die Trinkbecher vor sie und stellte die Flasche in den Kühlschrank zurück.

Doch später, während die Jungen sich Amateurfilme von meinem Besuch als Kind in Disneyland ansahen, schlich ich mich in die Küche zurück und trank vor dem geöffneten Kühlschrank die halbe Flasche leer.

Und in dem Moment hatte ich eine kleine Erleuchtung: Ich wollte so nicht leben. So erpicht ich auch darauf sein mochte, mich endlich einmal nicht mehr unelegant zu fühlen, auf diese Weise würde ich es nicht machen. Ich wollte nicht, dass mich der Anblick von Apfelsaft in den Wahnsinn trieb. Ich wollte nicht, dass sich mein Leben durch all die Freuden definierte, von denen ich nicht kosten durfte.

Bei meinem nächsten Treffen mit Amanda sagte sie: »Ich habe fast zwei Kilo abgenommen! Und meine Zähne sind definitiv weißer.« Zum Beweis schenkte sie mir ein breites Lächeln.

Und erst als sie das sagte, traf mich die Erkenntnis, dass sie überhaupt nicht hatte abnehmen müssen.

»Warum bist du überhaupt auf Diät?«, fragte ich. »Du siehst sowieso schon perfekt aus.«

Die Frage interessierte sie nicht. »Perfektion liegt im Auge des Betrachters«, sagte sie. Sie redete weiter, doch ich dachte stattdessen über ihren Ehemann nach, darüber, wie es sich anfühlen musste, jeden Abend neben jemanden ins Bett zu kriechen, der einen vielleicht an dem Tag betrogen hatte, dessen Hände vielleicht durch das Haar einer anderen gestrichen waren, dessen Haut vielleicht die Haut einer anderen berührt hatte. Wahrscheinlich gibt es diese Art von Unsicherheit in jeder

Ehe, auch wenn die meisten Leute sich lieber keine Gedanken darüber machen. Amanda machte sich Gedanken darüber, und sie fastete, als sei das der einzige Weg, um ihr Leben im Griff zu behalten. Uns beiden war zu dem Zeitpunkt noch nicht klar, dass es manchmal eben keinen Weg gibt, das eigene Leben im Griff zu behalten. Manchmal müssen die Dinge einem einfach aus den Händen gleiten.

Nicht lange nach unserem Versuch, uns gesund zu ernähren, spazierte ich mit den Jungen an einer Konditorei vorbei, die ich noch nie zuvor gesehen hatte. Auf einem eleganten Schild stand »Life is Sweet« geschrieben. Unter einer schwarz-weiß-gestreiften Markise war der Gehsteig vor dem Geschäft Zuckergussrosa gestrichen. Ich drosselte das Tempo, spähte beim Vorübergehen durch das Schaufenster und schielte nach den Desserts in der Gebäckauslage. Sie waren gigantisch: die Art Desserts, in denen man sich verlieren konnte. Tellergroße Kuchenstücke mit zentimeterdicker, kunstvoll darauf verteilter Glasur. Alles schien vor Reichhaltigkeit und Schokolade und Dekadenz überzuquellen.

Ich wollte nicht ohne Nachspeisen leben. Ich wollte nicht völlig genussfrei leben. Ich wünschte mir zwar mein altes Ich zurück, doch auf dem Weg dorthin wollte ich nicht leiden müssen.

Deshalb stellte ich, als die Jungen und ich unseren Spaziergang fortsetzten, eine kleine Liste mit Lebensregeln für mich selbst zusammen: Ich würde aufhören, meine Mahlzeiten im Stehen an der Küchenarbeitsplatte zu mir zu nehmen – ich würde mich zum Essen hinsetzen wie jeder andere Mensch auch. Ich würde fünfmal die Woche ins Fitnessstudio gehen. Ich würde Wasser anstatt von Saft trinken und versuchen, mehr Gemüse zu essen. Ich würde meine alten CDs durchgucken, die vollständig von Alben mit Kinderliedern und Zählreimen abgelöst worden waren, und würde jeden Tag zu mindestens einem Funksong aus den 1970ern Boogie tanzen. Ich würde eine Liste mit Freuden im Leben anlegen, die beinahe so gut wie Essen waren, Dinge wie Rückenmassagen und Pediküren und ins Kino gehen. Und außerdem würde ich, auf Biegen und Brechen, jeden Samstag zu der wahnsinnig verführerischen Konditorei an der Ecke Huron und Archer gehen und ein riesiges Stück Schokoladentorte essen, einen Bissen nach dem anderen.

Das klang gar nicht so schwer.

Später am Abend unterbreitete Peter mir ein neues Vorhaben seinerseits. Er war zu dem Schluss gekommen, ebenfalls ins Fitnessstudio gehen zu wollen. Er fing damit an, als ich gerade aus der Wohnungstür gehen wollte. Im Fenster des Fitnessstudios hatte er ein Werbeplakat gesehen, auf dem stand, dass man für 19,95 Dollar eine zweite Mitgliedschaft erwerben konnte.

»Das können wir uns leisten«, sagte er.

»Nein«, sagte ich. »Du kannst nicht gehen.«

An dem Abend benutzte Nora unsere Dusche und befand sich in dem Moment nicht allzu weit von uns entfernt. Es war zwei Wochen her, dass sie danach gefragt hatte. Anscheinend hatte Josh ein wenig der Eifer für das Projekt verlassen, nachdem er herausgefunden hatte, dass sie unsere Dusche und nicht seine benutzen würde. Er hatte erst an diesem Vormittag mit der Arbeit begonnen. Als ich Nora gefragt hatte, ob sie glaube, dass wir ebenfalls eine neue Dusche installiert bekämen, hatte sie mit einem Achselzucken gemeint: »Ich zahle viel mehr Miete als Sie.«

Ich hatte gehört, wie Nora das Wasser abdrehte, kurz bevor Peter mich abgefangen hatte. Da ich nicht wollte, dass sie uns zuhörte, sprach ich im Flüsterton.

»Es würde mir Spaß machen«, sagte Peter.

»Nein!«, sagte ich. »Das Fitnessstudio gehört mir.«

»Ich bin mir sicher, dass es mehr als eine Tretmühle gibt.«

»Das Fitnessstudio ist das Einzige, was ich habe«, wiederholte ich. »Das Einzige.«

»Ich hocke den ganzen Tag bloß herum«, sagte er. »Das ist nicht gesund.«

»Ich habe nur Folgendes«, und ich fuhr fort: »das Fitnessstudio.«

»Und die Kinder«, fügte er hinzu.

»Sicher, die Kinder«, sagte ich. »Wir beide haben die Kinder. Das hebt sich gegenseitig auf.«

»Du hast Folgendes«, sagte ich und zählte es an meinen Fingern ab: »Kurse, Professoren, Übungszeit, Studenten, die dich verehren, Zeit zum Komponieren –«

»Aufsätze, die ich zu korrigieren habe«, fuhr er fort, »junge Leute, die nicht üben wollen, der Druck, der Beste zu sein, ein großes Stück, das im Januar fertig sein muss, Karpaltunnelsyndrom, weil ich immer auf diesem kleinen Keyboard übe, und eine Schreibblockade.«

»Du hast eine Schreibblockade?«

Er nickte.

Es war die Gelegenheit für mich, Mitleid mit ihm zu empfinden, ihn zu trösten. Doch statt Mitleid stieg lediglich Zorn in mir empor. »Nun, was treibst du denn dann den ganzen Tag lang?«

Er sah selbst ein wenig verärgert aus. »Ich versuche zu komponieren. Und schaffe es nicht.«

Und dann spielte Peter seine Trumpfkarte aus. »Ich schaffe es einfach nicht zu komponieren«, sagte er und gewährte mir einen kurzen Einblick, wie außer sich er war. »Und im Internet habe ich gelesen, dass sportliche Aktivität gefesselte Kreativität freisetzt.«

Mit einem Mal hatte er den Einsatz erhöht. Ich setzte schon seinen Lebensunterhalt aufs Spiel, wenn ich das Fitnessstudio nicht mit ihm teilte. In dem Augenblick verlor ich den Streit. Ich konnte hören, wie Nora etwas im Badezimmer umwarf. Ich rieb mir die Stirn mit der Handfläche und senkte die Stimme. »Wann würdest du überhaupt gehen wollen?«

»Ich gehe einfach nach dir.«

»Das wird nicht funktionieren«, sagte ich. »Sie machen um neun zu.«

Er war ratlos. »Vielleicht könnten wir uns ja abwechseln«, schlug er vor.

Da ging ich wieder auf die Palme. Denn unter der Woche besuchte ich jeden Abend das Fitnessstudio. Ich hatte meinen Rhythmus gefunden. Ich ging gern. Ich wollte keinen einzigen Abend abgeben. Ich wollte mich nicht abwechseln. Ich wollte überhaupt nichts ändern. Schreibblockade hin oder her, er würde mir meine Abende nicht wegnehmen.

Doch er wollte sie unbedingt haben.

»Zwei. Gib mir bloß zwei ab.«

Am Wochenende schloss das Fitnessstudio um fünf. Wenn ich ihm zwei abgab, blieben mir nur drei übrig, und das sagte ich ihm auch.

Er sagte: »Das ist immer noch mehr, als ich habe!«

»Aber es reicht einfach nicht!« Meine Stimme war lauter geworden. Ich warf einen Blick zur Badezimmertür und schob Peter dann ein Stück weiter ins Wohnzimmer.

»Peter«, sagte ich. »Du bittest mich wirklich um etwas, das ich dir nicht geben kann.«

Er musterte mich und versuchte zu entscheiden, ob es mir tatsächlich ernst war. Er verstand es nicht, und ich würde es ihm nicht erklären. Es war nicht so, dass ich es nicht wollte. Ich konnte es nicht.

»Vielleicht«, schlug Peter vor, wobei er lauter sprach, als uns bewusst war, »könnten wir die Frau von unten darum bitten, auf die Kinder aufzupassen.«

»Nein«, sagte ich.

»Warum nicht?«

»Weil sie eine S-c-h-r-e-c-k-s-c-h-r-a-u-b-e ist. Darum.«

Rückblickend finde ich es komisch, dass ich so daran gewöhnt war, Peter gegenüber Dinge zu buchstabieren, wenn niemand sie mitbekommen sollte, dass ich ihm etwas Derartiges lauthals vorbuchstabierte, obwohl sich Nora bloß einen knappen Meter von uns entfernt befand. Wobei ich vergaß, dass Nora, wie die meisten Erwachsenen, ebenfalls buchstabieren konnte.

Bevor Peter etwas erwidern konnte, erklang ihre Stimme aus dem Badezimmer. »Ich kann Sie h-ö-r-e-n!«

Peter sah mich an, als habe ich die Sache so richtig vermasselt.

Die Tür ging auf. Nora stand in ihrem Schlafanzug und Bademantel da, die nassen Haare ordentlich gekämmt, und hielt ihr zusammengefaltetes Handtuch und ein kleines Körbchen mit Duschutensilien in den Händen.

»Es würde mir nichts ausmachen, an zwei Abenden pro Woche auf die Kinder aufzupassen«, sagte sie.

Wir starrten sie beide an.

Ich wollte schon sagen: »Nein danke, das ist nicht nötig«, was rückblickend lächerlich geklungen hätte, da sie unseren gesamten Streit gerade eben offensichtlich mitbekommen hatte, doch Peter kam mir zuvor. Er sagte »Großartig!« und schlang die Arme um Nora und umarmte sie so stürmisch, dass sie den Boden unter den Füßen verlor.

Die Umarmung kam überraschend für sie, und sie stieß ein kurzes Lachen aus, als er sie hochhob. Bisher hatte ich sie immer nur finster dreinblicken sehen. Sobald ihre Füße wieder den Boden berührten, war das Lächeln verschwunden. Sie strich sich die Haare glatt.

»Peter«, sagte ich. »Kann ich dich unter vier Augen sprechen?«

Wir gingen ins Schlafzimmer, und ich schloss die Tür.

»Sie wird nicht auf unsere Kinder aufpassen«, flüsterte ich.

Er sah mich an, als habe ich den Verstand verloren. »Weil?«

»Weil sie böse ist.«

»Sich als Babysitterin anzubieten wirkt nicht sonderlich böse«, sagte er. »Vielleicht will sie jetzt nett sein.«

»Oder vielleicht will sie die Wohnung in Brand stecken, während wir fort sind.«

»Schon möglich«, sagte Peter in einem Ach-kommschon-Tonfall.

Ich benahm mich tatsächlich, als hätte ich den Verstand verloren. Soeben hatte Nora angeboten, unser Problem zu lösen. Was tat es schon zur Sache, ob ich sie mochte oder nicht? Doch ich verübelte Peter die ganze Situation. Hatte er nicht genug gute Dinge in seinem Leben? Musste er wirklich auch noch meine abschöpfen?

»Na schön«, sagte ich. Was konnte ich sonst schon groß sagen? Dann deutete ich direkt auf Peter. »Aber sie führt etwas im Schilde.«

15

Noch am gleichen Abend ging Peter ins Fitnessstudio um sich anzumelden, und ich blieb zu Hause, um ein Auge auf Nora zu haben. Sie hatte ihr Duschzeug in einem ordentlichen Stapel bei der Tür abgelegt und machte nun einen Rundgang durch unsere Wohnung. Ich kochte eine Kanne Tee für uns auf dem Herd in der Hoffnung, auf diese Weise kämen wir uns wie Menschen vor, die gemeinsam Tee tranken.

»Diese Wohnung sieht gruselig aus«, sagte sie, als ich sie durchs Wohnzimmer führte. »Der Putz hat Risse, die Leuchte sieht aus, als werde sie gleich explodieren, und der Ofen da muss ja wohl vierzig Jahre alt sein.«

Ich spitzte die Ohren. Wollte sie Kritik an mir üben? Glaubte sie tatsächlich, sie könnte mich auf einen Makel in meiner Wohnung oder meinem Leben hinweisen, den ich nicht schon längst von fünfzig unterschiedlichen Blickwinkeln aus betrachtet hatte? Sie hatte keine Ahnung, mit wem sie es hier zu tun hatte! »Es ist nicht der Putz«, sagte ich. »Es sind die Spielsachen überall, die Tatsache, dass wir uns keine Vorhänge leisten können, die beschissenen Möbel, die miesen Farben von unseren Vormietern, die Buntstiftkritzeleien an den Wänden, die festgetretenen Rosinen im Teppich, der Pipifleck auf dem Sofa und die allgemein hoffnungslose Atmosphäre.«

Das saß. Sie folgte mir in die Küche. »Ich meinte nur, dass Sie Josh Bescheid geben sollten. Ihn dazu bringen, das alles zu richten.«

»Ich *habe* ihm Bescheid gegeben«, sagte ich.

»Oh.« Dann fügte sie entschuldigend hinzu: »Ihm gehören noch etliche andere Häuser.«

»Seinen Großeltern«, stellte ich fest.

»Richtig«, sagte sie. »Sie halten ihn ganz schön auf Trab.«

Ich goss den Tee ein, und wir setzten uns einander gegenüber. Es gab so viele Dinge, die ich in dem Moment lieber getan hätte. Ich in meinen erbärmlichen Sportklamotten, und sie im Bademantel ihres Ehemanns. Nach einer Pause sagte ich schließlich: »Ich weiß einfach nicht, warum Sie das tun.«

»Ich versuche n-e-t-t zu sein«, sagte sie.

»Aha«, sagte ich.

Wir nippten beide an dem Tee. Dann blinzelte sie ein wenig und sagte: »Zu wenig und zu spät?«

Ich zuckte mit den Schultern. Die Antwort reichte mir nicht ganz. Nicht von einer Person, die es so ausgesprochen zu genießen schien, böse zu sein.

Nora beobachtete mich mit einem Gesichtsausdruck, als könne sie meine Gedanken lesen. Niedergeschlagen hob sie die Schultern. »Außerdem«, fügte sie hinzu, »brauche ich echt einen Grund, meine Wohnung zu verlassen.«

Danach war es sehr still in der Küche. Ich konnte den Fernseher der Nachbarn laufen hören, das Summen des Kühlschranks, und den tropfenden Wasserhahn. Nach einer Weile kam mir der Gedanke, dass ich besser etwas sagen sollte. Also gab ich mir Mühe, etwas Gutes zu sagen, bloß, um die Stimmung etwas zu heben. »Josh hat mich einmal nackt hier drinnen gesehen.«

Sie riss die Augen auf, als habe ich geschrien.

»Tatsächlich?« Und da war es wieder, jenes Lächeln von vorhin, doch jetzt nur um die Augen. Sie fand es lustig. Das war es ja auch.

Ich erwiderte ihr Augenlächeln kurz. »Er hat draußen gestrichen. Und meine Kinder hatten mir das Handtuch weggenommen.«

»Unglaublich!«, sagte sie.

»Er war sehr höflich«, sagte ich.

»Was hat er gesagt?«

»Er sagte, er habe nichts gesehen.«

»Aber er hatte doch?«

Ich verzog das Gesicht und nickte.

Sie beugte sich ein wenig zu mir. »Die Männer, die mich nackt gesehen haben, kann ich an einem Finger abzählen.«

»Tja«, sagte ich. »Bei mir scheinen es immer mehr zu werden.« Da war es wieder: das Augenlächeln. Je öfter ich es sah, desto öfter wollte ich es sehen. »Wir sollten mal eines Abends nackt durch die Gegend flitzen, damit es bei Ihnen auch mehr werden.« Das brachte mir ein echtes Lächeln ein.

»Er hat sich wirklich sehr nett verhalten«, sagte ich erneut.

»Er ist ein lieber Junge.«

»Er betet Sie ein bisschen an«, sagte ich ins Blaue hinein.

Sie blickte nachdenklich auf und begann dann zu nicken. »Tatsächlich? Hm.«

Nach einer weiteren kurzen Pause bestand Nora darauf, dass ich mich ins Fitnessstudio aufmachte. Sie wies darauf hin, dass Peter ohnehin bald zu Hause wäre. Wenn ich jetzt losging, könnte ich noch joggen gehen, bevor sie zumachten.

Es schien verrückt, die drei wichtigsten Menschen in meinem Leben in der Obhut eines Menschen zu lassen, der bis zu diesem Abend noch niemals etwas Nettes zu mir gesagt hatte. Andererseits schien es ebenfalls verrückt, zu Hause zu bleiben, wenn ich einfach so gehen konnte. Bisher war es mir nicht aufgefallen, doch da sie nun hier in meiner Küche saß, bemerkte ich etwas an ihr: Anstand, der bisher verborgen gewesen war. Auf einmal war ich mir bei ihr so sicher, wie man sich je bei jemandem sicher sein kann, dem man die eigenen Kinder anvertraut. Ohne greifbaren Grund hatte ich das Gefühl, dass sie sich gut um sie kümmern würde.

Ihrer Meinung nach wäre es lächerlich, wenn ich mein allabendliches Ritual nicht einhielte, obwohl sie in meiner Küche saß. »Es kann unmöglich mehr als einer Person bedürfen, um auf Ihre Kinder aufzupassen, wenn sie schlafen.«

Ich beschloss, ehrlich zu sein. »Der Gedanke, dass sie aufwachen könnten, macht mich nervös.«

»Wachen sie denn oft auf?«

»Nein«, sagte ich. Dann: »Manchmal. Es passiert schubweise.«

Sie musterte mich kurz und sagte dann: »Wo liegt das Problem?«

Ich atmete ein. Obwohl ich befürchten musste, das aussichtsreiche Arrangement mit unserer neuen Babysitterin aufs Spiel zu setzen und jegliche Möglichkeit im Keim zu ersticken, Nora je wieder lächeln zu sehen, sagte ich: »Wir alle nennen Sie die Böse Hexe.«

Sie ließ sich nicht aus der Fassung bringen. »Und?«

»Wenn also beispielsweise Alexander aufwachen sollte und Sie hier vorfände, ohne die geringste Spur seiner Eltern –«

»Er könnte denken, ich hätte Sie aufgefressen?«

Ich nickte. »Oder uns in Mäuse verwandelt. Oder uns an einen Troll verkauft. Oder uns für hundert Jahre in Schlaf versetzt.«

»Aha«, sagte sie.

»Er hat sich schon um derlei Dinge Sorgen gemacht«, sagte ich.

»Sie meinen, weil er ganz in der Nähe einer Hexe wohnt.«

Ich nickte.

»Und warum denkt er, ich sei eine Hexe?« Sie kannte die Antwort auf diese Frage bereits. Sie wollte nur sehen, was ich sagen würde.

»Ich bin mir nicht sicher«, sagte ich.

Natürlich war ihr klar, dass ich log. Alexander hielt sie für eine Hexe, weil ich ihm erzählt hatte, sie sei eine Hexe. Ohne daran zu denken, dass er es wörtlich verstehen könnte. Ohne daran zu denken, dass eine Hexe in der Wohnung im Erdgeschoss zu einer jener Wahrheiten werden könnte, an denen er hing und die für immer über jeden Zweifel erhaben waren.

»Ich werde ihm Folgendes erzählen«, sagte sie, »falls er aufwacht. Ich werde sagen, dass Sie und sein Daddy mich gefangen haben, als ich auf meinem Besen flog, und dass

Sie mich hier eingesperrt und mich all meiner Zauberkräfte beraubt hätten. Dann haben Sie mir Schlagsahne und Zaubererdbeeren zu essen gegeben, die mich in eine gute Hexe verwandelt haben. Jetzt sind Sie losgezogen, um das Goldene Diadem aus dem Rathaus zu holen, und bei Ihrer Rückkehr werde ich es aufsetzen und kann dann nie mehr böse sein.«

Ich blinzelte leicht. Sie war gut!

»Wir werden Ihnen ein Diadem besorgen müssen«, sagte ich.

»Oh, ich habe ein paar unten in der Wohnung.«

Ich war mir nicht sicher, ob sie mich auf den Arm nahm, aber im Grunde war es mir egal. Als sie wieder sagte: »Nun gehen Sie schon«, ging ich.

Auf dem Weg zum Fitnessstudio kam mir in den Sinn, dass Peter nichts von meinem Kommen wusste. Er dachte, ich bliebe die ganze Zeit über bei Nora zu Hause. Ihn im Fitnessstudio zu überraschen ließ mich irgendwie unruhig werden. Was, wenn er mit jemandem flirtete? Was, wenn er sich anders verhielt, sobald ich nicht bei ihm war, und ich erst jetzt einen Einblick davon erhielte?

Der Gedanke, ihn zu sehen, machte mich nervös. Es war eine Sache, ihn im Schlafanzug zu sehen, wie er durch unsere Wohnung tappte. Doch es war etwas ganz anderes, ihn in einem Fitnessstudio voller fremder Leute zu Gesicht zu bekommen.

Nora hatte unser grundlegendes Problem gelöst: Ich musste meine Abende nicht aufgeben. Doch sie hatte nichts an der Tatsache geändert, dass ich ihn trotzdem nicht dort haben wollte. Es lag nicht daran, dass ich das

Fitnessstudio mit niemandem teilen wollte, auch wenn ich das Peter eingeredet hatte. Ich war einfach nur gehemmt. Ich wollte nicht, dass er mich verschwitzt und mit rotem Gesicht in meinem Schlabber-T-Shirt erblickte, während ich nach Luft schnappte. Ich mochte morgens beim Aufwachen oder auch sonst nicht gerade wie ein Supermodel aussehen, doch ich sah im Alltag niemals so schlimm aus wie im Fitnessstudio. Und das wusste ich ganz sicher, weil überall Spiegel hingen. Ich konnte mich nicht verfehlen.

Ich hatte einfach das Gefühl, dass die romantische Seite unserer Beziehung strapaziert genug war. Aufgrund von Peters Arbeitspensum bis hin zu allgemeiner elterlicher Erschöpfung, zu weinenden Kindern, zu dem Umstand, dass wir nie Zeit allein hatten, ja noch nicht einmal einen Satz von uns geben konnten, ohne dass Alexander rief: »Daddy! Sprich nicht mit Mama! Sprich mit mir!«, wollte ich nicht das Geringste hinzufügen, das der Romantik in unserer Beziehung weiter abträglich sein könnte. Peter sollte nicht mitbekommen, wie schrecklich ich aussah.

Als ich also den Raum betrat, in dem sich die Kardiogeräte befanden, und ihn auf einem Laufband erspähte, ging ich nicht zu ihm. Ich schlich mich in die letzte Reihe der gegenüberliegenden Seite und machte mich eilig an meine eigenen Übungen, als seien wir Fremde.

Doch ich beobachtete ihn die ganze Zeit über. Ich beobachtete, wie sich seine Wadenmuskeln bei jedem Schritt anspannten und lockerten. Ich beobachtete, wie er den rechten Arm ein wenig weiter nach hinten zog als den linken. Ich betrachtete sein schlaff herabhängendes blondes Haar, und mir fiel auf, wie dunkel es weiter unten an seinem Hals war, wo es schweißnass war. Es war seltsam, ihn aus solcher Entfernung zu betrachten. Ich war ihn nur aus der Nähe gewöhnt.

Es war auch seltsam, ihn mit den anderen Leuten in dem Raum zu vergleichen; etwas, das er auf keinen Fall mit mir machen sollte. Peter schnitt im Vergleich gut ab. Die meisten Männer waren einfach schlichtweg unattraktiv. Vielleicht waren sie tagsüber in ihren Anzügen ganz passabel. Doch hier, in Sportshorts, mit pelzigen Beinen und roten Gesichtern, sahen sie wie Warzenschweine aus. Rosafarbene, verschwitzte Warzenschweine mit Herz-Kreislauf-Problemen.

Es machte Spaß festzustellen, dass Peter niedlicher war als jeder andere Mann im Fitnessstudio – Ted Koppel eingeschlossen, der in Flipflops und Hawaiihemd Gewichte hob und mich beobachtete, wie ich Peter beobachtete. Ted Koppel wusste, dass ich Peter beäugte, doch er konnte nicht wissen, dass Peter mein Ehemann war. Ich fragte mich, ob Ted Koppel glaubte, ich sei in einen wildfremden Mann im Fitnessstudio verknallt. Irgendwann würde Peter natürlich bemerken, dass ich ihn beobachtete. Und dann würde er zu mir herüberkommen und mich küssen. Doch im Moment war Peter genauso weit von mir entfernt wie jeder andere in dem Raum.

Die überwiegende Mehrzahl der Frauen im Fitnessstudio sah übrigens im Gegensatz zu den Männern supersexy aus. Die Frauen trugen schwarze Lycra-Trainingsoutfits, die Haare zu kecken Pferdeschwänzen zusammengebunden. Sie schienen nicht zu schwitzen, sondern vielmehr zu glühen. Auf den Geräten bewegten sie sich wie Waldnymphen. Natürlich waren nicht alle Frauen dünn, doch alle wirkten sauber und adrett und wohlriechend, wobei ich wahrscheinlich die einzige Ausnahme bildete.

Ich versuchte mir vorzustellen, was ich Peter sagen würde, wenn er zu Ende gejoggt hatte. Er musste direkt an mir vorbei. An diesem Punkt meines Trainings fing ich an, mich selbst wie ein verschwitztes Warzenschwein zu fühlen. Ich spielte mit dem Gedanken, just in dem Moment, wenn er gehen wollte, einen Schluck von dem Trinkbrunnen hinter mir zu nehmen und mein Gesicht zu verbergen, bis er fort war.

Als er das Tempo an dem Gerät drosselte, um sich durch ein paar Minuten Gehen abzukühlen, spürte ich tatsächlich ein ängstliches Kribbeln in meinen Fingerspitzen. Schon seit Jahren hatte Peter mich nicht mehr nervös gemacht, doch dass ich nicht von ihm gesehen werden, gleichzeitig jedoch unbedingt mit ihm reden wollte, ließ das Ganze unerwartet intensiv wirken. Es hatte etwas mit der Tatsache zu tun, dass er gleich dort vorne war, dass ich aber nicht mit ihm sprechen konnte. Es hatte etwas damit zu tun, wie gut er aussah. Ich kam mir wie ein Schulmädchen vor, das sich hinter ihrer Spindtür versteckte, während ihr Schwarm vorüberging.

Als er von seinem Gerät stieg, zwang ich mich dazu weiterzugehen. Er war mein Ehemann! Wir hatten gemeinsam Kinder! Ich würde mich nicht wie ein dreizehnjähriges Mädchen am Trinkbrunnen verstecken. Mein Herz hämmerte wild, als er schließlich in meine Richtung ging. Ich konnte nicht hinsehen. Vielleicht hielt ich sogar den Atem an.

Doch als er das Fitnessstudio verließ, passierte etwas, womit ich niemals gerechnet hätte – etwas, das mich zu der Frage veranlasste, ob wir uns im Laufe dieser Babyjahre so weit voneinander hatten forttreiben lassen, dass wir, in gewisser Weise, wirklich zu Fremden geworden waren. Denn Peter ging auf dem Weg aus dem Fitnessstudio direkt an meinem Laufband vorbei. Ging einfach vorbei, einen knappen Meter von mir entfernt, und er bemerkte noch nicht einmal, dass ich da war.

16

Zum allerersten Mal hörte ich Peter am College spielen – ein paar Tage, nachdem er die Zeichnung von mir angefertigt hatte. An dem Tag im Zeichenkurs hatte ich gedacht, er werde mir die Skizze vielleicht schenken. Doch er tat es nicht. Er nahm sie nach der Besprechung von der Wand und steckte sie in seine Zeichenmappe. Ich war zu schüchtern, um ihn darum zu bitten. Ich war sogar zu schüchtern, um auch nur zu versuchen, noch einmal mit ihm zu reden. Stattdessen kramte ich in meinen Malutensilien herum und tat sehr beschäftigt und in Anspruch genommen, bis er gegangen war.

Sobald er fort war, trat ich ans Fenster und blickte auf den Gehsteig hinunter, und sah zu, wie er auf die Cafeteria zuhumpelte. Mein Magen hatte sich verkrampft. Ich hatte es versaut. Er hatte im Kunstkurs ein Bild von mir gezeichnet, und ich hatte mich noch nicht einmal bei ihm bedankt. Im Grunde hatte ich kaum den Mund aufgemacht.

Ein cleveres Mädchen wäre nach dem Kurs schnurstracks zu ihm gegangen, hätte sich an ihn geschmiegt und ihm vor sämtlichen Anwesenden einen langen, leidenschaftlichen Kuss gegeben. So ein Mädchen wäre ich gern gewesen. Um mich des Augenblicks gewachsen zu zeigen, hätte ich etwas ebenso Mutiges wie er tun müssen. Wenigstens hätte ich ihm die Malutensilien zum Mittagessen tragen können.

Doch jetzt humpelte er allein den Weg zur Cafeteria entlang. Ein Kerl auf einem Fahrrad winkte ihm zu und sprang dann ab, um neben ihm herzugehen und seine Sachen zu tragen. Ich stand am Fenster, bis sie um die Ecke des Kunstgebäudes gebogen waren, und dann packte ich langsam meine Sachen ein. Meine eigene platte Zeichnung des Aktmodells ließ ich auf dem Weg nach draußen in den Mülleimer gleiten.

Ich war mir sicher, ihn verloren zu haben. Er hatte sich auf außergewöhnlich öffentliche Art und Weise aus dem Fenster gelehnt, und ich hatte nichts weiter zu ihm gesagt als: »Ich meine, dass du gleich Ärger kriegen wirst.« Dabei hätte ich ihn mit einer Geste näher an mich heranholen sollen. Doch ich hatte zu viel Angst gehabt. Wieder und wieder überarbeitete ich den Augenblick in Gedanken und ließ mich jedes Mal ein bisschen mutiger auftreten. Doch was geschehen war, war geschehen. Ich hatte meine Chance verpasst.

Danach hielt ich überall Ausschau nach ihm. Mit den Krücken hätte er leicht zu entdecken sein sollen. Doch als die Tage verstrichen, ohne dass ich ihn zu Gesicht bekam, begann ich mir Sorgen zu machen, es sei ein Irrtum gewesen, seine Zeichnung als Liebesbeweis zu deuten.

»Sei nicht töricht«, sagte Connor. »Natürlich mag er dich.«

»Vielleicht fand er das Modell bloß nicht inspirierend genug«, sagte ich.

»Nein«, sagte Connor.

»Vielleicht besteht sein Abschlussprojekt darin, jeden Einzelnen im Kurs zu zeichnen, und er hat nur mit mir angefangen.«

Connor dachte darüber nach. »Das klingt plausibler«, sagte sie.

Peter und ich waren in dem Kurs die beiden Lieblingsschüler von Shane. Bei jeder Besprechung meinte Shane, die anderen sollten sich an unseren Zeichnungen ein Beispiel nehmen. Mein Hauptfach war Kunst, also gierte ich nach dem aufmunternden Lob. Peter hingegen studierte natürlich Musik im Hauptfach, sodass es ihm im Grunde gleichgültig war.

Es war durchaus denkbar, dass Peter zusammen mit Shane irgendein abgefahrenes Abschlussprojekt ausgeheckt hatte. Ich grübelte fortwährend nach, was meines sein sollte, dabei mussten wir uns erst einen Monat später festlegen. Doch Peter besaß diesen beneidenswerten, mühelosen genialischen Zug. Je mehr ich darüber nachdachte, desto überzeugter war ich, dass ich nichts weiter als ein Zeichenprojekt war.

»Aber was ist mit der Sache in meinem Zimmer vor ein paar Tagen?«, wollte Connor wissen.

»Vielleicht haben wir es fehlinterpretiert«, sagte ich. »Vielleicht wollten wir einfach glauben, dass ich diejenige bin, in die er verliebt ist.«

Auf einmal fielen uns hundert Gründe ein, weswegen Peter in Connors Zimmer nervös gewesen sein könnte.

»Vielleicht ist ihm auf einmal eingefallen, dass er vergessen hatte, einen Aufsatz abzugeben«, schlug sie vor.

»Vielleicht hat er genau in dem Augenblick Kopfschmerzen gekriegt«, sagte ich und geriet richtig in

Fahrt. »Oder Magenkrämpfe. Oder ihm ist schlecht geworden.« Was hatten wir uns nur gedacht? Wir waren törichte Mädchen. Es war ohne Weiteres möglich, dass wir uns das Ganze nur eingebildet hatten. Binnen weniger Sekunden hatten wir mehr Gründe für sein Verhalten beisammen, als ich auch nur zählen wollte, inklusive eines vergessenen Tutoriums, bisher verborgen gebliebener Schüchternheit, einer Panikattacke, einem Zehenkrampf und – Connors Vorschlag – eines jähen Durchfalls. Doch wenn ich an seine Augen an dem Abend dachte, in dem Moment, als er mich dort in dem Zimmer erblickte, wünschte ich mir so sehr, es sei Liebe, dass ich beinahe den Kopf verlor.

Jetzt wollte ich ihn unbedingt wiedersehen. Ich benötigte erneuten Kontakt mit ihm, um seine Gefühle beurteilen zu können. Doch ich war so entmutigt. Connor und ich hatten eine Liebe herbei- und sie dann wieder hinfortgeredet. Und deshalb brachte ich es an dem Abend, an dem er in der Eingangshalle des Wohnheims Klavier spielte, nicht über mich, ihn zu grüßen.

Es war spät. Ich hatte das Abendessen verpasst, da ich im Druckgrafikatelier gearbeitet hatte, und am Telefon hatte Connor mir etwas von dem Apfelstrudel angeboten, den ihre Mutter ihr kürzlich geschickt hatte. Ich hatte zusammengepackt und war zu ihrem Wohnheim hinübergegangen. Ich malte mir schon, wie ich es immer tat, den Umweg aus, den ich gehen würde, um an Peters Tür vorbeizulaufen, und das furchtsame Kribbeln, das ich spüren würde angesichts der Möglichkeit, ihm vielleicht zu begegnen. An seiner Tür klebte ein Aufkleber mit der Aufschrift »Rettet die Tontauben«, ein Foto von ihm als Kind mit Cowboyhut, ein Foto von Bob Dylan, eine Wachtelfeder, und ein paar Karikaturen aus dem *New Yorker*, die klassische Musiker durch den Kakao zogen.

Doch Peter war nicht auf seinem Zimmer. Er war in der Eingangshalle. Ich konnte die Musik schon hören, bevor ich das Gebäude betreten hatte.

Der Klang füllte das Wohnheim an. Ich wusste, dass er es sein musste. Zwar hatte ich ihn noch nie spielen gehört, aber ich wusste es einfach. In der Eingangstür blieb ich wie angewurzelt stehen. Ich konnte mich einfach nicht entscheiden, ob ich an dem Gemeinschaftsraum vorbeigehen oder mich die Hintertreppe hinaufschleichen und das Problem völlig umgehen sollte. Letzten Endes musste ich ihn natürlich spielen sehen.

Peter war allein am Flügel in der Ecke. Er saß mit dem Rücken zu mir, und seine Krücken lehnten an einem Stuhl in der Nähe. Ich stand draußen hinter dem Türpfosten. Ich hatte Angst hinzusehen. Ich wollte nicht, dass er meinen Blick spürte und sich umdrehte.

Doch ich brauchte mir keine Sorgen zu machen. Je länger ich ihm zusah, umso stärker wurde mir bewusst, dass er kaum in dem Zimmer anwesend war. Sein gesamter Körper bewegte sich, seine Finger und Hände und Arme, sein gesundes Bein, mit dem er die Pedale bearbeitete, seine Schultern. Das Ganze hatte etwas ausgesprochen Athletisches. Es war, als befände er sich mehr innerhalb der Musik, werde mehr von ihren Strömungen hin- und hergetrieben, als dass er sie produzierte. Noch nie zuvor hatte ich Derartiges gesehen.

Und die Musik! Damals spielte er Jazz. Obwohl so gut

wie alle in der Musikfakultät Klassik spielten, liebte Peter Ragtime. Die anderen Studenten nannten ihn Joplin. Er war ein ganz klein wenig berühmt.

Zu dem Zeitpunkt war er von einem Phänomen besessen, von dem ich noch nicht einmal gehört hatte: dem Stride Piano, bei dem zwischen den Oktaven hin- und hergesprungen wurde. Er schlug einen Akkord am einen Ende an, bei den hohen Tönen, und eine Sekunde später schlug er mit der gleichen Hand den entsprechenden Akkord in der Mitte an. Seine Hände jagten auseinander bis zu den Enden der Tastatur und dann wieder zurück, als dirigiere er ein Orchester. Beim besten Willen konnte ich mir nicht vorstellen, wie er es fertigbrachte, seine Hände so schnell zu bewegen und jedes Mal die richtigen Tasten zu treffen. Ich wusste so gut wie nichts über Musik. Doch nach dem Abend wusste ich eines mit Gewissheit: Er war unglaublich.

Und wie sich herausstellte, war er tatsächlich unglaublich. Am Jahresende bekam ich eine Kunstauszeichnung, wohingegen er sämtliche Musikauszeichnungen abräumte, die es gab.

Ihm zuzusehen machte alles nur noch schlimmer, denn nun wusste ich, womit ich es zu tun hatte. Er war nicht bloß ein niedlicher Typ aus der Bibliothek. Er war etwas Besonderes. Es gab einen Grund, weshalb ich nicht für Rob Garrison oder Steven McFarland oder einem anderen Jungen entflammt war. Es lag daran, dass sie nicht Peter waren. Es lag daran, dass Peter Coates, das wusste ich auf die klarsichtige Art und Weise, auf die nur Einundzwanzigjährige etwas wissen können, der einzige Mensch war, den ich je lieben würde.

Anschließend war mir hundsübel. Noch nicht einmal meinen Apfelstrudel konnte ich essen. Ich stocherte mit einer Plastikgabel darin herum, während Connor mir von ihrer Anthropologiearbeit über den Australopithecus erzählte. Ich war zappelig, weil ich wieder zurück nach unten wollte.

»Diese frühen Hominiden«, legte mir Connor auseinander, »die stellen im Grunde ein echtes Rätsel dar.«

»Sicher.« Ich nickte.

»Schmeckt dir der Strudel nicht?« Connor deutete darauf.

»Ähm«, sagte ich. »Ich bin eben an Peter vorbeigegangen.«

Sie hob die Augenbrauen. Ein viel besseres Gesprächsthema als Hominide. »Hast du hallo gesagt?«

Ich schüttelte den Kopf.

»Verdammt noch mal!« Sie schlug nach mir. Dann beschloss sie, mich wieder nach unten zu schicken, das konnte ich an ihrem Gesicht ablesen, als sie aufstand und an ihre Frisierkommode trat. Sie zog Haarspray und einen Kamm hervor und machte sich an meinen Haaren zu schaffen. Ich schloss die Augen und rümpfte die Nase. »Lass mich nicht wie eine Dragqueen aussehen«, sagte ich.

»Ich peppe dich nur auf«, sagte sie. »Du siehst ein bisschen schlapp aus.«

Nach den Haaren kümmerten wir uns um Lippenstift und Eyeliner. Dann brachte sie mich dazu, meinen Pulli auszuziehen und einen von ihr anzuziehen, der ein wenig enger saß.

Als sie mich wieder nach unten schickte, musste sie

mich aus der Tür schubsen wie ein junges Vögelchen. Sie sagte: »Nur Mut!«

»Komm mit«, flehte ich.

»Nö«, sagte sie. Obwohl ihr anzusehen war, dass sie es gern getan hätte. »Das würde die Wirkung verderben.«

Peter spielte immer noch. Ich konnte es hören, sogar bis in den zweiten Stock. Ich steuerte die Treppe hinab. Ich würde ihm einfach sagen, dass ich seine Zeichnung toll gefunden hatte. Ganz einfach. Und dann würden wir uns entweder anfangen zu unterhalten, oder eben nicht. Entweder würde er mich in ein Gespräch verwickeln, oder eben nicht. Es würde entweder zwischen uns funken, oder eben nicht. Doch ich musste einzig und allein diesen einen Satz zu ihm sagen: »Deine Zeichnung fand ich toll.« Oder vielleicht klang »toll« zu verzweifelt. Aber »nett« wirkte lauwarm. Ich entschied mich für »ziemlich nett.« Je nachdem, wie er reagierte, konnte ich zusätzliche Leidenschaft vermitteln, indem ich hinzufügte: »Wirklich. Total.« Falls es mir angemessen erscheinen sollte.

Meine Hände fühlten sich klamm an auf dem Weg zur Treppe. Die Musik war überall um mich her. Ich bewegte mich auf den Gemeinschaftsraum zu. Er war voller Leute. Zwei Jungen, Freunde von Peter, warfen einander eine Frisbeescheibe quer durch das Zimmer zu, und eine schnatternde Schar Mädchen stand um den Flügel; sie redeten mit Peter und bewegten sich rhythmisch zur Musik.

Ich erstarrte, machte dann kehrt und ging aus dem Wohnheim. Draußen auf dem Gehsteig in der kalten Nacht konnte ich Peter durch die Fensterscheiben sehen. Das Zimmer strahlte warm und gelblich, und zum ersten Mal an dem Abend konnte ich sein Gesicht sehen. Er wirkte vergnügt und glücklich, und er plauderte ein wenig mit den Mädchen. Gleichzeitig schien er aber auch weit weg zu sein, als befände sich sein Geist ganz woanders, als habe die Musik in seinen Ohren eine lautere Stimme als jeder Mensch in dem Zimmer.

17

An dem Abend, an dem ich meine Gratisstunde mit einem Personal Trainer hatte, verlor ich meinen Ehering.

Es war ein einfacher Goldring, die eine Hälfte eines Paares für Sie & Ihn, das wir für zweihundert Dollar gebraucht gekauft hatten. In meinen Ring war der Name »Herbert« eingraviert und in Peters »Geneva«. Ich hatte Peter gegenüber darauf beharrt, dass es mir nichts ausmachte einen Ring zu tragen, der schon jemand anderem gehört hatte, dass mir die Vorstellung gefiel, er habe eine Vorgeschichte. Das stimmte. Wir ließen unsere Initialen in die Ringe eingravieren, um ihnen unser eigenes Gepräge zu geben, aber manchmal wenn wir übellaunig waren, riefen wir einander bei jenen anderen Namen.

»Herb«, sagte ich dann zu Peter. »Könntest du mir ein Glas Wasser bringen?«

Ich hatte meine Trainingssession in die letzte Stunde, bevor das Fitnessstudio zumachte, gequetscht. Bloß ein paar andere Leute waren da, unter anderem das Pärchen, das ich so liebte, und Ted Koppel. Aus irgendeinem Grund war es mir ein wenig peinlich, vor Ted Koppel in den Hintern getreten zu bekommen, und ich wünschte ständig, er möge nach Hause gehen. Ich konnte es nun wirklich nicht gebrauchen, dass jemand registrierte, wie schlecht in Form ich war.

Wobei das genau das war, was der Trainer tat, auf einem Klemmbrett. Und nicht irgendein Trainer. Der auf den Hintern klapsende Trainer.

Es hatte sich herausgestellt, dass er tatsächlich genauso viel flirtete, wie Ted Koppel mir an jenem ersten Abend erzählt hatte. Ich hatte ihn im Auge behalten. Er flirtete mit wirklich jedem. Seine Hand war an jedem einzelnen Hintern im Raum gewesen. Es hatte nichts zu bedeuten.

Doch während der Arbeit wurde nicht geflirtet. Jetzt befanden wir uns beim Training. Jetzt war er ein harter Kerl, der dabei war, mich in eine harte Nummer zu verwandeln, in fünfundfünfzig Minuten oder weniger. Er ließ mich eine Reihe von Tests absolvieren – wie viele Liegestütze ich schaffte (fünf), wie oft ich die Treppe in zwei Minuten hinauf- und hinuntergehen konnte (drei) und wie oft ich ohne zu stolpern Seilspringen konnte (sechsundvierzig) – und notierte alles auf dem Klemmbrett. Es war zutiefst erniedrigend. Ich wusste, dass ich nicht in Form war, doch ich hatte es niemals auf diese Art quantitativ bestimmt. Hätte ich gewusst, dass er mich auf diese Weise messen würde, hätte ich die Stunde wahrscheinlich abgelehnt. Nach einer Weile führte er mich zum Laufband zurück, stellte es so schräg wie möglich ein, und ließ mich darauf gehen, bis ich das Gefühl hatte, meine Lunge würde kollabieren.

Der nächste Test bestand aus Sit-ups. Der Trainer zog eine Matte hervor und sagte: »Schauen wir mal, wie viele Sie hinkriegen. Drei Minuten. Los!«

Erstens möchte ich einmal festhalten, dass ich weiß, wie man Sit-ups macht. Jeder Mensch weiß, wie man Sit-ups macht. Es ist ein einfacher Bewegungsablauf. Doch obwohl ich ganz genau wusste, was zu tun war, und obwohl ich meinem Körper befahl, es zu tun, schaffte ich es nicht. Es war ein seltsamer Fall von Lähmung. Mein Gehirn sandte den Befehl aus, den es immer aussandte, doch mein Körper leistete einfach nicht Folge.

»Los!«, wiederholte der Trainer.

»Ich kann nicht«, sagte ich.

Ich bin mir sicher, dass dem Trainer dank seines Berufs schon viele Leute untergekommen waren, die ihm sagten, dass sie etwas »nicht tun konnten«, das er ihnen angeordnet hatte. Genauso sicher bin ich mir, dass er diese Leute für Weicheier hielt. Ich wusste nicht, wie ich ihm erklären sollte, dass ich nicht übertrieb. Es war nicht so, dass ich mich nicht aufsetzen wollte. Ich konnte es einfach nicht. Welche Muskeln auch immer ich in der Vergangenheit benutzt hatte, um eben diese Bewegung auszuführen, sie waren einfach nicht da.

»Sie sind da«, sagte er. »Sie müssen sie einfach nur finden.«

Ich lag flach auf dem Rücken. Ich befahl meinem Körper, sich zu bewegen. Nichts passierte. Mir fielen die dunkelbraunen Schwangerschaftsstreifen ein, die während jeder Schwangerschaft wie Dornensträucher im Zickzack über meinen Bauch verlaufen waren. Ich konnte mir vorstellen, dass die Muskeln darunter ungefähr genauso schlimm aussahen. Vielleicht hatte ich sie kaputt gemacht. Oder ruiniert. Vielleicht hatte mein Unterleib einfach »Genug!« gesagt und das Handtuch geworfen.

Was auch immer los war, ich musste fünf qualvolle Minuten dort liegen, während er versuchte, mich durch gutes Zureden zu einem Minimum von fünf Sit-ups zu bewegen.

Letzten Endes schaffte ich einen – aufgerundet.

Als wir die Klimmstange erreichten, war ich bereit, mich ganz besonders anzustrengen, um diesem dreisten Fitnessfanatiker zu zeigen, dass ich kein Problem mit der richtigen Einstellung hatte. Ich nahm all meinen Mumm zusammen und hievte mein Kinn über die Stange. Doch irgendwie schaffte ich es beim Umschließen der Stange, die Haut zwischen der Stange und meinem Ehering einzuquetschen. Ich ließ mich zu Boden fallen, um mir meine Hand anzusehen.

»Wir sind noch lange nicht fertig«, setzte der Trainer an, doch ich drehte ihm meine Hand zu, an der sich unter meinem Ring eine dunkle Blutblase bildete. »Verdammt«, sagte er, eine Spur beeindruckt. Das hier hatte ich mir nicht einfach ausgedacht.

Er ließ mich den Ring abnehmen und bot an, ihn für mich zu halten. Er war sich nicht sicher, wie groß die Blutblase werden würde, und es war offensichtlich, dass mein Schmuck mich am Erreichen meiner persönlichen Höchstleistung hinderte. Doch ich war nicht bereit, einem völlig Fremden meinen Ehering auszuhändigen. In den neun Jahren meiner Ehe hatte ich ihn kein einziges Mal abgelegt. Stattdessen band ich mir den Ring mit einem sorgfältig festgezogenen Dreifachknoten an die Schnur meiner Jogginghose.

Am Ende der Auswertung hatten wir so einiges über mich gelernt: Ich hatte einen starken Rücken, Bizeps und Waden. Zu meinen »verbesserungsfähigen Bereichen« gehörten mein Trizeps, Kniesehnen, die nicht vorhandene Bauchmuskulatur und im Grunde so ziemlich alles andere. Wir hatten außerdem gelernt, dass ich dazu neigte, angesichts einschüchternder körperlicher Herausforderungen in Sarkasmus zu verfallen, und dass meine positive Einstellung fraglich war.

Auf dem Heimweg kam ich zu dem Schluss, dass es bei der »einen Gratisstunde« nur darum ging, Leute derart zu demütigen, dass sie einen Kredit aufnahmen, um sich einen Personal Trainer leisten zu können. Ich hatte keine derart anschauliche Darstellung meines eigenen baufälligen Zustands erwartet. Ich hatte lediglich damit gerechnet, dass wir eine Zeit lang auf ein paar Geräten herumturnen würden, und damit Schluss.

Erst als ich fast schon zu Hause war, fiel mir wieder ein, dass ich meinen Ring anstecken musste. Ich griff nach der Bundschnur meiner Jogginghose. Dann musste ich feststellen, dass sie sich trotz meiner drei äußerst festen Knoten gelöst hatte. Mein Ring war weg.

Ich drehte mich um und lief den Hügel hinauf auf die Eingangstür des Fitnessstudios zu, woraufhin meine Muskeln, die ohnehin schon gezittert hatten, den ganzen Weg vor Protest aufschrien. Ich konnte mich nicht erinnern, jemals so schnell gelaufen zu sein. Da wusste ich noch nicht, dass ich am nächsten Tag und am Tag darauf und am Tag darauf solch einen Muskelkater haben würde, dass ich es kaum die Treppen hochschaffte oder das Baby hochheben konnte. Da wusste ich noch nicht, dass meine Muskeln bald so furchtbar schmerzen würden, dass ich sie nicht berühren, ja noch viel weniger benutzen wollen würde. Ich wusste nur eines: Dass ich meinen Ring finden musste. Sofort.

Der Eingang zum Fitnessstudio war zugesperrt, als ich dort eintraf. Alle schienen gegangen zu sein. Drinnen brannte kein Licht mehr. Ich klopfte und hämmerte gegen die Tür, weil ich hoffte, der Trainer befände sich hinten; ich fragte mich, was Peter sagen würde, wenn ich ohne Ehering zu Hause aufkreuzte – ja, im Grunde fragte ich mich, ob es ihm überhaupt auffiele. Oder ob er einfach davon ausginge, dass er da sei, und ihm sein Fehlen folglich nicht auffiele, genau wie es mir nie auffiel, wenn er sich die Haare hatte schneiden lassen: Ich wusste schließlich, wie seine Haare aussahen. Meine Augen wussten, was sie sähen, ohne auch nur hinzugucken.

Nach ein paar Minuten beugte ich mich vornüber, um Atem zu holen und mich zu sammeln. Es war September und allmählich wurde es kühl. Mein T-Shirt war schweißnass, und auf einmal merkte ich, dass ich fror. Genau in dem Augenblick blieb Ted Koppel mit seinem Jeep am Bordstein stehen und ließ das Fenster herunter.

»Sie können's nicht lassen, oder?«, neckte er mich.

Es gelang mir nicht, die Panik in meiner Stimme zu verbergen. »Ich habe meinen Ehering verloren!« Mit diesen Worten drehte ich mich um und hämmerte weiter gegen die Tür.

Er stieß einen lauten Pfiff aus, wie man es vielleicht einem Hund gegenüber getan hätte.

Ich drehte mich um, und er hielt den Ring in die Höhe. »Ich war gerade auf dem Weg ins Pfandhaus«, sagte er.

Er lehnte sich aus dem Fenster, und fassungslos sah ich mit an, wie er ihn mir zuwarf. Ich beobachtete, wie der Ring nach oben flog und in einem Bogen wieder nach unten segelte. In meinem Magen machte sich das flaue Gefühl breit, das ich früher immer im Softballteam gehabt hatte, weil ich den Ball gewiss fallen lassen würde, egal wie wichtig es war, diese Herausforderung zu meistern. Ich hob die Hände, noch während ich mir vorstellte, wie der Ring an ihnen vorüberflöge, auf dem Boden aufschlüge und in den Rinnstein rollte – noch während ich mich laut fragte, welcher Mensch denn den Ehering eines anderen einfach so durch die Luft warf.

Als der Ring näher kam, schloss ich die Hände, und dank eines Glücks, das mir bisher noch nie hold gewesen war, fing ich ihn. Ich hielt ihn eine Minute lang fest umklammert, während Ted Koppel erklärte, er habe ihn auf dem Boden neben dem Trinkbrunnen gefunden. Genauer gesagt, sei er darauf getreten.

»Ich wusste gar nicht, dass Sie verheiratet sind«, sagte er.

»Jawohl.« Zum Beweis schob ich mir den Ring wieder zurück in die kleine Kerbe, die er an meinem Finger verursacht hatte.

Ted Koppel erbot sich, mich nach Hause zu fahren, was ich ablehnte, und dann schien er noch ein bisschen zu verweilen, als versuche er, sich ein neues Gesprächsthema auszudenken. Doch ich wollte nach Hause. Ich hatte meinen Ring, und damit fertig. Ich bedankte mich bei ihm, dass er ihn gefunden hatte, doch er schüttelte den Kopf. »Reine Glückssache«, sagte er.

Auf dem Heimweg dachte ich über Ted Koppel nach. Er machte den Anschein eines prototypischen Einzelgängers, der modisch nicht gerade auf der Höhe war, sich gegen Autoritäten auflehnte und keinerlei Achtung vor der Bedeutung der Ehe hatte. Doch ein Teil von mir mochte den Umstand, dass er mich immer anstarrte: Selbst wenn er mich nicht beobachtete, beobachtete er mich. Er stellte in keinerlei Hinsicht eine Bedrohung für Peter dar. Ich fand ihn noch nicht einmal attraktiv. Doch wenn ich ganz ehrlich sein soll, muss ich gestehen, dass es mir gefiel, attraktiv gefunden zu werden.

18

Am nächsten Abend, Donnerstag, ließ ich das Fitnessstudio ausfallen (wie ich es das ganze Semester über tun würde), um zu meiner ersten Fotografiestunde zu gehen. Peter schien nicht aufzufallen, wie bereitwillig ich an jenen Abenden auf das Fitnessstudio verzichtete, und er schien es auch nicht mit meiner strikten Weigerung zu vergleichen, für ihn auch nur fünf Minuten Fitnessstudio zu opfern. Vielleicht gewährte er mir auch aber nur ein bisschen eine Verschnaufpause. Jedenfalls war ich ihm dankbar, dass er das Thema ruhen ließ.

Am Abend raste ich zum Labor der Extension School. Völlig außer Atem trat ich mit Verspätung ein, darauf gefasst, mich bei der Lehrkraft zu entschuldigen. Ich hatte alles ausgetüftelt: Wie ich mich in die hinterste Reihe schleichen und alles mitnotieren würde, was er oder sie von sich gab, und wie ich ihn oder sie im passenden Augenblick beiseite ziehen und ihm oder ihr mein Zubettgehzeit-Problem schildern würde: Dass man bei drei kleinen, sich windenden Kindern für die Zubettgehzeit mindestens zwei Erwachsene brauchte, und ich konnte unmöglich außer Haus gehen, bevor alle Kinder im Bett lagen. Ich würde zu jeder Stunde zu spät kommen, so war das nun einmal – doch mein verspätetes Aufkreuzen sagte nicht das Geringste über meinen Eifer aus. Es war eine wichtige Rede, da ich mich jetzt schon verzweifelt nach der Anerkennung der Lehrkraft sehnte, ohne sie je zu Gesicht bekommen zu haben. Ich hatte mir meine Worte die ganze Woche über zurechtgelegt.

Doch beim Betreten des Raumes musste ich meinen Plan ändern. Denn die Lehrkraft des Kurses, die Person, die vorne in dem Zimmer stand, war nicht einfach nur ein »Er« oder eine »Sie«. Die Lehrkraft war, von allen möglichen Menschen auf der Welt, Ted Koppel.

Ich erstarrte bei seinem Anblick. Und er erstarrte ebenfalls, mitten im Satz. Die Leute warteten darauf, dass er wieder zu sprechen ansetzte, was er nicht tat, und dann begannen sie, zwischen uns hin und her zu sehen. Ein Mann räusperte sich sogar.

Schließlich sagte Ted Koppel etwas: »Werden Sie zu jeder Stunde zu spät kommen?«

Und ich sagte: »Ja.«

Bei meinem Eintreten war er gerade dabei gewesen, sich der Klasse vorzustellen, und es dauerte ein paar Sekunden, bis er sich wieder gesammelt hatte. Doch sobald er erneut auf Touren kam, gab es kein Halten mehr. Seit Wochen wusste ich im Grunde nichts weiter über diesen Mann, als dass er eine Vorliebe für Flipflops und tropische Klamotten hatte. Jetzt erhielt ich genauere Informationen, unzählige Einzelheiten über sein Leben, eine Lawine persönlicher Geschichte. Es fing bei seinem Namen an, der natürlich nicht Ted Koppel lautete. Er hieß Nelson Frank. Und er war, unter anderem, geschieden und ein ehemaliger Zeitschriftenfotograf. »Ein Ex-Paparazzo bin ich auch«, erzählte er uns an jenem ersten Abend. »Ich hatte bloß nicht genug Mumm.«

»Wem haben Sie nachspioniert?«, wollte ein Typ in karierten Shorts wissen.

»Reine D-Liste«, antwortete Nelson. »Sie haben mich auf Danny Bonaduce angesetzt.«

Er war frisch geschieden. Sehr frisch. So frisch, dass es erst zwei Wochen her war. Oder wenigstens hatte er da die endgültigen Papiere unterschrieben. Im Kurs trug er verkrumpelte Cordhosen und zerknitterte Oxford-Hemden – und seine Flipflops. Er erzählte uns, seine Frau habe für ihn gebügelt, als sie noch verheiratet waren, obwohl er dagegen gewesen sei. Sie hatte es getan, weil sie es nicht mit ansehen konnte, wie ein erwachsener Mann in zerknitterter Kleidung herumlief. Doch sie ärgerte sich darüber, bügeln zu müssen. Jetzt konnte er seine Klamotten tragen, wie er wollte, doch sie hatte ihm die Freude daran verdorben. Er konnte nicht einmal mehr er selbst sein.

Das machte den Großteil seiner Begrüßungsrede aus.

»Ich bin fünfundvierzig Jahre alt«, erklärte er uns, »und ich habe nichts.«

Ein paar großmütterliche Damen in dem Kurs erhoben Einspruch, sie ermutigten ihn und versuchten, ihm dabei zu helfen, die Dinge positiv zu sehen.

»Nein«, brachte er sie allesamt zum Schweigen. »Ich habe nichts. Aber reden wir von der Fotografie.«

Wir sollten unsere Filme selbst in der Dunkelkammer entwickeln und unsere eigenen Abzüge herstellen. Es handelte sich um Schwarz-Weiß-Fotografie, und sollten wir lernen wollen, wie man mit einer Digitalkamera die besten Bilder von den Enkelkindern machte, waren wir bei Nelson an den Falschen geraten. Bei echter Fotografie ging es darum, das Außergewöhnliche zu finden – im Gewöhnlichen oder sonstwo. Er führte uns in den Räumlichkeiten umher. Es gab ein großes Leuchtpult, auf dem man sich Negative ansehen konnte, ein paar völlig dunkle Kabinen, in denen mit belichtetem Film umgegangen wurde, und eine gewaltige Dunkelkammer mit langen Spülbecken in der Mitte zum Entwickeln der Bilder. Es war ein sauberer, geschäftiger Ort, und ich liebte ihn auf der Stelle.

Die Dunkelkammer hatte eine schwarze zylindrische Tür, damit kein Licht hereindrang. Als ich hineintrat, trat Nelson hinter mir ein. Während die Tür sich um uns drehte, sagte er: »Sie sind die mit dem Stipendium?«

»Ja.«

»Ich habe Ihre Bewerbung gesehen. Das waren großartige Bilder.«

»Ich weiß nicht«, sagte ich. »Vielleicht.«

Wir betraten die Dunkelkammer.

»Sie finden sie nicht großartig?«, fragte er.

»Ich finde, dass nie sonderlich viel aus ihnen geworden ist«, sagte ich.

Der Kurs versammelte sich hinter uns zu einem Vortrag über Vergrößerungsgeräte. Nelson beugte sich zu mir und flüsterte: »Es ist schön, Sie einmal in etwas anderem als Sportkleidung zu sehen.«

Und mir fiel nichts anderes zu sagen ein als: »Danke.«

In der Dunkelkammer erzählte er uns von Chemikalien und Schaltuhren und den Grundlagen der Herstellung von Abzügen, und dann sagte er uns, seine Ex-Frau habe seinen Hund mitgenommen, als sie ihn verließ. »Ich habe den verdammten Hund gefunden«, sagte er, während wir alle vor uns hinstarrten. »Ich habe ihr einen Namen gegeben.«

»Wie heißt sie?«, fragte ein Glatzkopf mit Vollbart.

»Sie heißt Babette«, sagte er. »Und sie kann eine Flasche San Pellegrino auf der Schnauze balancieren.«

Nelson hatte für mehrere Lokalzeitungen gearbeitet, bevor er die Lehrstelle ergattert hatte. Er arbeitete immer noch als freiberuflicher Fotograf, doch diese Stelle gab ihm eine gewisse Sicherheit – was seine Frau immer gewollt hatte. Jetzt hatte er die Sicherheit, aber keine Frau mehr. Er war außerdem Porträtfotograf, fügte er hinzu, für den Fall, dass wir jemanden kannten, der Bilder brauchte. Hochzeiten, Kinder, Haustiere. Er machte alles.

Man hatte uns angewiesen, vor der ersten Stunde eine Filmrolle zu verknipsen; also hatte ich den Apparat meiner Mom vergangene Woche in ein Fotogeschäft an der Mass Ave gebracht um zu fragen, wie man ihn handhabte. Ich bestach meine Kinder mithilfe von Lollipops zum Stillsitzen, während mir der tätowierte Verkäufer die einzelnen Schritte erklärte. Es war nicht allzu schwer. Ich musste nur eine Filmspule, die etwa so breit wie eine Lasagnenudel war, in das Gerät einlegen. Dann musste ich die Kamera scharf einstellen und einen Blick auf den Belichtungsmesser werfen. Und dann abdrücken.

Später im Park hatte Baby Sam an einem Müsliriegel geknabbert, während die anderen beiden Jungen einen riesigen Vulkan aus Kieselsteinen errichteten, und ich umherging und fotografierte. Im Laufe jenes Abstechers in den Park fand ich zwei Dinge heraus: Erstens liebte ich es, diese Fotos zu machen. Ich liebte es, durch das Auge der Linse zu blicken, eine perfekte Form oder einen perfekten Moment zu suchen und festzuhalten. Ich liebte die Vorstellung, dass die Kunst bereits vorhanden war und ich sie lediglich zu entdecken brauchte. Und zweitens: Weil diese Kamera an meinem Bauch hing, weil sie so altmodisch war, dass die Leute nicht wussten, wie sie funktionierte, und weil das Klicken, wenn ich eine Aufnahme machte, beinahe nicht wahrnehmbar war, konnte ich Bilder schießen, ohne dass den Leuten klar war, was ich machte. Die Leute glaubten, ich fummelte an meiner Kamera herum – oder vielleicht an meiner Handtasche –, während ich in Wirklichkeit die Schärfe einstellte, abdrückte und zum nächsten Motiv weiterging.

Ich liebte das Anonyme daran. Ich liebte es, die vielen persönlichen Augenblicke um mich herum wahrzunehmen und die lebendigsten einzufangen – das Baby, das die Ärmchen ausstreckte, um hochgehoben zu werden, die Mutter, die sich die erschöpften Augen rieb, der Junge in dem Karohemd mit dem Spielzeugflugzeug. Wir sollten eine Rolle Film für den Kurs verknipsen, aber ich hatte sieben verschossen.

Nelson zeigte uns am ersten Abend, wie man Film entwickelte, und ich entwickelte all meine Rollen. Dort in dem Labor hatte mich ein verrücktes Gefühl der Dringlichkeit befallen. Ich würde keine einzige Sekunde verschwenden.

»Ich gehe einmal davon aus, dass Sie alle hier sind, weil Ihnen etwas in Ihrem Leben fehlt«, meinte Nelson gegen Ende der ersten Stunde zu uns. Wir hatten uns um das Leuchtpult versammelt. »Sie hoffen, ich könnte Ihnen vielleicht dabei helfen, das zu finden, wonach Sie suchen. Tja, lassen Sie mich Ihnen eines sagen. Die Fotografie wird Ihnen das Herz brechen. Entweder werden Sie kein Talent dazu haben, was unangenehm sein wird und Ihnen das Gefühl geben wird, wertlos zu sein, oder Sie werden großartig darin sein, was im Grunde noch schlimmer ist.« Er ging um unsere Gruppe herum und schien lediglich laut zu denken. »Doch wonach auch immer Sie suchen«, fuhr er fort, »ich kann Ihnen garantieren, dass Sie es nicht finden werden. Nicht für dreihundert Kröten an einer Extension School. So funktioniert es nicht im Leben.«

Er machte sich daran, den Unterrichtsplan und ein paar Gutscheine seines Lieblingsfotogeschäfts zu verteilen. Dann deutete er auf mich. »Das hier ist eine Malerin. Aber sie hat es nie zu etwas gebracht. Andernfalls wäre sie nicht hier.«

Er kratzte sich an der Stirn. »Ich rate Ihnen Folgendes: Machen Sie Nägel mit Köpfen. Sie möchten Ihr Leben verändern? Sie möchten etwas tun, das etwas bedeutet? Etwas, das Sie mit Stolz erfüllt? Etwas, das sonst niemand kann? Dann bekomme ich besser nicht zwei Bilder pro Woche zu sehen, sondern zwanzig.« Er blickte in die Runde um sicherzugehen, dass wir alle unsere Handouts hatten. »Und jetzt«, sagte er auf dem Weg zum Ausgang, »gehe ich nach Hause, um mich zu betrinken.« Seine Flipflops quietschten auf dem Weg nach draußen. Die Tür fiel krachend hinter ihm zu. Und wir waren entlassen.

»Was für ein Idiot«, sagte der Glatzkopf, während wir

blinzelnd dastanden wie eine Viehherde. »Der Typ ist ein Arschloch.«

Wir alle nickten, ich auch. Natürlich. Natürlich war er das. Doch ich für meinen Teil würde tun, was immer er von mir verlangte.

Die zweite Stunde verbrachte ich vollständig in der Dunkelkammer. Ich kann nicht beschreiben, wie aufregend es war zuzusehen, wie sich die fotografierten Bilder auf dem Papier abzeichneten, während sie in den Becken mit den Chemikalien trieben. Und von dem allerersten Abzug an, den ich machte, ein Bild von einem Kind, das kurz davorstand, vom Klettergerüst zu fallen, wusste ich, dass ich jede einzelne Minute, die ich konnte, in dieser Dunkelkammer verbringen wollte.

Vielleicht war es lediglich eine Frage des Timings. Vielleicht war ich einfach nur bereit, von meiner ganz eigenen Betätigung verschlungen zu werden. Hätte ich mich genau zu diesem Zeitpunkt wieder der Malerei gewidmet anstatt der Fotografie, ist es durchaus möglich, dass es mich genauso erwischt hätte. Doch so lief es nicht. Ich fing diesen Kurs an, und eh ich mich's versah, verbrachte ich jede Minute am Abend, die ich nicht im Fitnessstudio war, in der Dunkelkammer.

Im Park machte ich viele Fotos von Amanda. Sie liebte es zu posieren: Sie warf der Kamera Küsschen zu und beugte sich vor wie Marilyn Monroe. Es gefiel ihr weniger, wenn ich ihr folgte, um Schnappschüsse zu machen. »Jetzt nervst du mich aber«, sagte sie dann, während ich sie fotografierte, wie sie Gracin an den Trinkbrunnen hob.

»Ich habe kein Interesse daran, dich zu fotografieren,

wenn du dich schön gibst«, sagte ich. »Ich möchte dich fotografieren, wenn du zufällig schön bist.«

»Schönheit ist niemals Zufall«, sagte sie.

Und wenn ich Fotos von Gracin schoss, deren Beine mit Heftpflastern übersät waren, sagte Amanda: »Lass mich die Pflaster abmachen.«

»Die Pflaster machen das Bild aus«, erklärte ich ihr.

Ich fotografierte überall. Der Fotoapparat hing um meinen Hals im Lebensmittelgeschäft, in der Drogerie, in der ganzen Nachbarschaft und natürlich im Park. Die Jungen wollten damit spielen, doch ich blieb streng, was gar nicht typisch für mich war. Ich beschützte ihn auf eine Art und Weise, wie ich weder meinen Geldbeutel noch mein Make-up noch meine Zahnbürste je beschützt hatte. Den älteren Jungen sagte ich, er sei »gefährlich«, und dass sie ihn niemals berühren dürften, und Baby Sam sagte ich, er sei »heiß«. In Sachen »heiß« war er gut. Wir aßen ständig heiße Erbsen und heiße Karotten und heißen Brokkoli. Er wusste, was man mit heißen Sachen machte, und immer, wenn er in die Nähe der Kamera geriet, pustete er sie an.

In der Dunkelkammer neigte Nelson immer häufiger dazu, sich hinter mich zu stellen, während ich Abzüge machte. »Sie sind die Einzige hier, die etwas auch nur annähernd Interessantes macht«, flüsterte er mir über die Schulter zu, während ich arbeitete.

»Okay«, flüsterte ich zurück.

Und dann fing er an, mir vom Fitnessstudio zu erzählen. Er war Mitglied geworden, um fit zu werden und seine Ex-Frau dazu zu bringen, es zu bereuen, dass sie ihn verlassen hatte. Er wollte Muskeln kriegen und dann in einem engen T-Shirt und Jeans an ihrer Wohnung vorbeistolzieren. »Das wird sie umbringen«, sagte er. »Das wird sie wirklich umbringen.«

Am Abend unserer ersten Besprechung, drei Wochen nach Kursbeginn, hatte ich fünfzehn Fotografien. Alle anderen hatten jeweils zwei.

»Soll ich sie alle aufhängen?«, fragte ich Nelson.

»Teufel, ja!«, sagte er lauthals und deutete auf den Kurs. »Zeigen Sie diesen Spatzenhirnen, wie man es macht.«

Bei manchen Dingen dauert es lange, bis man sie erlernt hat. Manche Dinge muss man studieren und sich erarbeiten und an ihnen herumzerren und nach ihnen streben. Bei den meisten Dingen ist es mir so ergangen. Nur sehr wenige Dinge fielen mir einfach so zu. Selbst meine Gemälde hatten mich Stunden um Stunden voll Angst und Mühsal und Überarbeitung und Korrekturen gekostet. Und selbst wenn ich sie vollendete, war ich nicht zufrieden.

Fotos fielen mir leicht. Ich schien den Dreh rauszuhaben. Als der Herbst herbeiwehte, besorgte ich mir einen Bibliotheksausweis und machte mich daran, mir Fotografiebücher auszuleihen. Wenn ich abends einschlief, drückten mir die dicken Buchrücken in den Bauch. Walker Evans, André Kertész, Diane Arbus. Und ich schlief tief und fest. Da wir wegen Baby Sam um sechs aufstanden, quetschte ich alles, was mit mir zu tun hatte, in die Stunden zwischen der Schlafenszeit der Jungen und meiner eigenen: das Fitnessstudio, den Fotografiekurs, mein allwöchentlicher Teller Schokoladentorte. Oft lag ich nachmittags mit den Kindern bloß auf dem Sofa, während sie ganze Sahnedosen in die Badewanne sprühten oder die Wände in ihren Zimmern mit Textmarkern anmalten. *Zum Teufel*, sinnierte ich, *Josh könnte die Wohnung schließlich mal frisch streichen.*

Es war keine ideale Situation. Eigentlich hatte ich in meinem Leben nicht wirklich Platz für ein neues Hobby. Aber ich hatte nun mal eins.

Nelson ließ uns unsere Bilder nicht zurechtstutzen, sodass man mit der einzelnen Aufnahme nicht viel machen konnte. Entweder das Bild funktionierte oder eben nicht. Ich hatte normalerweise etwa ein Bild pro Filmrolle, von dem es sich lohnte, einen Abzug zu machen. Und ich wusste es, sobald ich den Kontaktabzug erblickte. Ich machte den Abzug und ging dann, mich vollkommen verzehrend, zum nächsten über.

Für die Technik oder die Chemikalien oder das Mathematische interessierte ich mich nicht sonderlich. Manche Leute sprachen unheimlich gern über Ausrüstung und Linsen und Filmarten. Männer aus dem Kurs konnten stundenlang um das Leuchtpult stehen und Fotoapparate aus ihren Sammlungen vergleichen. Mir war das völlig gleichgültig. Ich liebte einfach nur die Bilder. Ich wollte bloß sehen, wie sie sich auf dem Papier abzeichneten.

Aber vielleicht war der Unterschied Folgender: Die Fotos, die ich schoss, waren wie Unfälle. Ich baute kein Porträtstudio auf und arrangierte die Beleuchtung ganz genau so und ließ die Menschen die Köpfe neigen. Die Bilder, die ich machte, fingen einfach kleine Augenblicke ein. Es waren beinahe Schnappschüsse. Deshalb gab es sehr wenig zu kritisieren, nachdem ich den Film entwickelt hatte. Ich hatte keinen bestimmten Effekt zu erzielen versucht, also war jedes Bild, das funktionierte, eine wunderbare Überraschung.

Zu Hause begann ich, die Fotos an unsere Schlafzimmerwand zu heften.

»Die sind besser als deine Gemälde«, sagte Peter.

»Wie ist das möglich?«, wollte ich wissen. »Ich mache das nun seit gerade einmal drei Wochen.«

Peter zuckte mit den Schultern. »Du hast eben dein Ding gefunden.« Er liebte es, wenn es einfache Antworten auf etwas gab.

Nach der ersten Besprechung, als meine fünfzehn Fotografien die halbe Wand eingenommen hatten, händigte Nelson mir den Schlüssel zur Dunkelkammer aus. Er sagte, ich hätte es. »Arbeiten Sie, so lange Sie wollen«, sagte er. »Schließen Sie beim Gehen bloß hinter sich ab.«

Also fing ich an, bis spät zu bleiben – manchmal bis Mitternacht oder noch länger.

Nelson lungerte häufig noch ein wenig in meiner Nähe herum, nachdem alle anderen gegangen waren, und beklagte sich über seine Ex-Frau, die sein Geld gestohlen hatte, und fragte mich, ob er sich einen Schnurrbart wachsen lassen solle.

»Nelson«, sagte ich. »Ich bin hier am Arbeiten.«

»Ich habe ihren Namen auf meinem Hintern eintätowiert«, erwiderte er. »Haben Sie das gewusst?«

Doch ich hörte kaum hin. Ich war beschäftigt. Ich steckte inmitten einer künstlerischen Erweckung, und ich wollte keine einzige Sekunde vergeuden. Ja, ich war so sehr von meinem neuen Hobby eingenommen, dass ich kaum mit der Wimper zuckte, als Peter mir erzählte, er habe das Hamilton Fellowship bekommen. »Bist du dir sicher, dass es dir nichts ausmacht?«, fragte Peter erneut, bevor er seine Annahmeerklärung wegschickte. »Drei Wochen über Weihnachten ist eine lange Zeit.«

Ich winkte ab. »Wir schaffen das schon«, beharrte ich. »Fahr du nur hin und zeig diesen Genies in Kalifornien, wie der Hase läuft.«

Peter wusste nicht, was er davon halten sollte. »Letzten Sommer bist du total dagegen gewesen.«

»Letzten Sommer bin ich nicht so glücklich gewesen.«

Nora passte immer noch an zwei Abenden in der Woche für Peter auf die Kinder auf, und ich ging immer noch an vier Abenden ins Fitnessstudio. Peter ging ins Fitnessstudio und machte, netterweise, bei seiner Rückkehr den Abwasch, bevor er duschte. Alles lief im Grunde wie gehabt weiter. Doch etwas hatte sich verlagert.

Vier Jahre lang hatten sich meine Gedanken ausschließlich um unsere Familie gedreht, wie viel jeder Einzelne an dem Tag gegessen oder nicht gegessen hatte, wer frische Wäsche brauchte, wer einen Friseurtermin oder eine frische Windel oder ein Heftpflaster. Ich tat all die Dinge, die Mütter tun. Und ich tat sie auch noch, nachdem ich mit dem Fotografieren angefangen hatte. Doch – und darin bestand der Unterschied – es war etwas Neues hinzugekommen, über das ich mir Gedanken machen konnte. Etwas Aufregendes.

Ich wollte ständig Fotos machen. Und dieses schwirrende Verlangen in meinem Innern rüttelte mich ein wenig wach. Nicht nur, was das Leben betraf, und die Kunst, und mein altes Ich als ein Mensch, der etwas zu sagen und etwas zur Welt beizusteuern hatte, sondern auch, was Peter betraf. Bisher war ich eifersüchtig gewesen, weil er so lange übte. Ich hatte das Gefühl gehabt, mit dem Klavier um seine Zeit zu konkurrieren. Doch nun begriff ich auf einmal, wie Peter empfand. Ich begriff, wie es war, derart in Flammen zu stehen. Und wie diese Flammen alles um einen herum erhellten.

Zwischen uns veränderte sich etwas. Ich hörte auf, Peter seine Arbeit zu verübeln. Und Peter fing auf einmal an, mich zu vermissen.

»Du hast immer zu tun«, sagte er eines Abends, als ich gerade im Bett las.

»Das sagt der Richtige«, meinte ich.

»Aber ich habe mittlerweile weniger zu tun als du«, sagte er.

»Nicht wirklich.«

»Jetzt, da ich abends nicht übe, wenn ich auf die Jungen aufpasse.«

»Und sitzt du dann herum und vermisst mich?«

»Irgendwie schon.«

»Nun, das ist doch gut, oder?«

»Nicht für mich.«

Mir gefiel die Vorstellung, dass er mich vermisste. Mir gefiel die Vorstellung, dass ein klein wenig Sehnsucht ins Spiel gekommen war, auch wenn der Umstand, dass Peter den ganzen Tag fort war und ich den ganzen Abend, ehrlich gesagt nicht unbedingt das beste Rezept für eine glückliche Ehe zu sein schien. Ich weiß noch, wie ich dachte, dass wir das irgendwann angehen müssten. Komischerweise glaubte ich in dem Moment tatsächlich, »irgendwann« sei immer noch früh genug.

19

Es war wohl unvermeidlich, dass Amanda uns alle eines Tages zu sich nach Hause zum Abendessen einladen würde, und Anfang Oktober geschah es dann. Sie spielte gern die Gastgeberin. Und so sehr sie sich auch anstrengte, Verständnis dafür zu zeigen, dass ich den ganzen Tag mit drei Jungs zu tun hatte, begriff sie es einfach nicht. Nicht wirklich. Wie konnte sie auch? Sie hatte das gehorsamste, folgsamste, sich am besten mit sich selbst beschäftigen könnende Kind auf der ganzen Welt: Gracin.

Gracin war ein richtiges Mädchen. Sie trug Rosa. Sie hatte ordentlich gebürstetes Haar, Seitenscheitel, immer mit Schleifchenspange. Sie hatte gesmokte Baumwollkleidchen an und trug Ballerinaschuhe mit Kniestrümpfen.

Diese Kleidung war tatsächlich genau das Richtige für sie, denn meist tat sie nichts anderes als herumsitzen. Sie saß am Picknicktisch und verspeiste ihren Imbiss. Sie saß vorsichtig am Rand des Sandkastens. Sie saß auf dem Bürgersteig und malte mit Kreide. Sie saß auf der Schaukel (und musste nicht angeschubst werden, weil sie wusste, wie man mit den Beinen Schwung holte).

Sie war ruhig, fröhlich, gehorsam und konnte sich klar ausdrücken. Wenn Amanda sie in den Park brachte, hatte sie auch immer einen Stapel Zeitschriften oder ein Buch dabei, weil sie wusste, dass sie sonst nichts zu tun hätte.

Ich hingegen lief die ganze Zeit herum. Ich rannte ständig im Zickzack durch den Park: zog Alexander von Bäumen, trennte die Jungen voneinander, wenn sie sich balgten, half Alexander zur Spitze des Klettergerüsts hoch, holte einen Ball, der unter dem Zaun hindurchgerollt war, hielt Toby davon ab, die tote Taube neben dem Tennisplatz aufzuheben, hielt Toby von dem Versuch ab, die wilde Katze zu streicheln, hielt Toby davon ab, einen alten Lolli zu essen, den er neben dem Mülleimer gefunden hatte, und durfte, meistens, Toby nicht von der Seite weichen, wenn er einmal wieder in Beißlaune war.

Obwohl mir der Umstand Sorge bereitete, dass Baby Sam, der jetzt über ein Jahr war, noch immer nicht krabbelte – oder gar laufen konnte –, muss ich gestehen, dass ein Teil von mir nicht wusste, was ich tun sollte, wenn er sich selbstständig von der Stelle bewegen würde und ich drei Jungen hinterherzujagen hatte.

»Wir werden einfach einen Käfig für sie bauen«, hatte Peters Vorschlag gelautet. »Wenn sie Theater machen, werfen wir Kekse hinein.«

Ich kniff die Augen zusammen, als hätte ich den Vorschlag schon cinmal irgendwo gehört. »Ist das Dr. Spock«, fragte ich, »oder Dr. Sears?«

Manchmal urteilte Amanda ein klein wenig vorschnell, was meine erzieherische Vorgehensweise betraf. Beispielsweise hatte sie inzwischen nach vielen Nachmittagen im Park miterlebt, wie Toby etliche andere Kinder gebissen hatte. Anscheinend hatte er nach jenem ersten Biss an unserem ersten Tag hier die Entdeckung gemacht, dass Beißen Spaß machte. Jedes Mal wenn er es tat, packten wir unsere Sachen und verließen beschämt den Park, wobei wir Entschuldigungen in die ungefähre Richtung der Verwundeten sandten, während wir davoneilten. Toby war dabei, eine beachtliche Namensliste an Opfern zusammenzustellen, und ich hoffte immer, dass sie nicht wieder im Park auftauchen würden, wenn wir dort waren.

Es war fraglos das schlimmste Verhaltensproblem, das mir bisher bei den Kindern untergekommen war. Ich hatte wirklich keine Ahnung, wie ich ihn davon abbringen sollte.

»Beiß ihn zurück«, hatte Amanda eines Tages vorgeschlagen, ohne von ihrer Zeitschrift aufzublicken, als ich mir Sorgen darüber machte.

»Ich glaube, das nennt man Kindesmisshandlung«, sagte ich.

»Er macht es immer wieder, weil du ihn lässt«, sagte sie, als handele es sich um die einfachste Gleichung auf der ganzen Welt.

Ich hatte deswegen im Internet gesurft und einen Artikel nach dem anderen über »Beißer« ausgedruckt. Anscheinend ließ sich nicht viel machen. Manche Kinder bissen einfach gern. Man musste sie natürlich deswegen bestrafen, sollte allerdings auch im Vorhinein wissen, dass es sich höchstwahrscheinlich nicht legen würde, bevor sie sprechen konnten. Niemand war sich ganz sicher, wo die Verbindung zwischen Beißen und Sprache lag, abgesehen von der Tatsache, dass beides mit dem Mund zu tun hatte, doch alle waren sich einig, dass Kinder mit dem Beißen aufhörten, sobald sie einmal zu sprechen angefangen hatten. Toby war natürlich erst zwei. Es würde noch Monate dauern, bevor er längere Sätze spräche. Unsere Aussichten, was die nahe Zukunft betraf, waren also eher düster.

»Wenn du ihn nicht beißen willst, solltest du ihm wenigstens den Hintern versohlen«, sagte Amanda.

»Versohlst du Gracin den Hintern?«, fragte ich.

»Sie beißt niemanden«, sagte Amanda.

»Aber wenn sie es täte«, beharrte ich. »Würdest du es tun?«

»Sicher«, sagte Amanda.

Doch diese Spekulationen waren lächerlich. Es war so einfach, Lösungen für die Probleme anderer Eltern parat zu haben. Ihnen selbstzufrieden bei ihren Erziehungsschwierigkeiten zuzusehen und zu glauben, man selbst an ihrer Stelle wüsste, was zu tun sei. Zu Hause war es mir immer wieder bei Freundinnen aufgefallen. Bemerkungen wie: »Dieses Kind ist so schüchtern. Seine Mutter sollte ihm ein paar Freunde verschaffen!« Als ob ein paar Verabredungen zum Spielen die Persönlichkeit eines Kindes verändern würden. Als könnte eine bessere Erziehung etwas wie Schüchternheit aus der Welt schaffen.

Ich machte es auch. Es war einfach zu ergötzlich, die Schwierigkeiten anderer Mütter unter die Lupe zu nehmen – der Junge, der Dreck aß, das Baby mit der Badeangst, das Mädchen, das jedes Mal beim Anblick eines Eichhörnchens losschrie – und ihre Probleme zu analysieren und zu lösen. Wenn die Mutter des Jungen, der

Dreck aß, ihm doch nur ein ergänzendes Eisenpräparat gäbe, sagte man dann, wäre alles in bester Ordnung. Er war auf der Suche nach Eisen! Wusste das denn nicht jedes Kind? Welche Mutter hatte noch nicht davon gelesen? Es war tröstlich, Expertin zu sein und zu wissen, dass man selbst niemals ratlos vor derlei Problemen stünde.

Denn in Wirklichkeit hatte das Mutterdasein eine dunkle Schattenseite voll abgrundtiefer Ängste. Man liebte seine Kinder mit solch überwältigender Heftigkeit, dass man in jedem Augenblick absolut verletzlich war: Sie konnten einem weggenommen werden. Irgendwie konnte man sie verlieren. Man konnte an der Straßenecke anhalten, um eine Zeitung zu kaufen, und ein betrunkener Fahrer schwenkte auf den Bürgersteig. Man konnte seinem Kind einen kolibakteriell verseuchten Hamburger zu essen geben. Man konnte einen Knoten unter der Achsel seines Kindes finden, der sich letzten Endes als bösartiger Krebs herausstellte. Die Bedrohungen, denen das eigene Kind ausgesetzt war, waren endlos. Und die Sache lag folgendermaßen: Wenn das Leben der eigenen Kinder ruiniert würde, selbst ein ganz kleines bisschen, wäre das eigene Leben ebenfalls ruiniert.

Deshalb bereitete es einem eine Art perverse Freude, andere zu kritisieren oder von ihren Katastrophen zu hören. Denn diese Leute waren nicht man selbst. Es versicherte einem, zu einer Zeit, wenn derartige Versicherungen rar waren, dass, zumindest im Moment, bei einem selbst alles in Ordnung war.

Ich übte mich anderen Eltern und deren Kindern gegenüber in einer Erziehen-und-erziehen-lassen-Einstellung. Im Lauf der Jahre hatte meine Kritikfreudigkeit um einiges nachgelassen. In einem gewissen akzeptablen Rahmen taten wir alle nur unser Bestes, und letzten Endes würde es unseren Kindern, dank eines grundlegenden Fundaments an Liebe und ein paar Büchern von Richard Scarry, schon gut gehen. Im Großen und Ganzen waren Dinge wie Bio-Gemüse versus herkömmliches Gemüse, Holzspielzeug versus Plastik und Schlafen im Elternbett versus eigenes Kinderbettchen doch einfach nicht so wichtig.

Schließlich hatten mich meine Eltern so erzogen. Meine Mom hatte meine Brüder und mich einfach zum Spielen in den Garten geschickt. Sie machte keine Eselsohren in Erziehungsratgeber oder schickte uns zur Therapie. Sie saß nicht herum und starrte uns auf der Suche nach pathologischen Anzeichen an. Sie machte die Hausarbeit und kochte das Abendessen und telefonierte mit Freundinnen, und wenn wir sie brauchten, riefen wir nach ihr durch die Verandatür.

Kurz vor Alexanders Geburt dachte ich noch, ich könnte ihr vielleicht das eine oder andere zeigen. Ich dachte, wenn ich nur genug Bücher läse und mächtig viel nachgrübelte, könnte ich mir eine Philosophie der Kindererziehung ausdenken, bei der man nicht mehr ständig herumzuraten brauchte. Ich dachte, wenn ich mich der Aufgabe wirklich widmete, schlösse ich mit Auszeichnung ab.

Damals hatte ich eines nicht berücksichtigt: die Kinder selbst. Am Anfang war ich der Meinung, es hänge alles von der Erziehung ab. Ich glaubte, wenn Eltern die richtigen Entscheidungen trafen, der angemessenen Philosophie folgten und wenn sie vor allem konsequent und klug handelten, würde der Rest schon folgen. Was ich nicht glaubte, war das, was mir so ziemlich alle erfahrenen Eltern, denen ich je begegnet war, gesagt hatten: Babys sind, wer sie sind, vom Augenblick ihrer Geburt an.

Amanda hatte keine Ahnung, wie es war, sich um Kinder wie meine zu kümmern. Sie wusste nicht, wie es sich anfühlte, wenn man von einem Kind herausgefordert wurde oder überwältigt oder wenn man sich nicht sicher war, was man als Nächstes tun sollte. Es ist leicht, selbstgefällig zu sein, wenn man es leicht gehabt hat. Ich wäre viel lieber von einer Mom beurteilt worden, die selbst ab und an auf die Probe gestellt worden war. Andererseits würde eine Mom, die selbst ab und an auf die Probe gestellt worden war, nicht auf den Gedanken kommen, andere zu beurteilen.

Doch ich mochte Amanda. Und ich konnte es mir nicht leisten, wählerisch zu sein. Das Problem mit dem Beißen hatte es mir schwer gemacht, in Cambridge Freundschaften zu schließen. Ich beobachtete ständig Toby, folgte ihm, versuchte seinen nächsten Schritt vorherzusehen. Ich konnte mich nicht auf einen Plausch zu den anderen Eltern gesellen. Ich konnte überhaupt kein Gespräch führen – geschweige denn ein interessantes. Es war überaus einsam.

Als Amanda uns also zum Abendessen an einem Sonntag zu sich nach Hause einlud, sagte ich: »Großartig!«

»Ich möchte Peter kennenlernen«, sagte sie. »Und ich möchte, dass du Grey kennenlernst.«

»Peter möchte dich unbedingt kennenlernen«, sagte ich, obwohl es nicht unbedingt der Wahrheit entsprach. Er wusste kaum etwas von ihr, abgesehen von ihrem Namen. Und mir fiel angesichts eines Treffens mit Grey lediglich die Frage des Ehebruchs ein. Betrog er sie? Würde ich es wissen, sobald ich ihn zu Gesicht bekam? Würde an seinem Kragen ein blasser Lippenstiftfleck sein, oder hätte er so etwas wie schuldbewusste Schatten um die Augen? Ich war mir sicher, dass ich Ehebrecher kannte, da so viele Leute ihre Partner betrogen – doch ich hatte es niemals zum jeweiligen Zeitpunkt gewusst. Zu wissen, dass er Amanda vielleicht betrog, und dass er nicht wusste, dass sie Verdacht geschöpft hatte, und dass Amanda nicht wusste, dass ich Peter davon erzählt hatte – das alles verursachte mir ein gewisses Unbehagen.

Doch als wir bei ihnen auftauchten, stand Grey nicht schuldbewusst da und weigerte sich, uns in die Augen zu sehen, wie ich es beinahe erwartet hatte. Noch überraschender war der Umstand, dass er im Gegensatz zu Amandas Behauptungen gar nicht großartig aussah. Er war das Gegenteil von großartig aussehend. Er war untersetzt und hatte ein rosafarbenes Gesicht mit einer Schnauze, die aussah, als würde ihr gleich ein Grunzen entfahren. Amanda war mindestens fünfzehn Zentimeter größer als er – ohne Absätze. Als Grey die Tür aufmachte, dachte ich zuerst, er könne unmöglich der Ehemann sein. Er musste jemand anders sein: der Butler, der Gärtner, ein Freund aus der Studentenverbindung, der zu Besuch war, das Haustier. Doch er war, wer er war. Amanda, die grausamere Schönheitsmaßstäbe an sich selbst anlegte, als jede andere Freundin, die ich je gehabt hatte, war mit einem Trüffelschwein verheiratet.

Doch er war sympathisch. Schon nach einer Viertelstunde in ihrem Haus dachte ich nicht mehr über die Frage des Betrugs nach. Dafür war er zu nett. Er plauderte ein wenig mit Peter, und ich beobachtete ihn, wobei ich mir über die Gewissheit Gedanken machte, mit der Amanda mir versichert hatte, er sähe großartig aus. Grey war aufgeweckt und freundlich, er trug ein Polohemd und Khakishorts. Er brachte Peter immer wieder zum Lachen. Attraktiv ließ ich mir noch eingehen. Aber großartig? Hatte sie gelogen? Hatte sie getrunken? Welcher Mensch im Delirium heiratet einen Frosch in dem Glauben, es sei ein Prinz?

Amandas Haus war der totale Traum à la Martha Stewart. Es war in den 1830ern erbaut worden und hatte drei verschiedenen Abgeordneten aus Massachusetts gehört. Das längliche Grundstück befand sich in einer grünen, schattigen Gegend. Der Vorgarten war klein und schmiegte sich dicht an die Straße, doch der Garten hinter dem Haus erstreckte sich scheinbar endlos einen sanften Hügel hinunter bis zu einem Abhang mit einem Bach.

Zuerst hielten wir uns im Garten hinter dem Haus auf. Es gab riesige Haufen frisch zusammengeharkter Blätter, in die die Jungen sprangen; wir Übrigen standen in der späten Nachtmittagssonne, während Grey mit der Selbstsicherheit und der Eleganz eines Fernsehkochs Lachssteaks grillte.

Amanda unterhielt sich mit Peter und befragte ihn ausgiebig über das Leben im klassischen Musikgeschäft, wobei ihr Fragen einfielen, die selbst ich noch nie gestellt hatte. Ich hörte mit halbem Ohr zu, während ich, Baby Sam auf dem Arm, die Jungen unten in der Nähe des Baches im Auge behielt. Wieder und wieder ermahnte ich sie, dass es ihnen auf gar keinen Fall erlaubt sei, ins Wasser zu steigen.

Es war erstaunlich, den Antworten zu lauschen, die Amanda Peter entlockte. Ich erfuhr unzählige Dinge darüber, wie er komponierte, wie er übte, und was er von seinem Graduiertenprogramm hielt, die mir noch nie auch nur in den Sinn gekommen waren. Mich packte ein Bedauern darüber, dass Peter und ich immerzu vergaßen, uns richtig zu unterhalten. Außerdem machte es mich ein wenig neidisch auf Amandas Garten, denn ich dachte, dass auch wir vielleicht das eine oder andere bedeutsame Gespräch einschieben könnten, wenn wir einen riesigen Garten und einen Bach hätten, zu dem wir die Jungen schicken könnten.

Es war klar, dass die Jungen irgendwann in den Bach fallen würden. Hätte ich im Vorhinein von dem Bach gewusst, hätte ich Reservekleidung und -schuhe mitgebracht. Doch Amanda hatte ihn nicht erwähnt. Vielleicht war sie der Meinung, jeder Mensch habe einen Bach. Vielleicht war Gracin so folgsam, dass sie nie versucht hatte hineinzusteigen. Während die Jungen spielten, stand Gracin in ihrem Kleidchen nur vergnügt daneben.

Doch das Wasser stellte eine viel zu große Versuchung dar. Zuerst wollte Alexander auf die moosbewachsenen Steine steigen. Dem gebot ich Einhalt, indem ich mit einer Auszeit im Auto drohte. Dann versuchte er, Gracin einen Stoß mit einem Stock zu geben. Dafür drohte ich mit einer Tracht Prügel. Und dann, just als die Lachssteaks fertig waren und Amanda zu den Erwachsenen sagte: »Warum gehen wir nicht hinein?«, entdeckte Alexander einen Frosch.

Er konnte nicht widerstehen. In dem Augenblick war zweifellos keine Drohung ausreichend, um ihn zurückzuhalten. Er sprang in den Bach, um ihn zu fangen, und Toby lief ihm natürlich hinterher.

Ich sah es kommen. Ich hörte, wie Alexander vor Freude scharf die Luft einsog und »Frosch!« rief, und ich handelte schnell – warf Peter das Baby zu, der beinahe sein Bier hätte fallen lassen –, denn ich hatte mit diesen Jungen wenigstens hundertmal eine Spielart dieses Reiz-Reaktions-Szenarios mitgemacht. Ich war schnell, aber nicht schnell genug. Als ich unten ankam, kniete Alexander im Bach, die Pfoten im Schlamm, und Toby, der auf dem Moos ausgerutscht war, als ich gerade das Ufer erreichte, war mit dem Gesicht nach unten im eiskalten Wasser gelandet.

Peter hatte Baby Sam wie eine heiße Kartoffel an Amanda weitergegeben und befand sich ein paar Schritte hinter mir. Er packte Alexander, während ich Toby herauszog. Beide Jungen waren klitschnass, und Toby hatte von dem Sturz einen Schnitt im Gesicht, der wie verrückt über die ganze Wange blutete. Toby schrie so laut – mehr aus Angst, weil er untergegangen war, denn vor Schmerz –, dass ich damit rechnete, jemand werde ganz bestimmt die Polizei rufen. Amanda hielt das Baby, als habe sie noch nie zuvor eines gesehen und sagte: »Oh mein Gott! Oh mein Gott!« Gracin brach in Tränen aus. Und Grey verschwand ins Haus, um Handtücher zu holen.

Wie sich herausstellte, waren die einzigen Handtücher in Mr und Mrs Grey Boatmans Haus weiß, aus Plüsch und dick wie Bettdecken. Hätte man diese Handtücher in ihrem Gästebad hängen sehen, hätte man sich die Hände an der Hose abgetrocknet. Doch binnen Minuten hatten wir es geschafft, sie mit Schlamm und Moos und schmutzigem Wasser und Blut zu durchtränken. Grey kehrte ins Haus zurück, um Jod und Heftpflaster für Toby zu holen, und wir gingen auf die Terrasse und zogen den Jungen ihre nasse Kleidung aus.

Auf diese Weise endeten meine Kinder nackt in Amandas Haus, und ihre Nudeln wedelten überall herum. Gracin besaß nur Kleider, einen ganzen Schrank voll, frisch gebügelt. Amanda bestand darauf, die Sachen der Jungen zu waschen und zu trocknen, damit sie sie wieder anziehen könnten. Also aß Alexander sein Abendessen splitterfasernackt, und Toby aß in einem Heftpflaster und einer Windel. Wir bedeckten die Sitzkissen mit Müllsäcken.

Amandas Haus war perfekt. Als alle sich beruhigt hatten, führte Amanda mich blitzschnell herum. In ihrem Haus standen moderne Möbelstücke unmittelbar neben Antiquitäten. Wolldecken waren kunstvoll über Sofas und Sessel geworfen. An den Wänden hingen stimmungsvolle Bilder. Es gab Dimmlichtschalter. Es war gleichzeitig warm und kultiviert und bequem. Und kein einziger Kratzer an der Wand. Keine abgestoßene Stelle am Boden. Das Haus hätte in *Architectural Digest* abgebildet sein können. Ein bisschen zu perfekt, aber trotzdem perfekt. Mir gefiel einfach alles, und ich wurde von Neid zerfressen.

Doch es war kein Haus für Kinder. Auf dem Weg von einem Zimmer zum nächsten fiel mir auf, dass es nirgends Spielsachen gab, und nichts war kindersicher gemacht. Keine Schnappriegel an Vitrinen, schöne Kristall- und Porzellanfiguren ungeschützt auf Sofatischen und Abstelltischchen, seidene Vorhänge und, am beängstigendsten – Möbelbezüge aus weißem Leinen. Die Sofas waren weiß, die Sessel waren weiß, die Ottomanen waren weiß. Alles weiß, weiß, weiß.

Ich dachte an unser eigenes Sofa, ein Ausstellungsstück aus dem Ausverkauf mit schreiendem Blumenmuster, das wir gekauft hatten, weil Eis-am-Stiel-Flecken darauf nicht auffielen. Dann dachte ich an unsere Wohnung und an die Trucks und Bauklötze und Eisenbahnteile überall, ganz zu schweigen von den Zeitungen, die sich stapelten und zu deren Lektüre wir nicht kamen, und das Geschirr, zu dessen Abwasch wir nicht die nötige Energie aufbrachten. Ich liebte dieses saubere, erwachsene Haus. Ich wollte hier einziehen.

»Ich liebe deinen Mann«, sagte Amanda in der Eingangshalle.

»Ja.« Ich beäugte die antike Anrichte. »Er ist ziemlich klasse.«

»Nein«, sagte sie, und ihre Finger berührten mich am Unterarm. »Ich bin in deinen Mann *verliebt*.« Sie neckte mich, doch dann bedachte sie mich mit einem ernsten Blick. »Er ist unglaublich.«

Ich zuckte mit den Schultern. Genau in dem Moment riefen die Männer uns zum Essen. Ich überlegte, wie es sein musste, Peter zum ersten Mal zu begegnen, wie gut er aussah, seine ausgeprägte, gerade Nase, und die Art, wie er den Kopf beim Lächeln ein wenig nach unten neigte. Natürlich war er unglaublich. Merkwürdig, dass ich nicht jede einzelne Minute daran dachte. »Das ist er wohl«, sagte ich. Und dann eine Notlüge: »Grey scheint auch großartig zu sein.«

Sie atmete tief ein. »Wir beide können uns sehr glücklich schätzen«, sagte sie und wandte sich in Richtung des Esszimmers.

Die Kinder verloren nach drei Bissen jegliches Interesse am Abendessen. Amanda hatte ihnen das Essen auf ihrem Porzellan servieren wollen, doch das hatte ich ihr ausgeredet. Ich zwang sie, in der Speisekammer nach Papiertellern zu kramen, aber ich hatte den Eindruck, als ärgere es sie, dass ich den optischen Eindruck ihrer Tafel ruiniert hatte.

Das Essen bestand aus Spargelrisotto mit geschmorten Champignons, das auf den Lachssteaks drapiert war. Für die Erwachsenen und für die Kinder. Die Jungen wussten nicht, was sie mit dem Risotto anfangen sollten. Der nackige Alexander bog einen Löffel voll zurück, als wolle er es quer über den Tisch katapultieren. Ich packte ihn über den Tisch hinweg am Arm und sagte mit der leisesten und bedrohlichsten Stimme, die ich aufzubieten hatte: »Wenn du auch nur ein Stück Essen in diesem Haus durch die Gegend wirfst, wirst du deine Trucks nie wieder zu Gesicht bekommen.«

Nach einer Weile brachte Grey die Kinder ins Spielzimmer, obwohl ich Einspruch erhob. Ich wollte Peter als Aufpasser hinaufschicken, doch Grey und Amanda beharrten darauf, dass wir am Tisch sitzen blieben. »Da oben ist es völlig kindersicher«, sagte Amanda. »Sie können keinen Schaden anrichten.«

»An der Tür ist ein Sicherheitsgitter angebracht«, beteuerte Grey. »Wenn sie uns brauchen, werden sie schon rufen.«

Erstaunlicherweise taten sie es nicht. Sie waren dort oben beinahe eine Stunde lang vollständig glücklich ohne uns. Ich entsinne mich noch, dass ich mich fragte, ob das Spielzimmer auch mit weißen Möbelbezügen ausgestattet war.

Baby Sam, der an dem Tag noch kein Nickerchen gemacht hatte, schlief an meiner Schulter ein, sodass ich das erste Mal seit Jahren in den Genuss von so etwas wie einem Essen unter Erwachsenen kam. Abgesehen von den Gras-, Schlamm- und Blutflecken auf meinem Hemd kam ich mir auf einmal sehr reif vor. Das Gespräch plätscherte fort, und wir alle waren in Gesellschaft von Erwachsenen auf einmal viel geistreicher. Sobald ich von meiner Aufsichtspflicht befreit war, fiel mir auf, dass das Essen so gut war, dass ich nicht anders konnte, als beim Kauen immer wieder leise lustvoll aufzustöhnen. Als wir ins Haus gegangen waren, war ich erpicht darauf gewesen, die Kleidung der Kinder zu waschen und zu trocknen, damit wir sie ihnen wieder anziehen konnten. Doch da sie sich nun in dem kindersicheren Spielzimmer befanden, mein Magen voll Risotto war, und ich bis auf den Grund meines Weinglases vorgedrungen war, machte ich mir diesbezüglich keine Sorgen mehr. Alles war in Ordnung.

Grey und Amanda fragten uns, wie wir einander begegnet seien, und ich lauschte Peter, der von dem Mal erzählte, als er mir zugesehen hatte, wie ich eine Schüssel Gemüsesuppe in der Cafeteria verschüttet hatte.

»Das ist mir niemals passiert!«, rief ich.

»Doch«, beharrte er. »Du trugst dein Haar offen und du hast ein T-Shirt mit der Aufschrift ›Kiss Me‹ angehabt. Und nachdem ich dich an dem Tag beim Mittagessen gesehen hatte, verbrachte ich den restlichen Tag damit, mich zu fragen, ob dich jemand geküsst hat, ob jemand den Spruch auf dem T-Shirt gelesen hatte, einfach auf dich zugegangen war und es getan hatte.«

Ich konnte mich nicht daran erinnern, die Suppe verschüttet zu haben, doch an das T-Shirt konnte ich mich sehr wohl erinnern. In der Tat hatte es mir zwei Küsse eingebracht. Doch bloß auf die Wange. Nichts Tolles.

»War das vor oder nachdem wir in der Bibliothek zusammengestoßen sind?«

Peter sah mich nur an.

»Der Tag?«, half ich ihm weiter. »In der Bibliothek? Du hast deinen Kolani getragen? Du hattest deine Freundin bei dir?«

Peter schüttelte den Kopf.

»Du bist in mich reingerannt!«, sagte ich. »Erinnerst du dich nicht daran?«

»Ich kann mich bloß an die Suppe erinnern«, sagte Peter. »Und an das T-Shirt. Und dass ich beschloss, auf dich zuzugehen und dich zu küssen, falls du es jemals wieder anziehen solltest. Aber das hast du nicht.«

»Ich glaube, meine Zimmergenossin hat es gestohlen«, sagte ich.

»Sehr schade«, sagte Peter. »Es wäre ein Wahnsinnskuss gewesen.«

»Daran hege ich keinen Zweifel«, sagte ich.

Amanda erhob sich. »Das ist ja so niedlich«, sagte sie. »Von euch beiden wird mir ganz übel!« Sie machte sich auf den Weg in die Küche, um die Klamotten der Jungen in den Trockner zu tun. Über die Schulter rief sie uns zu: »Bin gleich wieder da, sobald ich aufgehört habe, mich angewidert zu übergeben. Bitte wechselt rasch das Thema.«

In der folgenden Stille trank Grey sein Weinglas leer und lieferte uns mit einer Stimme, die viel leiser und dunkler klang als die amüsante Stimme, derer er sich den ganzen Abend über bedient hatte, einen kleinen Gedankensprung: »Amanda musste mir für den Ring an ihrem Finger quasi die Pistole auf die Brust setzen. Was soll's.«

Und in dem Augenblick, bevor ich Gelegenheit hatte, Grey weitere Informationen zu entlocken, die Amanda und ich tags darauf gemeinsam im Park hätten analysieren können, erklang Alexanders Stimme aus dem oberen Stockwerk.

»Mom?«, rief er.

»Was ist denn, Alexander?«, antwortete ich, wobei ich versuchte, Baby Sam nicht aus dem Schlaf zu schrecken.

»Toby hat eben ein Stück von seiner Kacka angefasst.«

Peter und ich vergewisserten uns anhand der Panik auf dem Gesicht des anderen, das wir beide das Gleiche vernommen hatten. Da erschien Amanda in der Türöffnung zur Küche und erblickte unsere gequälten Mienen. »Was hat er gesagt?«, fragte sie mit nervöser Miene. Doch sie erhielt keine Antwort, denn Peter war bereits die halbe Treppe hinaufgerannt, und ich folgte ihm dicht auf den Fersen.

Im Nachhinein rekonstruierten wir den Ablauf der Geschehnisse. Anscheinend hatte sich Toby, der wie Alexander nackt sein wollte, im Spielzimmer die Windel ausgezogen. Wir fanden sie in einem Puppenbett von Gracin. Dann hatte wohl Alexander einige Zeit später Gracin gegenüber damit geprahlt, er könne das Gitter an der Spielzimmertür öffnen; und obgleich in der Artikelbeschreibung der Gitterverriegelung stand, es sei Kindern »unmöglich«, hinter den Mechanismus zu kommen, hatte sich unser genialer Junge der Aufgabe mit bemerkenswerter Geduld gewidmet, bis der Riegel aufsprang. Als den Kindern nun das ganze obere Stockwerk zu ihrer freien Verfügung stand, hatten sie beschlossen, auf Erkundung zu gehen. Und genau in Greys und Amandas mit Berberteppichen ausstaffiertem Schlafzimmer hatte unser nackiger Toby eine Wurst für das Guinness-Buch der Rekorde produziert, war dann barfuß hineingetreten und hatte überall Spuren hinterlassen.

20

Ein paar Tage später tauchte Amanda mit einer weißen Geschenktüte für mich im Park auf. Sie kam zu spät, und der Kaffee, den ich für sie mitgebracht hatte, war bereits kalt. Sie trug ein weißes bauchfreies Oberteil unter ihrer Jacke, die nicht zugeknöpft war, und ich konnte die Haut ihrer Bauchmuskeln sehen. Amanda sah braun gebrannt und glatt aus. Im Gegensatz dazu waren meine Jeans, mein schlappriges T-Shirt und mein Pulli voll Dreck, verschüttetem Apfelsaft und Brombeermarmelade. Als Amanda in all ihrer stilvollen Pracht auf mich zukam, wand ich mich erneut bei dem Gedanken an das, was meine Kinder in ihrem Haus angerichtet hatten.

»Wir bezahlen euch die Teppichreinigung«, beharrte ich zum zehnten Mal, als sie auf mich zukam.

»Wir mussten sowieso einen neuen anschaffen«, winkte sie ab. Sie wollte nicht über Teppiche sprechen. Sie wollte noch nicht einmal über die Geschenktüte in ihrer Hand sprechen. Es gab viel wichtigere Neuigkeiten, die erst einmal Vorrang hatten.

»Ich muss dir etwas erzählen.« Sie wirkte ein wenig verwirrt, als sie sich neben mir auf der Bank niederließ.

»Was denn?«

»Ich habe eben Prinzessin Diana gesehen.«

»Im Fernsehen?«

»Nein. Ich habe sie eben gesehen.«

Ich runzelte leicht die Stirn. »Sie gesehen?«

»Auf der Straße! Gerade eben!«

»Du hast sie gesehen?«

»Ja!«

Ich entschied mich für das Offensichtliche. »Amanda, sie ist tot.«

»Das ist es ja eben«, sagte Amanda. »Ist sie nicht.«

»Ist sie nicht?«

»Nein«, sagte Amanda. »Weil ich sie eben auf der Straße gesehen habe.« Sie zuckte mit den Achseln. »Sie hat sich die Haare braun gefärbt, und sie hat ein bisschen zugenommen. Aber sie sieht gut aus. Sie sieht glücklich aus. Sie trug einen Kaschmirschal.«

»Willst du damit sagen, dass der Autounfall bloß inszeniert war?«

»Ja«, sagte Amanda.

»Warum sollte sie das tun?«

»Weil«, sagte Amanda. »Ihre Ehe hat ihr Leben ruiniert. Sie saß in der Falle. Sie wollte raus. Sie wollte einen Neuanfang. Sie wollte frei sein.«

Ich nickte.

»Das Märchen«, fuhr Amanda fort, »war nicht so, wie sie es sich vorgestellt hatte.«

Ich schüttelte den Kopf. »Ist das nicht immer so?«

»Also hat sie das Ganze inszeniert«, sprach Amanda weiter, »und dann ist sie verschwunden. Nur ihre Söhne wissen, wie sie zu finden ist.«

»Und sie lebt hier in Cambridge?«

Amanda zuckte mit den Schultern. »Wer weiß? Sie könnte nur zu Besuch sein.«

Ich wusste nicht recht, was ich sagen sollte. »An dem Tag, als sie gestorben ist, habe ich geweint«, äußerte ich.

»Ich auch«, sagte Amanda.

Eine Weile sahen wir den Kindern zu. Dann versuchte ich es mit einem Themenwechsel. »Was ist in der Tüte?«

»Oh!«, sagte Amanda, der die Tüte erst jetzt wieder einfiel. »Ein Geschenk.« Sie reichte mir die Tüte.

»Warum schenkst du mir etwas?«, fragte ich.

»Da ich nun weiß, wie dein Leben mit den Kindern wirklich aussieht«, sagte sie, »habe ich das Gefühl, dass du eines brauchen könntest.«

Die Tüte war mit rosafarbenem Seidenpapier vollgestopft und mit einer Organzaschleife zugebunden. In dem Seidenpapier steckte eine kleine Karte mit Amandas Monogramm; auf der Innenseite des Kärtchens stand in ihrer Handschrift: »Sexspielzeug für Anfänger!«

»Oh nein«, sagte ich.

»Oh ja!«, sagte sie.

Ich zog das Seidenpapier hervor, und da, am Boden lag ein Haufen unanständiger Dinge, die hier im Park inmitten all der Kinder irgendwie noch unanständiger wirkten: Handschellen, Körperfarben mit Fruchtgeschmack, Stöckelschuhe, Netzstrümpfe, Unterwäsche, die so klein wirkte, als sei sie für Barbie gemacht, eine kleine schwarze Peitsche mit Strasssteinen, eine DVD mit dem Titel *Hundert verdorbene Wege, Ihrem Sexleben die richtige Würze zu geben*, und natürlich ein paar im Schritt offene Höschen.

»Du willst mich wohl auf den Arm nehmen«, sagte ich. Mein Gesicht musste purpurn angelaufen sein.

Amanda hüpfte vor Aufregung buchstäblich auf und ab. »Ihr habt doch einen DVD-Spieler, oder?«

»Ich hoffe, du hast Gracin nicht mitgenommen, als du das Zeug hier kaufen warst«, sagte ich.

»Ich habe sie bei der Nanny gelassen.«

Natürlich. Sie hatten eine Nanny. Das wusste ich. »Weißt du«, sagte ich und deckte den geheimen Vorrat in der Tüte mit dem Seidenpapier zu. »Ich weiß einfach nicht, ob ich ein Mädchen für verdorbenen Sex bin.«

»Süße«, sagte sie. »Das hier ist nicht verdorben. Noch nicht einmal annähernd!«

Ich rümpfte die Nase. »Dieses Zeug ist einfach nicht mein Ding.«

»Es ist nicht für dich«, sagte sie. »Es ist für Peter.«

»Ich weiß nicht, ob es sein Ding ist.«

»Das ist es«, sagte sie. »Versprochen.«

Ich zögerte.

»Nimm die Tüte mit nach Hause«, sagte Amanda. »Probier das Zeug aus.«

Ich beäugte die Tüte.

Amanda konnte nicht glauben, welch ein Angsthase ich war. »Nun nimm sie schon.« Sie schob sie ein Stückchen näher zu mir. »Was immer du nicht willst, kannst du ja für wohltätige Zwecke spenden.«

Ich starrte die Tüte mit gerunzelter Stirn an, während Baby Sam auf meiner Hüfte danach ausholte, jedoch ins Leere griff. Mir kamen all die verschiedenen Arten von Sex in den Sinn, die es auf der Welt gab. Lachend-herumblödelnder-Sex. Habe-eben-bei-Victoria's-Secret-eingekauft-Sex. Drei-Gläser-Wein-bei-einer-Verabredung-zum-Abendessen-Sex. Wir-waren-die-ganze-Nacht-wegen-des-Babys-wach-aber-wenn-wir-uns-ranhalten-können-wir-in-zwanzig-Minuten-schlafen-Sex. Sex, der mit einer Rückenmassage anfing. Sex, der mit einem Küsschen auf die Wange anfing. Sex, um ein Baby zu zeugen. Sex während der Mittagspause. Sex im Hotel. Sex im Motel. Sex im Auto. Sex auf der Picknickdecke. Es gab Tausende, und jede einzelne Variante hatte ihre eigenen Reize. Doch die Wahrheit war, dass die beste Art von Sex am schwierigsten zu bekommen war.

»Was?«, fragte Amanda, als ich zögerte.

»Ich wünsche mir einfach nur Leidenschaft«, sagte ich. »Nicht Du-siehst-wie-eine-heiße-Nutte-aus-Leidenschaft. Eher Ich-verzehre-mich-nach-dir-Leidenschaft.«

»Sicher«, sagte Amanda. »Wer tut das nicht?«

»Du glaubst nicht, dass diese Art Sex im echten Leben stattfindet?«

»Wahrscheinlich schon«, sagte Amanda. »Alle paar Jahre oder so.«

»Weißt du, was ich will?«, fragte ich. »Ich will, dass Peter mir die Hand in den Nacken legt, wenn wir uns küssen.« Ich sah sie an. »Weißt du, welche Art Kuss ich meine?«

Sie nickte und sagte dann: »Im echten Leben küssen Männer nicht so. Bist du jemals so geküsst worden?«

Ich konnte mich nicht erinnern. Es hatte ein paar fabelhafte Küsse gegeben. Doch die genaue Erinnerung an diese Küsse war allmählich am Verblassen.

»Ich werde Peter beibringen, wie man auf diese Weise küsst.«

»Wenn du es ihm beibringen musst«, sagte Amanda, »wird es nicht das Gleiche sein.«

An dem Abend ließ ich das Fotolabor ausfallen und kam direkt vom Fitnessstudio nach Hause. Peter, der nie so lange wie ich im Fitnessstudio blieb, hatte bereits geduscht. Ich wollte ihm die Tüte zeigen, die Amanda mir geschenkt hatte. Ich ging davon aus, dass er es entweder lustig fände und wir gemeinsam darüber lachen würden, oder dass er es inspirierend fände und mich aufs Bett werfen würde. So oder so hätte ich etwas davon.

Bei meiner Ankunft stieß ich auf Josh und Nora, die sich auf unserem Sofa *Ghandi* ansahen – inklusive Limonadenbechern und einer Schüssel Popcorn.

»Ich habe ihn noch nie gesehen«, sagte Nora mit einem Achselzucken.

Anscheinend war dies der Einstiegsabend von Joshs und Noras neuem Filmklub. Als Josh am vorherigen Abend den klemmenden Hebel an meiner Toilette reparierte, hatte sie ihm gegenüber erwähnt, dass sie im Grunde nichts für Filme übrighatte.

»Das ist unmöglich«, hatte Josh gesagt. »Jeder mag Filme.«

»Ich habe ja nichts dagegen«, erläuterte sie. »Ich habe nur einfach nicht sonderlich viel dafür übrig.«

»Du hast dir bisher nur nicht die richtigen Filme angesehen«, sagte er.

Also hatte er sich seine eigene Top Ten ausgeliehen, um sie ihr zu zeigen. *Gandhi* war Nummer eins. Auch auf der Liste vertreten waren *Der Pate*, *Three Kings*, *Chinatown*, *Citizen Kane*, *Asphalt-Cowboy* und *E.T. Harry und*

Sally hatte Josh auch beigemischt, laut seinen Worten »ein kleines Extra für die Ladys«. Nora konnte ihr Veto einlegen, doch sie erhob keinerlei Einspruch, solange er sich an ihre allgemeinen Richtlinien hielt: keine Serienmörder, keine Kriegsfilme und nichts über Krebs.

Sie saßen an dem Abend nebeneinander auf dem Sofa, und ihre Schultern berührten sich beinahe.

»Wo ist Peter?«, fragte ich.

Nora wies auf sein Arbeitszimmer. »Arbeiten.«

»Er sollte eigentlich nach den Kindern sehen«, sagte ich.

»Ich kümmere mich darum«, sagte sie. »Ich habe ihm gesagt, er soll arbeiten gehen.«

Peter arbeitete also, und ich hatte sämtliche Hausbewohner in meinem Wohnzimmer versammelt. Nicht gerade der günstigste Augenblick für die im Schritt offenen Höschen. Stattdessen ging ich duschen und sah mir dann mit Nora und Josh den Film zu Ende an.

Josh war absolut liebeskrank, was Nora betraf.

Es war augenfällig. In ihrer Nähe keuchte er geradezu. Es hatte eine Zeit lang gedauert, bis ich dahintergekommen war, aber nun da ich es sah, sah ich nichts anderes mehr.

»Er ist in sie verliebt«, sagte ich zu Peter, nachdem sie gegangen waren.

Peter war an seinem Keyboard, einen Kopfhörer am Ohr. »In wen verliebt?«

»Nora!«

»Sie ist doppelt so alt wie er«, sagte Peter.

»Macht einen Teil der Anziehung aus.«

»Und sie hat eine gemeine Ader.«

»Macht einen Teil der Anziehung aus.«

»Und sie trägt immer noch den Bademantel ihres verstorbenen Ehemanns.«

»Nicht mehr.«

»Was willst du damit sagen?«

»Ich will damit sagen, dass Josh meiner Meinung nach Chancen haben könnte.«

»Auf keinen Fall«, sagte Peter. »Auf keinen Fall.«

»Ich bin auf seiner Seite.«

»Okay«, sagte er. »Dann bin ich auf ihrer Seite.«

»Auf seiner Seite zu sein ist das Gleiche, wie auf ihrer Seite zu sein«, sagte ich.

Sein Blick begann wieder zu seiner Musik zu wandern. Sie zog ihn zurück ans Keyboard. Doch ich wollte ihn nicht gehen lassen.

»Peter«, sagte ich, im Grunde nur in der Hoffnung, seine Aufmerksamkeit zu erregen. »Habe ich dir je erzählt, dass Josh mich einmal nackt gesehen hat?«

An Peters Miene war abzulesen, dass ich es ihm nicht erzählt hatte. Außerdem war an seiner Miene abzulesen, dass ich seine Aufmerksamkeit erregt hatte. Er legte seinen Bleistift beiseite und sah mich an. »Wann war das?«

Die Bemerkung war als spaßige kleine Flirterei gemeint gewesen. Eine Möglichkeit, ein bisschen Eifersucht aus ihm herauszukitzeln. Doch in diesem Augenblick war klar, dass ihm nicht nach Kitzeln war.

»Och«, sagte ich, indem ich einen anderen Gang einlegte und die Sache herunterzuspielen begann. »Das ist schon ewig her. Die Kinder haben mir das Handtuch weggenommen, als ich unter der Dusche war.«

»Warum war Josh in der Wohnung, während du am Duschen warst?«

»War er gar nicht!«, sagte ich. »Er war draußen und hat gemalert.«

»Dieses Arschloch.« Peter sah wirklich richtig wütend aus.

»Es war ein Versehen!«

»Warum erzählst du mir davon?«

»Ich weiß nicht«, sagte ich. »Ich habe gedacht, du würdest es witzig finden.«

»Es ist nicht witzig.«

»Anscheinend nicht.«

»Warum hast du mir nicht davon erzählt, als es passiert ist?«

Ich zuckte mit den Schultern und gab ihm dann die ehrlichste Antwort, die ich auf Lager hatte. »Es war mir peinlich.«

Die jähe Eifersucht hatte mich überrascht. Normalerweise war Peter so gelassen.

Ich trat an seinen Stuhl und fing an, Peter im Nacken zu küssen. Nach einer Minute spürte ich, wie er sich entspannte. Ich zog ihn hoch, sodass er mir zugewandt war und ich ihm einen richtigen Kuss geben konnte, als Entschuldigung dafür, dass ich ihn aus der Fassung gebracht hatte.

Die meisten unserer Küsse heutzutage geschahen auf dem Weg irgendwohin. Schönen-Tag-noch-Küsse oder Wie-war-dein-Nachmittag-Küsse oder Gutenachtküsse. Doch dieser Kuss war reiner Selbstzweck. Er war etwas beinahe Köstliches, und ich ließ ihn so lange wie möglich gewähren, bevor ich Peter am Hemd zerrte und ihn rückwärts ins Schlafzimmer zog, auf das Bett zu, bis wir darauffielen.

»Lass dich nie wieder nackt von Josh sehen«, sagte Peter. »Noch nicht einmal aus Versehen.«

»Werde ich nicht«, sagte ich, und wir begannen erneut uns zu küssen, diesmal zielbewusster, während wir Knöpfe öffneten und Hemden aus Hosen zogen. Peter machte sich gerade an meinem BH-Verschluss zu schaffen, als die Schlafzimmertür mit einem Quietschen aufging. Wir erstarrten beide und drehten uns um. Es war Alexander.

»Mom?«, fragte er.

»Was gibt's, Babe?«, sagte ich und gab mich cool.

»Ich habe Durst«, sagte er. »Kannst du mir einen Schluck Wasser bringen?«

Als ich in unser Zimmer zurückkehrte, hatte Peter schon seinen Schlafanzug an. Er bewegte sich langsam und massierte sich die Unterarme, die ihm immer wehtaten. Der Augenblick war vorbei. Und obwohl ich mir nicht vorstellen konnte, dass es stimmte, wurde ich das Gefühl nicht los, dass unsere Kinder eine Art sechsten Sinn hatten für Momente, in denen Peter und ich uns ganz aufeinander konzentrierten. Selbst im Schlaf merkten sie, sobald sich unsere Gedanken, wenn auch nur vorübergehend, nicht um sie drehten. Es war entmutigend. Und Peter sah ebenfalls entmutigt aus.

»Es geht mir einfach nicht aus dem Kopf«, sagte Peter, als ich in meinen eigenen Schlafanzug schlüpfte, »dass sie im Grunde hier sind, um unseren Platz einzunehmen.«

»Wer?«, fragte ich.

»Die nächste Generation.«

Ich blinzelte ihn an.

»Es geht mir einfach nicht aus dem Kopf, dass wir, was die Evolution anbelangt, veraltet sind.«

»Nun ja.« Ich setzte mich aufs Bett und griff nach einem seiner Arme, um ihn zu massieren. »Wir müssen sie immer noch großziehen.«

»Aber es geht nicht mehr um uns. Es geht um sie. Wir sollen ihnen alles geben, was wir haben. Wir sollen uns entleeren.«

»Deshalb sind wir zu müde zum Sex?«

»Deshalb sind wir zu müde zu allem.«

Es stimmte. Hätten wir keine Kinder, würde Peter nur so durch das Graduiertenkolleg hindurchsegeln. Stattdessen verbrachte er jede Minute, die er nicht unterrichtete oder in Kurse ging, mit den Kindern. Für jemanden wie Peter musste es eine Qual sein, etwas nur halbherzig zu tun.

»Peter?« Ich entschied, dass ein Themenwechsel angebracht sei. »Weißt du, warum ich früher nach Hause gekommen bin?«

Ihm war gar nicht aufgefallen, dass ich früher nach Hause gekommen war.

»Ich habe da etwas, das ich dir zeigen möchte«, sagte ich.

Er lehnte sich in das Kopfkissen zurück. »Okay«, sagte er und rieb sich die Augen.

Ich ging zum Schrank und holte Amandas Tüte hervor. Dann ging ich zu ihm und zog das am wenigsten dümmliche Ding heraus, das Ding, das meiner Ansicht nach am wahrscheinlichsten seine Aufmerksamkeit erregen würde: die Unterwäsche.

Ich erregte seine Aufmerksamkeit. Er riss die Augen, die beinahe geschlossen gewesen waren, ruckartig auf. »Was ist das?«

»Amanda hat es mir geschenkt«, sagte ich.

»Als Dankeschön für ihren Teppich?«

»Ich glaube mehr als Trostpreis.«

Peter war völlig verblüfft. »Mädels schenken einander Unterwäsche?«

»Es ist nicht nur Unterwäsche.« Ich leerte die Tüte auf der Tagesdecke aus. »Es ist ein Potpourri aus Sexspielzeug.«

Er ging den Haufen durch, während ich Amandas Anweisungen zu jedem einzelnen Artikel wiederholte. Seine Augen wirkten immer noch müde, doch er schien viel besser gelaunt zu sein.

»Hältst du diese Sachen für lächerlich?«, fragte ich. »Oder findest du sie sexy?«

Er betrachtete lange Zeit den Haufen verdorbener Dinge auf dem Bett. Es war eine große Frage. Schließlich sagte er mit einem So-ist-das-Leben-Achselzucken: »Sowohl als auch.«

21

Am nächsten Freitag klopfte ein Lieferant mit einem Strauß Rosen für Nora an unsere Haustür. Josh ging an die Tür. Er bestätigte sogar den Erhalt der Blumen per Unterschrift und trug sie zu Noras Wohnung hinauf. Nora erzählte mir später davon.

»Ich glaube, Josh ist vielleicht an mir interessiert«, sagte sie.

Zwar versuchte ich, mir etwas Besseres einfallen zu lassen, doch letzten Endes brachte ich nichts als ein »Ach was« hervor.

Nora hatte sich auf eine Verabredung mit einem ehemaligen Freund, Gary, eingelassen. Ihm war zu Ohren gekommen, dass sie Single war. Er hatte vor ein paar Tagen angerufen, scheinbar aus heiterem Himmel, und gesagt, er wäre Freitagabend in der Stadt, und gefragt, ob sie mit ihm Abendessen gehen wolle. Jetzt war der Freitag da. Ausgerechnet heute.

»Was zum Teufel ist das?«, fragte Nora Josh, als sie die Tür aufmachte.

Josh stellte die Blumen auf ihren Esstisch. »Sag du's mir.«

Sie las das Kärtchen, das von Gary stammte und auf dem etwas stand wie »Kann es kaum erwarten, Dich heute Abend zu sehen«. Und ihre Lippen umspielte das leise Lächeln, das man beim Lesen solcher Kärtchen aufsetzt.

»Kann ich mal sehen?«, fragte Josh.

»Nein«, sagte Nora und steckte es in die Tasche.

»Hast du eine Verabredung oder so was?« Er trat an ihre Spüle und überprüfte den Wasserhahn, den er neulich repariert hatte.

»Etwas in der Art«, sagte sie und betrachtete die Blumen.

»So, so.« Er drehte den Hahn auf und hielt den Finger unter den Wasserstrahl. »Bist du denn wieder bereit für Dates?«

Sie griff nach den Blumen, weil sie ein wenig mehr Wasser in die Vase füllen wollte. »Nein«, sagte sie. »Aber ich mache es trotzdem.«

Sie ging zur Spüle, stellte die Blumen hinein, stand direkt neben Josh, der sich nicht rührte, und wartete darauf, dass sich die Vase mit Wasser füllte. Josh stand so dicht bei Nora, dass sie seinen Atem an ihrem Ohr spüren konnte, dass sie hören konnte, wie die Luft aus seinem Körper entwich, dass sie fühlen konnte, wie sich seine Brust hob und senkte, während er Luft einsog und wieder ausstieß. So nahe waren sie einander.

Und es überkam sie das verrückte Gefühl, dass er nicht wie sie zusah, wie sich die Vase mit Wasser füllte, sondern dass er stattdessen ihr Profil betrachtete. Sie hatte ihr Profil schon immer gemocht, die lange nüchterne Nase und die vollen Lippen. Und als sie spürte, wie er sie betrachtete, stellte sie sich vor, was er sich ansah, was seine Aufmerksamkeit gefesselt haben könnte. Beinahe konnte sie seine Augen genauso spüren wie seinen Atem, und die Zartheit seines Blickes brachte sie dazu, sich in einem anderen Licht zu sehen.

Viktor und sie waren so lange zusammen gewesen, dass sie einander gar nicht mehr wirklich hatten ansehen müssen. Sie wussten, was es zu sehen gab. Doch hier in ihrer Küche mit diesem jungen Mann, diesem *Kerl*, wusste sie, dass sie gemustert wurde. Jede Rundung, jede Wimper, jedes Lachfältchen. Er sah sie auf eine Art und Weise an, wie nicht einmal sie selbst sich je betrachtete.

Er war ein wenig nervös, das war ihm anzumerken, weil er ihr so nahe war und seinen Blick auf diese Weise ungehindert über sie wandern ließ. Sie machte es ebenfalls nervös. Ihre Haare waren hinter das Ohr gesteckt gewesen, doch dann fielen sie ihr nach vorne über die Wange. Sie traute sich nicht, sie zurückzuschieben, denn im Grunde hatte sie Angst, den Zauber dieses Augenblicks zu zerstören, von dem sie sich wünschte, er möge so lange wie möglich währen. Diese Art von Elektrizität war so anders als die schwere Luft, die sich seit Viktors Tod in ihrer Wohnung gesammelt hatte.

Nora fragte sich, was sie tun würde, sobald das Wasser den oberen Rand der Vase erreichte, und kein Grund mehr für sie bestand, dort zu stehen. Und genau in dem Moment, in dem dies passierte, hob Josh die Hand und schob ihr die Haarsträhne zurück hinter das Ohr, wobei er mit den Kuppen seiner langen Finger an ihrem Wangenknochen entlangstrich. Sie war so versunken, dass sie vergaß, das Wasser abzustellen, und es quoll über den Vasenrand und lief in die Spüle.

Auf einmal kam sie sich töricht vor. Sie stellte den

Hahn ab, goss das überschüssige Wasser ab, hob die Vase und machte Anstalten, sie zurück zum Tisch zu bringen. Josh wollte ihr helfen. »Ich hab sie«, sagte er, doch seine Arme schnellten zu weit vor, und er schubste ihr die Vase aus den Händen. Das Gefäß fiel zu Boden und zerschellte, Blumen und Glas und Wasser verteilten sich überall.

»Mist«, sagte Josh. Nora holte ein paar Handtücher, und sie legten die Rosen auf die Arbeitsplatte und traten um die Glasscherben herum.

Nora wusste nicht recht, warum sie sich überhaupt zu der Verabredung mit Gary entschlossen hatte. Zuerst war es ihr einfach zu unangenehm gewesen, Nein zu sagen. Als sie sich dann weiter am Telefon unterhielten, hatte sie sich an seine Stimme erinnert. Es war beinahe dreißig Jahre her, seit sie das letzte Mal mit ihm gesprochen hatte, doch der Klang seiner Stimme war so vertraut. Es führte sie zurück, wie es sonst nur ein alter Song schafft. Es löste in ihr eine Art instinktive Erinnerung daran aus, wie es sich anfühlte, so blutjung zu sein und eine Zukunft zu haben, die sich irgendwo weit vor ihr erstreckte.

Sie hatten sich getrennt, weil sie den Sommer bei einer Tante in Stockholm verbrachte. Ein paar Wochen später lernte sie Viktor kennen, der zehn Jahre älter war und bereits an der Universität unterrichtete, an der sie einen Sommerkurs belegte. Sie war versehentlich in Viktors Seminarraum gegangen und letzten Endes geblieben. Als der Sommer vorüber war, waren sie und Viktor verlobt. So einfach war das.

Ihre Karrieren waren ebenfalls einfach gewesen. Es

stellte sich heraus, dass sie genauso gescheit wie er war; sie machte mehrere Abschlüsse in seinem Forschungsgebiet, veröffentlichte drei Bücher, erhielt eine Stelle als Lehrbeauftragte, und unterrichtete zwanzig Jahre lang Tausende Studenten zusammen mit der Liebe ihres Lebens. Im Sommer gingen sie auf Reisen, die Koffer voller Bücher, und im Winter arbeiten sie nebeneinander im Bett, die Beine unter der Steppdecke ineinander verheddert. Sie waren zusammen glücklich gewesen. Sie hatten keine anderen Menschen gebraucht. Sie hatten keine Kinder gebraucht. Sie hatten wahrlich Glück gehabt.

Und nun war Viktor tot, und ihre ganze Sachkenntnis über Trauer war ihr keinerlei Hilfe. Sie war einsam.

Doch da tauchte Gary wieder auf. Als habe er gewartet, und all die Jahre mit Viktor seien ein Zwischenspiel gewesen. Diese Interpretation hatte etwas Reizvolles: Als stünde sie vor einem Neuanfang.

»Ich muss mich umziehen«, erkläre Nora Josh, als der Boden wieder sauber war.

»Brauchst du Hilfe?«

»Ich denke, ich schaffe das schon.«

»Ich wollte sowieso heraufkommen, um mich um das klemmende Fenster zu kümmern«, sagte er. »Schon vor den Rosen.«

Nora zögerte. Sie hatte sich ganz auf ihre Verabredung konzentrieren wollen und darauf, sich fertig zu machen, und auf all die kleinen Schalter in ihrem Gehirn, die sie würde umlegen müssen, damit sie das Gefühl hätte, ein Date sei in Ordnung. Doch Josh war hier. Er konnte ebenso gut bleiben. »Okay«, sagte sie.

Dann packte Josh den Saum seines T-Shirts und zog es sich in einer Bewegung über den Kopf, sodass der Oberkörper eines Jünglings in den Zwanzigern zum Vorschein kam, sehnig und muskulös.

Nora wandte den Kopf ab. »Zieh dich wieder an!«, sagte sie.

Doch Josh schüttelte nur grinsend den Kopf. Er hatte sie aus der Fassung gebracht. »Nö«, sagte er. »Mir ist heiß.«

Und so kam es, dass Josh Gary Noras Tür mit nacktem Oberkörper aufmachte. Gary, der einen furchtbaren Anzug mit einer furchtbaren Krawatte trug, bat um Verzeihung und trat zurück, um die Nummer der Wohnung zu überprüfen. Doch Josh sagte: »Sie ist fast fertig.«

»Sind Sie ihr Sohn?«, fragte Gary.

»Er ist mein Vermieter«, rief Nora aus dem Korridor. Ihre Absätze klackerten auf dem Boden, und sie steckte sich gerade den letzten Ohrring an. Sie kam in einem schwarzen Cocktailkleid auf die beiden zu, das sie schon seit Jahren nicht mehr getragen hatte. Josh stand bei ihrem Anblick ein wenig der Mund offen. Er war daran gewöhnt, sie in Viktors Bademantel zu sehen.

Das Date war eine Katastrophe. Garys Zähne, die er sich hatte bleichen lassen, bis sie quasi im Dunkeln leuchteten, hatten Nora einiges Unbehagen bereitet. Er hatte sie zum Abendessen in eine Sportsbar ausgeführt. »Es war nicht Bennigan's«, erzählte sie mir, »aber es war nahe dran.«

»Was habt ihr gegessen?«, fragte ich.

»Darüber möchte ich nicht sprechen«, sagte sie.

Gary war zweifach geschieden und hatte zwei Kinder. Seine Ex-Frauen waren mittlerweile zusammen in einem Leseklub und hatten sich angefreundet. Er lebte in Phoenix, hatte jedoch kürzlich eine Marketing-Stelle angetreten, aufgrund der er zweimal im Monat nach Boston fliegen würde.

»Womit verdient er seinen Lebensunterhalt?«, hatte ich gefragt.

Nora hatte mit den Schultern gezuckt. »Geschäfte.«

Gary hatte Nora gesagt, er sei auf der Suche nach Spaß.

»Ich versuche jeglichen Spaß zu vermeiden«, hatte Nora erwidert, »wenn es sich einrichten lässt.«

Letzten Endes hatte er zu viel getrunken und war sentimental geworden angesichts der Erinnerung an sie als junge Frau. Dann hatte er gegen die Tyrannei seiner Unterhaltszahlungen gewettert, hatte beklagt, dass Nora nicht mehr länger neunzehn Jahre alt sei, und hatte der Bedienung einen flotten Dreier in seinem Hotel angeboten – woraufhin Nora das Restaurant in der Absicht verlassen hatte, sich ein Taxi zu rufen. Doch dann hatte sie kehrtgemacht und war wieder hineingegangen, von der Sorge getrieben, er könnte einen Fußgänger niedermähen, falls er sich hinters Steuer setzte.

Sie fuhr Gary zu seinem Hotel zurück, wobei sie sich immer wieder mit dem Ellbogen gegen seine grapschenden Hände zur Wehr setzte. Als sie schließlich vor der Hotellobby anhielt, stieg sie aus dem Wagen aus und ging; die Fahrertür stand immer noch offen, der Motor lief, und Gary kam nicht mit dem Verschluss seines Sicherheitsgurts klar. Sie war so wütend, dass sie beim Gehen tatsächlich aufstampfte. Alles an dem Abend war eine Beleidigung für Viktors Andenken gewesen, und es hätte ihr in dem Moment klar sein müssen, als Gary in seiner kastanienbraunen Krawatte aufgekreuzt war. Also wirklich! Was zum Teufel hatte sie sich dabei gedacht?

Draußen war es kalt, und von dem Hotel zu ihrem Haus waren es zehn Blocks. Noras Mantel war nicht warm genug, aber daran ließ sich nichts ändern. Sie fror. Der Drang, Viktor von ihrem Date zu erzählen, war einfach überwältigend. Sie sehnte sich danach, ihn anzurufen, sehnte sich nach dem Klang dieser volltönenden Stimme, während er sie damit aufzog, dass sie geglaubt hatte, eine Verabredung mit diesem Dummkopf könnte irgendetwas besser machen. Nach kurzer Zeit standen ihr die Tränen in den Augen.

Als sie die Stufen zu unserem Haus emporstieg, stieß sie auf Josh, der dort in der Kälte auf der obersten Stufe auf sie wartete. Er hatte sich in eine dicke Wolldecke gewickelt. Seine Nase war rosa.

»Dieser Kerl ist ein Idiot«, sagte er.

»Meinst du?« Nora setzte sich neben ihn.

»Was hast du dir dabei gedacht?«, fragte Josh.

»Irgendwo ganz weit weg«, sagte Nora, »verdreht Viktor gerade die Augen.«

Darauf erwiderte Josh nichts, aber nach ein paar Minuten schälte er sich aus der Decke und legte sie Nora um die Schultern. Sie erwog, sie ihm zurückzugeben, tat es aber nicht. Stattdessen genoss sie einfach die schwere Decke, während sie den Verkehr auf der Straße beobachteten.

»Also«, sagte Josh. »Du verabredest dich wieder.«

»Nicht mehr.«

»Ich würde dich ja selbst um ein Date bitten«, fügte Josh kurz darauf hinzu. »Aber meine Großeltern würden ausflippen.«

Auf einmal fühlte sie sich gereizt. Es war nicht gerade rücksichtsvoll von ihm, sie zu treten, wenn sie ohnehin schon am Boden lag. Ein Gespräch darüber, wie jung er im Vergleich zu ihr war, war das Letzte, was sie an diesem Abend gebrauchen konnte. Das war's. Sie würde hineingehen. Sie hatte es nicht nötig, sich mit dem nächsten Dummkopf abzugeben. Am liebsten hätte sie ihn angebrüllt. »Warum?«, fragte sie streitlustig. »Weil ich doppelt so alt bin wie du?«

Josh runzelte die Stirn, als sei ihm das nie in den Sinn gekommen. »Nein«, sagte er schlicht. »Weil du kein jüdisches Mädchen bist.«

22

Ein paar Wochen später, am ersten verschneiten Tag des Jahres, ließ Peter ganz überraschend eine Vasektomie an sich durchführen.

Wir hatten oft davon gesprochen – vor allem kurz bevor Baby Sam gezeugt wurde –, wie das Problem der Verhütung seit wir uns kannten immer an mir hängen geblieben war – besonders, wenn die Sache mit der Verhütung einmal wieder nicht geklappt hatte –, und dass bei der ersten vernünftigen Gelegenheit in unserem Fortpflanzungsdasein Peter an der Reihe wäre.

Peter stimmte mir in jeglicher Hinsicht zu. Es gab keine gute Verhütungsmethode: Die synthetischen Hormone der Pille waren unheimlich, mit der Spirale hatte ich alle zwei Wochen meine Tage, für Hormonspritzen hatte ich keine Zeit. Ich hatte lange Zeit ein Diaphragma benutzt, doch schließlich hatte ich das Handtuch geworfen, als mir das Ding nach vielen inneren Verletzungen, weil das kalte, rutschige Teil sich geöffnet hatte, bevor es an seinem Platz war, eines Nachts aus den Fingern glitt und wie ein Fisch in die Toilette flutschte. Ich stand lange da und versuchte abzuwägen, was schlimmer wäre: Wenn es der Klempner am nächsten Tag aus unserem Abfluss zöge, oder wenn ich in dem Moment meine Hand in die Toilette stecken müsste. Letzten Endes fischte ich es mit dem Salatbesteck heraus, doch damit war die Sache für mich gelaufen. Es – und das Salatbesteck – landeten auf dem schnellsten Weg im Mülleimer. Und seitdem ritten wir ohne Sattel.

Peter hatte behauptet, gewillt zu sein, ja darauf zu brennen, an sich herumschnippeln zu lassen. Und dennoch war er irgendwie nie dazu gekommen. Selbst inspirierende Geschichten über Männer aus unserem Bekanntenkreis, die den Sprung gewagt hatten, spornten ihn nicht an. Als ich ihm die Telefonnummer aufschrieb, verlor er sie. Wenn ich das V-Wort ins Gespräch brachte, verdüsterte sich seine Miene. Vor nicht allzu langer Zeit hatte ich das Thema einmal wieder zur Sprache gebracht, und er hatte eingeräumt, dem Ganzen mit gemischten Gefühlen gegenüberzustehen.

Peter formulierte es folgendermaßen: »Ich bin mir einfach nicht so sicher, ob mir die Vorstellung zusagt.«

»Weißt du«, meinte ich aufmunternd. »So ähnlich ging es mir mit dem Gebären. Dreimal. Aber ich habe es hinter mich gebracht. Okay?«

Dabei hatten wir es belassen, wobei Peter aussah, als sei ihm ein wenig übel, und ich mich ein wenig gereizter und gefühlloser als nötig empfand. Schließlich war es sein Körper. Ein Teil von mir fand es uncool, ihn zu drängen. Doch ein anderer Teil von mir hatte genug von Spermiziden und Latex und dem Zählen der Tage in meinem Zyklus und den ständigen Sorgen. Außerdem ist es schwer, einen Rückzieher zu machen, wenn man erst einmal Fortpflanzungssex gehabt hat, der in so vieler Hinsicht der beste ist.

Als Peter also an dem Morgen verkündete, er habe

seine Stunden am Vormittag abgesagt und gehe zur Familienplanungsberatung, sagte ich: »Tatsächlich?«

Er sah sehr stolz aus. »Jawohl.«

»Hast du einen Termin vereinbart?«

Er bedachte mich mit einem Blick, der »offensichtlich« sagte, und meinte dann: »Jawohl.«

Ich klatschte ihn ab. »Du bist Spitzenklasse!«

Als wolle er sich ins Gedächtnis rufen, welche Vergünstigungen damit einhergingen, sich auf diese Weise unters Messer zu legen, zog er mich zu sich und sagte: »Bei meiner Rückkehr sollte also besser etwas für mich in Amandas Wundertüte sein.«

»Babe«, sagte ich, »dein ganzes Leben wird aus einer einzigen Wundertüte bestehen.«

In Wirklichkeit gab es bei seiner Rückkehr keine Wundertüte. Bloß eine Tüte Tiefkühlerbsen (gegen die Schwellung) und etwas Paracetamol. Er sagte, es tue nicht weh, doch er ging ein bisschen wie einer dieser Hunde, deren Vorder- und Hinterläufe nicht richtig aufeinander abgestimmt sind. Die Jungen und ich bereiteten Peter einen Berg Vanille-Nuss-Bällchen mit Ahornsirup als Snack zu. Zum Mittagessen brachten wir ihm eine riesige Pizza von Sal's an der Straßenecke und gingen rasch wieder, bevor jemand anfing, auf dem Bett herumzuhüpfen.

Alexander wollte wissen, warum Daddy Erbsen auf seiner Nudel hatte, und ich sagte, er habe ein Nudel-Aua. Wir malten den Nachmittag hindurch Genesungskarten mit diktierten Grüßen wie »Hoffentlich geht es deiner Nudel schon besser!«, »Gute Besserung!« und »Iss deine Erbsen!«

Die überraschende Vasektomie brachte Peter einige Bonuspunkte ein. Ich war ihm so dankbar und war so gerührt, dass er seine Ängste zu Ehren unseres keuchenden Sexlebens überwunden hatte, dass ich beschloss, etwas für ihn zu tun. Ich würde ihm etwas Genesungszeit geben und dann, am Abend vor seiner Abreise nach Kalifornien, die zufälligerweise kurz vor unserem neunten Hochzeitstag lag, würde ich mich bei ihm bedanken. So richtig. Er sollte wissen, dass ich tiefgefrorene Erbsen nie mehr mit denselben Augen sehen würde.

Sein Timing war geradezu ideal. Er löste unser Verhütungsproblem genau zu der Zeit, als ich nach langer Abwesenheit allmählich wieder in meinem Körper ankam. Ich war wie ein leer stehendes Haus gewesen, dessen Bewohner im Urlaub waren, sodass nur gelegentlich ein Freund vorbeikam, um die Verandabeleuchtung anzumachen oder die Zeitung hineinzutragen. Doch jetzt war ich wieder zu Hause und bereit, Sarah Vaughn in die Stereoanlage einzulegen, die Lautstärke aufzudrehen und jemanden einzuladen.

Denn ich fühlte mich anders. Ich fühlte mich wie ein Mensch, der sich in seine Vorschwangerschafts-Jeans quetschen konnte, wenn ich sie auch nicht ganz zugeknöpft bekam. Ich fühlte mich wie ein Mensch, der etwas verändern konnte. Ich fühlte mich als *neue und verbesserte Version*. Perfekt fühlte ich mich nicht, aber auf eine Weise, mit der ich nicht gerechnet hatte, brauchte ich mich gar nicht perfekt zu fühlen. Ich versuchte nicht so zu tun, als hätte es die Jahre des Gebärens und die Schwangerschaftsstreifen und die eingenässten Unterhosen beim Niesen nie gegeben. Ich würde immer jene

Furchen am Bauch haben, wo die Haut auseinandergerissen worden war. Ich würde nie wieder der Mensch sein, der ich gewesen war, bevor diese Babys mein Leben verheerten. Aber das wollte ich auch gar nicht.

Am nächsten Morgen rief Amanda an, während ich Baby Sam die Windel wechselte. Ich hielt Baby Sam mit der einen Hand fest und streckte die andere nach dem schnurlosen Telefon aus. Das Telefon würde ich anschließend mit Desinfektionsmittel besprühen.

»Du solltest jetzt sagen, dass du mich liebst«, sagte Amanda auf Anhieb, »denn du wirst zu aufgeregt sein, um es zu sagen, wenn ich dir erst einmal davon erzählt habe.«

»Ich liebe dich«, sagte ich ins Telefon, woraufhin Peter die Augenbrauen hob.

»Okay«, sagte sie. »Meine Freundin Anna Belkin hat ein sehr hippes Café in Somerville, und sie hängt Kunst zum Verkauf an die Wände.«

»Mhm?«, sagte ich.

»Und sie ist auf der Suche nach Fotografien.«

Baby Sam ruderte wild mit den Beinen durch die Luft, rollte in der beschissenen Windel herum und trat mit den Fersen hinein. Ich war keine sonderlich aufmerksame Zuhörerin.

»Hörst du mir zu?«, fragte Amanda.

»Nicht wirklich«, sagte ich.

Amanda seufzte. So hatte sie sich unser Gespräch nicht vorgestellt. »Sie möchte, dass du deine Fotografien in ihrem Café aufhängst«, rief sie. »Zum Verkauf!«

»Warum?«, fragte ich.

»Ich habe ihr gesagt, du würdest als freie Mitarbeiterin beim *National Geographic* arbeiten.«

Das Telefon fiel zu Boden. Baby Sam rollte auf die Kante der Wickelkommode zu. Ich erwischte ihn gerade noch rechtzeitig und setzte ihn mir anschließend mit einem Truck zum Spielen vor die Füße, sauber aber nackt. Resigniert schoss es mir durch den Kopf, dass er wahrscheinlich auf den Boden pinkeln würde. Ich griff nach dem Telefon. »Du hast was gemacht?«

»Bloß um ihre Aufmerksamkeit zu erregen!«, sagte Amanda. »Dann habe ich ihr die Fotos gezeigt, die du von mir geschossen hast.« Sie hielt inne. »Sie fand sie toll!«

»Aber ich arbeite nicht frei beim *National Geographic*.«

»Du begreifst das Wesentliche nicht«, sagte Amanda.

»Aber du hast ihr eine Lüge über mich erzählt!«

»Eine Notlüge.«

»Aber wer wird ihr dic Wahrheit sagen?«

»Sie will nicht die Wahrheit. Sie will bloß deine Fotos an ihrer Wand.«

Zu dieser Zeit machte ich nur noch Porträts für mein Buch über Schönheit – und ich musste Amanda erst noch schonend beibringen, dass sie wahrscheinlich nach konventionellen Maßstäben zu schön war, um in meine Sammlung aufgenommen zu werden – und Schnappschüsse, die ich sowohl im Park wie auch in der ganzen Stadt machte, während ich mit den Jungen im Sportwagen meine Runden drehte. Meine Fotos hatten etwas Spontanes an sich, das ihnen eine bittersüße Note verlieh. Anna Belkin war der Ansicht, sie würden sich wie warme Semmeln verkaufen. Und sie würde zehn Prozent Provision kassieren.

Anna Belkin wollte große Fotografien, also musste ich lernen, große Abzüge zu machen, und zwar schnell. Peter würde schon in einer guten Woche zu seinem Hamilton Fellowship aufbrechen. Dann würde ich mich die ganze Zeit allein um die Kinder kümmern müssen. Ich musste all meine Arbeit vor seiner Abreise fertigstellen. Wenn er erst einmal fort war, wäre ich viel zu erschöpft. Ich hatte Peters Abreise verdrängt – absichtlich. Es schien am besten so. Der Gedanke an seine Abreise entfesselte einen regelrechten Gefühlssturm in mir: Ich war stolz auf ihn, freute mich für ihn und wollte ihn unterstützen, doch abgesehen davon war ich neidisch auf ihn, voller Groll, weil es ihm gegeben war wegzufahren und seine Interessen ungehindert zu verfolgen, und ängstlich, weil ich nicht wusste, wie um alles in der Welt ich so lange ohne ihn zurechtkommen sollte. Und obendrein wäre er an unserem Hochzeitstag verreist.

Am Abend in der Dunkelkammer zeigte Nelson mir, wo die Riesenplastikwannen waren, erklärte, dass ich sie auf dem Fußboden füllen musste, und half mir beim Mischen der Chemikalien. Er hatte eine Sechserpackung Flaschenbier dabei und kam nach der Arbeit, um mir zu helfen. Letzten Endes hatte ich 60 x 60 cm große Bilder in Schwarz-Weiß mit gutem Kontrast und einer schwarzen Linie an den Rändern. Nelson war ein großer Anhänger der schwarzen Linie. Eine schwarze Linie bewies, dass man nichts weggeschnitten hatte, und er war der Ansicht, es gehöre zum Schießen guter Fotos, dass man sie in dem Augenblick rahmte, in dem man auf den Auslöser drückte. Sie anschließend zurechtzustutzen war im Grunde Betrug.

Mein Glück ärgerte Nelson ein wenig.

»So funktioniert das wohl«, sagte er immer wieder. »Es kommt nur darauf an, wen man kennt.«

»Es kommt nicht nur darauf an, wen man kennt, Nelson«, sagte ich. »Wenn ihr die Fotografien nicht gefallen hätten, hätte sie mich nicht gefragt.«

Als wir nach dem Aufräumen die Dunkelkammer verließen, war es bereits spät. Ich hatte unter Nelsons Blicken sämtliche Abzüge hergestellt, für die Anna Belkin Platz hatte. Als Nächstes mussten sie gerahmt werden, wobei mir Nelson ebenfalls helfen würde. Er hatte einen Freund in einem Bilderrahmengeschäft, der uns ein paar Rahmen gratis überließ.

Als wir die zylindrische Tür betraten, die die Dunkelkammer vor Lichteinfall schützte, sagte Nelson mir, dass ihm meine Fotografien gefielen. Dass er der Meinung war, ich sei wirklich talentiert. »Sie gehören eben zu den Menschen, denen alles einfach so zufliegt«, sagte er und zog die Tür zu.

»Mir fällt nichts einfach so zu, Nelson«, sagte ich. »Außer das Fotografieren.« Und in dem Moment, als ich es sagte, erklang ein *Bumm*. Die zylindrische Tür, die sich normalerweise ohne Weiteres drehen ließ und sich auf der anderen Seite öffnete, war gegen etwas gestoßen oder hatte sich verklemmt oder war aus der Schiene gesprungen. Jedenfalls bewegte sie sich nicht.

»Hey«, sagte Nelson. »Hey!«

Im Innern war es stockdunkel, doch ich konnte hören, wie sich Nelson gegen den Griff stemmte und mit den Handflächen gegen die Tür schlug. Als die Tür nicht nachgab, machte ich mich daran zu schaffen.

»Dieses Teil ist der letzte Dreck«, sagte Nelson.

Ich erwiderte nichts. Stattdessen drückte ich mit meinem gesamten Körpergewicht gegen den Türgriff.

»Sie ist ganz dünn«, beharrte Nelson. »Ich wette, wir könnten uns mit einem Bleistift oder so was einen Ausweg durchstoßen.«

Notfälle waren nichts für mich. Ich war keine schnelle Denkerin. Doch nachdem wir ein paar Minuten in vollkommener Dunkelheit nebeneinander gestanden hatten, sagte ich: »MacGyver? Haben Sie ein Handy?«

Wie sich herausstellte, hatte er eines, und wir riefen den Wartungsdienst an, der meinte, sie würden gleich jemanden vorbeischicken.

Wir saßen auf dem Boden und warteten, und Nelson versuchte immer wieder, mir seine Bierflasche zum Nippen zu reichen. »Nochmals, nein danke, Nelson«, sagte ich zum wiederholten Mal.

Nelson erzählte mir von einer Fotoausstellung, die er im Laufe der Woche besucht hatte, von einer Frau, die Bilder von Plastik-Hulapuppen an verschiedenen Orten auf der Welt machte. Er sagte, er habe nicht damit gerechnet, dass sie ihm gefallen würden, aber ein Foto, das ein Hulamädchen auf dem Armaturenbrett eines Autos in einem Schneesturm zeigte, hatte ihm die Tränen in die Augen getrieben, obgleich er nicht zu sagen wusste, warum.

Während der Wartungsmonteur sich genüsslich Zeit ließ, sagte Nelson, er habe mir noch etwas anderes zu erzählen.

»Ich bin an jemandem interessiert«, sagte er.

»An jemand anderem als ihrer Ex-Frau?«

»An jemand anderem als meiner Ex-Frau.«

»Das ist großartig, Nelson«, sagte ich.

»Die Sache hat nur einen Haken«, sagte er.

»Was denn?«

»Sie mag mich nicht.«

»Sie mag Sie nicht in romantischer Hinsicht, oder sie mag Sie ganz generell nicht?«

Nelson hielt lange Zeit inne. Dann sagte er: »Sie mag mich ganz generell nicht.«

Eine halbe Stunde später waren wir draußen. Die Tür war so verklemmt gewesen, dass der Wartungsmonteur sie auseinandernehmen musste, um uns herauszubekommen. Ich fragte mich, was ich Peter bei meiner Ankunft zu Hause sagen würde. Er würde bestimmt wissen wollen, weshalb ich so spät dran war. Während ich in meinem Subaru nach Hause tuckerte, die Heizung voll aufgedreht, verspürte ich ein schlechtes Gewissen, weil ich Peter Sorgen bereitete. Und ich wünschte mir inständig, dass ich die ganze Zeit über zusammen mit Peter in einem winzigen dunklen Loch festgesteckt hätte. Aber so viel Glück wäre mir natürlich niemals beschieden gewesen.

Als ich unser Schlafzimmer betrat, lag er wach im Dunkeln.

»Wo zum Teufel hast du gesteckt?« Er setzte sich auf. »Es ist ein Uhr morgens.«

»Ich bin in der Zylindertür stecken geblieben.« Ich ging auf der Suche nach meinem Schlafanzug zur Frisierkommode.

Es war wirklich spät. Das war mir klar. Peter musste mir nicht all die Dinge auflisten, weswegen es verkehrt war, nach Hause zu kommen, wenn die ganze Stadt bereits zu Bett gegangen war. Ich hätte tot sein können. Ich hätte verletzt sein können. Wenigstens anrufen hätte ich müssen.

»Ich dachte, du würdest schlafen.« Ich zog mir ein T-Shirt über den Kopf.

Doch in Wahrheit hatte ich nicht gedacht, dass er schlief. Bis zu meiner Heimfahrt hatte ich im Grunde kaum einen Gedanken an ihn verschwendet. Ich hatte bloß an mich gedacht. Ich hatte verlernt, rücksichtsvoll zu sein. Ich hatte ein bisschen ein schlechtes Gewissen, was aus meiner Antwort herauszuhören gewesen sein musste, als er mich fragte, was geschehen sei. »Du bist in der Zylindertür stecken geblieben?«

»Ja«, sagte ich. »Sie ließ sich nicht bewegen, und ich musste warten, bis der Wartungsdienst sie aus den Schienen montiert hatte.« Es gab eigentlich keinen Grund, weshalb ich unerwähnt ließ, dass Nelson mit mir dort gewesen war, abgesehen von dem Umstand, dass es Peter nicht gefallen würde. Und ich wusste, dass es Nelson *sehr wohl* gefallen hatte. Und eine Woche vor Peters Abreise wollte ich mich nicht streiten. Ich wollte bloß neben ihn ins Bett kriechen und das Licht löschen. Dieser Tage hatte ich wegen vieler Dinge ein schlechtes Gewissen – weil ich meinen Kindern eine müde Mama war bis hin zu den schmutzigen Wäschehaufen, zu denen ich irgendwie nicht gekommen war –, doch da war eine Sache, die mir ein schlechtes Gewissen bereitete und die mir bis zu dem Augenblick nicht in den Sinn gekommen war: Auf gewisse Weise, die im Grunde nichts zu bedeuten hatte, genoss ich Nelsons kleine Schwärmerei für mich. Es war einfach schön, sich wie jemand zu fühlen, für den jemand – irgendjemand – schwärmte.

»Du bist dort allein festgesteckt?«

Natürlich würde Peter diese Frage stellen. Und jetzt, in diesem kaum wahrnehmbaren Moment, ohne dass es meine Absicht gewesen wäre, hatte ich Peter versehentlich einen Grund gegeben, sich Sorgen zu machen.

»Nein«, sagte ich. »Ich war nicht allein. Die Fotografielehrkraft war mit mir eingeschlossen.«

Peter ließ das auf sich wirken. »Okay«, sagte er. »Und wie heißt sie?«

Ich stieg ins Bett und zog die Decke empor. »Er heißt Nelson«, sagte ich. »Und er ist der Spinner mit den Flipflops aus dem Fitnessstudio.«

Peter dachte nach. »Ich habe noch nie jemanden mit Flipflops im Fitnessstudio gesehen.«

Es ergab Sinn, dass Peter Nelson noch nicht einmal bemerkt hatte. Nelson konnte ihm einfach nicht das Wasser reichen.

23

Von den Fotografien waren Abzüge gemacht, sie waren gepresst, gerahmt und endlich zum Aufhängen bereit: Es war der Abend vor Peters Abreise nach Kalifornien, der zufälligerweise auch der *romantische Abend* war, den ich seit Wochen plante. Ich hatte eine Flasche Champagner besorgt und eine kleine Schachtel voll unanständiger Küchenutensilien in Huldigung an Amandas Einfallsreichtum in Geschenkpapier verpackt. Ein Post-OP-Präsent für Peter im Sinne eines Danke-für-den-chirurgischen-Eingriff, Schön-dass-es-dir-wieder-gut-geht, Lass-uns-so-richtig-versaut-sein, Halt-dich-fest-und-genieß-die-Fahrt. Laut meines Plans würde ich ihn ein wenig beschwipst machen, ihm ernsthaft dafür danken, dass er solch ein großartiger Mann war, und den Rest der Nacht Dinge mit ihm tun, die es ihm unmöglich machen würden, mich während seiner Abwesenheit zu vergessen. Amanda hatte mir wochenlang Nachhilfe gegeben, und ich war bereit, alles für ihn zu geben.

Ich wollte die Fotos schnell aufhängen und nach Hause zurückkehren. Nelson holte mich im Lieferwagen der Extension School vor meiner Wohnung ab, und ich versprach Peter, binnen einer Stunde zurück zu sein. Nelson hatte die Fotos bereits eigenhändig in den Wagen geladen, und während der Fahrt machte ich mir insgeheim Sorgen, er habe sie vielleicht fallen gelassen, zerbrochen oder sonst wie ruiniert. Doch er hatte darauf bestanden, alles selbst zu erledigen. Er berechnete mir zwar nichts für seine Arbeitszeit, doch ich hatte dafür bezahlt. Ich hatte das ganze Semester hindurch mit Gesprächen bezahlt, hatte lange den Geschichten über seine Ex-Frau gelauscht, der er im Moment ein wenig nachstellte, aber nicht auf furchterregende Art, bloß auf eine traurige Art, vor-ihrem-Haus-in-seinem-Auto-sitzend, sie-durch-die-Jalousien-beim-Abwasch-beobachtend. Auf dem Weg zu dem Café erzählte Nelson mir, sie habe neulich ihre alten gelben Abwaschhandschuhe weggeworfen und durch himmelblaue ersetzt, was seine Lieblingsfarbe war.

»Ich liebe es, ihr beim Abwasch zuzusehen«, sagte er. »Sie ist so gründlich.«

»Nelson«, sagte ich. »Sie müssen mit dem Swingtanzen anfangen oder Golfspielen oder sich selbst Makrameeknüpfen beibringen. Warten Sie nicht mehr vor dem Haus ihrer Ex-Frau.«

»Ich tue es nur, wenn ich am Essen bin«, sagte er. Dann zuckte er mit den Schultern. »Man muss schließlich essen, oder?«

»Besuchen Sie einen Kochkurs, Nelson«, sagte ich. »Legen Sie sich Kabelfernsehen zu.«

Außerhalb des Kurses war ich die einzige Frau, mit der Nelson sich unterhielt, die imaginären Gespräche mit seiner Ex nicht mitgerechnet. Er war einsam. Und obwohl er einen gewissen Tiefpunkt in seinem Leben erreicht hatte, war er im Grunde ein fabelhafter Fotograf. Selbst wenn er Haustiere porträtierte, hatte das etwas richtig Spannendes. Er war eine Katastrophe, aber auf gutmütige Art und Weise, und irgendwo unter der schrecklichen Frisur steckte ein echter Künstler.

Und er betrachtete mich als seine Entdeckung. Teilweise fuhr er an dem Abend mit zu dem Café, um sich das Ganze als seinen Verdienst anrechnen zu können. An jenem Tag war er völlig nüchtern, und ich wünschte, er wäre die ganze Zeit über so. Er half mir, die Fotos hineinzutragen, und wir hängten sie an große Nägel in den unverputzten Backsteinmauern. Dann traten wir ein paar Schritte zurück, um unser Werk zu bewundern.

»Haben Sie getrunken, als Sie noch verheiratet waren?«, fragte ich, bloß um ein wenig Small Talk zu betreiben.

»Sicher«, sagte Nelson.

»Aber nicht so wie jetzt.«

»Nein«, sagte er. »Jetzt bin ich auf einer Sauftour.«

»Mir gefallen Sie nüchtern besser«, sagte ich.

»Ich wünschte, mir auch«, sagte er.

Als wir gehen wollten, kam Anna Belkin herein – hochgewachsen und todschick mit schnurgeradem Pony und Katzenbrille. Sie überhäufte mich mit Lob, bis Nelson einen Hustenanfall bekam, und wollte dann wissen, an welche Preise ich bei den Fotos gedacht hätte.

Ich zuckte die Schultern. Ich war mir unsicher. Dann blinzelte ich. »Fünfzig Mäuse?«

»Oh, Himmel, nein!«, sagte sie. »Sie können auf keinen Fall fünfzig verlangen. Niemand verlangt fünfzig.«

Mit einem Mal kam ich mir peinlich berührt und gierig vor. »Fünfundzwanzig?«, schlug ich vor.

Sie lachte so schallend, dass sie ins Prusten geriet. »Falsche Richtung!«, meinte sie. Sie würde bei dreihundertfünfzig Dollar anfangen. Doch wenn die Bilder sich zu schnell verkauften, würde sie den Preis auf vierhundert Dollar hochtreiben.

Ich sah Nelson an. Nelson sah mich an.

Schließlich sagte ich: »Sie sind der Boss.«

Ich war froh, nun nach Hause fahren zu können. Nelson hatte mehrere bedeutungsschwangere Gesprächspausen eingelegt, als wolle er mich etwas fragen oder mir etwas erzählen, und obwohl ich mir beim besten Willen nicht vorstellen konnte, worum es sich drehte, war ich mir ganz sicher, dass ich es nicht hören wollte.

Es war kalt, schneite jedoch nicht. Nelson war begeistert von meinem Erfolg und drückte sich viel klarer aus, als ich es gewöhnt war. »Sie haben wirklich ein Talent, die Dinge zu sehen«, sagte er, »das instinktive Wissen, wann man abdrücken muss.« Ich schluckte das Lob wie ein Hündchen, und es war schwer zu sagen, ob ich ihn auf einmal mehr mochte, weil er nüchtern war, oder weil er mich lobte. Er grinste mich vom Fahrersitz aus an. »Von der totalen Anfängerin zur Cafékünstlerin in einem Semester«, sagte er. »Ich muss wirklich ein verdammt guter Lehrer sein.«

»Es liegt ganz allein an Ihnen, Nelson«, sagte ich.

Er hatte sich am Morgen rasiert, und ich ertappte mich bei dem Gedanken, dass er ein ziemlich passabler Mann wäre, wenn er sich immer von seiner besten Seite zeigen könnte. Aber das kann natürlich niemand. Nelson erweckte den Anschein, als trinke er, weil seine Frau ihn verlassen hatte. Doch höchstwahrscheinlich war es genau umgekehrt. Ich musterte ihn, bis er mir einen Blick zuwarf und es bemerkte. Dann wandte ich den Blick der Straße zu.

»Darf ich Ihnen etwas erzählen?«, fragte er auf einmal.

»Sicher.«

»Ich habe gestern mit dem Trinken aufgehört.«

»Oh«, sagte ich. »Mir ist aufgefallen, dass etwas an Ihnen anders ist.«

»Geduscht und rasiert zum Beispiel.«

»Aber auch, Sie wissen schon, nüchtern«, fügte ich hinzu.

Wir nickten beide, während die Straßen an den Scheiben vorüberhuschten.

Schließlich sagte ich: »Wie läuft es?«

»Bisher okay«, sagte er. »Heute Abend kommt die echte Herausforderung.«

»Warum heute Abend?«

Er wirkte nachdenklich. »Gewöhnlich«, sagte er, »bin ich am ersten Abend voller Mumm. Ich habe Schwung. Ich bin fest entschlossen, mich zu ändern und mein Leben zu verbessern.« Er wartete an einem Kreisverkehr. »Am zweiten Abend ist das alles aufgebraucht.«

»Werden Sie Entzugserscheinungen kriegen?«, fragte ich.

»Ein bisschen«, sagte er achselzuckend.

»Es ist schon so weit«, riet ich.

Er nickte.

»Sie sollten sich jemanden holen, der heute Abend bei Ihnen bleibt«, sagte ich.

»Nun ja«, sagte er, »eigentlich habe ich mich gefragt, ob Sie das eventuell tun würden.«

Das war es. Das war die Frage, die er mir den ganzen Abend über nicht gestellt hatte.

»Nelson, das geht nicht«, sagte ich. Er wusste, dass Peter am nächsten Morgen für drei Wochen verreiste. Es war eine irrwitzige Frage. Er hätte sie niemals stellen sollen.

»Es tut mir leid.« Er hielt vor meinem Haus und schaltete das Getriebe auf Parken. »Ich wusste nur nicht recht, wen ich sonst fragen sollte.«

»Sie sollten zu den Anonymen Alkoholikern gehen«, sagte ich, doch er hörte mir gar nicht zu.

»Da ist noch was.« Er hatte den Blick auf das Lenkrad gerichtet.

»Okay«, sagte ich. »Aber ich muss gleich los.«

»Ich bin in Sie verliebt.«

24

Ich kann nicht behaupten, dass es mich nicht berührt hätte, diese Worte zu hören. Obwohl Nelson offensichtlich auf mich fixiert war, weil er in mir eine Art Fluchtstrategie aus dem Leben sah, das er sich selbst geschaufelt hatte. Obwohl er diese verrückte Frisur hatte und so aufbrausend war und überhaupt nicht mein Typ. Obwohl ich es hätte kommen sehen müssen. Es berührte mich, es zu hören. Solche Worte sind mächtig. Sie führen dazu, dass man sich auf einmal ganz wach fühlt. Sie führen dazu, dass man innehält, obwohl man schon die Finger am Türgriff hatte.

»Nelson.« Meine Brust zog sich nervös zusammen. »Das ist nicht sehr hilfreich.«

»Ich weiß«, sagte er. »Und ich weiß, dass Sie meine Gefühle nicht erwidern.«

»Nicht im Geringsten«, sagte ich.

»Ich weiß«, sagte er erneut. »Aber das ändert nichts an meiner Lage.«

»Das tut mir leid, Nelson«, sagte ich.

Ich wollte gerade meine Tür aufmachen und die Flucht antreten, da zog Nelson ein Blatt Papier aus seiner Jacke.

»Was ist das?«, fragte ich und griff danach.

»Es ist ein Empfehlungsschreiben«, sagte er.

Ich faltete das Papier auf. Es war tatsächlich ein Empfehlungsschreiben. Für Nelson. Von seiner Ex-Frau.

Auf der Suche nach einer Erklärung sah ich ihn an.

»Sie hat mich neulich angerufen, um sich auf einen Kaffee zu verabreden –«, setzte er an.

»Gut«, sagte ich. Das klang vielversprechend.

»Um mir zu sagen, dass sie heiraten wird.«

»Oh.«

»Sie dachte, ich sei verrückt, als ich sie um das Schreiben bat, aber dann hat sie nachgegeben, als ich ihr von Ihnen erzählt habe.«

»Was haben Sie ihr über mich erzählt?«

»Dass ich glaube, dass Sie meine Rettung sein könnten.«

Es hätte gruselig sein sollen. Erwachsene denken nicht so über andere Menschen. Aber irgendwie war es das nicht. Etwas an seinem Gesicht ließ mich an Alexander denken. Seine Miene drückte einen Optimismus aus, der mich ihm gegenüber nachsichtig stimmte.

»Ich kann Sie nicht retten, Nelson«, sagte ich. Und dann fügte ich, so behutsam wie möglich, hinzu: »Und ich werde es auch nicht versuchen.«

Es war Zeit zu gehen. Ich wollte zu Peter, wollte diesen Augenblick so schnell wie möglich zu etwas werden lassen, das bereits passiert war, anstatt etwas, das immer noch passierte. Ich machte die Tür auf und wandte mich Nelson zu, um ihm eine gute Nacht zu wünschen, doch er war bereits aus dem Lieferwagen ausgestiegen und wartete auf dem Bürgersteig auf mich. Ich ging um den Wagen auf ihn zu und sagte: »Bitte sagen Sie mir, dass Sie sich für heute Abend Gesellschaft suchen werden.«

»Ich werde mein Bestes tun«, sagte er.

Dann wurde es schwierig. Nach der Liebeserklärung wirkte eine Umarmung zu intim. Ein Handschlag wirkte kalt. Ich entschied mich für ein kleines »Bye-bye«-Winken, doch Nelson wollte mir die Hand schütteln, und als ich sie ihm reichte, zog er mich an sich und trat – mit erstaunlicher Beweglichkeit für einen Mann, dem ich seit Monaten dabei zugesehen hatte, wie er im Foto-Atelier herumlümmelte – auf mich zu, schlang mir den anderen Arm um die Taille und küsste mich.

Es lässt sich nicht mit Worten beschreiben, wie schockiert ich war. Nelson war nicht gerade ein Mann der Tat. Als es mir endlich in den Sinn kam, ihn wegzustoßen, hatte er mich bereits losgelassen. Von dem Augenblick, als ich rückwärts über den Bürgersteig stolperte, ist mir nur Nelsons Gesicht im Gedächtnis haften geblieben. Er sah zufrieden mit sich aus, als habe er etwas sehr Beeindruckendes gemacht. Und dann, gleich im Anschluss daran, tauchte Peter wie aus dem Nichts auf und stieß Nelson gegen die Brust, wobei er ihn beinahe umschmiss.

»Was zum Teufel war das?«, wollte Peter wissen.

»Peter«, sagte ich, »es ist nichts.«

Doch Peter sah mich nicht an. Ich bin mir noch nicht einmal sicher, ob er mich hörte.

»Was zum Teufel war das?«, fragte er Nelson erneut. »Was zum Teufel war das?«

Nelson blinzelte Peter an, den Mund leicht geöffnet. Peter wartete auf eine Antwort. Ich wusste einfach nicht, was ich tun oder sagen sollte. Zu dem Zeitpunkt hoffte ich noch, die ganze Angelegenheit ließe sich schnell bereinigen, und wir könnten dann ganz normal weiterleben, als sei nichts geschehen. Fieberhaft suchte ich nach einer Antwort, die alles wieder zurechtrücken würde. Ich hatte Kerzen und Champagner in der Wohnung!

Da meldete sich Nelson in einem Anfall außergewöhnlicher Blödheit zu Wort: »Ich liebe sie, Mann.«

Hätten wir uns in einem Film befunden, hätte Peter vielleicht einen aufgebrachten Blick in Richtung Kamera geworfen. »Ich liebe sie« war schlimm genug. Aber wenn man »Mann« hinzufügte, forderte man es wirklich heraus.

Nelson forderte es heraus, und er bekam es auch. Peter hatte keine andere Wahl, als ihm eine zu verpassen. Man kann so etwas nicht zu einem Mann über dessen Ehefrau sagen, selbst wenn es sich um einen klassischen Musiker mit einem »Rettet Tibet«-Aufkleber auf der Stoßstange seines Autos handelt, ohne geschlagen zu werden. Ich vermute, dass Nelson gewollt hatte, dass Peter zuschlug.

An diesem ersten Schlag und den beiden folgenden fand ich das Geräusch verblüffend. Ich hatte genug Schlägereien in Filmen gesehen, um gewisse Erwartungen zu hegen. Doch der Schlag wurde von keinem großartigen *Wumms* begleitet. Er klang eher wie eine Ohrfeige. Er klang klein.

Doch er war groß genug, um Nelson umzuhauen. Denn Nelson hatte es nicht kommen sehen. Peter erwischte ihn mit der Faust am Kiefer, und Nelson ging zu Boden. Und das war das nächste Geräusch: das Pfeifen von Luft, als Nelson mit dem Brustkorb auf dem Bürgersteig aufschlug.

Zum zweiten Mal binnen zwei Minuten erstarrte ich

fassungslos. Ich sah mit an, wie Peter sich auf Nelson stürzte und ihm ins Gesicht schlug. Da kam ich wieder zur Besinnung und fing an Peter zu stoßen und zu versuchen, ihn wegzuschieben. Im nächsten Augenblick war Josh auch da, und gemeinsam schubsten wir Peter auf den Grünstreifen, was dazu führte, dass er seinen Schwung verlor.

Als Peter aufstand, war er außer Atem, und sein Gesicht war so vor Zorn und Kummer verzerrt, dass er gar nicht wie er selbst aussah. Er stand keuchend auf dem Bürgersteig und sah mich eine Minute lang wutentbrannt an. Dann ging er wortlos ins Haus.

Ich hatte noch kein einziges Mal gesehen, wie Peter jemandem wehtat. Nichts an ihm war gewalttätig oder gemein. Selbst Insekten, die sich ins Haus verirrt hatten, fing er ein und warf sie aus der Hintertür, anstatt sie zu zermatschen.

Ich lief Peter hinterher. Doch er redete nicht mit mir. Ich folgte ihm die Treppe hoch und sagte all die Dinge, die Leute sagen, die man dabei erwischt hat, wie sie Leute küssen, die sie eigentlich nicht küssen sollten. *Es war nicht das, wonach es aussah! Ich mag ihn noch nicht einmal! Er hat mich einfach so gepackt! Es hat mich völlig überrumpelt.*

Ich folgte Peter ins Schlafzimmer. Seine Taschen waren bereits gepackt.

»Das ist verrückt«, sagte ich. Nach einer gewissen Zeit, war das alles, was ich noch sagen konnte. »Peter, das ist verrückt.«

Peter sagte nichts. Sein Fingerknöchel blutete, und er ging ins Badezimmer, um ihn unter kaltem Wasser abzuspülen.

Sein Gesicht war so hart, dass mir Angst und Bange wurde. Ich hatte ihn schon hundertmal wütend gemacht. Vielleicht tausendmal. Aber nicht auf diese Weise. Ich redete wie ein Wasserfall und versuchte, ihm klarzumachen, wie absolut bedeutungslos jener Augenblick auf dem Bürgersteig gewesen war – wie das Ganze, wenn Peter nicht dort gewesen wäre, längst vorbei wäre, lediglich eine unangenehme Erinnerung, bereits am Verblassen. Doch Peter sagte nichts. Und je mehr ich redete, je mehr ich erklärte, je mehr ich von Nelson und seiner Ex-Frau und seinen zerknitterten Hemden erzählte, desto vergeblicher fühlten sich meine Worte an.

Wenn er wenigstens etwas gesagt hätte, wenigstens mit mir gestritten hätte, hätte ich mich besser gefühlt. Doch zum ersten Mal in all den Jahren, die wir nun zusammen waren, weigerte er sich, mit mir zu sprechen. Er verband sich die Hand, während ich wie ein Kolibri um ihn herumschwirrte. Dann trat er an seine Seite des Bettes, griff nach seinem Matchbeutel und seinem Rucksack und verließ das Zimmer.

Ich folgte ihm. Drei Treppen hinunter, aus der Haustür, auf den Bürgersteig. Der Lieferwagen war mittlerweile fort. Im Schnee auf dem Bürgersteig war Blut. Ich lief Peter hinterher, ließ die Jungen allein zurück, und stellte eine ganze Reihe Fragen, die er nicht beantwortete: »Wohin gehst du? Was machst du? Wo wirst du schlafen? Willst du dich denn nicht von den Jungs verabschieden?« Ich fing an, nach seinen Armen zu greifen. Ich lief um ihn herum und versuchte, ihm den Weg zu versperren, doch er schob mich mit einer Kraft zur Seite, die ich ihm niemals zugetraut hätte.

Ich konnte Peter nicht ewig folgen, sondern musste zu den Jungen zurückkehren. Schließlich gab ich auf. Ich blieb stehen und versuchte es ein letztes Mal. »Peter!«, rief ich erneut, als werde er diesmal auf mich hören. »Das ist verrückt.« Als ich ihn weitergehen sah, schoss mir durch den Kopf, dass wir unmöglich an diesen Punkt gelangt sein konnten, das es sich hierbei auf jeden Fall um einen Albtraum handeln musste, weil es einfach nicht geschehen konnte, während ich wach war. Da drehte Peter sich um.

Er machte kehrt und kam auf mich zu. Ich rührte mich nicht, nur meine Brust hob und senkte sich mit jedem Atemzug. Ich wartete ab, was er täte. Es schien, als werde der Verlauf meines ganzen Lebens von dem bestimmt, was er sagen würde. Ich hoffte inständig, dies sei der Moment, in dem wir beide in Gelächter ausbrächen.

Doch dem war nicht so. Peter blieb stehen, sein Gesicht bloß ein paar Zentimeter von meinem entfernt. Er konnte mir noch nicht einmal in die Augen sehen. Als er sprach, war seine Stimme ein Flüstern. »Ruf mich nicht an in Kalifornien«, sagte er. »Mach mir das nicht auch noch kaputt.«

25

Damals am College hatte Peter gerade seinen Gips abbekommen, als Connor sowohl ihn als auch mich zu ihrem einundzwanzigsten Geburtstag einlud. Es war die Woche vor Ferienbeginn. Ihren Eltern gehörte ein Haus an einem See, der sich etwa eine halbe Stunde vom Campus befand, und dreißig Leute machten sich auf den Weg, um dort zu übernachten.

Connor ließ mich wissen, dass Peter es nur meinetwegen in die engere Wahl geschafft hatte. Schließlich kannte sie ihn nicht sonderlich gut. Doch sie hatte ihn am vergangenen Abend im Gemeinschaftsbadezimmer gefragt, ob er kommen wolle, und er hatte Ja gesagt.

»Er will unbedingt mit dir zusammenkommen«, sagte sie.

»Das hast du aus einem ›Ja‹ herausgehört?«

Sie warf mir einen Blick zu. »Es ist eine Ahnung.«

Peter würde bei Connors Ex-Freund mitfahren, einem Geschichtsstudenten, den alle bei seinem Nachnamen Callaghan riefen. Er war ein großer Kerl, der Bier trank und Baseballkappen trug. Connor schlief noch ab und an mit ihm, um nicht aus der Übung zu kommen. Eigentlich waren sie aber »bloß gute Freunde.« Sie fand ihn noch nicht einmal attraktiv, doch sie ging davon aus, dass sie wahrscheinlich heiraten würden.

»Warum?«, hatte ich sie gefragt.

»So scheint mein Leben zu laufen«, sagte sie.

Das Haus von Connors Familie war in den Zwanzigerjahren erbaut worden, wie die meisten Häuser an dem See, abgesehen von ein paar Megavillen, die nach allgemeiner Auffassung die Gegend verschandelten. Unten am Ufer befand sich ein steinernes Klubhaus mit einem Kamin und einer Sonnenterrasse, die auf den See hinausging. Connors Eltern veranstalteten dort an dem Abend ein Dinner mit Champagner für uns und anschließend würden alle im Haus übernachten. Die Nachbarn hatten angeboten, die Jungen könnten bei ihnen schlafen, damit das Ganze zivilisiert ablief.

Connor nahm mich mit. Ihre Mutter hatte bereits alle Betten bezogen und die Möbel an die Wände geschoben, um Platz für Schlafsäcke zu schaffen. Ihre Eltern blieben nicht über Nacht. Sie behaupteten, sie würden darauf vertrauen, dass wir uns gut benähmen.

Zum Abendessen gab es unzählige Flaschen Wein. Wir saßen an langen Tafeln mit weißen Tischdecken und erzählten einander verrückte Geschichten über Connor: als sie einmal eine Wassermelone vom Balkon im ersten Stock geworfen hatte, als sie einmal versucht hatte, ihre Haare wie die amerikanische Flagge zu färben, als sie einmal die Wohnheimküche in Brand gesteckt hatte. Ich beobachtete sie am Kopf der Tafel und war glücklich, sie zur Freundin zu haben. Doch nicht allzu glücklich. Denn Peter war nicht aufgetaucht, und neben mir befand sich ein leerer Stuhl – und ein kleines Tischkärtchen.

Kurz vor der Nachspeise stand ich auf, um aufs Klo zu gehen. Bei meiner Rückkehr entfuhr mir ein vernehmbares Keuchen, als ich bemerkte, dass Peters Stuhl, der den ganzen Abend lang leer gewesen war, auf einmal besetzt war. Ich rang um Fassung, was nach drei Gläsern Wein keine geringe Herausforderung darstellte, und ging an meinen Platz zurück.

Doch es war gar nicht Peter. Es war Connors Nicht-Freund Callaghan, der Typ, mit dem Peter eigentlich hätte eintreffen sollen. Eigentlich hatte er direkt neben Connor gesessen, aber offensichtlich das Verlangen verspürt, auf Wanderschaft zu gehen.

»Du gehst mit niemandem«, fragte er, als ich mich setzte, »oder?«

»Nicht dass ich wüsste«, sagte ich.

Am liebsten hätte ich ihn gefragt, warum Peter nicht gekommen war, doch ich wusste nicht, wie ich es anstellen sollte, ohne mein zitterndes, ängstliches Herz vor ihm zu entblößen. Schließlich verfiel ich auf: »Du bist ein bisschen spät hergekommen, nicht wahr?«

»Ich sollte einen Kerl mitnehmen«, sagte er. »Aber der hat sich nicht blicken lassen.«

»Eigenartig«, sagte ich.

»Verdammt eigenartig.«

Callaghan blieb während des Geburtstagskuchen-Anschneidens und dem Kerzen-Ausblasen und dem Singen neben mir sitzen. Ich kam nicht dahinter, weshalb er sich umgesetzt hatte. Falls er versuchte, Connor eifersüchtig zu machen, hatte er Erfolg. Falls er versuchte, ihr zu entkommen, misslang ihm dies in höchstem Maße. Connor starrte uns an, als sehe sie fern, warf gelegentlich mit Brokkolistielen nach uns und rief unangebrachte Dinge wie: »Sie ist vergeben, Callaghan! Oder jedenfalls wäre sie das gern«.

Sie war so betrunken. Und nachdem ich mein Stück Schokoladentorte mit Himbeersoßentröpfchen zur Hälfte verspeist hatte, wurde mir klar, dass sich meine Vorstellung davon, wie der Abend eigentlich hätte verlaufen könnte, in Nichts auflöste. Der Garten mit seinen Hortensiensträuchern und Kiefernbäumen war so schön. Das Klubhaus selbst hatte etwas von einer Filmkulisse. Es war der ideale Abend zum Tanzen, Flirten und Küssen. Ich hatte mir vorgestellt, mit Peter Schieber zu tanzen oder vielleicht am Ufer entlangzuspazieren. Doch nachdem Connor mich mit einer halb abgenagten Keule von ihrem Teller an der Schläfe getroffen hatte, wusste ich eines mit Gewissheit: An dem Abend bestand keinerlei Aussicht auf Romantik. Stattdessen würde ich ihn damit verbringen, Connor auf dem Klo die Haare aus dem Gesicht zu halten, während sie sich übergab. Es war mein Geburtstag-am-See-Schicksal.

Doch ich beschloss, dagegen anzukämpfen. Ich war bereit für Romantik. Ich hatte mir die Haare geföhnt! Ich hatte neuen Lipgloss! Ich hatte nicht vergessen, meine Ohrreifen mitzubringen, und ich trug einen Duft namens »Passion«!

Kraft meiner Gedanken versuchte ich Peter herbeizuzwingen. Ich wurde einfach die Hoffnung nicht los, dass er doch noch käme, auch wenn er bereits den Hauptteil der Party verpasst hatte. Ich tat die Dinge, die in Filmen immer romantische Begegnungen heraufzubeschwören schienen: Ich schlenderte am See entlang.

Ich stand an der Brüstung der Terrasse. Ich flirtete mit anderen Jungen. Ich machte bei dem Wahrheit-oder-Pflicht-Spiel mit, das eine Gruppe im Wohnzimmer angefangen hatte.

Und dann traf er ein. Mir war gerade die Pflicht auferlegt worden, am Ohrläppchen des Ex-Freunds meiner Zimmergenossin aus dem ersten Studienjahr zu knabbern, als Peter im Türrahmen erschien – ohne seine Krücken oder den Gips. Er ließ den Blick durch die Runde schweifen, bis er mich sah.

Dann sagte er: »Lanie, kann ich dich einen Augenblick sprechen?«

Der Ex-Freund meiner Zimmergenossin aus dem ersten Studienjahr protestierte. »Sie soll mir am Ohrläppchen knabbern.«

Es entstand eine Pause, bis ein Mädchen mit einem Nasenring sagte: »Ich nuckele dir am Ohr.« Ich war befreit.

Peter und ich gingen nach unten auf das Bootshaus zu. Der Himmel wurde von Blitzen erleuchtet, und gelegentlich war tiefes Donnergrollen zu vernehmen, aber es regnete nicht. Peters Gips war gerade erst am Freitag entfernt worden, und er trat noch etwas zaghaft auf.

»Ich bin spät dran«, sagte er.

»Ist mir nicht entgangen«, sagte ich.

»Ich habe verschwitzt, den Typen zu treffen, der mich mitnehmen sollte.«

»Du hast es verschwitzt?«

»Ich war am Komponieren«, sagte er. »Hast du gewusst, dass ich Klavier spiele?«

»Das weiß ich«, sagte ich.

»Tja«, sagte er, »wenn mir Musik in den Sinn kommt, kann ich an nichts anderes denken, bis ich sie niedergeschrieben habe. Ich funktioniere im Grunde nicht, bis ich alles notiert habe.«

»Eigenartig«, sagte ich.

»Es ist schrecklich«, sagte er, als sei er mir eine Erklärung schuldig. »Ich vergesse zu essen. Ich vergesse zu schlafen. Ich verpasse Kurse. Es ist, als sei ich besessen.«

»Wow«, sagte ich.

Dann kam er zu seiner Beichte. »Deshalb bin ich ein schlechter Freund.« Er sah mir in die Augen. »Ich habe jede Freundin versetzt, die ich je hatte. Ich habe den Abschlussball an der Highschool verpasst, weil ich komponiert habe. Meine Freundin hat zwei Stunden lang im Abendkleid und ihren Stöckelschuhen gewartet, bevor sie allein hinfuhr. Und ich habe mich zwei Tage lang noch nicht einmal entschuldigt.«

»Weil du immer noch komponiert hast?«, fragte ich.

»Weil ich immer noch komponiert habe.«

Wir erreichten das Wasser und ließen uns auf einem Pier nieder. Ich war Peter so dankbar, dass er letzten Endes doch noch eingetroffen war.

Dann sagte ich: »Diese Party hat etwas von einem Abschlussball gehabt.«

»Das bezweifle ich nicht«, sagte er.

»Und du hast das meiste verpasst.«

»Aber nicht alles.«

»Tja«, sagte ich. »Ich bin froh, dass du es noch hergeschafft hast.«

Peter sah mich an, bis ich ganz nervös wurde. »Ich auch«, sagte er. Er betrachtete meine Augen. »Weil ich gehofft hatte, dich zu sehen.« Er blickte auf das Wasser hinab. Dann stellte er mir eine Frage, die ich niemals von ihm erwartet hätte. »Hattest du gehofft, mich zu sehen?«

In dem Augenblick war ich mutig. Ich weiß nicht recht, ob ich bloß die Unsicherheit leid war, ob ich ermutigt genug war, auf das Beste zu hoffen, oder aber ob ich so entmutigt war, dass es mir schon egal war; doch ich zögerte nur eine einzige Sekunde, bevor ich alles auf eine Karte setzte. Ohne zu blinzeln sah ich ihm in die Augen. »Ich hoffe jeden Tag, dich zu sehen.«

Ich dachte, er würde mich vielleicht küssen, doch stattdessen meinte er: »Ich muss dir noch was sagen.«

»Was denn?«

»Die Musik, die ich heute komponiert habe, ist eine Rhapsodie. Und sie ist für dich.«

Da packte ich ihn am T-Shirt und zog ihn an mich. Während der Regen einsetzte, holte ich seinen Mund an den meinen und gab ihm den ersten Kuss einer lebenslangen Reihe von Küssen.

26

An dem Morgen, an dem Peter mich verlassen hatte, um nach Los Angeles zu fahren, oder mich möglicherweise einfach verlassen hatte, ging es bei uns zu wie im Zoo. Kinder sind ja, wie es heißt, sehr intuitiv und sie scheinen immer zu wissen, wann man sich nach ein paar Minuten Ruhe sehnt, um einen klaren Kopf zu bekommen – und dann geben sie es einem so richtig.

Ohne Peter hätte eigentlich alles stillstehen sollen, doch stattdessen schien das Leben schneller abzulaufen. Vom Augenblick meines Erwachens war ich damit beschäftigt, eine Katastrophe nach der anderen zu beheben.

Von sechs Uhr morgens an war ich im Dienst, im Schlafanzug, kein BH, noch nicht einmal Zähne geputzt, die Augen immer noch verschwollen von einer Nacht, in der ich lange geweint und Peter lange Briefe geschrieben hatte, die ich schließlich wegwarf.

Noch bevor wir auch nur gefrühstückt hatten, hatte Alexander eine Latte an dem Bett kaputt gemacht, auf dem er herumgehüpft war, und hatte sich dann beinahe das Genick gebrochen, als er über die Kommode in seinem Zimmer gesprungen war. Toby hatte ein Glas eiskaltes Wasser über meinem Schoß verschüttet und war kopfüber in die leere Badewanne gefallen. Und

Baby Sam, bereit, alle anderen in den Schatten zu stellen, hatte mir mit einer Gabel ins Auge gestochen, eine Schüssel Getreideflocken mit Milch durch die Küche geworfen und hatte – es war unglaublich – innerhalb von fünf Minuten mit dem Laufen und Krabbeln angefangen.

Baby Sam hatte schon seit vielen Monaten selbstständig sitzen können. Vor ein paar Wochen hatte er angefangen, sich auf die Beine zu ziehen. Er stand dann schwankend am Sofa, sah alle anderen an sich vorüberziehen und weinte frustriert, bis ihn jemand an eine andere Stelle brachte. Er legte jedoch nicht das geringste Interesse an den Tag, seine eigenen Füße zu bewegen oder sich seines Körpers zu bedienen, um an einen anderen Ort zu gelangen. Bis zu dem Tag.

Sein strähniger Haarschopf sauste überall durch die Gegend. Er war ziemlich gelassen, aber seine Brüder waren völlig außer Rand und Band. Ich musste Toby immer wieder vom Küchentisch zerren, und dann sperrte Alexander sich im Badezimmer ein und brauchte sofort Hilfe. Währenddessen entschied Baby Sam, dass er sein kleines Aufziehauto haben wollte, das am anderen Ende der Küche lag. Er streckte die Hände danach aus, kreischte wie ein Aal, doch anstatt eine Mutter zu sein, die sofort auf derartige Notbekundungen reagierte, wie ich es sonst zu sein versuchte, sagte ich an dem Morgen nur immer wieder: »Arbeite mit mir zusammen, Baby Sam. Ich kümmere mich sobald wie möglich um dich.« Schließlich wurde Baby Sam das Warten einfach leid. Das Gekreische verstummte, und nur ein paar Minuten, nachdem ich das Badezimmertürschloss mit einem Schälmesser aufbekommen hatte, war es in der Wohnung ganz still geworden. Ich bemerkte, dass Baby Sam nun auf der gegenüberliegenden Zimmerseite stand.

»Baby Sam! Was hast du getan?«, fragte ich.

Er hob das Spielzeugauto empor, um es mir zu zeigen – und dann machte er etwa sechs Schritte in meine Richtung, fiel hin und bewegte sich dann unverzagt krabbelnd weiter auf mich zu. Es war unerhört. Laufen und Krabbeln am selben Tag! Binnen fünf Minuten! Ich hätte alles darum gegeben, Peter in dem Augenblick dazuhaben. Um einen Zeugen zu haben, und zwar nicht irgendjemanden, sondern Peter, um das Ganze mit ihm teilen und später alles wieder und wieder bis in die winzigen Einzelheiten besprechen zu können. Doch da war nur ich. Ich hüpfte auf und ab und klatschte; Alexander und Toby versuchte ich dazu zu bewegen, es mir gleichzutun, doch sie waren anderweitig beschäftigt.

Die Sorgen um Baby Sam, die so viele Monate auf mir gelastet hatten, lösten sich in Luft auf. Ich machte die Augen zu und versuchte zu spüren, wie die Erleichterung in Wellen durch mich hindurchspülte. Es gelang mir nicht. Denn wie so oft hatte, bevor ich eine Sorge losgeworden war, längst eine größere ihren Platz eingenommen.

Ich versuchte die gesamten Geschehnisse der vergangenen Nacht zu analysieren. Ich versuchte, Nelsons Kuss in Gedanken grafisch darzustellen. Wie lange hatte der Kuss gedauert? Es konnten nicht mehr als zwei Sekunden gewesen sein. Nelson legte los und hörte wieder auf. Sein Timing war im Grunde ziemlich gut. Der

Kuss war zu kurz gewesen, als dass ich ihn zur Strafe foltern würde. Doch er hatte lange genug gedauert, um einen Eindruck zu hinterlassen.

Und was war mir während des Kusses durch den Kopf gegangen? Höchstwahrscheinlich etwas wie: »Heilige Scheiße! Nelson küsst mich!« Doch ich konnte mich wirklich nicht mehr entsinnen. Ich machte mir nur wie eine Besessene ständig Sorgen um diese beiden Sekunden. Es war eine Sekunde zu viel gewesen. Während der ersten Sekunde musste mein Gehirn gewiss erst registrieren, was gerade passierte. Doch was geschah während der zweiten? Es hätte eine Reflexhandlung sein sollen: Nelson packt mich, ich stoße ihn weg. Und obwohl ich sicher bin, dass ich ihn letzten Endes weggestoßen hätte, hatte ich es nicht getan – jedenfalls nicht in der Zeit, die eine Reflexhandlung benötigt.

Es war nicht so, dass ich an meinen eigenen Beweggründen zweifelte. Ich fühlte mich in keiner Hinsicht zu Nelson hingezogen. Ich hatte diese zweite Sekunde nicht passiv abgewartet, weil ich es genoss, oder um ihn auszuprobieren oder weil ich auf mehr hoffte.

Zum einen, so verrückt es auch klingen mag, wollte ich nicht unhöflich sein. Ich wollte seine Gefühle nicht verletzen. Der Mann hatte gerade eben mit dem Trinken aufgehört und mir seine Liebe erklärt! Es schien nicht gerade hilfreich zu sein, ihm eine schroffe Abfuhr zu erteilen. Ihn während des Kusses von mir zu stoßen, wäre nicht nur zurückweisend, sondern obendrein noch erniedrigend gewesen, und ich wollte auf keinen Fall, dass er in den Lieferwagen einstieg und auf dem schnellsten Weg zur nächsten Bar fuhr.

Ein Teil jener zweiten Sekunde hatte auch damit zu tun, dass ich einfach nicht wusste, was ich tun oder wie ich ihm Einhalt gebieten sollte. Sollte ich ihn schubsen? Treten? Schreien? Mir blieb letztlich keine Zeit, an einer Strategie zu feilen. Von einem Menschen wie mir – der sich ständig Sorgen machte und am liebsten mindestens achtundvierzig Stunden über jede Entscheidung brütete – war es viel verlangt, mich binnen einer Sekunde auf eine Reaktion zu verlegen und sie auch tatsächlich auszuführen.

Außerdem gab es da, wenn ich einmal ganz ehrlich war, noch einen Grund, weshalb ich Nelson nicht schneller weggestoßen hatte. Ich machte mir Sorgen, ihn vielleicht irgendwie zu dem Kuss animiert zu haben. Schon vor Monaten war mir klar gewesen, dass Nelson in mich verknallt war, und ich hatte nicht das Geringste getan, um ihn abzuschrecken. Andererseits hatte ich ihn aber auch nicht ermuntert. Im Grunde hätte ich wahrscheinlich gar nicht allzu viel tun können, da seine Gefühle unausgesprochen blieben. Beispielsweise hätte ich nicht während einer Fotografiestunde zu Nelson marschieren und ihm sagen können: »Ich habe das Gefühl, dass Sie in mich verliebt sind, und Sie müssen auf der Stelle damit aufhören.« In gewisser Weise hatte vielleicht meine einzig mögliche Vorgehensweise darin bestanden, so weiterzumachen, wie ich es getan hatte. Ich hatte nicht mit ihm geflirtet oder ihm etwas versprochen, ja war noch nicht einmal schrecklich nett zu ihm gewesen. Doch es hatte mir gefallen, dass ich ihm gefiel. Mit der Zeit hatte ich es als völlig harmlos empfunden. In dem Augenblick aber, als er mich küsste, fragte ich mich auf einmal, ob er gewusst hatte, dass es mir gefiel, ob er es irgendwie gespürt hatte, und ob er den Umstand, dass es mir gefiel, jemandem zu gefallen, damit verwechselt hatte, dass er mir gefiele. Dabei hatten die beiden Dinge wirklich sehr wenig miteinander zu tun.

Am Abend meiner Hochzeit hatte mein Dad mir den besten Rat gegeben, wie ich dafür Sorge tragen könnte, dass meine Ehe mit Peter von Dauer wäre. Er sagte: »Nimm das Glück deiner Ehe wichtiger als alles andere.« Ich hatte mir seinen Rat zu Herzen genommen und hatte niemals bewusst etwas getan, das meine Ehe in Gefahr bringen könnte. Ich flirtete mit niemandem. Ich ging nicht zum Trinken in Bars. Ich entwickelte keine engen Freundschaften mit Männern, die nicht Peter waren. Außer natürlich dieser Tage mit Nelson, in gewisser Weise jedenfalls. Nelson hatte sich quasi von hinten an mich herangeschlichen. Es war mir niemals in den Sinn gekommen, dass ein so vertrottelter Mann wie Nelson eine Bedrohung für irgendjemanden außer sich selbst darstellen könnte.

Doch wenn ich mir das Ganze aus Peters Perspektive betrachtete, wurde mir klar, dass er sich, so unmöglich das auch scheinen mochte, tatsächlich in dem Glauben befinden könnte, ich habe eine Affäre mit Nelson. Ich war zweifellos vom Fotografieren besessen. Mit einem gewissen Schrecken erkannte ich, dass ich heutzutage tatsächlich mehr Zeit mit Nelson als mit Peter verbrachte. Seit Monaten blieb ich mindestens an vier Abenden pro Woche bis Mitternacht im Atelier. Ich hätte ohne Weiteres eine Affäre haben können. Es wäre ein idealer Deckmantel gewesen. Und Peter kannte Nelson nicht gut genug, um etwas Derartiges auszuschließen, so lachhaft es im Grunde auch sein mochte.

27

In den frühen Morgenstunden an jenem ersten Tag ohne Peter hatte ich versucht, bei meiner Mutter anzurufen. Um 5:15 Uhr, während ich gerade Baby Sam stillte und Panik schob, weil ich nicht wusste, wie ich den Tag überstehen sollte, war sie der einzige Mensch, an den ich mich wenden konnte. Schließlich war es in Dubai neun Stunden später, also müsste sie wach sein. Natürlich war sie nicht zu Hause. Ich geriet bloß an die Mailbox ihres Handys.

Daher fing ich an, darauf zu sprechen, als sei ich dabei, einen langen Brief zu schreiben; froh um unseren Familientelefontarif, der dafür sorgte, dass keine Gebühren anfielen. Als mir die Mailbox das Wort abschnitt, drückte ich einfach auf »Wahlwiederholung« und redete weiter. Ich begann ganz am Anfang, bei den ersten Fotos, die ich mit ihrem Apparat geschossen hatte, und schloss mit dem Anblick von Peters mir wütend zugekehrtem Rücken, als er auf dem zugeschneiten Bürgersteig davonging. Insgesamt hinterließ ich vierzehn Nachrichten für meine Mutter. Bei der letzten war ich wieder in Tränen ausgebrochen, und meine Stimme hatte eine hektische, heisere Note, die selbst Baby Sam veranlasste, mich verstört im Auge zu behalten.

Das waren meine ersten vierzehn Telefonate des

Morgens. Das nächste Gespräch war ein Anruf bei mir. Es war Amanda, die sich mit ihren eigenen Neuigkeiten bereits auf dem Weg zu unserem Haus befand. Grey hatte sie in einem listigen Schachzug, den nicht einmal Amanda vorhergesehen hatte, gerade eben um die Scheidung gebeten. Nach einem hausgemachten Frühstück aus pochierten Eiern und Rosmarinkartoffeln.

»Grey hat dich eben verlassen?«, fragte ich.

»Mhm«, sagte sie.

»Heute Morgen?«

»Mhm.«

Und dann sagte ich in einem Tonfall, der beinahe entzückt klang, als hätten wir die gleichen Schuhe am selben Tag gekauft oder uns bei einer Maniküre und Pediküre für den gleichen Nagellack entschieden: »Peter hat mich gestern Abend verlassen!«

Amanda hielt inne und verbesserte mich. »Hat dich verlassen, um sein *Forschungsstipendium* anzutreten.«

»Ja«, sagte ich. »Aber möglicherweise hat er *mich* gleich mit *verlassen*.«

Sie hatte nicht die leiseste Ahnung, wovon ich sprach. Im Anschluss an eine Zwei-Minuten-Zusammenfassung sagte ich: »Ich bin mir also nicht sicher, ob er mich verlassen hat oder ob er mich *verlassen* verlassen hat.«

»Er hat dich beim Knutschen mit dem Kunstlehrer erwischt«, sagte Amanda, die nicht in der Stimmung für Mehrdeutigkeiten war. »Er hat dich verlassen.«

»Ich habe mit niemandem herumgeknutscht«, sagte ich. Doch angesichts des Timings konnten wir nur staunen. Es war unglaublich. Unsere Ehen waren im Laufe weniger Stunden beide in die Brüche gegangen. »Wie stehen die Chancen?«, fragte ich.

»Nicht gut.«

Grey und Amanda hatten am Vormittag für eine Woche nach Santa Fe reisen wollen. Ihre Tasche war gepackt, seine ebenfalls, und sie hatte sich einen neuen scharlachroten Winterschal gekauft, der inmitten der Lehmziegelbauten großartig ausgesehen hätte.

Stattdessen waren sie beim Start ihres Flugzeugs immer noch zu Hause und stritten mit gedämpften Stimmen, während die Haushälterin die Wäsche vorbehandelte. Grey schien verärgert, weil Amanda ihn so lange aufhielt, als sei der Umstand, dass er sie verließ, eine ausgemachte Sache. Als schiebe sie bockig das Unvermeidliche hinaus, wie ein Kind die Zubettgehzeit hinauszögert.

Amanda erzählte mir, es sei ihr nicht ganz ernst gewesen, als sie sich Sorgen um Greys Seitensprung machte. Sie hatte sich bei jedem Mann, mit dem sie je zusammen gewesen war, Sorgen gemacht, er könne sie betrügen. Ihrer Meinung nach erwischten einen letzten Endes immer die Dinge, über die man sich keine Sorgen machte, also ging sie auf Nummer sicher, indem sie sich ein wenig über alles sorgte, was ihr in den Sinn kam.

Doch ohne es gewollt zu haben, hatte sie ins Schwarze getroffen. Obwohl Grey die Affäre leugnete – sie war trotz stundenlangen Suchens nie auf Beweise gestoßen –, verließ er sie trotzdem. Keine Eheberatung, keine Trennung auf Zeit. Er überließ ihr gern das volle Sorgerecht für Gracin, wollte aber wohl dennoch versuchen, sie »so oft wie möglich« zu sehen. Er spielte mit dem

Gedanken, eine Stelle in Chicago anzutreten und hatte anscheinend einen Monat lang darüber nachgedacht, ohne das Thema auch nur anzusprechen.

Am Abend zuvor waren sie wie jeden Freitag ins Kino gegangen und hatten sich den neuen James Bond angesehen, was anscheinend der Nagel im Sarg ihrer Ehe war. Beim Anblick von Bond, wie er mit Jetskis durch einen Ozean voller Haie fuhr und schließlich an der Seite seiner Liebsten landete, hatte Grey eine Erleuchtung gehabt: In seinem Leben fehlte das Abenteuer.

»In seinem Leben fehlt das Abenteuer«, sagte Amanda zur Begrüßung, als ich die Tür aufmachte. Ihre Augen waren mit verwischter Wimperntusche verschmiert. Ein paar Minuten später saß sie mit einem aufgeklappten Taschenspiegel auf meinem Sofa und machte sich zurecht. Ich hingegen lief durch die Wohnung und zog Toby vom Spülkasten in der Toilette, bewachte Baby Sam, der durch das Wohnzimmer wankte, und warnte Alexander, keine kalten Spaghetti mehr nach jemandem zu werfen, besonders nicht nach Amanda. Gracin war im Kindergarten, sodass Amanda genau das tun konnte, was ich getan hätte, hätte ich die Wahl gehabt: Sie rollte sich auf dem Sofa zusammen.

»Grey hat dich verlassen, um James Bond zu werden?«

»Sieht so aus«, sagte sie. Dann sah sie zu mir auf. »Aber er wird niemals Action abbekommen. Er ist so unscheinbar.«

Ich war völlig entgeistert. »Ich dachte, du findest, er sieht großartig aus.«

»Er sah großartig aus«, sagte sie, »als ich ihn geliebt habe.« Sie klaubte ein Stück Spaghetti von der Armlehne des Sofas. »Menschen sind immer schön, wenn man sie liebt.«

Während Grey ihre Ehe beendete, hatte Amanda ihre brüchigen Nägel betrachtet und sich gedacht, welch hübsche Hände sie abbekommen hatte, und wie sehr sie denen ihrer Mutter ähnelten, und dass sie wirklich eine Maniküre bräuchte.

»Du kannst mich nicht verlassen«, sagte sie zu guter Letzt. »Das wird nicht funktionieren.«

Da bedachte er sie mit solch einem gönnerhaften Blick, dass sie versucht war, mit dem Buttermesser nach ihm zu werfen. Und er sagte in einem Tonfall, der viel zu nüchtern klang: »Du kannst mich nicht zwingen zu bleiben.«

In dem Augenblick glaubte sie ihm. Nach fünfundfünfzig Minuten glaubte sie ihm endlich. Er war dabei, sie zu verlassen. Sie beschloss, ihm nicht die Genugtuung zu geben, sie weinen zu sehen. Wenn er sie nicht liebte, dann liebte sie ihn auch nicht. Wenn er alles hinter sich lassen konnte, dann konnte sie es auch. Sie zwang sich, gelassen zu klingen. Sie begann, die Küche aufzuräumen, zog sauberes Besteck aus der Spülmaschine und räumte es in die Schublade. Sie bewahrte die Fassung. Zwar stand sie im Begriff, von ihrem kleinen mopsnasigen Ehemann verlassen zu werden, doch sie war viel zu fabelhaft, als dass es ihr etwas ausmachte.

Und dann wandte sich ihr Gespräch logistischen Dingen zu. Er würde die Taschen, die er für die Reise gepackt hatte, mitnehmen und in ein paar Tagen wiederkommen, um den Rest abzuholen. Übers Wochenende würde er in einem Hotel wohnen. Es tat ihm leid, die Reise zu verpassen, und er hoffte, sie werde später am Nachmittag trotzdem fahren und »sich eine kleine Auszeit gönnen«. Die Babysitterin sei ohnehin bestellt, und die Entspannung, fügte er in einem beleidigend sanften Tonfall hinzu, werde ihr vielleicht guttun.

Da verlor sie die Fassung. Das falsche Mitgefühl gab ihr den Rest. »Erzähl mir verdammt noch mal nicht, was mir guttun wird!« Sie schmiss die Besteckschublade so heftig zu, dass an der Ecke ein Stückchen Holz absplitterte. Es fühlte sich gut an, etwas derart fest zuzuschlagen. Sie hatte es schon immer geliebt, mit Dingen zu werfen, wenn sie wütend wurde, und dieser Morgen bildete da keine Ausnahme.

Sie schmiss den Besteckkorb auf den Boden und sah mit an, wie sich die Gabeln und Messer überall verstreuten. Sie schmiss die Schranktüren wieder und wieder zu, und ihr Ärger wuchs, weil sie jedes Mal wieder aufsprangen. Sie nahm einen Teller von der Arbeitsplatte und ließ ihn zerschellen. Sie griff nach einem Stuhl vom Frühstückstisch und schmetterte ihn zu Boden, sodass ein Bein abbrach. Noch nie zuvor hatte sie aus Wut ein Möbelstück kaputt gemacht. Die Zerstörung fühlte sich großartig an, obwohl es sich bei dem Stuhl um eine Antiquität handelte, nach der sie zwei Jahre lang gesucht hatte.

Und die ganze Zeit über schrie sie sämtliche Wörter, die ihr in den Sinn kamen: »Erzähl mir nicht, was mir guttäte! Du egoistisches Arschloch! Du wirst ganz gewiss nicht deine Frau nach sieben Jahren verlassen und auch noch weise Ratschläge verteilen, während du zur Tür hinaushüpfst! Du wirst ganz gewiss nicht in ein

Hotel ziehen und zu einem Philosophieprofessor mutieren! Sag mir nicht, was ich tun soll! Es täte mir gut, einen Ehemann zu haben! Es täte mir gut, einen Menschen zu haben, der mich über alles in der Welt liebt! Ein Mensch, der seine Versprechen hält! Der mich zum Abendessen einlädt! Der den Müll rausbringt! Der die Glühbirnen auswechselt! Der mir Kaffee von Starbucks mitbringt! Der sich erkundigt, wie mein Tag gewesen ist! Der im Kino meine Hand hält! Der mit mir nach Santa Fe reist! Das täte mir gut, verdammt noch mal!«

Sie hielt inne und starrte ihn zornentbrannt an. Ihr Atem ging schwer, und ein Triumphgefühl stieg in ihr empor. Als habe sie es ihm so richtig gegeben. Als handele es sich hierbei um einen Streit, den sie gewinnen könnte.

»Genau das ist es«, sagte er. »Ich will den Müll nicht rausbringen. Ich will nicht die Glühbirnen auswechseln.« Er trat auf die Tür zu. »Und ich will nicht mit dir nach Santa Fe fahren.«

Es war schwer, das Zerschmettern des Küchenstuhls zu überbieten, doch sie witterte eine Chance und ergriff sie. Sie packte den Krug mit Orangensaft auf dem Tisch – Tiffanykristall, das ein Hochzeitsgeschenk gewesen war – und ohne zu bedenken, dass es das Muster nicht mehr nachzubestellen gab oder wie sehr sie den Krug vermissen würde, zerschmetterte sie ihn auf dem Boden, wobei sie direkt auf Greys Füße zielte und es schaffte, ihm bis zu den Knien Orangensaft über die Anzughose zu schütten.

Danach verließ er die Küche. Sie stand eine einzige Sekunde lang da und sah zu, wie der Orangensaft an den unteren Scheiben der Glastüren hinuntertropfte. Doch dann atmete sie tief ein, hielt die Luft an und ging ebenfalls. Diese kleine Ratte würde sie nicht zum Weinen bringen.

Als sie unsere Wohnung erreichte, weinte sie natürlich längst.

»Er hat gesagt, er will Leidenschaft«, erzählte sie mir auf dem Sofa. »Er hat gesagt, ihm sei langweilig.«

»Du bist voll Leidenschaft!«, sagte ich. »Du hast Leidenschaft im Überfluss!«

Doch die Wahrheit war, und sowohl Amanda als auch ich wussten es: Wenn er wirklich Leidenschaft wollte, wenn er wirklich Nervenkitzel und Aufregung und Unsicherheit benötigte, wenn er wirklich James Bond sein wollte, würde er woanders suchen müssen. Denn beim Verheiratetsein, und vor allem beim Kinderaufziehen, ging es um Stabilität, um Gewissheit, um feste Verhaltensmuster und Erwartungen. So musste es sein, allein schon wegen der Kinder.

Grey hatte gesagt, er habe das Gefühl zu ersticken, und zwar nicht in übertragenem Sinne, er habe das Gefühl, körperlich zu ersticken. Er sagte, manchmal könne er in ihrem Haus nicht atmen, so wie es schwer sei, in einer verrauchten Küche zu atmen, und dass er schon zum Abendessen nach Hause gekommen sei und an der Haustür habe innehalten und tief Luft holen müssen, bevor er über die Schwelle getreten sei. Amanda und ich kannten dieses Gefühl. Es war kein Grund, jemanden zu verlassen. Es gehörte zum Elterndasein.

Doch er war das Elterndasein leid und die Ehe und »all das«. Es gab, wie er es ausdrückte, »zu viel Scheißarbeit«.

Darauf ließ sich nichts erwidern. Manche Aspekte des Ehelebens bestanden aus Scheißarbeit. Und viele Aspekte des Elterndaseins ebenso. Im wörtlichen Sinne. Doch die Belohnung für die Schinderei, das Wäschezusammenlegen, den Ärger mit verstopften Toiletten, das Ausfüllen von Rezepten, die Ausflüge zur chemischen Reinigung, war, zumindest theoretisch, Intimität. Etwas, das man nicht kaufen konnte, oder in einer Bar aufgabeln, oder bei einem One-Night-Stand finden. Etwas, das man sich nur verdienen konnte, indem man Zeit investierte.

»Hast du ihn darauf aufmerksam gemacht?«, fragte ich.

»Habe ich«, sagte sie.

»Und, was hat er gesagt?«

Amanda hatte ihr Handy in der Hand und stand im Begriff zu wählen. Im Laufe der nächsten Stunde würde sie es ins Nagelstudio schaffen und einen Neuanfang mit einem dunklen Himbeerfarbton wagen, den sie noch nie zuvor ausprobiert hatte und der »Träum weiter« hieß. Sie holte tief Luft. »Er hat gesagt: ›Du weißt doch genauso gut wie ich, dass Intimität überschätzt wird.‹«

Mein nächstes Telefongespräch an dem Tag, kurz nachdem Amanda aufgebrochen war, war mit Nelson, der sich entschuldigte.

»Sie sind nicht betrunken«, stellte ich fest.

»Noch nicht«, sagte er.

»Ich war mir ganz sicher, dass Sie wieder trinken würden.«

»Danke für das Vertrauen.«

Josh hatte ihn im Lieferwagen der Harvard Extension School nach Hause gefahren. Und war über Nacht bei ihm geblieben. Hatte ihm ein paar gute Bücher gegeben. Sich mit ihm über die Zwölf Schritte zur Abstinenz unterhalten. Hatte eingewilligt, sein Sponsor zu sein. Und Steely Dan auf Schallplatte angehört. Hatte sich als idealer Ansprechpartner in Lebenskrisen herausgestellt. »Er kennt sich wirklich aus«, sagte Nelson.

»Das freut mich«, sagte ich ihm.

Es herrschte Schweigen. Dann sagte Nelson: »Das wegen gestern Abend tut mir leid.«

Ich holte tief Luft, als er es sagte. Ich wusste, dass Nelson kein übler Bursche war. Und ich wusste, dass er keinerlei Bedrohung für Peter darstellte. Doch ich wusste auch, dass dies unsere letzte Unterhaltung wäre.

»Nelson«, sagte ich, »ich weiß, dass es Ihnen leidtut. Aber ich kann mich in Zukunft nicht mehr mit Ihnen unterhalten.«

»Warten Sie –«, setzte er an, doch ich hatte bereits aufgelegt. Und das war's. Nachdem sich unsere Leben in einem großen Wirrwar ineinander verfangen hatten, entwirrte ich uns einfach wieder. Ich würde ein neues Fotoatelier finden, und vielleicht auch ein neues Fitnessstudio. Aber ich würde nicht mehr mit ihm reden. Selbst wenn er mir auf der Straße begegnete.

Gerade als ich das Telefongespräch mit Nelson beendete, klopfte Nora an die Tür. Sie hatte die Neuigkeiten über Peter von Josh erfahren und wollte nach mir sehen.

»Er ist fort«, sagte ich. »Er ist gestern Abend fort.«

»Er ist wegen seines Forschungsstipendiums fort oder er ist fort?«

»Bisher lautet die übereinstimmende Meinung«, sagte ich, »dass wahrscheinlich beides zutrifft.«

Kurz darauf stellte sie mir eine heiße Dusche an. Sie rief nach Josh, der die beiden großen Jungen in seine Wohnung holen sollte – er tat es gern: Er hatte Verpackungschips, in denen sie herumhüpfen konnten –, damit ich mir eine Minute gönnen könnte, um meine Fassung wiederzuerlangen.

»Das wird viel länger als eine Minute dauern«, sagte ich.

»Wasch dir die Haare«, sagte sie. »Auch wenn du sonst nichts tun kannst, kannst du wenigstens das tun.«

Ein Buch von Nora über Kummer war in den Achtzigerjahren ein landesweiter Bestseller gewesen. Sogar meine Mutter besaß ein Exemplar, und Josh hatte eine signierte Erstausgabe, auf die er bei eBay gestoßen war. Doch Nora schrieb längst nicht mehr über Kummer. Oder gab Kurse. Oder behauptete, Bescheid zu wissen. Nach Viktors Tod gelangte sie zu der Erkenntnis, dass sie keine Ahnung gehabt hatte, wovon sie da redete – und ließ sich beurlauben. Nach anderthalb Jahren ohne Viktor hatte sie jedoch einige Ratschläge für mich, wie ich es allein durch den Tag schaffen könnte.

»Dusche jeden Tag«, sagte sie. »Putz dir die Zähne und benütze Zahnseide. Föhn dir die Haare und zieh etwas Nettes an. Lippenstift und Wimperntusche nicht vergessen, das ist das Mindeste. Sieh dir keine alten Fotos an. Halte dir keine Kleidungsstücke von ihm ans Gesicht. Schließ nicht die Augen, um dir vorstellen zu können, dass er in der anderen Zimmerecke sitzt und Zeitung liest, nur damit du dich wieder gut fühlen kannst, wenn auch nur eine Sekunde lang. Sitz nicht auf seinem Schreibtischstuhl, setz nicht seine Brille auf, schmier dir nicht seine Rasiercreme ins Gesicht oder trage seine Zahnbürste in der Tasche mit dir herum. Lies nicht seine Bücher. Steh nicht zwischen den Kleidungsstücken in seinem Wandschrank. Schreib ihm nachts keine Briefe. Bleib in der Gegenwart oder, falls das irgendwie möglich ist, sieh in die Zukunft. Einen anderen Ort gibt es für dich nicht.«

Ich fragte sie nicht nach dem Bademantel. Stattdessen nickte ich nur und glaubte alles.

Nach der Dusche half ich Baby Sam dabei, durch die Küche zu tapsen, während Nora French Toast zubereitete. Ich erzählte ihr die ganze Geschichte mit Nelson. Als wir am Tisch saßen, Baby Sam auf meinem Schoß, war sie sich ganz sicher, wie ich vorzugehen hatte. »Sobald wir fertig gegessen haben«, sagte sie, »kaufen wir dir ein Flugticket nach Kalifornien.«

»Ich kann nicht nach Kalifornien reisen«, sagte ich. »Ich habe kein Geld.«

In dem Augenblick kam mir das Universum auf eine Art und Weise zu Hilfe, wie es sonst nie vorzukommen schien. Das Telefon klingelte, Amanda war dran, die Hände frisch manikürt, und sie erzählte mir einen Knüller: Anna Belkin hatte vergangene Nacht beim Schließen des Cafés beschlossen, selbst eine meiner Fotografien zu kaufen. Die mit Gracin und all ihren Heftpflastern neben dem Baum mit dem knorrigen Stamm. »Sie hinterlegt einen Scheck an der Kasse«, sagte Amanda, »über dreihundertfünfzig Dollar. Abzüglich der zehn Prozent Provision.«

»Das ist ein Ticket nach Kalifornien«, sagte Nora, nachdem ich aufgelegt hatte, als sei die Sache damit klar. »Genau so viel kosten die.«

»Ja«, sagte ich, »aber ich bräuchte vier Tickets nach Kalifornien.« Ich deutete auf Baby Sam, der mir zum Stillen unters T-Shirt gekrochen war.

»Lass sie hier«, sagte Nora. »Ich passe auf sie auf.«

Doch ich würde sie nicht bei Nora lassen. Zwei Stunden lang auf drei schlafende Kinder aufzupassen, während die Eltern gleich um die Ecke waren, war eine Sache. Ein ganzes Wochenende auf drei Kinder aufzupassen, während die Eltern sich auf der anderen Seite des Landes aufhielten, – war zu viel. Ganz besonders bei meinen lebhaften Kindern.

»Ich überlege es mir«, sagte ich. Doch ich würde es mir nicht überlegen. Ich konnte die Jungen nicht zurücklassen. Die Sache mit Peter würde ich irgendwie anders lösen müssen.

28

Am nächsten Morgen konnte ich mein Handy nicht finden. Ich wollte nachsehen, ob Peter eine Nachricht hinterlassen hatte, und es steckte nicht in der Aufladestation. Also sah ich überall nach. Ich fing mit meiner Handtasche an und arbeitete mich systematisch vor. Den Vormittag verbrachte ich damit, mit einer Taschenlampe in den Kühlschrank zu spähen und mit dem Arm hinter Bücherregalen entlangzutasten. Nach fünf Stunden gab ich es auf: Es war verschwunden.

Ich packte mir die Jungen, und wir wanderten zum Handyladen hinüber. Die Jungen warfen Aufsteller um und krabbelten den Kunden zwischen den Beinen umher, während der Verkäufer mir erklärte, ein Ersatzhandy werde hundertneunundachtzig Dollar kosten. Wäre ich versichert gewesen, wäre ein verloren gegangenes oder kaputtes Handy umsonst gewesen. Doch in diesem Fall betrüge es hundertneunundachtzig Dollar. »Deshalb ist es sinnvoll, eine Versicherung abzuschließen«, sagte er. »Für den Fall, dass man sein Telefon verliert.«

»Aber ich verliere mein Telefon nie«, widersprach ich.

Der Verkäufer sah zu den Jungen hinüber und dann wieder mich an. »Tja«, sagte er. »Manchmal aber eben doch.«

Als ich das Geld blechte, konnte ich es wie Wasser

in einem Badewannenabfluss gurgeln hören. Doch es musste sein. Es war wichtig, vernünftig mit dem Geld umzugehen, aber es war wichtiger, für Peter erreichbar zu bleiben. Auf dem Nachhauseweg hörte ich meine Nachrichten ab – keine stammte von Peter – und schleuderte mein neues Handy dann in die Handtasche.

Draußen war es eiskalt. Als wir nach Hause kamen, ließ ich meine Tasche am Eingang fallen und ging in die Küche, um Suppe aufzuwärmen und einen Salat zusammenzustellen. Im Nachhinein rechnete ich mir aus, dass meine Handtasche höchstens drei oder vier Minuten dort gelegen haben konnte, bevor Baby Sam auf unsicheren Beinen zu ihr ging und feststellte, dass der Reißverschluss offen war. Vielleicht sogar weniger.

Ich hatte kaum die Suppe auf der Herdplatte, da kam Alexander in die Küche. »Mom«, sagte er, »kann ich dir was sagen?«

Ich durchstöberte gerade den Kühlschrank nach Essbarem. »Einen Augenblick«, sagte ich.

»Bloß ganz kurz?«, fragte Alexander.

»Ich muss mich hier nur eine Minute konzentrieren, Babe.«

»Es geht wirklich schnell.«

Ich zog ruckartig den Kopf aus dem Kühlschrank und warf donnernd die Tür zu. Dann drehte ich mich zu Alexander um, eine Hand in die Hüfte gestemmt. »Was denn?«

»Baby Sam hat eben dein neues Handy ins Klo geworfen.«

Es war nicht kaputt. Ich fischte es heraus und schüttelte es eine Zeit lang. Dann tupfte ich es mit Handtüchern ab und föhnte es sogar. Als ich alles in meiner Macht Stehende getan hatte, kniff ich die Augen zu und drückte auf die Einschalttaste. Das Display ging an, der Ton ebenfalls. Ich wählte Amandas Nummer und bekam ihre Mailbox an den Apparat. Ich warf dem Handy eine Kusshand zu und dankte ihm für seine Unverwüstlichkeit, außerdem dankte ich meinem Glücksstern, weil das Telefon immer noch funktionierte. Was es nämlich tat. Größtenteils jedenfalls.

Die folgenden Tage verbrachten die Jungen und ich so viel Zeit wie möglich in Parkas, Schals und Mützen gehüllt im Park. Ich wollte nicht zu Hause sein. Alle zwei Stunden rief ich Amanda an, um ein Gespräch unter Verlassenen zu führen. Und Nora hatte mir das Versprechen abgerungen, auf ihrer Decke herumzutrampeln, sollte ich mitten in der Nacht von Verzweiflung gepackt werden.

Ehrlich gesagt war es gar nicht sonderlich schwer, so zu tun, als befände sich Peter im Übungszimmer. Aber natürlich war dem nicht so. Er hatte gesagt, ich solle ihn nicht anrufen, also tat ich es nicht. Das schien das Mindeste zu sein, was ich tun konnte. Er brauchte Zeit, um sich konzentrieren zu können, und ich wäre verdammt noch mal die Ehefrau, die sie ihm einräumte. Er hielt mich für egoistisch, und ich würde ihm das Gegenteil beweisen, auch wenn es mich den letzten Nerv kostete. Oder unsere Beziehung. Ich würde Buße tun, indem ich ihn in Ruhe ließ. Selbst wenn es bedeutete, dass er sich gegen mich entschiede. Mir blieb keine andere Wahl. Wenn ich es nicht schaffte, diese eine Bitte zu respektieren, entschied er sich ganz gewiss gegen mich.

Doch er hätte mich mittlerweile wenigstens einmal anrufen sollen. Ich erwartete jeden Moment, dass mein Handy läutete, und ich hatte es schon hundertmal aufgeklappt, um nachzusehen. Nichts. Ja, mich rief überhaupt niemand an.

Gerade als ich begann, mich wirklich einsam zu fühlen, tauchte meine Mutter in Cambridge auf. Sie hatte mir gegenüber vor einiger Zeit erwähnt, dass sie mit dem Gedanken spielte, über Weihnachten herzukommen. Und dann kam sie.

Die Jungen und ich entdeckten sie auf dem Rückweg vom Park auf der Straße, und schon bald riefen sie alle ihre Version ihres Namens Marita: »Mita! Mita! Mita!« Als ich ihr während meiner Schwangerschaft mit Alexander Oma oder Omi als Großmutternamen zur Wahl gestellt hatte, hatte sie gesagt: »Weder noch.«

»Wie soll er dich denn dann nennen?«, fragte ich.

»Marita«, sagte sie. »Wie alle anderen auch.«

Als wir unser Haus erreichten, wo ihre Taschen auf den Stufen standen, hing Alexander wie eine Klette an ihr, und obwohl Toby zu dem Zeitpunkt nicht so recht wusste, wer sie war, wollte er Alexander in nichts nachstehen, und im Nu kauerte sie auf der Eingangstreppe, die beiden Jungen um den Hals. Meine Mutter in ihrer knitterfreien Freizeithose und den damenhaften Reiseturnschuhen war dem Ansturm gewachsen. Selbst Baby Sam stakste zu ihr um mitzumischen. In mir stieg ein unglaubliches Gefühl der Erleichterung hoch. Es war, als könnte meine Mom – die jedes Spielzeug, jeden Ohrring oder jedes Zeugnis wiederfand, die je verloren gegangen waren, und die alles reparieren konnte, was je kaputtgegangen war – die Sache zwischen Peter und mir wieder richten.

Zuerst dachte ich, sie müsse meine Nachrichten erhalten und meinen Kummer mitbekommen haben und anschließend in den nächstbesten Flieger gestiegen sein, um mir zu Hilfe zu eilen. »Hast du meine Nachrichten gekriegt?«, fragte ich.

»Welche Nachrichten?« Sie zog ihre Kleidung zurecht, während die Jungen im Kreis um sie herumliefen.

»Ich habe etliche Nachrichten auf deinem Handy hinterlassen.«

»Das Handy habe ich vor Wochen verloren«, sagte sie. »Es ist mir in den Ozean gefallen.«

Natürlich. »Das wievielte Handy ist das nun?«

»Ich weiß es nicht«, sagte sie und bedeutete Josh mit einem Wink, ihre Reisetasche zu holen. »Nummer fünf? Sechs?«

Wie sich herausstellte, war es einfach großartiges Timing. Während wir Fischstäbchen und Tiefkühlgemüse zum Abendessen verspeisten, erzählte sie mir, sie habe ein paarmal vom Apparat im Klub versucht, mich anzurufen und ihre Pläne zu bestätigen, habe aber kein Glück gehabt. Sie hatte schon kurz davorgestanden, eine ihrer typischen E-Mails zu schicken, doch mein Dad hatte vorgeschlagen, sie solle mich überraschen. Auf einmal hatte sie diesen stolzen, erröteten Gesichtsausdruck, als sie an ihn dachte und sagte: »Ist er nicht hinreißend?« Als sei sie ein Teenager, der vom ersten Freund schwärmte! In dem Augenblick war ich so neidisch, dass es nach all den Jahren immer noch so gut bei ihnen lief. Außerdem ärgerte es mich ein wenig, dass mein Leben so ereignislos war, dass sie ohne Vorankündigung aus dem Nahen Osten anreisen und erwarten konnte, ich hätte nichts Besseres vor.

»Mom!«, rief ich. »Und wenn ich keine Zeit gehabt hätte? Wenn ich schon etwas vorgehabt hätte?«

Meine Mutter bedachte mich mit einem Blick. »Wann hattest du denn das letzte Mal etwas vor?«

Was sollte ich schon groß tun? Widersprechen? »Hier bist du nun also«, sagte ich.

Sie hob die Augenbrauen und sagte: »Überraschung!«

Wie sie mir erklärte, träfen mein Dad und meine Brüder in ein paar Tagen ebenfalls ein.

»Wo werden sie alle wohnen?«, fragte ich.

»Hier«, sagte sie und ließ den Blick durch unsere Wohnung mit den zwei Schlaf- und dem einen Badezimmer schweifen. »Wir werden schon alle hineinpassen.«

Meine Mutter bei mir zu haben, war eine wunderbare Ablenkung. Ich zeigte ihr die Wohnung, die auf einmal viel dreckiger aussah, da ich sie nun durch ihre Augen betrachtete. Wir bezogen mein Bett frisch für sie, während die Jungen darunterkrabbelten, und wir so taten, als suchten wir nach ihnen. Wir erledigten die Bett-geh-Routine gemeinsam, wobei meine Mutter jede einzelne Minute Badezeit, Schlafanzug-Anziehen und Geschichten vorlesen liebend gern mitmachte. Während ich ihr zusah, beschlich mich die Gewissheit, dass sie nichts lieber tat, als bei uns zu sein. Sie war wie ein durstiger Schwamm, der uns in sich aufsog, und ich fragte mich, wie ich diese erste Woche allein je ohne sie durchgestanden hätte.

Als die Jungen schliefen, tranken meine Mutter und

ich koffeinfreien Kaffee in der Küche, und sie erzählte mir ausgiebig von dem aufregenden Leben in Dubai, das sie und Dad genossen. Sie hatte sich zu einem Sushi-Kurs angemeldet, mit dem Reiten angefangen und lernte Ski fahren. Nur meine Mutter konnte mitten in der Wüste mit dem Ski Laufen anfangen!

»Ski fahren im Schnee?«, fragte ich.

»Ja.«

»In der Wüste?«

»Sie haben eine Schneemaschine«, sagte sie. Es war ein überdachter Abhang in Spiralenform, und der Skilehrer konnte die Neigung von Grün über Blau bis zu Schwarz verstellen. An jeder Wand hingen Trompe-l'oeil-Gemälde von Schnee und Bergen und Schweizer Chalets. Es wurde dafür gesorgt, dass in der Halle acht Grad herrschten. Es war fast, als befände man sich dort, meinte sie mit Nachdruck.

»Trägst du einen Parka?«, konnte ich mir nicht verkneifen.

»Ich trage einen Pullover«, sagte sie, »mit kleinen Schneeflocken darauf.«

Sie war hartnäckig optimistisch und schenkte mir ständig jenes affektierte Lächeln, das sie immer aufsetzte, wenn sie die Dinge in einem besseren Licht darstellte, als es der Realität entsprach. Doch meine Mom war nicht der Schlag Mensch, der groß seine Gefühlslage kundtat. Wenn ich sie gefragt hätte, was nicht stimmte, hätte sie »Nichts« gesagt und sich über die Frage geärgert. Also fragte ich nicht.

Als ihr keine heiteren Anekdoten mehr einfielen, richtete sie ihr Interesse auf mich. »Und wie steht es bei dir?«, sagte sie und beugte sich vor, bereit, sich ganz auf mich einzulassen. »Du siehst fantastisch aus.« Etwas an ihrer plump-vertraulichen Art reizte mich auf einmal. Es war lächerlich, dass ich sie über die letzten fünf Monate meines Lebens ins Bild zu setzen hatte. Ich hatte auf völlig irrationale Art und Weise das Gefühl, als habe sie mich im Stich gelassen.

Doch das ließ sie nicht auf sich sitzen. »Du«, sagte sie, »bist zuerst weggegangen.«

»Aber ich wollte nicht weg.«

Ihre Augen funkelten, und dann sagte sie etwas, das sie wahrscheinlich bereute, noch ehe die Worte ihre Lippen verlassen hatten: »Tja, ich auch nicht.«

Darauf erwiderte ich nichts. Bei meiner Mom war es wichtig zu wissen, wann man etwas auf sich beruhen lassen musste.

Sie stand auf und goss ihren Kaffee ins Spülbecken. Dann griff sie nach einem Schwamm und machte sich daran, Krümel von der Arbeitsplatte zu wischen.

»Jetzt bin ich doch wohl hier, oder?«, stellte sie fest und fing mit dem Abwasch an. Dann stieß sie ein kurzes Seufzen aus. »Was soll ich dir groß sagen, Elena? Ich habe dir Nachrichten hinterlassen. Ich habe dir E-Mails geschickt. Ich bin einfach kein Fernbeziehungsmensch.«

Es war so leicht gewesen zu glauben, die eigenen Eltern würden nur für einen selbst existieren und ihre Taten nur dahingehend zu betrachten, wie sehr sie den eigenen Bedürfnissen entgegenkamen. Selbst im Erwachsenenalter fiel es mir schwer, die eigenen Eltern als Menschen mit Zielen und Lebensumständen zu sehen, die sich von den eigenen unterscheiden. Während ich schmollend am Tisch saß, dachte ich auf einmal über all die Dinge nach, die meine Mutter eingebüßt hatte, als sie und mein Vater nach Dubai gingen: ihren Garten, ihr Zuhause, ihre Freunde, das Leben, das sie sich so lange und mühsam aufgebaut hatte. Selbst ihre Möbel waren eingelagert. Ihre Fotoalben, ihre Bücher, die Küchenuhr mit den Marienkäfern darauf, das Blue-Willow-Porzellan, das sie seit zwanzig Jahren sammelte und das zu dem ihrer Mutter passte. Als sie das letzte Mal irgendwo hingezogen war, hatte sie ihre gesamte Familie verlassen und ein neues Leben in Amerika angefangen. Dieser Umzug mit meinem Dad musste also eine ziemlich große Sache gewesen sein. Erst in dem Moment traf es mich: Es waren harte fünf Monate für meine Mutter gewesen. Sie musste etwas für sich selbst tun. Und das konnte ich verstehen. Das konnte ich wirklich verstehen.

Ich erhob mich und trat neben sie an die Spüle. Ein paar Minuten arbeiteten wir schweigend, und dann erzählte ich ihr die ganze Geschichte, von der Khakihose bis zu Amandas vollgekacktem Teppich bis hin zu wie sehr ich die Fotoapparate liebte.

Als ich an den Teil mit Nelson gelangte, bezogen wir gerade das Sofa im Wohnzimmer, damit ich darauf schlafen könnte. »Warum hast du dich von ihm küssen lassen?«, fragte sie und schüttelte das Laken aus.

»Ich habe mich nicht von ihm küssen lassen«, sagte ich. »Er hat mich einfach gepackt.«

»Und du hast seitdem nichts mehr von Peter gehört?«

Ich schüttelte den Kopf. »Er hat einen Stapel Briefe für die Jungen hinterlassen«, erzählte ich ihr. »Einen pro Tag.« Ich hatte ihnen die Briefe jeden Morgen nach dem Aufwachen vorgelesen. Sie waren kurz, und gewöhnlich enthielten sie kleine Strichzeichnungen für die Jungen. Peter hatte die Briefumschläge versiegelt, und wir wechselten uns beim Aufreißen ab. Die Jungen liebten die Briefe, und selbst Baby Sam hörte mit strahlenden Augen zu. Manchmal wenn ich sie vorlas, kam mir in den Sinn, was für ein guter Mann Peter war, dass er auf diese Weise für uns gesorgt hatte. Und manchmal fragte ich mich, was ich mit den Briefen tun würde, falls er nicht mehr zurückkäme. Ich konnte nicht einfach den letzten vorlesen und sagen: »Tja, so viel zu Daddy!« Es schien klar zu sein, dass ich anfangen müsste, selbst welche zu schreiben. Doch die Vorstellung, dies zu tun, raubte mir schier den Atem.

»Aber nichts für dich?«, fragte meine Mutter. »Er hat kein einziges Mal angerufen?«

»Vielleicht ist er kein Fernbeziehungsmensch.« Ich bedachte sie mit einem Blick.

Sie achtete nicht auf mich, sondern ließ ein Kissen in den Bezug gleiten und sagte: »Tja, dann wirst du ihm nachreisen müssen.« Sie sagte, ich solle nach Kalifornien fahren, und dieses Mal, da der Vorschlag von ihr stammte, willigte ich ein.

Ich konnte mir gerade noch einen Nachtflug zum Sondertarif leisten, der mich am letzten Tag von Peters Forschungsstipendium nach Los Angeles brächte, am Abend seines Konzerts, an dem er gemeinsam mit den anderen beiden Preisträgern vor dem größten Publikum in seinem ganzen bisherigen Leben spielen würde. Mein Plan sah folgendermaßen aus: Ich würde ihn vor dem Konzert treffen, seine Liebe zurückerobern, bewundernd im Publikum sitzen, während er spielte, und dann ein wenig Zeit mit ihm ohne die Kinder verbringen, ausgelassen sein und vor unserer Rückkehr unsere Jugend zurückgewinnen. Es war ein abenteuerlich optimistischer Plan.

Also kaufte ich mit meinen dreihundertfünfzehn Dollar von Anna Belkin im Internet ein Ticket. Meine Mom war der einzige Mensch auf der Welt, dem ich die Jungen anvertrauen würde, und sie erklärte sich bereit, ihren Aufenthalt um eine Woche zu verlängern, damit ich wegfahren konnte. Mein Dad konnte nach Dubai zurückkehren und eine Woche lang ohne sie zurechtkommen. Und ihr Sushikurs konnte warten. Dank der Hilfe von Nora und Josh würde meine Mutter es schaffen. Sie war viel besser als ich darin, einen Haushalt zu führen. Ich war mir sicher, wenn ich bei meiner Rückkehr durch die Tür käme, hätten die Jungen ihre Spielsachen aufgeräumt, einen neuen Haarschnitt bekommen und würden Spinat zum Abendessen verspeisen, als sei es das Gemüse, auf das sie ihr ganzes Leben lang gewartet hatten.

Als Peter das Forschungsstipendium angenommen hatte, war ich überzeugt gewesen, ich würde Weihnachten allein mit den Jungen in unserer Wohnung verbringen.

Stattdessen übernachteten Amanda und Gracin bei uns, wie sie es des Öfteren getan hatten, seitdem Grey sie verlassen hatte. Etwas an meinem tumulthaften Leben wirkte in jenen ersten Wochen ohne ihn anziehend auf Amanda. Sie wollte kein Leben, das so gut organisiert war, dass ihr jede Winzigkeit, die fehlte, ins Auge fiel. Sie wollte Chaos. Sie wollte Unordnung. Sie wollte bei uns einziehen.

Und bei uns gab es Chaos im Überfluss. Mein Vater kam in der Weihnachtswoche an, wie auch meine beiden Brüder, und alle richteten sich in meiner Wohnung ein.

Mein Dad und meine Mutter zogen in mein Schlafzimmer. Meine Brüder brachten Schlafsäcke mit und schliefen auf dem Boden im Kinderzimmer. Und Amanda und Gracin brachten ihr riesiges Luftbett und edelste Bettwäsche und schliefen mit mir im Wohnzimmer. Es war viel zu voll. Wir waren wie Tiere in einem Stall. Doch keiner wollte ausziehen. Keiner, bemerkte ich in missmutigen Augenblicken, außer Peter.

Meine Eltern hatten einen Baum spendiert, den wir mit unserem kleinen Vorrat an selbstgemachtem Schmuck verziert hatten – wenn auch nur die obere Hälfte, weil Baby Sam, der König des Herumtapsens, immer wieder die Verzierungen abnahm und aufaß, durch die Gegend warf oder darauf herumtrampelte. Trotzdem war es festlich. Wir stellten den Baum in der Küche auf, wo am meisten Platz war.

Meine Brüder, beide unverheiratet, beide mittlerweile über dreißig, aber in vielerlei Hinsicht selbst immer noch Jungen, hielten meine drei kleinen Männer von früh bis spät auf Trab. Sie bauten Forts, schleuderten Bälle durch die Gegend, veranstalteten Matchbox-Autorennen, erzählten Geschichten, rodelten die Treppen auf Mülltonnendeckeln hinunter. Meine Mutter kochte für uns alle, und abends, wenn die Kinder eingeschlafen waren, saßen wir am Küchentisch, tranken koffeinfreien Kaffee und brachten einander auf den neuesten Stand, was unsere Leben betraf.

Ich hatte vorgehabt, den Jungen, wie wir es jedes Jahr taten, ein Geschenk vom Weihnachtsmann und ein Geschenk von Mom und Dad zu schenken. Das Geschenk vom Weihnachtsmann war fast immer etwas Neues, und das Geschenk von uns stammte meist aus einem Secondhandladen. Doch dieses Jahr hatten meine beiden Brüder Geschenke für die Jungen. Meine Eltern hatten Geschenke für die Jungen. Und Amanda und Gracin hatten einen ganzen Nachmittag in der Spielzeugabteilung des Kaufhauses FAO Schwarz verbracht und jedes Jo-Jo, jede Wasserpistole, jede Steinschleuder, jede LEGO-Packung, jeden Truck, jedes Schienenfahrzeug und jeden Gummiball zusammengesucht, die sie finden konnten. Es war die totale Orgie. Man konnte vor lauter Spielzeug den Boden nicht sehen.

Doch das beste Geschenk an dem Tag stammte von Nora und war für mich. Sie hatte eine große Schachtel in Geschenkpapier verpackt und im Innern befand sich lediglich ein kleiner Zettel. Darauf stand: »Gutschein über Babysitten zu Zwecken der Romantik – jeden Samstagabend ein Jahr lang.«

»Wirklich jeden Samstagabend?«

»Sicher«, sagte Nora. »Was habe ich denn sonst schon zu tun?«

Ich hegte den Verdacht, dass sie irgendwann etwas Besseres zu tun fände, doch das würden wir auf uns zukommen lassen. Jetzt sagte ich einfach: »Danke.« Es war die optimistische Geste einer echten Pessimistin. Demzufolge glaubte Nora, dass Peter nach Hause zurückkehren würde, und dass er mich noch so sehr lieben würde, dass wir den Gutschein wieder und wieder einlösen würden.

An dem Abend bereitete meine Mutter einen riesigen Truthahn mit Füllung zu, und Nora kam zu uns nach oben. Josh ebenfalls, und er hatte zwei Dinge dabei: eine Menora, weil die Chanukka und Weihnachten in dem Jahr zusammenfielen, und ein Mädchen, das aussah, als könne es noch auf der Highschool sein und zu dem Nora sehr höflich war. Es war ein lauter, furchtbar chaotischer Feiertag – genau, wie es sein soll. Es war beinahe so laut und so furchtbar chaotisch, dass ich Peter um ein Haar nicht vermisst hätte. Aber nicht ganz.

Sobald alle, die wieder nach Hause gingen, nach Hause gegangen waren, stürmte ich in Noras Wohnung hinunter, um Einzelheiten über Joshs Freundin in Erfahrung zu bringen. Wie sich herausstellte, lagen Nora und Josh seit über einer Woche im Zwist. Nora war beim Staubsaugen und musste über den Lärm hinwegbrüllen, um mir die Geschichte zu erzählen.

Josh hatte Nora nach einer besonderen Ladies' Nite Movie Night zu ihrer Tür hinunterbegleitet. An dem Abend war *Jenseits von Afrika* auf dem Programm gestanden, und dort, auf dem Treppenabsatz, hatte er sie geküsst. Sie hatte es kommen gesehen, und sie hatte es zugelassen, hatte es sogar gewollt, da ihre Schultern sich den ganzen Abend über berührt hatten, und da der Film sie beide in die richtige Stimmung versetzt hatte. In dem Augenblick hatte sie es für keine schlechte Idee gehalten.

Doch als seine Lippen dann tatsächlich die ihren berührten, obwohl sie es erwartet und sogar gewollt hatte, als sie seinen weichen, warmen Mund spürte – ein Mund, der nicht Viktors war –, wich sie zurück und verpasste Josh eine Ohrfeige.

»Du hast ihn geohrfeigt?«, stieß ich schrill hervor, nachdem sie es mir erzählt hatte. »Das ist ja so Bette Davis! Find ich stark.«

Josh hatte »Hey!« gerufen, als sie es tat, und er war mit tränenfeuchten Augen zurückgewichen. Dann legte er sich eine Minute lang die Hand ans Gesicht, und als er wieder aufblickte, war seiner Miene anzusehen, wie unwahrscheinlich es war, dass er je wieder versuchen würde sie zu küssen. »Okay«, hatte er gemeint, als habe sie etwas gesagt. »Okay.« Und damit ging er nach unten.

Zwei Abende später war Josh nicht bei mir in der Wohnung aufgetaucht, obwohl *Arizona Junior*, einer seiner Lieblingsfilme, auf dem Programm stand. Und als Nora am nächsten Morgen in ihrem neuen Morgenmantel, blassgrüne Seide mit chinesischen Stickereien, nach unten schlurfte, um die Zeitung zu holen, trat gerade ein Mädchen aus Joshs Wohnung. Eine junge Frau in den Zwanzigern mit einem Tattoo auf der schlanken Hand, das »Blödmann« lautete. Sie stand in Joshs Türrahmen und befand sich offensichtlich auf dem Heimweg nach einer langen Nacht. Während sie sich mit Josh unterhielt, fummelte sie an seiner Gürtelschnalle herum. Sie wirkte im Grunde ganz sympathisch.

»Wenigstens hatte er Klamotten an«, sagte ich.

Nora schüttelte den Kopf. »Bloß seine Hose.«

Eigentlich hatte Nora beim Anblick der beiden wieder die Treppe hinauf verschwinden wollen. Doch sie hatten sie ebenfalls gesehen, also winkte sie einfach, setzte ein Pokerface auf und ging zu den Vorderstufen.

»War das Pokerface überzeugend?«, fragte ich.

»Es war vollkommen überzeugend«, sagte sie, ohne glücklich darüber zu wirken. »Man hätte meinen können, ich sei ihm noch nie zuvor begegnet.«

Draußen auf der Vordertreppe hatte Nora nach einem Grund gesucht, um nicht zurück ins Haus zu müssen, doch es gab keinen. Sie zog die Tür genau in dem Augenblick auf, als das Mädchen herauskam. Sie lächelten einander zu. Und Nora trat in dem Moment in den Hausflur, als Joshs Tür krachend ins Schloss fiel.

»Kindisch«, erklärte ich, als Nora mit der Geschichte fertig war.

»Natürlich«, schrie sie, als rufe sie es sich selbst in Erinnerung. »Er ist im Grunde noch ein Teenager.« Dann schaltete sie den Staubsauger aus. »Ich hätte ihn allerdings nicht ohrfeigen sollen«, sagte sie in sanfterem Tonfall. Sie schloss eine Sekunde lang die Augen, bevor sie zu mir aufsah. »Es war ein toller Kuss.«

29

Am Tag nach Weihnachten setzte Amanda sich mit mir hin und sagte: »Wir haben einiges zu tun.«

»Zu tun?«, fragte ich.

Und dann rasselte sie eine Liste an Verbesserungen herunter, die ich benötigte, bevor ich Peter wiedersähe, oder genauer gesagt, bevor er mich wiedersähe: Haareschneiden, Maniküre und Pediküre, neue Klamotten, neue Schuhe, Zahnarzt, Augenbrauenzupfen, neue BHs.

Zuerst das Haareschneiden, sagte sie, in einem winzigen Salon am Harvard Square, der eine dreiwöchige Warteliste hatte. (Amanda hatte ihnen erzählt, ich werde demnächst in der Nachrichtentalkshow *Good Morning America* zu Gast sein). Anschließend: Klamotten und Schuhe. Ganz genauso wichtig: Zehen, Augenbrauen, Zähne und Hände.

»Wie in dem Lied«, sagte ich.

»Was für ein Lied?«

Also sang ich »Zeigt her eure Zehen, zeigt her eure Brau'n« zur Melodie von »Zeigt her eure Füße, zeigt her eure Schuh« und deutete dabei auf das jeweilige Körperteil. Wie konnte sie als Mutter einer Vierjährigen dieses Lied nicht kennen?

»Oh«, sagte Amanda. »Das ganze Zeug macht sie im Kindergarten.«

Es war ganz klar, dass Amanda ein Projekt benötigte. Sie tat ihr Bestes, sich wieder hochzurappeln. Grey war zweimal wieder im Haus gewesen, seitdem er sie verlassen hatte, beide Male, während sie unterwegs war. Weihnachten verbrachte er in New York City, »um aus dem alten Trott zu kommen«.

»New York City?«, fragte ich.

»Mit seiner Freundin«, sagte sie. Und fügte, bevor ich reagieren konnte, hinzu: »Ich möchte nicht darüber sprechen.« Stattdessen wollte sie über mich sprechen. Und über Peter. Und was zu tun sei, um unsere Ehe zu retten. »Ich möchte nicht, dass du allein endest, so wie ich«, sagte sie immer wieder.

Amanda begleitete mich zu meinem Friseurtermin, und als ich mich auf dem Frisiersessel niederließ, fing sie ein verblüffend detailliertes Gespräch mit Tangy, der Stylistin, über meinen »Look« an. Wäre ich mir selbst überlassen gewesen, hätte ich sie gebeten, die Spitzen zu schneiden, und hätte dann in einer Zeitschrift herumgeblättert, bis sie fertig gewesen wäre. Doch Amanda verwendete Wörter wie »Volumen« und »Wurzeln«, »gestuft« und »Gesichtsform«. Tangy hatte mir die Haare gewaschen und sie mir nach vorne übers Gesicht gebürstet.

Unter den Haaren hervor sagte ich zu Amanda: »Du weißt ganz schön viel über Haare.«

»Ich liebe Haare«, sagte Amanda. Dann gestand sie mir, dass sie sich häufig, wenn Leute sich mit ihr unterhielten, neue Frisuren für sie ausdachte. Beispielsweise hatte sie bei einer rundlichen Supermarktverkäuferin mit Pferdeschwanz einen kurzen Bob ausprobiert. Ein gut geschnittener Bob, erklärte sie uns, könne den Effekt von Wangenknochen nachahmen und jeden schlanker wirken lassen. Wenn der Bob nicht die gewünschte Wirkung erzielen sollte, würde sie ihn ein bisschen aufhellen. »Jeder Mensch sieht blond besser aus«, sagte sie. Auf diese Weise verbesserte sie die Welt um sich her. Neue Frisuren, schickere Klamotten und besseres Make-up. »Es lenkt mich ab«, sagte sie.

Man entschied, dass mein dichtes, gerades, dunkles Haar zu einem abgestuften schulterlangen »Vorhang gemeißelt« und »rasiert« werden musste; lang genug, um sexy zu sein, aber nicht so lang, dass er seine Spannkraft einbüßte. Man erwog Strähnchen, verwarf sie dann aber wieder, weil wir mein exotisches Aussehen unterstreichen wollten. »Ich möchte sie weiterhin zu einem Pferdeschwanz zusammenbinden können«, warf ich ein, doch beinahe noch während ich es sagte, wurde mir klar, dass es nicht vorrangig um praktische Erwägungen ging. Ich lebte nicht länger in einer Wash&Go-Welt.

Nach zweieinhalb Stunden verließ ich den Laden mit einer Einkaufstüte voller Haarprodukte, einer runden Stylingbürste, einem professionellen Kamm – als ich Tangy fragte, was ihn so »professionell« machte, sagte sie: »Dieses Plastik ist bei der NASA entwickelt worden« – einem hundert Dollar teuren Fön (mit Frisierdüse für konzentrierten Luftstrom), und einer helmartigen Frisur, die jeder Fernsehnachrichtensprecherin zu Gesicht gestanden hätte.

»Ich kann mir nichts davon leisten«, sagte ich, als Amanda Pflegeprodukte auf meinem Schoß häufte. »Ich kann mir noch nicht einmal« – ich griff nach dem kleinsten Fläschchen – »das hier leisten«.

»Das spendiere ich dir«, sagte Amanda, und als ich Widerspruch erheben wollte, sagte sie: »Eigentlich spendiert Grey es«, und hielt eine Kreditkarte mit seinem Namen empor.

Teil zwei unserer Schönheitskur war das Make-up sowie die Augenbrauen-Session. Die Kosmetikerin, die mit einem tollen persischen Akzent sprach, erklärte mir recht vergnügt, sie werde mir jedes einzelne Haar, das an der falschen Stelle wuchs, mit einem gedrehten Faden ausreißen.

Amanda nickte mir zu. »Eine unglaubliche Methode.«

Bis zu dem Augenblick hatte ich mir nicht allzu detaillierte Gedanken über das ganze »Zupfen« gemacht. »Es klingt, als würde es wehtun«, sagte ich.

Die Kosmetikerin lächelte sanft, als täte es ihr leid, die Überbringerin schlechter Nachrichten zu sein. Der Faden, der um ihre Nadel gewickelt war, verursachte mir bereits ein leichtes Zwicken. »Natürlich, meine holde Dame«, sagte sie. »Wer schön sein will, muss leiden.«

Als wir den Platz in Richtung eines Kaufhauses überquerten, rannen mir immer noch Tränen aus den Augen. »Weinst du etwa?«, fragte Amanda. »Oder sind es nur die Augen?«

»Nur die Augen«, sagte ich.

Ich saß am einzigen freien Make-up-Stand auf einem Hocker. Die Visagistin namens Vanessa sagte: »Sie braucht alles?«

Amanda schloss zum Nachdruck die Augen, bevor sie sagte: »Alles.«

Also machte Vanessa sich an die Arbeit, während Amanda mit verschränkten Armen und vor Konzentration gerunzelter Stirn hinter ihr stand und ihr über die Schulter blickte. »Sie nehmen den Nerz her?«, fragte sie. »Meinen Sie nicht, der Schwarze Taft passt besser?«

»Nerz ist ein bisschen verruchter«, sagte Vanessa.

»Aber Taft ist geheimnisvoller.«

»Aber der Nerz ist mehr Komm-schon.«

»Aber der Taft ist mehr Ich-werde-dich-zu-Boden-werfen-und-dir-zeigen-wer-hier-der-Boss-ist.« Amanda warf mir einen Blick zu. »Auf gute Art und Weise.«

Es war ihnen todernst. Kolleginnen, die mit einem Problem beschäftigt waren, das so wichtig wie, sagen wir einmal, die Restaurierung der Sixtinischen Kapelle oder die Wiedererlangung uralter ägyptischer Artefakte war.

Vanessa behandelte mich mit einer Feuchtigkeitscreme, ebnete anschließend meinen Teint mit einer Foundation und verbrachte scheinbar eine Ewigkeit damit, mir Schminke auf die Augen zu pinseln. Mir ging Camille Martin aus der Oberstufe nicht aus dem Kopf, die sich beim Schminken im Einkaufszentrum eine Augenentzündung zugezogen hatte. »Ist das auch hygienisch?«, fragte ich.

»Wir halten alles sauber«, versicherte Vanessa mir.

Ich konnte nicht erkennen, inwiefern, doch ich fragte nicht nach. Heute hatte nicht ich das Sagen. Mir blieb nichts übrig, als die Daumen zu drücken und auf das Beste zu hoffen, obwohl ich den Gedanken nicht los wurde, wie nutzlos die Wirkung all dieses Make-ups wäre, wenn mir bei meiner Ankunft in L.A. der Eiter aus den Augen sickerte.

Ehrlich gesagt hoffte ich insgeheim auf eine Verwandlung. Ich hoffte, wie Amanda versprochen hatte, in den

Spiegel zu sehen und eine neue Version meiner selbst zu erblicken, eine Schönheit, der ich mir noch nicht einmal bewusst gewesen war. Stattdessen erblickte ich, als ich in den Spiegel sah, einfach mich. Mich mit viel Make-up. Mich wie ein Kind mit angemaltem Gesicht. Aber trotzdem einfach nur mich.

Vanessa und Amanda stockte der Atem, als ich mein Haar schüttelte und mich zu ihnen umdrehte. Inmitten der ganzen Make-up-Verkaufstische rief Vanessa mit einer Stimme, in der allem Anschein nach echte Begeisterung mitschwang: »Sexy!«

Zu Hause hatten die Jungs – alle fünf, und mein Dad – aus den Stockbetten ein Raumschiff gebaut. Alexander erspähte mich durch den Türrahmen und sagte: »Was ist mit deinem Gesicht passiert?«

»Ich habe es mir anmalen lassen«, sagte ich. »Wie ihr damals im Zoo.«

»Und was für ein Tier sollst du sein?«

Bevor ich etwas erwidern konnte, rief meine Mom, die im Korridor mit einem Stapel gefalteter Wäsche an mir vorüberging: »Eine Prostituierte!«

Alexander legte die Stirn in Falten. Er wusste, dass etwas nicht stimmte. Wir hatten viele Bücher über Tiere gelesen, und er hatte noch nie ein Bild von einer Prostituierten gesehen. Er blickte mich erwartungsvoll an. »Was für ein Tier ist das?«

Was sollte ich tun? Ich rief: »Danke, Mom!« über die Schulter. Dann sagte ich: »Es ist ein Vogel, der am Nordpol lebt. Beim Weihnachtsmann.«

30

Zwei Tage vor meiner Abreise nach Los Angeles landete ich, nachdem die Jungen eingeschlafen waren, in Peters Übungszimmer. Mein Vater und meine Brüder waren abgereist, und Amanda und Gracin waren nach Hause zurückgekehrt. Meine Mutter bereitete in der Küche ihre Zeit allein mit den Jungen vor. Im Haus war es ruhig.

Ich war nicht mehr in Peters Übungszimmer gewesen, seitdem er fortgegangen war. Ich hatte es nicht betreten wollen. Doch nun, da der Zeitpunkt unseres Wiedersehens näherrückte, beäugte ich immer wieder die Tür, spähte in die Richtung, während ich Wäsche zusammenlegte, und berührte im Vorbeigehen die Klinke. Schließlich ging ich hinein.

Das Zimmer fühlte sich nach ihm an. Der Aktenschrank, den er seit der Uni überallhin mitgeschleppt hatte, das gerahmte Poster eines Drucks von Maurice Sendak, die Mandoline, die an der Wand hing, der gewebte mexikanische Läufer auf dem Boden. Die Wirkung all dieser Dinge, die zusammen eine Art Landschaft bildeten, vermittelte solch einen starken Eindruck von ihm, dass mich bald eine Welle der Sehnsucht erfasste, und ich mich an seinen Schreibtisch lehnen musste, um nicht das Gleichgewicht zu verlieren.

Er war überstürzt aufgebrochen, und das Zimmer sah chaotisch aus. Auf dem Weg nach draußen hatte er einen Stuhl umgeworfen, auf dem sich ein Papierstapel befunden hatte, und die Blätter lagen auf dem ganzen Boden verstreut.

Ich wollte nicht, dass er bei seiner Rückkehr diese Unordnung vorfände. Bei seiner Rückkehr sollte ihn nicht das Geringste an jenen verrückten Abend mit Nelson erinnern. Ich stellte den umgestürzten Stuhl wieder auf. Ich leerte seinen Abfalleimer. Anschließend begann ich, die Papiere vom Boden aufzuheben und wieder aufeinanderzustapeln.

Da fiel mir auf einem Blatt oben mein Name auf. Es war ein Blatt unvollendeter Musik, die ich nicht lesen konnte, doch oben stand: »Für Elena. Wieder einmal.«

Er hatte schon früher Musik für mich komponiert. Er komponierte die Musik, die zu unserer Hochzeit gespielt wurde, wie auch viele andere Dinge, von jener ersten Rhapsodie bis hin zu unzähligen Sonaten, kleine moderne klirrende Stückchen. Doch das war alles schon eine Weile her. Ja, eine ganze Weile sogar. Bis zu dem Augenblick hatte ich geglaubt, er habe seit der Zeit vor den Kindern nichts mehr für mich komponiert.

Doch diese Seite kam mir nicht vertraut vor. Ein Drittel der Seite voll Noten, und dann Leere. Ich griff danach, um einen genaueren Blick darauf zu werfen. Darunter befand sich ein weiteres Blatt. Auf diesem stand: »Für Elena, die mir heute Morgen French Toast gemacht hat.« Es war ebenfalls unvollendet.

Ich griff danach. Darunter befand sich noch eines: »Für Elena, deren Haare rabenschwarz sind.« Ich nahm die Blätter immer schneller zur Hand. Es waren alles Stücke, die Peter komponiert hatte, und sie waren alle unvollendet, und sie waren alle – jedes einzelne – mir gewidmet. Und es war ein hoher Stapel auf seinem Stuhl gewesen. Es waren Hunderte. Und jede einzelne Widmung lautete ein wenig anders: »Für Elena, die sich um ein krankes Baby kümmert.« »Für Elena, die mich mitten in der Nacht geküsst hat.« »Für Elena, die so weit weg von Zuhause ist.«

Das letzte Blatt, das ich aufhob, war am weitesten weggeflattert gewesen. Da lag bereits ein dreißig Zentimeter hoher Papierstapel auf dem Stuhl. Das Datum oben auf diesem letzten Blatt war von dem Abend, an dem Peter fort war. Auf diesem Blatt standen vielleicht insgesamt zehn Noten. Und unter dem Datum stand geschrieben: »Für Elena, die ich jeden einzelnen Tag vermissen werde.«

Ich hielt es mir ans Gesicht, als würde es sich gut anfühlen, der Seite ganz nahe zu sein, als hafte ihr vielleicht noch so etwas wie Peters Aura an. Dann roch ich daran, auf der Suche nach einer Spur von ihm. Und schließlich trug ich sie mit mir zu unserem Bett, in dem ich seit der Ankunft meiner Mutter nicht mehr geschlafen hatte, und rollte mich dort auf der Seite liegend ein, das Notenblatt in der Hand.

Er hatte noch immer nicht angerufen. Zweieinhalb Wochen, nichts. Zuerst war die Ankunft meiner Mutter eine gute Ablenkung gewesen. Und dann das Wiedersehen mit meinen Brüdern und Dad, und der Einzug von Amanda und Gracin. Doch da nun beinahe alle wieder fort waren, da sich der Sturm gelegt hatte, war es unmöglich, an etwas anderes zu denken. Peter hatte nicht angerufen. Seit ich Peter kannte, waren nie auch nur zwei Wochen vergangen, in denen ich nicht mit ihm gesprochen hatte.

»Vielleicht bestraft er dich einfach«, hatte Amanda im Laufe der Woche vorgeschlagen.

»So gemein ist er nicht«, sagte ich.

»Vielleicht stellt er dich auf die Probe, um zu sehen, ob du zusammenbrichst und ihn anrufst.«

»So verkorkst ist er nicht.«

Die einzige Erklärung, warum er nicht anrief, schien zu sein, dass es ihm im Grunde gleichgültig war. Vier Jahre lang hatten wir darum gekämpft, dass wir selbst, unsere Kinder, unser Verstand und unsere Ehe nicht auf der Strecke blieben. Und jetzt schien es möglich, dass ein bizarrer und lächerlicher Augenblick dazu geführt hatte, dass alles in die Brüche ging.

Und dieser Gedanke führte dazu, dass ich zusammengerollt auf dem Bett lag. Vor der Sache mit Nelson war Peter dabei gewesen, Musik für mich zu komponieren – oder zumindest hatte er es versucht. Seitdem schien er überhaupt nicht mehr an mich zu denken. Auf einmal kam ich mir töricht vor, durch das ganze Land zu fliegen, um ihn zu sehen. Ich fühlte mich verzweifelt und unwürdig und habgierig. Ich hoffte, diese Geste meinerseits sowie ein bisschen kunstvoll aufgetragene Kosmetikprodukte und neue Kleidung, würden alles wiedergutmachen. Ich hoffte, ihn zurückzuerobern. Doch dort auf dem Bett beschlich mich der Gedanke, dass es vielleicht einfach nicht funktionieren würde.

Eine Ehe besteht aus solch einem zerbrechlichen Netz

aus Versprechen – den Müll hinauszubringen, auf dem Markt Tomaten zu besorgen; sich um die Kinder zu kümmern, damit der andere ein Nickerchen machen kann; zu lieben, achten und ehren; *niemanden sonst zu küssen.*

Bei dem Gedanken fing ich zu weinen an, und ich konnte nicht mehr aufhören. Ich weinte mich in den Schlaf. Ich weinte am nächsten Morgen, als ich den Jungen das Frühstück zubereitete. Ich weinte den ganzen Tag über immer wieder. Ich vergoss so viele Tränen, dass ich mir mit der Zeit tatsächlich Sorgen machte, ich könnte an Flüssigkeitsentzug leiden, und mich gegen vier Uhr hinsetzte und drei Gläser Wasser trank.

Meine Mutter sagte mir, ich solle mich zusammenreißen. Dass ich die Jungen verstören würde. Dass Mütter nicht einfach den ganzen Tag herumsitzen und weinen könnten, egal, wie sehr ihnen danach zumute sei.

Doch von meinen Jungen war lediglich Alexander verstört.

»Warum machst du das?«, fragte er immer wieder.

»Es sind bloß meine Augen«, sagte ich.

»Aber nicht dein Herz?«

Ich verstellte mich für ihn. »Nicht mein Herz, bloß meine Augen.«

Er wusste nicht recht, ob er mir glauben sollte.

»Wenn es vorbei ist, wird es mir besser gehen«, sagte ich.

Doch es fühlte sich nicht an, als ginge es je vorbei. Vor einem Monat noch wäre mir der Gedanke völlig fern gelegen, aber nun war mir auf einmal klar, dass meine Ehe vielleicht vorüber war. Und zwar völlig grundlos.

Am Abend fuhr Amanda mich in ihrem Mercedes mit den beheizten Sitzen zum Flughafen. Bis zum Abendessen hatte ich ein Stück weit meine Fassung wiedergewonnen, doch der Abschied von den Jungen hatte mir den Rest gegeben. In den vergangenen vier Jahren war ich noch niemals von ihnen getrennt gewesen.

Vor dem Haus hielten sie mich alle umklammert, zwei meine Beine, und Baby Sam hatte die Arme um meinen Hals gelegt. Ich musste mich regelrecht von ihnen losreißen. Alle weinten, als ich auf den Bürgersteig zueilte, alle außer Alexander, der mir auftrug: »Hol Daddy und bring ihn nach Hause.«

»Mama!«, rief er mir hinterher, bis ich mich umdrehte. »Vergiss nicht, Daddy mitzubringen!«

»Auf keinen Fall«, sagte ich. Mittlerweile befand ich mich am Bordstein. Amanda wartete in ihrem funkelnden Wagen auf mich.

Doch Alexander hatte mir noch etwas zu sagen. »Mama!«, rief er.

Was konnte ich machen? Ich drehte mich um.

Sein Gesicht war so fröhlich. Inzwischen wusste er, wie man Komplimente machte. Er hatte gelernt, dass er Frauen im Supermarkt erzählen konnte, dass ihm ihre Ohrringe oder ihre Schuhe gefielen, woraufhin sich ihre Gesichter zu einem freudigen Lächeln verzogen. Mein eigenes Gesicht musste von Sorgenfalten durchfurcht gewesen sein, während ich zu entkommen versuchte. Er musste gespürt haben, wie dringend ich ein wenig Ermunterung gebrauchen konnte. Als ich aufblickte, machte er mir das größte Kompliment, das ihm einfiel. Er warf mir eine Kusshand zu und sagte: »Du siehst heute noch molliger aus als sonst.«

»Danke, Babe«, erwiderte ich.

Auf dem Highway wurde Amanda ungeduldig. Ihr furniertes Armaturenbrett war auf Hochglanz poliert. »Du musst unbedingt zu weinen aufhören«, sagte sie. »Deine Augen sind schon ganz verschwollen.« Dann meinte sie, sie müsse mir etwas erzählen.

»Was denn?«

»Ich habe gestern Abend etwas Verrücktes gemacht.«

Da war ich ganz Ohr. »Bitte sag mir jetzt nicht, dass du mit diesem Hundeausführer geschlafen hast, der dir nach Hause gefolgt ist«, sagte ich.

»Verrückter«, sagte sie.

Ich wandte mich ihr zu und sah sie an.

Sie fuhr fort: »Ich habe Peter angerufen.«

»Welchen Peter?«

»Deinen Peter.«

»Meinen Peter?«

Sie nickte.

»Wann?«

»Gestern Abend.«

»Warum?«

»Weil du es nicht durftest«, sagte sie, als sei es das Vernünftigste von der Welt.

»Hast du ihm erzählt, dass ich nach Los Angeles fahre?«

»Nein!« Amanda war schockiert, dass ich diese Frage überhaupt gestellt hatte. Schließlich war es ihr Einfall gewesen, dass ich ihn überraschen sollte. Sie war der Meinung, Überraschung sei das Erste, was im Eheleben verloren ging. Eine Überraschung war wichtig. So etwas würde sie nicht verpatzen.

»Amanda«, sagte ich, allmählich nervös. »Was hast du ihm gesagt?«

»Lass mich dir erst einmal versichern«, setzte sie an, »dass ich dir nur helfen wollte.« Dann gestand sie mir, an dem Abend ein sehr schlimmes erstes Date gehabt zu haben, und dass es außerdem auch noch ihr Hochzeitstag gewesen sei und sie vielleicht ein Glas Wein zu viel erwischt habe.

»Wie bist du überhaupt an seine Nummer gekommen?«, fragte ich.

»Ich hatte sie in meinem BlackBerry gespeichert«, sagte sie, als sollte diese Einzelheit offensichtlich sein. »Von seinem Flugzettel.«

Ich wartete darauf, dass sie fortfuhr. Also legte sie los.

»Ich wollte ihm ins Gedächtnis rufen, wie toll du bist, bloß für den Fall, dass er es vergessen haben sollte. Und ich wollte wissen, wieso er dich nicht angerufen hat.«

»Wieso hat er mich nicht angerufen?«

»Dazu sind wir gar nicht erst gekommen.«

Sie hatte mir wirklich nur den Weg ebnen wollen. Ihm ein wenig Honig ums Maul schmieren und ihn ermahnen wollen, nett zu mir zu sein, und ihn daran erinnern, dass ich nicht so hart im Nehmen war, wie es gemeinhin den Anschein machte. Sie wollte ein Loblied auf mich singen und ihn wissen lassen, wie hart diese Wochen für mich gewesen waren. Für den Fall, dass er immer noch verärgert war. Sie wollte mir helfen, ihn umzustimmen. Doch wie sie selbst einräumte, war sie eventuell ein wenig zu weit gegangen. »Aber egal, was er sagt«, meinte sie schließlich, »ich habe das Wort ›Selbstmord‹ kein einziges Mal in den Mund genommen.«

Selbstmord! »Wer war denn dabei, Selbstmord zu begehen?«, fragte ich.

»Du«, sagte Amanda.

»Ich war dabei, Selbstmord zu begehen?«

»Du hast bloß mit dem Gedanken gespielt«, sagte Amanda.

»Das hast du Peter erzählt?«

»Nein!«, rief Amanda. »Ich habe es lediglich angedeutet.«

Amandas Begründung, weshalb sie Peter gegenüber angedeutet hatte, ich trüge mich mit Selbstmordgedanken, lautete folgendermaßen: Peter hätte mich anrufen sollen. Er wusste gar nicht mehr, was er an mir hatte. Er sollte wissen, wie glücklich er sich schätzen konnte, mich zu haben. Und kurz gesagt: »Das Leben ist kurz, und die Liebe ist wertvoll.«

»Aber ich spiele nicht mit dem Gedanken, mich umzubringen.«

»Nein«, pflichtete Amanda mir bei. »Aber Peter wird nicht zu schätzen wissen, was er hat, bis es fort ist.« Auf einmal wurde mir klar, dass ihr ihre Lügen gegenüber Peter nicht die geringsten Schuldgefühle bereiteten. Sie grinste mich an. »Das ist mein Weihnachtsgeschenk für dich. Vertrau mir, Schätzchen. Angst und Leidenschaft sind im Grunde praktisch das Gleiche. In Kalifornien wartet eine heiße Liebesnacht auf dich.«

Dann erzählte Amanda mir, ihr tue noch etwas leid. Sie hatte die Sache mit der Fehlgeburt ausgeplaudert.

»Die Sache mit der was?«

»Mit der Fehlgeburt.«

Es dauerte einen Augenblick, bis ich ihr folgen konnte, und als ich so weit war, erklärte sie bereits: »Er sagte, was ich ihm erzählte, klänge alles überhaupt nicht nach dir. Also musste ich schweres Geschütz auffahren. Ich habe ihm gesagt, er habe dir wirklich das Herz gebrochen, als er einfach so weggelaufen sei, zumal du noch immer wegen der Fehlgeburt deprimiert seist.« Sie ließ mich die Worte eine Minute lang verdauen, bevor sie hinzufügte: »Ich hatte nicht die leiseste Ahnung, dass du ihm nichts davon erzählt hast.«

Da sagte ich, ohne groß darüber nachzudenken: »Ich habe ihm nicht davon erzählt, weil es nie passiert ist.«

Amanda konnte mir nicht folgen.

»An dem Tag im Park war ich gar nicht schwanger.«

»Warum hast du dann behauptet, schwanger zu sein?«

»Weil diese Mom in der Khakihose mich gefragt hat, in welchem Monat ich sei.«

Ehrlich, ich hatte nicht vorgehabt, diesen Tiefpunkt in meinem Leben zu beichten. Niemals. Manchmal ist es in Ordnung, ein Geheimnis für sich zu behalten. Aber nun war es schon geschehen.

»Unglaublich!«, rief Amanda, und hieb mit der Handfläche auf das Lenkrad. Eine Sekunde lang überlegte ich, ob meine Lüge schlimmer als ihre gewesen war. Wir hatten den Flughafen erreicht. Amanda nahm eine Ausfahrt zum Abflugterminal. Dann sagte sie: »Das hat sie von dir wissen wollen?«

Ich nickte. »Ja, hat sie.«

»Warum hast du Ja gesagt?«

»Weil es leichter war, als Nein zu sagen.« Ich zuckte

mit den Schultern. »Außerdem habe ich mich ihr gegenüber so unelegant gefühlt.«

Amandas Miene wurde ernst, während sie vor den Gepäckträgern anhielt. »Du hättest sie nicht anlügen sollen«, sagte sie, und ich nickte beipflichtend, bereit, die verdiente Schelte über mich ergehen zu lassen. Da sagte sie: »Du siehst viel besser aus als sie.«

Und danach konnte ich nicht mehr wütend auf sie sein. Ohne mich zu fragen, hatte sie meinen Mann, der sich von mir getrennt hatte, angerufen und ihm erzählt, ich trüge mich aufgrund meiner erfundenen Fehlgeburt mit Selbstmordgedanken, was nicht vertretbar war, egal, aus welchem Blickwinkel man es betrachtete. Doch sie meinte es gut. Und das Wichtigste war vielleicht: Sie hielt mich für hübscher als die Khakihose.

Ich umarmte sie. Und dann war es an der Zeit, Peter anzurufen und ihn ins Bild zu setzen. Doch ich hatte mein Handy meiner Mutter geliehen, die es natürlich verloren hatte. »Gib mir dein Handy«, sagte ich zu Amanda und griff in ihre Handtasche. Wir befanden uns am Terminal, und wir parkten schon zu lange in der Kurzzeitparkzone. Es war höchste Zeit, dass ich aus dem Wagen ausstieg. Und während die Flughafen-Sicherheitsleute uns durchwinkten, wählte ich zum ersten Mal seit zwei Wochen Peters Nummer.

Doch er meldete sich nicht. Ich wurde sofort auf die Mailbox umgeleitet. Und ich hinterließ keine Nachricht, denn in dem Augenblick, während Amanda mich anstarrte und die Flughafensicherheitsleute auf unseren Wagen zusteuerten, hatte ich nicht die leiseste Ahnung, was um alles in der Welt ich sagen sollte.

31

Ich könnte an dieser Stelle alles über Peter erzählen, was es nur zu wissen gibt. Seine Lieblingspommes waren die kleinen harten unten am Boden der Tüte. Er putzte sich jeden Abend vor dem Schlafengehen die Ohren mit Wattestäbchen. Er hatte Angst vor Vampiren. Er hatte immer wieder den gleichen Albtraum von einer riesigen Hand, die ihn zu packen versuchte. Er mochte Zitronen, aber keine Limetten, Koriander, aber keine Petersilie; und Kuchen, aber ohne Glasur. Er konnte einen dreihundert Seiten langen Roman binnen einer Stunde lesen. Er schlief auf dem Bauch. Sein Lieblingsobst war Ananas. Von grüner Paprika wurde ihm schlecht.

Doch es schien mir einfach nicht zu gelingen, all die belanglosen Einzelheiten, die ich über ihn wusste, zu einem sinnvollen Muster zusammenzufügen. Es waren unbrauchbare Informationen. Im Moment lag mir einzig und allein daran zu wissen, was er jetzt gerade dachte und was er in sieben Stunden sagen würde, wenn ich vor seiner Tür auftauchte. Wenn ich ein Computer wäre, wäre ich vielleicht in der Lage gewesen, die Informationen in eine Art Algorithmus zu speisen, der etwas über die Zukunft vorhersagen konnte. Doch es war eben nur ich. Ich wusste, dass er noch immer die Darth-Vader-Spardose besaß, die er sich zu seinem sechsten Geburtstag erbettelt hatte, aber ich wusste nicht, ob er mich immer noch liebte oder nicht.

Auf Amandas Drängen trug ich auf dem Flug nach Los Angeles keine Wimperntusche, ja überhaupt kein Augen-Make-up. Und, wie sie vorhergesehen hatte, weinte ich die meiste Zeit auf dem Weg dorthin. Wenn ich gerade einmal nicht weinte, trug ich eine mit kaltem Gel gefüllte »besänftigende Augenmaske«, damit meine Augen nicht allzu sehr anschwollen – ein Geschenk von Amanda vor meinem Abflug. »Dieses Ding wird zehn Stunden lang kühl bleiben«, sagte sie stolz, als sie mir die Maske reichte. »Sie ist bei der –«

Da fiel ich ihr ins Wort: »Bei der NASA entwickelt worden?«

»Genau«, sagte sie.

»Die NASA hat sich wirklich als tolle Investition in Sachen Kosmetik herausgestellt.«

Ich war mir nicht sicher, ob die Maske half. Zweimal warf ich einen Blick in den Spiegel auf der Toilette, aber ich sah einfach nur rot und verquollen aus. Ich behielt sie trotzdem auf. Was sollte ich sonst tun? Mein Plan, so fabelhaft auszusehen, dass Peter gar nicht anders konnte, als mir zu vergeben, war ernsthaft in Gefahr. Auch wenn Amanda betont hatte, dass ich in seinen Augen dank ihrer Hilfe über noch einen großen Vorteil verfügte. »Du bist nicht tot.«

Ich fragte mich, was Peter sähe, wenn er mich heute erblickte, nachdem ich zusammen mit Amanda so viel Mühe darauf verwandt hatte, mich in etwas Unwiderstehliches zu verwandeln – jene Macht für mich zu beanspruchen, die schöne Frauen besaßen. Ich wollte schön sein. Ich wollte, dass Peter bei meinem Anblick ein Schauer durchrieselte. Ich wollte die Leidenschaft wiederfinden, die vor so langer Zeit auf dem Boden der Spielzeugkiste verloren gegangen war. Und vor allem wollte ich einen Weg finden, um die Nähe zwischen Peter und mir nicht zu verlieren. Ich hatte keine Ahnung, wie ich irgendetwas von diesen Dingen bewerkstelligen sollte. Doch jetzt, dieses eine Wochenende lang, wollte ich verdammt gut aussehen.

Als der lange Flug vorüber war, rollte ich meinen Koffer voll Kosmetikartikel von der Gepäckausgabe in Richtung der öffentlichen Verkehrsmittel. Geplant war Folgendes: eine Toilette finden, in der ich mich, laut Amandas Anweisungen, vor meiner Ankunft an Peters Wohnheimtür »aufhübschen« konnte. Meine erste Aufgabe bestand darin, die schwarze Jeans und das rote Hemd anzuziehen, die sie ausgesucht hatte. Als Nächstes sollte ich vornübergebeugt den Kopf schütteln und mir Haarspray in die Wurzeln sprühen, um ihnen »mehr Volumen zu geben«. Dann: ein paar Hampelmänner machen, mein Gesicht mit kaltem Wasser abspritzen, mir die Zähne putzen, falls nötig Augentropfen verwenden und jeden Schritt der Make-up-Prozedur ausführen, die Vanessa für mich zusammengestellt hatte. Dann schnell und selbstbewusst zum Taxistand gehen, während ich mir Sätze vorsagte, die mein Selbstvertrauen steigern sollten (Amandas Vorschläge: »Ich bin eine heiße Ehefrau und Mutter«, »Ich bin knallhart und knackig«, »Ich bin eine Naturgewalt« und »Jeder Mann hier am Flughafen würde mich gern nackt sehen«), und dann zu Peters Unterkunft fahren, ohne an meiner neuen Maniküre herumzufummeln, und den Mann im Sturm erobern. Es war acht Uhr morgens.

Doch bevor ich eine Toilette ansteuern konnte, ja, bevor ich das Terminal wirklich verlassen hatte, während ich an der langen Reihe schuhloser Leute vorbeiging, die darauf warteten, zum Security-Check vorgelassen zu werden, schlüpfte ich in ein neues Paar Plateaukeil-Schuhe: genauer gesagt das Paar, das Amanda bei der Anprobe dazu veranlasst hatte, meinen Hintern mit dem Finger zu berühren und ein zischendes Geräusch von sich zu geben. Nach Jahren in Turnschuhen und Flipflops waren hochhackige Keilschuhe vielleicht ein klein wenig ehrgeizig. Doch sie hatten mir das Gefühl gegeben, groß zu sein, und das zu einer Zeit, in der ich mir meistens alles andere als das vorkam.

Ich fiel hin und hätte beinahe den Geschäftsreisenden hinter mir mit zu Fall gebracht. Ein Wachmann mit dem Namensschild »Eduardo« half mir aus dem Verkehrsfluss und lehnte mich gegen die Wand, damit ich mir den Schuh wieder anziehen konnte. Es fühlte sich gut an, an etwas zu lehnen, und ich gönnte mir eine Minute, um mich zu sammeln.

Man kann die Menschen nirgends besser beobachten als am Flughafen: Die ganze Welt ist in einen engen Raum gezwängt, und alle bewegen sich schnell vorwärts, das Notwendigste in ihre Rollkoffer gepackt. Und was mir auffiel, während ich ein paarmal durchatmete und den Blick durch die Menge schweifen ließ, waren all die Schönheitsfehler. Jeder hatte welche. Jeder einzelne Mensch, der an mir vorüberging, hatte irgendeinen Makel. Buschige Augenbrauen, Muttermale, weite Nasenflügel, schiefe Zähne, Krähenfüße, krumme Rücken, Buckel, Doppelkinne, große Ohrläppchen, Nasenhaare, Kugelbäuche, Narben, Nikotinverfärbungen, dicke Oberarme, steife Knie, dicke Oberschenkel, Plattfüße, blaue Flecken, Warzen, verschwollene Augen, Pickel. Niemand war perfekt. Noch nicht einmal annähernd. Und alle hatten Fältchen vom Lächeln und Augenzusammenkneifen und Halsrecken. Bei allen hatten die Jahre Spuren auf den Körpern hinterlassen, Spuren des Lebens, Zeugnis von all den Abenteuern und schlaflosen Nächten und Streichen und dem Liebeskummer, der die Menschen zu dem gemacht hatte, was sie waren.

In dem Augenblick liebte ich sie alle um ihrer Makel willen, weil sie zerrissen und menschlich waren, peinlich berührt und einsam, voller Hoffnungen oder müde oder enttäuscht oder krank oder tapfer oder wütend. Weil sie waren, wer sie waren, weil sie die Welt interessant machten. Es war ein deutliches Zeichen, dass die Conditio humana ein Zustand der Unvollkommenheit ist. Und so soll es auch sein.

Es war an der Zeit, eine Toilette zu finden, damit ich mich aufhübschen konnte. Es würde mindestens eine Stunde dauern. Doch bevor ich eine finden konnte, fand ich etwas anderes. Ich fand Peter. Am Flughafen. Ausgerechnet dort. Auf dem Weg irgendwohin mit seinem Matchbeutel über der Brust, als sei es eine Messenger Bag.

Er hatte am Abend ein Konzert in Los Angeles, und nicht bloß irgendein Konzert: *das* Konzert, auf welches das gesamte Forschungsstipendium, ja im Grunde sein gesamtes Leben hin ausgerichtet gewesen waren. Wohin also war Peter unterwegs? Ich konnte es mir beim besten Willen nicht vorstellen. Und auf einmal wollte ich es nicht wissen. In dem Augenblick beschlich mich das Gefühl, als schnüffelte ich in Peters Leben herum, als hätte ich nicht dort sein sollen. Mich befiel das starke Verlangen, hinter den Wachmann mit seinem Donutförmigen Körper zu treten und mich zu verstecken.

Doch just in dem Moment, als spürte Peter, dass ich ihn beobachtete, drehte er sich mir zu und erwiderte meinen Blick. Er sah schrecklich aus. Er war unrasiert, und seine Augen waren blutunterlaufen und rot, als habe er nicht geschlafen. Etliche Minuten löste er nicht den Blick von mir, sein Mund stand ein wenig offen, als traue er seinen Augen nicht.

Und ich sah natürlich ebenfalls schrecklich aus, nach einem Tag Weinen, ohne Schlaf und dem längsten Flug, auf den ich mich jemals begeben hatte. Ganz sicher sah ich nicht wie das elegante Mädchen aus, das sich in Sachen Make-up, Haare und Kleidung von Amanda im Einkaufszentrum hatte beraten lassen. Aber es war in Ordnung. Denn Peter hatte keine Augen für meinen Lidschatten, beziehungsweise dessen Nichtvorhandensein, oder meinen Lippenstift, beziehungsweise dessen Nichtvorhandensein. Er hatte nur Augen für mich. Ich musste mich gar nicht anstrengen um aufzufallen. Ich fiel auf, inmitten dieses Meeres an Reisenden, ganz einfach, weil ich ich war.

Ich befand mich nicht weit vom Ende der Glaswand, die die ankommenden Passagiere von den Abreisenden trennte. Peter befand sich auf der anderen Seite. Wir beobachteten einander durch die Scheibe. Peters Schlange bewegte sich vorwärts, doch er ging nicht mit. Als ihn der Typ hinter ihm anstieß, trat Peter aus der Schlange, ohne den Blick zu senken, und begann auf mich zuzugehen. Er sah kein einziges Mal weg, sondern ging einfach nur zielgerichteten Schrittes auf mich zu. Ich war erstarrt, und als Peter um die Scheibe trat, bloß zwei Schritte von mir entfernt, sagte Eduardo der Wachmann in scharfem Tonfall: »Hey! Da können Sie nicht langgehen!« Doch Peter schien ihn noch nicht einmal zu hören. Mich überkam die Sorge, Eduardo könne ihm eins mit seinem Schlagstock überziehen.

Doch nach zwei Schritten stand Peter direkt vor mir. Es war mir nicht möglich, seine Miene zu deuten. Diesen Gesichtsausdruck kannte ich nicht. War er wütend? Ich hatte ihn noch nie derart zerzaust gesehen. Sein Hemd steckte nicht richtig in der Hose, und seine Kleidung sah aus, als habe er darin geschlafen. Ich rührte mich nicht, als er auf mich zutrat. Ich hatte Angst, mich zu bewegen. Würde er mich anschreien? Mich verlassen? Mir sagen, er zöge nach Mexiko, und mir die Scheidungspapiere ins Gesicht schleudern?

»Hey!«, rief Eduardo erneut.

Doch Peter zögerte noch nicht einmal. Ohne auch nur seinen Matchbeutel abzulegen, legte er die Hände an meinen Hinterkopf und zog meinen Mund an den seinen. Mir blieb keine Zeit nachzudenken, dass dies genau die Art Kuss war, die ich ihm vor ein paar Wochen hatte beibringen wollen. Er bewegte sich instinktiv, sein Körper war Ausdruck seiner Gedanken. Wir standen an die Flughafenwand gepresst und küssten einander. Peter war so drängend, dass es den Anschein hatte, als wolle er in meinen Körper kriechen, während Eduardo, der Wachmann uns zusah.

Bestimmt bin ich schon vorher einmal so gut geküsst worden. Aber ich kann mich an keinen einzigen Kuss erinnern.

Wir knutschten wie Teenager an der Wand. Und als Peter Luft holte, starrte er mir ins Gesicht, als erblicke er mich zum ersten Mal, und sagte: »Warum bist du hier?«

»Warum bist *du* hier?«, entgegnete ich.

»Ich war auf dem Weg zu dir«, sagte er.

»Und ich war auf dem Weg zu dir«, sagte ich.

Peter lehnte die Stirn an meine und atmete tief durch. Und ich weiß noch, dass ich mir wünschte, jenen Ort nie verlassen zu müssen. Es war mir gleichgültig, dass Eduardo uns argwöhnisch im Auge behielt.

Peter wich wieder zurück, um mir in die Augen sehen zu können. »Alles klar bei dir?«

»Alles klar«, sagte ich. »Bei mir ist alles klar, wenn bei dir alles klar ist.«

»Alles klar«, sagte Peter. »Ist zwischen uns alles klar?«

Ich nickte. »Das hoffe ich«, sagte ich. »Ich kann dir gar nicht sagen, wie sehr ich das hoffe.«

Und dann, als Peter mich erneut küsste, kam mir eine Erkenntnis – oder vielleicht war es am Abend, bei dem Konzert, als Peter wie ein Derwisch auf dem Klavier spielte und ich das Verlangen niederkämpfen musste, meinen Sitznachbarn auf die Widmung »Für Elena: die mit den Händen küsst« im Programm hinzuweisen; oder vielleicht war es auch erst am nächsten Tag, als wir im Bett Essen vom chinesischen Lieferservice aus dem Karton aßen, nackt, obwohl längst Mittag war; oder vielleicht war es auch auf dem Heimflug, nachdem wir Sitzplätze nebeneinander erbettelt hatten, und als Peter mit dem Kopf auf meiner Schulter schlief: Mir kam die Erkenntnis, dass nichts an dem Kuss derart gut hätte sein können, wenn ich Peter nicht in- und auswendig kennen würde. Wenn ich ihm nicht tausendmal beim Rasieren zugesehen hätte, oder ihn mitten in der Nacht angestubst hätte, weil er schnarchte, oder zugesehen hätte, wie er jeweils mit einem unserer schlecht schlafenden Neugeborenen im Flur auf und ab ging. Und auch nicht, wenn ich nicht wüsste, dass er mich auf die gleiche Art kannte und mich genauso oft von meiner schlechtesten wie auch von meiner besten Seite gesehen hatte. Wenn wir einander nicht derart gut kennen würden und nicht immer wieder enttäuscht und betroffen gewesen wären, und den Atem des anderen eingeatmet hätten, und im Leben nicht derart mit jeder einzelnen Minute des anderen verwoben gewesen wären, ja und wenn wir nicht sogar zu einem Punkt gekommen wären, an dem wir einander nicht mehr richtig zu schätzen wussten, wie es nur geschehen kann, wenn man viele, viele Jahre gemeinsamen Alltag hinter sich hat, wäre es nicht das Gleiche gewesen.

Mir wurde noch etwas klar, als ich Peter nach all der Zeit wiedersah: So sehr sich dieser Kuss auch wie die aus der Unizeit angefühlt hatte, an die ich so oft gedacht hatte, war da etwas Neues zwischen uns am Flughafen gewesen, eine echte Spur von Entdeckung. Alles war genau so, wie es immer gewesen war, und gleichzeitig war alles brandneu. Und dennoch fühlte sich alles vor allem an, als befänden wir uns auf vertrautem Terrain, als seien wir zu Hause.

Epilog

Später sagte Amanda, es sei einfach unmöglich, dass ich Peter zufällig begegnet sei, und dass ich es mir ausgedacht haben müsse. Sie meinte beharrlich, niemand habe so viel Glück. Außerdem beharrte sie darauf, es sei ebenfalls völlig unglaublich, dass Peter fünf Minuten nach ihrem Anruf seinen Flug umgebucht habe. Doch genau das hatte er getan. Und der erste Flug, der nicht ausgebucht war, flog zwei Stunden nach der Landung meines Fliegers ab. Peter war die ganze Nacht wach gewesen und hatte sich Sorgen gemacht, hatte versucht, mich auf meinem verlorenen Handy anzurufen, und als das nicht funktionierte, versuchte er es bei Amanda. Sie schlief und hatte das Handy ausgeschaltet. Und obwohl sie am nächsten Tag seine Nummer zehnmal bei ihren verpassten Anrufen entdeckte, glaubte sie mir die ganze Geschichte noch immer nicht.

»Kein Mann auf der ganzen Welt«, sagte sie, »hätte am Morgen des größten Konzerts seines Lebens einfach so die Stadt verlassen.«

Kein Mann außer Peter.

Später fand ich auch heraus, dass Peter in Los Angeles nicht mehr länger wütend auf mich gewesen war. Ganz im Gegenteil. Nach nicht einmal zwei Tagen hatte er erkannt, dass ich jenen Kuss von Nelson nicht gewollt hatte.

An dem Abend hatte Peter über den Kuss vor sich hin gebrütet, wie er es mindestens tausendmal seit dem Ereignis getan hatte, während er ein Erdnussbutter-Marmeladen-Sandwich zum Abendessen verspeiste, ganz allein in seinem kleinen Wohnheimzimmer. Vor seinem geistigen Auge ließ er wieder einmal Revue passieren, wie Nelson mich geküsst hatte, und da fiel ihm etwas auf, das ihm bisher entgangen war: Meine Arme hingen die ganze Zeit über an mir herunter. Sie baumelten einfach nur. Und da wusste Peter mit Sicherheit, dass ich Nelsons Kuss nicht gewollt hatte. »So küsst du nicht«, sagte Peter später. Er sagte, ich würde mit meinen Händen küssen, dass sie überall entlangglitten, dass ich ihm damit durch die Haare fuhr, ihn im Nacken streichelte. Damit war die Sache für ihn erledigt, genau in dem Augenblick. Auf die großartige optimistische Art, die Peter zu eigen ist, fühlte er sich jäh besser. In dem einen Augenblick hatte er mir verziehen.

Auf der Stelle hatte er nach dem Telefon gegriffen und bei mir angerufen. Er hinterließ mir eine lange Nachricht, in der er mir seine Erleuchtung in allen Einzelheiten schilderte und sich dafür entschuldigte, ein eifersüchtiges Arschloch gewesen zu sein. Dann bat er mich, ihn zurückzurufen. Er sagte: »Ruf mich zurück, okay? Ich möchte, dass du mich anrufst.«

Doch ich rief ihn nicht an. Im Laufe der nächsten Tage rief er mindestens fünfmal an – vielleicht öfter. Doch ich rief ihn nie zurück. Der Abstecher ins Klo schien das Handy wohl doch kaputt gemacht zu haben. Nicht allzu sehr. Aber gerade genug. Ich konnte keine Anrufe empfangen. Im Allgemeinen wurde ich wohl so selten angerufen, dass es mir nicht einmal aufgefallen war.

Peter glaubte, nun sei ich an der Reihe, wütend zu sein. Er dachte, ich würde ihm die kalte Schulter zeigen. Doch bevor er sich etwas einfallen lassen konnte, um mich wieder zu besänftigen, geschah etwas anderes: Peter erwachte mit Musik im Kopf. Musik, die keinen Aufschub duldete. Und wie immer konnte er nichts dagegen tun, funktionierte nicht richtig, bis er sie niedergeschrieben hatte. Später beschrieb er es wie eine Explosion in seinem Kopf. Es war ein Brief an mich. In Form von Musik. All die Dinge, die er im Laufe der letzten vier Jahre hatte sagen wollen, all die Träume, von denen er mir hatte erzählen wollen, oder die lustigen Geschichten, die sich an der Hochschule zutrugen, oder die Gedanken, die er mit mir hatte teilen wollen, die jedoch im alltäglichen Chaos untergegangen waren, wie es mit so vielen Dingen geht. Diese Dinge kamen ihm allmählich wieder ins Gedächtnis, als hätten sie die ganze Zeit auf diese Gelegenheit gewartet, und sobald es um ihn her ruhig wurde, ergriffen sie sie alle – ohne Umschweife.

Danach komponierte er wie ein Wahnsinniger. Er merkte noch nicht einmal, wie die Zeit verstrich. Er spielte so viel, dass er Blasen an den Fingern bekam. Er vergaß zu essen. Er vergaß zu schlafen. Manchmal, wenn er es nicht länger aushielt, kroch er für ein Nickerchen unter das Klavier, um auf dem Weg in sein Zimmer keine Zeit zu verschwenden. Näher wollte er dem Wahnsinn niemals kommen, und im Anschluss daran besaß er ein gewaltiges Stück Musik, das er beim Abschlusskonzert spielen konnte, und mit dem er die ganzen anderen Musiker bei Weitem überflügelte. Als Peter zu spielen aufhörte, klatschte das Publikum nicht einfach nur, die Leute jubelten. Sie standen nicht einfach nur auf, sondern sprangen auf die Beine. Das Tosen im Zuhörerraum war so laut, dass es klang, als stampften die Leute mit den Füßen auf den Boden. Und auch das mag durchaus der Fall gewesen sein.

Weit weg von dem Lärm und den Kindern und dem verrückten Leben bei uns zu Hause zu sein, hatte es Peter ermöglicht, klar zu denken – und aus der Stille brach das Stück Musik hervor, das er das ganze Semester über zu komponieren versucht hatte. In Wirklichkeit war es das Stück Musik, das er sein ganzes Leben zu komponieren versucht hatte.

All das kam am folgenden Tag in seinem Wohnheimzimmer heraus. Wir verbrachten den ganzen Tag im Bett – aßen, alberten herum und redeten und redeten und redeten. Ich gestand meine Nicht-Schwangerschaft, meine Nicht-Fehlgeburt und meine Nicht-Selbstmordgedanken. Er entschuldigte sich dafür, mich dazu gebracht zu haben, von zu Hause wegzuziehen, und mich über die Feiertage allein gelassen zu haben und wegen Nelson überreagiert zu haben. Alle paar Minuten staunten wir, wie leicht es war, miteinander zu reden, sobald wir allein waren.

Die Musik, die Peter während seines Forschungsstipendiums komponierte, sicherte ihm unter anderem einen Zeitvertrag mit Aussicht auf eine Festanstellung an der Boston University. Wir mussten also nicht umziehen.

Wir blieben noch etliche Jahre in unserem kleinen Mietshaus, genau wie Nora und Josh, die viel Zeit mit unseren Kindern verbrachten – und miteinander.

Etwa zu dem Zeitpunkt, als Josh jegliche Hoffnung auf Nora fahren gelassen hatte, war sie an seiner Tür aufgetaucht. Als er aufmachte, griff sie nach seiner Hand und führte ihn wortlos nach oben in ihre Wohnung, in ihr Schlafzimmer. Er blieb die Nacht und schlief danach kein einziges Mal mehr in seiner eigenen Wohnung. Im nächsten Herbst waren er und Nora beide wieder an der Uni, und sie fuhren gemeinsam mit dem Fahrrad zum Campus.

Als die drei Jahre meiner Eltern in Dubai zu Ende gegangen waren, zogen sie zurück nach Houston und investierten einen Großteil des Geldes, das sie mit unserem alten Haus verdient hatten, in ein sehr ähnliches neues Haus, bloß ein paar Blocks weiter. Meine Mutter arbeitete im Garten, spazierte jeden Nachmittag zu unseren alten Nachbarn und besuchte weiter Kochkurse. Mein Dad verbrachte seinen Ruhestand, indem er für die beiden ausgeklügelte Urlaubsreisen auf der ganzen Welt plante. Er versprach allerdings, dass sie nie wieder fortzögen.

Amanda hatte sich am gleichen Wochenende, an dem ich in Los Angeles war, hingesetzt und eine Liste mit Dingen getippt, die sie in ihrem ersten Jahr nach der Scheidung erreichen wollte. Die Liste war vier Seiten lang, mit einfachem Zeilenabstand, und beinhaltete Dinge wie die Teilnahme an einem Steppkurs, eine neue Haarfarbe, Tiefseetauchen, Skifahren lernen, sich die Augenbrauen färben lassen, einen wildfremden

Mann küssen, in einem Zelt schlafen und Gracin *Heidi* vorlesen. Ende des Jahres hatte sie lediglich drei Dinge auf der Liste abgehakt, doch eines davon war *Heidi*. Wie sich herausstellte, war Amanda eine tolle Vorleserin und Gracin eine tolle Zuhörerin. Sie kuschelten sich jeden Abend im Schlafanzug unter Gracins Steppdecke aneinander und lasen, bis es längst Zeit war zu schlafen. Nach Heidi lasen sie *James und der Riesenpfirsich*, *Eine Grille in New York* und *Alice im Wunderland*. Gracins Bücherregal war ziemlich schnell voll.

Was das Dünnwerden betrifft, das habe ich nie wirklich hingekriegt. Nach all den Monaten harter Arbeit, meinen Körper wieder in Besitz zu nehmen, nachdem ich so unnachgiebig versucht hatte, jene verlorene Version meiner selbst wiederzufinden, der ich immerzu nachtrauerte, fand ich schließlich einen Punkt, an dem ich haltmachen konnte – und gab mich mit einer Mama-Kleidergröße zufrieden. Keine Highschool-Mädchen-Kleidergröße, keine College-Mädchen-Kleidergröße, sondern eine reife, frauliche Jetzt-hab-ich's-endlich-wirklich-kapiert-Kleidergröße. Ich wurde stärker und vielleicht fitter, doch ich erlangte nie mehr – wie ich gestehen muss, entgegen meiner insgeheimen Hoffnungen – mein Selbst aus der Vor-Mama-Zeit wieder. Und das ergab auch Sinn. Denn dieses Selbst war ich nicht mehr, ich stand diesem Selbst noch nicht einmal mehr nahe. Letzten Endes war das gut so.

Doch ich ging weiter ins Fitnessstudio. Ich entwickelte einen Rhythmus – kurz und schnell, aber immerhin: eine Stunde im Fitnessstudio und eine Stunde in der Dunkelkammer an jedem Abend unter der Woche zwischen der

Zeit, wenn die Kinder zu Bett gingen, und meiner eigenen Schlafenszeit. Eine Stunde für meinen Körper und eine Stunde für meine Seele – als seien die beiden Dinge irgendwie nicht das Gleiche. Zeit, die ich mir nahm, um nach jener unmöglichen Balance zu streben zwischen Aufregung und Erschöpfung, zwischen Begehren und Haben, zwischen Sich-Aufopfern und Sich-Nicht-Verlieren, zwischen wie die Dinge nun einmal sind, und wie sie eigentlich sein sollten. Und außerdem aß ich einmal pro Woche mein wunderbares Stück Schokoladenkuchen. Und jeden Samstag zogen Peter und ich in die Stadt und gingen aus, komme, was da wolle.

Rückblickend kann ich wirklich sagen, dass ich genau das tat, was ich mir vorgenommen hatte. Ich veränderte mein Leben. Ich weckte mich selbst auf. Ich entdeckte alle möglichen Leidenschaften neu. Ich zwang mich dazu, mir ein wenig Zeit zu nehmen. Ich fand einen Weg, ein Stück meines früheren Ichs zu der Person beizusteuern, die ich heute war.

Und ich machte viele Fotos. Ich geisterte in Parks herum und quatschte Frauen auf der Post an, bis ich einhundertunddrei gute Bilder hatte. Ich machte Aufnahmen von Nora und Amanda und der Rothaarigen im Fitnessstudio. Ich schoss Fotos von Supermarktverkäuferinnen und Buchhändlerinnen und Frauen, die mit gepunkteten Regenschirmen an der Straßenecke standen. Vier Jahre verbrachte ich damit, jede Frau zu fotografieren, die mir ins Auge fiel, und die Abzüge anschließend in der Dunkelkammer zu entwickeln, die wir einrichteten, nachdem Peter sein Büro an der Universität bezogen hatte.

Und nach all dem lautet mein Schönheitscredo folgendermaßen: Lachen ist schön. Freundlichkeit ist schön. Cellulitis ist schön. Weichheit und Molligkeit und Rundheit sind schön. Große Brüste sollten einen großen Hintern haben, der zu ihnen passt. Es ist wichtiger, interessant zu sein, lebendig und abenteuerlustig, als auf Bildern adrett auszusehen. Der weiche Bauch einer Frau ist ein Wunder der Natur. Schönheit kommt von Zärtlichkeit. Schönheit kommt von Abwechslung, von Eigentümlichkeit, von dem Umstand, dass kein Mensch auf der Welt einem anderen völlig gleicht. Schönheit kommt von der Tragödie, dass das Leben eines jeden Menschen dazu bestimmt ist, mit der Zeit verloren zu gehen. Ich glaube, dass Frauen zu streng mit sich selbst sind. Ich glaube, wenn man jemanden liebt, findet man diese Person schön. Ich glaube, dass die Augen alles durch das Herz sehen – und nichts auf der Welt fühlt sich so gut an, als wenn man den Blick auf einem geliebten Menschen ruhen lässt. Ich habe meine Augen darin geübt, nach Schönheit Ausschau zu halten, und mittlerweile bin ich ziemlich gut darin, sie zu entdecken. Man kann mir widersprechen und mir erzählen, es sei nicht wahr, aber mir ist wirklich ganz egal, was die anderen sagen. Endlich glaube ich an das Motto, das ich mir für mein Buch ausgedacht habe: *Jeder ist schön.*

Danksagung

Zuallererst muss ich mich bei den vielen Menschen bedanken, die mir geholfen haben, meine süßen Kinder zu hegen, zu füttern und bei Laune zu halten, während ich an diesem zweiten Buch schrieb. Mein wunderbarer Ehemann Gordon ist dieses Jahr der König aller Väter gewesen, und ich kann ihm gar nicht genug dafür danken, dass er all diese Geschichten erzählt hat, einkaufen war und das Auto gewaschen hat. Und meine grandiose Mutter war die Grande Dame des Unter-die-Arme-Greifens – von Mahlzeiten und Übernachtungen bis hin zu sämtlichen Herausforderungen des Babysittens ist sie immer wieder zur Höchstform aufgelaufen. Herzlich gedrückt sei die Freundin der Familie Maria Cruz sowie ihre bildhübschen Töchter Mimi, Carmen und Anna; und Rebecca Rios und ihr Sohn Daniel für ihre unzähligen Liebesdienste im Laufe dieses Jahres! Mein Dank geht außerdem an unsere stets hilfsbereiten Nachbarn Mary und Jeff Harper.

Abgesehen davon lebe ich in absoluter Ehrfurcht vor meiner phänomenalen Agentin Helen Breitweiser und meiner genialen Lektorin bei Random House, Laura Ford, die das alles erst möglich gemacht haben. Es ist mir eine Ehre und ein Vergnügen, sie zu kennen. Robbin Schiff und Julia Kushnirsky haben das prächtige Cover für dieses Buch entworfen, und Dana Leigh Blanchette das Layout. Vielen Dank auch an Libby McGuire, Kim Hovey, Janet Wygal und Christina Coleman für all ihre Hilfe und Unterstützung. Mein ganz besonderer Dank geht an Christinas Tante Renee, die ein Bettelarmband für mich zusammengestellt hat!

Mein Dank gilt außerdem den Musikern und Komponisten, die mich über das Leben als Musiker aufgeklärt haben: Molly Hammond, John Stone und mein guter Freund Sam Nichols.

Meine Heimatstadt Houston hat das Glück, über eine blühende literarische Gemeinde zu verfügen, die dieses Jahr so großartig für mich da gewesen ist. Vielmals bedanken möchte ich mich bei Fritz Lanham und dem *Houston Chronicle*, Jane Moser und den Leuten im Brazos Bookstore, Valerie Koehler und der Belegschaft im Blue Willow Bookshop, Rich Levy und Sis Johnson und den lieben Leuten bei Inprint Houston, Robin Reagler und Writers In the Schools sowie Greg Oaks und der literarischen Bande in der Poison Girl Bar.

Ich bin so dankbar, dieses Jahr die Bekanntschaft der Kirtsy-Mädels gemacht zu haben: Laura Mayes und ihre beiden genialen Freundinnen Gabrielle Blair von Design Mom und Laurie Smithwick von Leap Design. Mir ist außerdem das große Glück zuteilgeworden, mit Catherine Newman zu korrespondieren, die mein Buch in ihrem tollen Blog erwähnt hat, und mich mit der sagenhaften Brené Brown anzufreunden, deren Ordinary Courage Blog ein wahrer Genuss ist. Ich wünschte, ich könnte auf dem Postweg diejenigen Schriftstellerinnen umarmen, die mir Autorenstimmen zur Verfügung gestellt haben, und an all die Blogger und Rezensenten und Leser, die mitgeholfen haben, das Buch bekannt zu machen. Mein Dank geht auch an Ben Affleck, der zufälligerweise bei einer Lesung vorüberging, die ich in Los Angeles abhielt, der sich von mir ein Buch geben ließ und dann von den Paparazzi fotografiert wurde. Danke, Ben!

Brett Chisholm schoss mein bezauberndes Autorenfoto, und Ryan Rice hat mich in seinem Blog groß herausgebracht. Die fantastische Jill Smith hat meine todschicke Website entworfen, und ihrem Ehemann Wooch Graff habe ich dessen große Begeisterung für mein Buch und entscheidende Informationen bezüglich Faustkämpfen zu verdanken. Mike Roberts ist ein Schatz wegen seines rasend schnellen Webdesigns. Gene Graham ist eine Heilige, weil sie mich in ihrem herzzerreißend schönen Haus in Hill Country hat schreiben lassen.

Ich habe unsagbares Glück gehabt, dass so viele tolle Menschen mein erstes Buch unterstützt haben: Peter Roussel und die Houston Intown Chamber of Commerce, Susan Bischoff bei der Houston Public Library Foundation, die First Lady von Houston – Andrea White, Jenny Lawson, Susan Lieberman, Liz Sullivan, der Debütantenball, Lucy Chambers, Erica O'Grady, Rosa Glenn-Reilly, Sarah Gish, Dusty Gilbert, Hillary Harmon, Cynthia Lescalleet, Kit Detering, Tracy Pesikoff, Dana Kervin, Katherine Weber, Dr. Linda Cook, Sherry Levy, Rebecca Rautio, der Houston Smith und der Vassar Club sowie die St. John's School.

Und nun noch ein paar Lehrerinnen aus meiner Jugend, an die ich voll Dankbarkeit zurückdenke: Linda

Woods, Jean Martin, Virginia Roeder, Rosie Beneritto und Florence Harris – und die wunderbare Myrtle Sims, die ich als Erwachsene zu bewundern gelernt habe. Mein Dank geht des Weiteren an meine Freundinnen aus der Mütterrunde, weil sie einfach großartig sind: Jenny Nelson, Erika Locke, Julia Smith Wellner und Andrea Campbell. Und ein paar weitere Freunde und Familienangehörige: Faye Robeson, Abigail Mayo, McNair Johnson, Philip Alter, Veronique Vaillaincourt sowie Mimi und Herman Detering.

Und wieder, wie immer, möchte ich mich bei meiner superklugen, völlig abgedrehten Familie für die millionenfache Hilfe bedanken. Mehr Dank und Liebe, als ich je ausdrücken könnte, gehen an meine wunderbaren Schwestern Lizzie Pannill und Shelley Stein; meinen tollen Schwager Matt; meine Nichte Yasmin; meine Schwiegereltern Ingrid und Al Center; Grandma Yetta Center; meinen äußerst hilfreichen Dad Bill Pannill; meine kluge und tolerante Mom Deborah Detering; meinen erstklassigen Ehemann Gordon Center (nochmals vielen Dank, G! Tut mir leid wegen der ganzen Stifte im Bett!) und meine beiden Kinder Anna und Thomas – die so unglaublich zuckersüß sind.